精神对话

法国文学与中国文化

（1846—2005）

走近中国·学者文库 | 丛书主编 钱林森

Yvan Daniel

［法］岱旺 —— 著

车琳 叶莎 —— 译

Littérature française et culture chinoise

中央编译出版社
CCTP
Central Compilation & Translation Press

图书在版编目（CIP）数据

精神对话：法国文学与中国文化：1846—2005 /（法）岱旺著；车琳，叶莎译．-- 2 版．-- 北京：中央编译出版社，2024.1

ISBN 978-7-5117-4213-1

Ⅰ．①精… Ⅱ．①岱… ②车… ③叶… Ⅲ．①文学研究－法国 ②中国文学－文学研究 Ⅳ．① I565.06 ② I206

中国版本图书馆 CIP 数据核字（2022）第 119288 号

京权图字：01-2023-5827 号

精神对话：法国文学与中国文化：1846—2005

出版统筹　张远航
特约策划　贾宇琰
责任编辑　苗永姝
责任印制　李　颖
出版发行　中央编译出版社
网　　址　www.cctpcm.com
地　　址　北京市海淀区北四环西路 69 号（100080）
电　　话　(010)55627391（总编室）　(010)55625179（编辑室）
　　　　　(010)55627320（发行部）　(010)55627377（新技术部）
经　　销　全国新华书店
印　　刷　北京文昌阁彩色印刷有限责任公司
开　　本　880 毫米 ×1230 毫米　1/32
字　　数　296 千字
印　　张　16.125
版　　次　2024 年 1 月第 1 版
印　　次　2024 年 1 月第 1 次印刷
定　　价　119.00 元

新浪微博：@ 中央编译出版社　　微　　信：中央编译出版社(ID: cctphome)
淘宝店铺：中央编译出版社直销店 (http: //shop108367160.taobao.com) (010)55627331

本社常年法律顾问：北京市吴栾赵阎律师事务所律师　闫军　梁勤
凡有印装质量问题，本社负责调换，电话：(010)55627320

为“走近中国”文化译丛作序

雷米·马修

在古希腊古罗马时代结束了很长时间之后，欧洲世界转向了中国，却丝毫不了解中国之文化何其博大、中国之历史何其流长、中国之疆域何其广袤、中国之人口何其众多。那么，为什么要走近中国？要知道，要不是因为那条自罗马帝国时代以来就闻名天下的丝绸商贸之路，中国对欧洲一直也并未表现出多少兴趣。钱林森教授主持了一项卓越的事业，就是通过主编这套“走近中国”文化译丛，从历史和跨文化的角度，来回答这个宏大而复杂的问题。该译丛收录了丰富多彩的著作（原著多为法文和英文），以帮助人们理解这样一些对中国都充满着热爱，或者最起码充满着浓厚兴趣的欧洲知识分子是如何从自己的旅行记忆、宗教信仰以及各自时代所获得的科学知识出发，自以为是地对中华文明加以解读和诠释的。

在欧洲与远东交往的历史上，起初有三种动机推动着欧洲人去发现中国：宗教、商贸和对未知事物的了解欲。可以说，这样一段发现的历程多少是遵循了这样一个历史演进规律的。在信奉基督的欧洲，人们有一种要引领新的族群皈依“真正信仰”的信念。正是这种信念帮助天主教扩张到了美洲、非洲，当然还有亚洲。尽管欧洲早已有人远赴中国探险，但西方渗入中国的最初尝试，应该算是传教士们（在十六世纪末）的成就。他们甚至还为此设立了一些长期稳定的传教使团，其中大多由耶稣会会士或多明我会会士领导。这些传教使团在中国大陆的存在一直持续到将近1950年时才告终结。所以，欧洲最初获得的有关中国的信息，要归功于这些教士，他们在努力培养信徒的同时，执着地自以为从中国人的思想和信念中发现了属于原始基督教的一些遥远的、变形的元素。当然，我们现在都知道，他们的这些先入为主的观念导致他们在理解中华文明时犯下了多么重大的错误。

紧随传教使团之后，或者说与之同步，掀起了解中国第二波浪潮的，是商人。这波浪潮在十七世纪，也就是路易十四时期，渐渐成为时代的潮流。那时，全欧各国贵族以及从事商贸的资产阶级的家里都充斥着来自中国的丝绸、瓷器和青铜器。资产阶级也希望能在亚洲，尤其是在中国，为自己的商品找到一片广阔的市场，而不需要承受太多的道义负担。这些富裕的家庭以及这些掌权的贵族对这些他们连产地名称都不清楚的“中国货”趋之若鹜。我们都知道，这样一种进攻态势的经济帝国主义发展到十九世纪，就导致了一些政治争端和军事战争，其中的标志就是两次鸦片战争以及随后那些给中国留下如此糟糕记忆的一系列“不平等条约”。无论如何，西方的商人们还是获得了对这个丝绸及牡丹之国的认识，尽管这种认知是以经济利益为基础的，并且因为方法论的缺陷而常常充满了误解。

最后，从十九世纪始直至今日，以西方文人为主体构成的“汉学家”群体一直致力于解读和传播古代传统中国的语言、文学、艺术、社会学和历史……要想理解中国是如何被西方“走近”的，首先就应该向他们求教。虽然不可否认，这些学者中有相当多也曾是传教士或商人，在解读古代和现代中国的运作机制上曾经有过宗教信仰或经济利益上的考量，但从此，欧洲涌现出了众多懂得中华文明的专家。当然，也不要忘记日本的学者，他们对汉字文化的熟悉程度是他们的明显优势所在。

本套丛书收录的著作并不能完整地反映欧洲汉学研究的全貌。要知道，所有的西方国家都曾经从各自的传统、各自的经济利益、各自的地理位置以及各自当时的政治或军事实力出发，来寻找通往中国的道路。葡萄牙、波兰、俄罗斯、荷兰、瑞典……这些国家虽然算不上欧洲汉学研究的大国，也算不上最强大的帝国主义列强，但它们也都曾开辟了自己通向中国的道路。这第一批书目收录的只是一些英文和法文原著的作品，但还是能让中国读者窥见现当代西欧对中国的看法。它也使读者可以重新发现一些伟大的学者，比如洪堡（Alexander von Humboldt，1769—1859），其研究领域虽然主要集中于自然科学和世界地理，但他其实也是最早关注中国语言的德国科学家之一。他曾和雷慕沙（Jean-Pierre Abel-Rémusat，1788—1832）合出过一部题为《关于汉语有益而有趣的通讯》（*Lettres édifiantes et curieuses sur la langue chinoise*，*1821—1831*）的文集，为法国学院派汉学研究贡献了一块主要基石。

汉语，因其不属于印欧语系并且表现出诸如“单音节”“多音调”等与欧洲语言完全不同的特征，而常常成为西方作者进行自我观照的一个选项。本套丛书收录了一些或多或少涉及此类问题的作者及著作。比如白吉尔（Marie-Claire Bergère）和安必诺（Angel Pino）在1995年出版的《巴黎东方语言学院百年汉语教学论集（1840—1945）》（*Un Siècle d'enseignement du chinois à l'École des Langues orientales, 1840—1945*）就回顾了东方语言学院汉语教学的历史。而在那之前，在雷慕沙的推动下，巴黎的法兰西公学院（Collège de France）早在1815年就已经开始了大学汉语教学。

在语言方面，中国诗歌在现代出版物中占据重要地位。这在很大程度上要感谢朱笛特·戈蒂耶（Judith Gautier, 1845—1917），她把许多中国古诗译介成法语，于1867年编成了一本非常出色的集子《玉书》（*Le Livre de jade*），成为第一位编纂中国诗集的作家。这部作品令法国人了解了从上古至十九世纪的中国诗歌浩瀚的数量和卓越的品质，更让法国的诗人们领略了中国的诗歌艺术。1869年，她又［以其婚后姓名朱笛特·芒代斯（Judith Mendès）］出版了《皇龙》（*Le Dragon impérial*），深刻地影响了那个时代法国的精神世界，受到了维克多·雨果（Victor Hugo）和阿纳托尔·法朗士（Anatole France）的高度赞誉。到了离我们更近的时代，仍有一些法国作者将心血倾注于伟大的中国古诗，或加以研究，或进行译介。正如郁白（Nicolas Chapuis）在其于2001年出版的《悲秋——古诗论情》（*Tristes automnes*）中所出色完成的那样。他所因循的，是葛兰言（Marcel Granet，1884—1940）在一个多世纪前走过的道路。葛兰言曾经出版过一本《中国古代的节庆与歌谣》(*Fêtes et chansons anciennes de la Chine*),试图通过对《诗经》中许多诗歌的翻译和解读勾勒出古代中国社会的轮廓。走在相似道路上的,还有英国的大汉学家阿瑟·韦利(Arthur Waley,1889—1966),他为欧洲贡献了大量中国和日本诗作的翻译。他之所以被收录于本套丛书,凭借的是他最有名的那部献给伟大诗人李白的著作《李白的生平与诗作》(*The Poetry and Career of Li Po, 701–762 A.D.*),这部著作迄今依然是西方汉学研究的权威之作。而美国杰出汉学家狄百瑞(William Theodore de Bary,1919—2017)的研究显然更加集中于哲学层面,他于1991年出版了《为己之学》(*Learning for One's Self: Essays on the Individual in Neo-Confucian Thought*),努力地向好奇的西方读者介绍中国的"理学"思想。他可以算是一位向本国同胞乃至向全世界大力推介远东哲学的学院派汉学家。从一定程度上说,于1924年出版了《盛唐之恋》(*La Passion de Yang-Kwé-Feï, favorite impériale*)的乔治·苏里耶·德·莫朗(George Soulié de Morant,1878—1955)也是如此,他改编了唐朝杨贵妃等人的历史故事,并借机引述翻译了杜甫的一些诗篇。同一时期有一本题为《论中国文学》(*Essai sur la littérature chinoise*)的小册子也是他[以笔名乔治·苏里耶(Georges

Soulié)] 发表的作品。

许多关于中国的作品，都是西方的学者文人编著的他们在中国旅行或生活的记录，但也有一些出自普通西方旅行者的笔下。他们只是想把自己的印象告诉当时的同胞，让后者了解有关中国这个遥远国度的真实或假想的神秘之处。其中最古老的一部，大约是《曼德维尔游记》（*The Travels of John Mandeville*），该书作者身份不明，应该是生活在十四世纪的欧洲人；他以极尽奇幻绮丽的笔法详细地记载了他远行东方的历程。该书有可能对马可·波罗（Marco Polo，1254—1324）的精彩故事也产生了影响。本套丛书收录了离我们更近的克洛德·法莱尔（Claude Farrère）于 1924 年出版的《远东行记》（*Mes Voyages: La Promenade d'Extrême-Orient*），令人不由得联想到皮埃尔·洛蒂（Pierre Loti）、亨利·米肖（Henri Michaux）、亚瑟·伦敦（Arthur Londres）等欧洲记者及作家，他们都曾在二十世纪初启程奔赴这个尚不为世人了解的远东国度，然后又都把充斥着令他们感觉奇特的画面、声音和气味的回忆带回到了西方。路易·拉卢瓦（Louis Laloy，1874—1944）在 1933 年出版的《中华镜》（*Miroir de la Chine: Présages*, *Images*, *Mirage*）也属于这一大类。拉卢瓦对中国的音乐着墨颇多，因为他是当时为数不多的对中国音乐颇有钻研的专家之一；他还发表过多项关于中国乐器和中国戏剧的研究成果。值得一提的，还有乔治－欧仁·西蒙（G.–Eugène Simon，1829—1896），他的《中国城》（*La Cité chinoise*）讲述了自己作为领事的回忆，在欧洲大获成功。许多曾经在中国居住或生活过的法国或英国的作家都用各具风格的文字记述了自己在中国的见闻，他们的作品不仅体现了他们的美学情感、文化体验，而且具有重要的文学价值。其中，值得人们铭记的名字有谢阁兰（Victor Segalen，1878—1919），他创作了大量中国主题的文学作品，包括本套丛书收录的优秀作品《中国书简》（*Lettres de Chine*）。还有毛姆（William Somerset Maugham，1874—1965），他于1922年发表的《中国屏风上》（*On a Chinese Screen*）是一部以中国作为背景的旅行日记式短篇小说集。哈罗德·阿克顿爵士（Harold Acton，1904—1994）发表的题为《牡丹与马驹》（*Peonies and Ponies*）的集子也很有名，那是他在长居北京期间写成的，用一种纯英式的幽默记录了英国人和中国人之间的文化碰撞。从奥古斯特·博尔热（Auguste Borget，1808—1877）的笔下，也能读到同样的文化碰撞，他的《中国和中国人》（*La Chine et les Chinois*）采用欧洲中心的视角去观照中国文化中“奇丽”的一面，颇受向往异域情调的西方读者们的欢迎。与此观点一致的，还有法国记者保罗－埃米尔·杜朗－福尔格（Paul–Émile Durand-Forgues，1813—1883）以笔名“老尼克”（Old Nick）创作的《开放的中华》（*La Chine ouverte*，1845 年首版，2015 年再版）。这本书如其书名所示，讲述了在惨烈的鸦片战争之后，中国被迫向西方列强打开大门。但最妙的，还要数儒勒·凡尔纳（Jules Verne，1828—1905）在其 1879 年的杰作《一个中国人在中国的遭遇》（*Les Tribulations d'un Chinois en Chine*）中虚构的幻想之旅，充满了丰富的创意，后来在法国还被改编成了电影。

雷威安（André Lévy）在 1986 年翻译推出的《1866—1906 年中国士大夫游历泰西日记摘选》（*Les Nouvelles lettres édifiantes et curieuses d'Extrême-Occident par des voyageurs lettrés chinois à la Belle Époque*，*1866–1906*）的一大成就，是展现了十九世纪末到欧洲游历的中国旅行者的反应，由此让我们看到了东方人对当时他们极为陌生的欧洲世界的看法。同样属于中国对西方进行见证这一类型的作品，还有陈丰·思然丹（Feng Chen–Schrader）在 2004 年出版的《中国文书——清末使臣对欧洲的发现》（*Lettres chinoises: Les diplomates chinois découvrent l'Europe*，*1866–1894*），让我们

了解到清末中国的来访者在接触到欧洲时的所思所想。要知道，在那个互不了解的时代，中国和欧洲对彼此的认识同样少得可怜。

如前所述，中国艺术对欧洲的渗入始自路易十四时代。在法国，这种渗入在路易十五及路易十六时代进一步增强，这与中国的清朝在十八世纪达到鼎盛时期是一致的。中国艺术在法国登堂入室，对于十九世纪前夕的法国人了解中国文化至为关键。与此同时，中欧之间的商贸交流获得了重大飞跃，渐渐形成了欧洲产品对远东的经济入侵之势。亨利·考狄（Henri Cordier，1849—1925）1910 年发表的名著《18 世纪法国视野中的中国》（*La Chine en France au XVIIIe siècle*）对这种同时出现在艺术和经济两个领域里的现象进行了研究。虽然直到二十世纪初，欧洲人对中国的思想一直不甚了解，但他们对中国的艺术表达却知之颇多，考狄的研究正好能够帮助我们理解这一点。当然，欧洲人对中国文化表达方式的认识并不局限于绘画、雕塑或丝绸艺术。中国的文学，尤其是中国的诗歌也进入了西方知识界，并给予了西方文学家和诗人们许多灵感和启迪。我们之前已经说过，这首先要感谢朱笛特·戈蒂耶。2011 年，岱旺（Yvan Daniel）通过其在《精神对话：法国文学与中国文化（1846—2005）》中出色的研究，对历史这一尚不甚为人所知的方面进行了分析。他考察了约1840年前后的法国文学作品，尤其是保罗·克洛岱尔（Paul Claudel）以及谢阁兰的作品，论证了戈蒂耶译介中国诗歌对他们产生的影响。而在1953年，即新中国成立几年之后，明兴礼（Jean Monsterleet）在其《当代中国文学的高峰》中，对百年之后的中国文学文化重新进行了一番梳理。这种以竭尽全力打倒旧文化为目标的新文化，将中国的一种新面貌呈现在了对中国革命时期（1920—1950）涌现的当代中国作家知之甚少的西方读者眼前。我们还要指出的是，明兴礼是曾经在中国和日本传教的耶稣会士，因而他当然是从天主教的视角来对革命中国的社会政治实践进行考察的。

走近中国，恰如钱林森教授为这套丛书精心遴选的文本所证明的那样，是欧洲历史中一段形式极其丰富、历时极其持久的历程。这些著作既反映了欧洲人认知中国的水准何其之高，也反映了他们认知中国的程度何其局限。这些局限是人所共知的：每个民族都会因其信仰、科学知识以及风俗习惯而在某种程度上视自己为“世界的中心”，从而使自己受到了局限。理解他人、认识他人是困难的，难就难在我们总是顽固地以为我们可以以己度人。这一点，庄子和淮南子等伟大的思想家早已作出过论述。我们也看到，正如清朝文人在游历西方时发表的感言所揭示的那样，中国人在认识欧洲的过程中也存在着同样的现象。尽管如此，还是必须强调，要是没有欧洲的（正面的以及负面的）影响，中国就不可能成为今日之中国，同样，没有中国为欧洲文化和技术带来的贡献，欧洲也不可能成为今日之欧洲。这便是雷米·马修（Rémi Mathieu）在2012年出版的著作《牡丹之辉：如何理解中国》（*L'Éclat de la Pivoine. Comment entendre la Chine*）中所捍卫的观点。他提醒人们不要淡忘中国和欧洲为彼此作出的贡献，以及双方有时都不愿承认的对彼此欠下的债务。这套囊括众多著作的丛书彰显了分处欧亚大陆两端的欧中双方希冀提升相互理解的共同愿望，的确是一件大大的功德。

雷米·马修（Rémi Mathieu）

2020年9月10日

（全志钢 译）

理解中国：法兰西的一种热爱

——为“走近中国”丛书作序

郁 白[1]

中国是一个巨大的存在。她存在着。无视她的存在，是盲目的，况且她的存在日益显要。——夏尔·戴高乐，1964年1月8日

2014年，为纪念法国与中华人民共和国建立外交关系五十周年，法国外交部档案室对有关十八世纪以来曾经代表法国来华的学者、外交官及译者的一系列文献进行了整理汇编，结集成册，以《中国：法兰西的一种热爱》（*La Chine: une passion française*）为题出版。

钱林森教授在这套“走近中国”丛书中推介的法国学者文人们关于中国著述的中文译本，强化了这样一种认识，即

---

① 当代法国汉学家、翻译家，资深外交家。

法国的知识分子一直和中国保持着一种充满激情的关系。英国大汉学家史景迁（Jonathan Spence，1936—2021）在其于1998年出版的关于西方对中国的想象之作《大汗之国：西方眼中的中国》（*The Chan's Great Continent: China in Western Minds*）中，将此称作“法国人的异国情缘”：“当时（十九世纪末）的法国人把他们对中国的体验和见解凝练成了一套颇为严密的整体经验，我称之为‘新的异国情缘’。那是一段交织着暴力、魅惑和怀念的异国情缘。皮埃尔·洛蒂（Pierre Loti）、保罗·克洛岱尔（Paul Claudel），还有维克多·谢阁兰（Victor Segalen），他们三人都在1895年至1915年期间在中国生活了一段时间。他们都坚信自己看到了、听到了、感受到了真正的中国。因为他们都是拥有巨大影响力的作家，所以他们把自己对中国的见解刊印出来，既拓展了西方对于中国的想象，同时又遏止了这种想象的泛滥。”

如果确如亚里士多德的名言所说，“理解欲乃人之天性”（《形而上学》），那么走近中国，对于法国而言，曾经是，现在依然常常是这种欲望的升华。正是在这种欲望升华的驱使下，诸多法国人深度地亲身参与到这个进程中，为理解中国投入了大量心力，并为之痴迷。这种痴迷，归根结底，就是受到了一个在众多方面都超乎理解的国度的吸引。中国的读者或许会问，法兰西对中国的这般“激情”是合理的吗？对于他们，我们只要简单地回答说：要想达致真正的理解，就必须先学会爱。

本套丛书辑录的文本所反映的，就是这样一个求索的过程。在中国，有太多人抱持这样一种论调，认定西方“不理解”中国。这些文本应该可以为这样的论调画上句号了。诚然，法国知识分子对中国的印象与中国在不同历史阶段想要向世人展现的印象可能并不一定相符。但在文化关系中，感受与实际同样重要。一味宣称“实际情况不是这样的”，并以此为由去否认另一方的理解，这样的做法不仅毫无建设性，甚至是有害的。更有意义的做法，应该是对两者之间的差异、距离甚至是鸿沟进行测量评估，以便架起新的理解的桥梁。

且以安德烈·马尔罗（André Malraux，1901—1976）的名著《人类的境遇》（*La Condition humaine*，获得 1933 年龚古尔文学奖）为例。它讲述的是 1927 年上海工人起义遭镇压的故事。有评论说这部小说“消解了（西方人对中国的）幻想但又不致令人绝望”，而这一效果的达成，虚构在其中起到的作用要比纪实大得多。而且这本书是欧洲第一部预言中国革命的作品。

离我们更近一些的例子，是尼古拉·易杰（Nicolas

Idier，1981—）在2014年出版的《石头新记》(*La musique des pierres*)。易杰曾任法国驻中国大使馆文化专员，他笔端流露的对画家刘丹（1953—）的真挚感情令读者感动。他说刘丹“画的是中国（未来）在经历了一段漫长的阴霾后迎来的复兴”。这本书延续了三个世纪以来以中国为题的法国文学的传统，把一段充满个人主观体验的讲述打造成了一份关于艺术及艺术家在当今中国所发挥的作用的证词。

我在这里提及这些并未被钱林森教授收录进这套丛书的作品，目的是吊一下中国读者们的胃口。要知道：对中国的热爱是法国文学的一个鲜明特点。除了在法国，还有哪个国家会有那么多以中国作为核心研究对象的院士？前有阿兰·佩雷菲特（Alain Peyrefitte，1925—1999）和让-皮埃尔·安格雷米（Jean-Pierre Angrémy，1937—2010)，今有程纪贤（François Cheng，中文笔名“程抱一”，1929—)，他于2002年当选法兰西学院院士，是法国历史上第一位华人院士。

这套丛书是钱教授特地为法国的一些汉学家准备的颁奖台。我们要热烈地感谢他记录下法国汉学家们在理解中国的进程中所作出的重大贡献。而且他们的贡献常常超越法语世界的边界。葛兰言（Marcel Granet，1884—1940)、雷维安（André Lévy，1925—2017)、白吉尔（Marie-Claire Bergère，

1933—）和雷米·马修（Rémi Mathieu，1948—）培养的一代代学生如今已经成为执掌法中两国关系的主力。法国的中国文化教学也从未像今天这样兴旺繁荣，而中文也已经成为法国中学生的一门选修外语。这一切，都为法国在未来更加全面地走近中国打下了基础，为唤醒法国文学的全新使命打下了基础，为法国对中国更深沉的热爱打下了基础。

郁白（Nicolas Chapuis）

2020年5月3日，北京

（全志钢译）

“走近中国”文化译丛主编序言

钱林森

“走近中国”文化译丛书系，是21世纪初我主持编译的西方人（欧洲人）“游走中国”“观看中国”的小型文化译丛。这套文化译丛的酝酿、构想，始于20世纪末与21世纪之交，而最终促成其创设、实施的机缘，却源于遐迩闻名的山东画报出版社一位素未谋面的年轻编辑曹凌志先生的一次造访。2002年10月深秋的一天，曹先生手持一部大清帝国时代的法文原版精装书来宁见我，他一见到我，便开门见山地介绍道：这是他们山东画报出版社从西南四川等地，经多处庙堂辗转而得手的一部图文并茂的法语原著。社里领导很想将此书翻译成中文正式面市，但不知它写的什么内容，值不值得翻译出版刊行。所以要请专家评估一下。曹先生庄重地申言：“我们曾首先咨询过北京社科院外文所法国文学大家柳鸣九先生的高见，是柳鸣九先生建议我们来宁登门拜访您的。”——不由分说，便把他手持的法文原版书递过来。受宠于我所敬重的权威学者之举荐，岂容怠慢？我就诚惶诚恐地连忙接过客人递过来的这部精装珍稀读物，认真地翻阅起来，方知这原是19世纪法国一位匿名游记作家老尼克（Old Nick）所撰，并由同时期法国著名画家、旅游家奥古斯特·博尔热（Auguste Borget）作插图的图文并茂的“游记”[①]，是西人“游”中国、“看”中国、想象中国、认识中国的时兴文体。初看起来，内中虽不无作者舞笔弄文的杜撰，但其历史文献的意义，却是显而易见的，加之书内附有清朝时期罕见的栩栩如生的写生插图画，其珍贵的文化价值和收藏价值，毋庸置疑，因此，它也就被顺理成章地收进了敝人酝酿有年的“走近中国”文化译丛书系。

“走近中国”文化译丛最初的构想，是想编选“域外人”（包括东洋人和西洋人）“游”中国、“看”中国的大型文化游记书系，而域外的中国游记，浩如烟海，受制于个人精力、能力和出版诸因素，编选者最终只取一瓢饮。选择的标准有二：一是该文本的跨世纪影响力，即这些文本迄今为

① 指〔法〕老尼克著，奥古斯特·博尔热作插图的《开放的中华——一个番鬼在大清国》。

止还时不时地影响着西方人对中国的看法，是西人眼里的经典。二是该文本的文学、历史价值，即这些文本不仅有较强的可读性，且有重要的历史价值和文化意义。首辑仅选法、英两国10部长短不等的中国游记，即（法）老尼克的《开放的中华》（*La Chine ouverte*，1845）、（法）格莱特（*Thomas-Simon Gueullete*，1683—1766）的《达官冯皇的奇遇——中国故事集》（*Les Aventures merveilleuses du Mandarin Fum-Hoam: Contes chinois*，1723）、（法）奥古斯特·博尔热（Auguste Borget，1808—1877）的《中国和中国人》（*La Chine et les Chinois*，1842）、（法）绿蒂（Pierre Loti，1850—1923）的《在北京最后的日子》（*Les Derniers Jours de Pékin*，1901）等组成一套小型书系，于21世纪头10年间，由山东画报出版社、江苏人民出版社、上海书店出版社出版。首辑译丛正式面世时，我曾就其编选动因和译丛的创意与宗旨作了如下说明：

> 中西方文明的发展与相互认知，经历了极其漫长的道路。两者的相识，始于彼此间的接触，亦可以说，始于彼此间的造访、出游。事实上，自人类出现在地球上，这种察访、出游就开始了，可谓云游四方。“游”，是与人类自身文明的生长同步进行的。“游”，或漫游、或察访、或

远征，不仅可使游者颐养性情、磨砺心志，增添美德和才气，而且能使游者获取新知，是认识自我和他者，认识世界、改变世界的方式。自古以来，人类任何形式的出游、远游，都是基于认知和发现的需要，出于交流和变革的欲望，都是为了追寻更美好的生活。中西方的互识与了解，正开始于这种种形式的出游、往来与接触，处于地球两端的东西（中西）两大文明的相知相识和交流发展，正由此而起步。最初的西方游历家、探险家、商人、传教士和外交使节，则构筑了这种往来交流的桥梁，不论他们以何种机缘、出于何种目的来到中国，都无一例外地在探索新知、寻求交流的欲望下，或者在一种好奇心、想象力的驱动下，写出了种种不同的“游历中国”的游记（包括日记、通讯、报告、回忆录等）之类的作品，从而构成了中西方相知相识的历史见证，成为西方人认识自我和他者、认识中国、走近中国的历史文献，在中西交流史上具有无可取代的价值和意义。对这些历史文本作一番梳理、介绍，它本身就是研究“西学”和“中学”不可忽略的一环，是深入探讨中西方文化关系无法回避的重要课题。翻译出版“走近中国”文化译丛最初的动因正在于此。

在中西方两大文明进行实质性的接触之初，在西方对东方和中国尚未获得真实的了解和真确的认知之前，西方人——西方旅游家、作家、思想家和传教士，总习惯于将中国视为“天外的版舆”，将这个遥远、陌生而神秘的“天朝”看作不同于西方文明的“异类世界”，他们在其创作的中国游记，以及有关中国题材的其他著作中，总是按照自己的意愿与想象塑造自己心目中的中国形象——一个迥异于西方文化的永远的“他者”形象。在西方不同时代、数量可观的中国游记中所创造的这种知识与想象、真实与虚构相交织的“中国形象”，无疑是中西交通史上一面巨大的镜子，从中显现出的不仅是“中国形象”创造者自身的欲望、理想和西方精神的象征、文化积淀，也是西方视野下色泽斑斓、内涵丰富复杂的“中国面影”。这就决定了，西方的中国游记和相关题材的著作，既是中国学者研究“西学”的重要历史文献，又是西方人研究“中学”的历史文本，其深刻的学术价值是显而易见的。西方的中国游记对中国的描写和塑造，不仅激发了西方作家、艺术家的创作灵感，也为西方哲人提供了哲学思考的丰富素材，启发了他们的思想智慧。一如有些文化史家所指出的，“哲学精神多半形成于旅游家经验的思考之中”[①]。西

① 艾田蒲：《中国之欧洲》（上），许钧、钱林森译，河南人民出版社 1992 年版，第 197 页。

方早期的中国游记，虽然多半热衷于异乡奇闻趣事的报道而缺乏哲学的思考，但它们所提供的中国信息、中国知识和中国想象，却给人以思考，为西方哲人，特别是 16 世纪以降人文主义、启蒙主义思想家提升自己的哲思，建构自己的学说，提供了绝好的思想资源和东方素材，并且成为他们描述中国、思考中国不可或缺的参照。这样看来，西方的中国游记所蕴含的思想价值和哲学意义，也是不言而喻的。我们还注意到，历代西方的中国游记所传递的中国信息、中国知识，不仅使西方哲人深层次地思考中国、认识中国提供了可能，而且也直接地促进西方汉学的生成和发展。西方中国游记和类似的“中国著作”，特别是 17、18 世纪来华耶稣会士的游记和著述，所展示的中国形象、中国信息、中国知识，直接构成了 18 世纪欧洲“中国热”主要的煽情材料和思想资源，直接助成了 19 世纪西方汉学生长和自觉发展的重要契机，其文化意义也毋庸置疑。如是，文化译丛“走近中国”的创意，正基于此。

那么，在难以数计的西方游记和相关著述里，中国在西方视野下究竟呈现着怎样的面貌？这难以数计的游记、著述又如何推动西方汉学的生成与发展？它们在西方流布，到底在传播着怎样的中国神话、中国信息、中国知识，从而深化西方人对中国的了解和认识，使之一步步走近真实的中国？这便成了本译丛梳理、择选的线索和依据，以此而为读者提供一幅中西方相知相识、对话交流的历史侧影，正是本译丛的编译宗旨。

新编"走近中国"文化译丛，严格遵循首辑译丛所确立的编译宗旨和编选标准，但在入选作者国别和作品文体、内容方面却有所不同。首辑出版的"走近中国"文化译丛入选作品，主要是法、英旅游家、作家所撰写的中国游记、信札、日记等文类，而新编入选作品，则集中择选法国作家、汉学家（含中国驻法使节、留法学人）所撰写的思考、研究中国文化的著述，除游记、信札、报道类外，还包括散文随笔、传奇、戏剧、哲学对话和学术专论等各类文体在内的著作。这就是说，行将推出的新编"走近中国"文化译丛，不止于西人"游走中国"的游记，着重收入的是法、中两国作者所撰的研究中国文化的著述，包括文学创作和学术研究两类著述，是法、中学人互看互识、对话交流的跨文化学术丛集。"走近中国"文化译丛的编选做这样的变动，实出于编选者能力与知识积累的现实考量，也出于编选者自身研究的实际需要与诉求，因为此时编者也正担负着主编《中外文学交流史》之在研课题。如此面世的文化译丛，必将为源远流长的中西（中法）文化文学关系研究搭建一方坚实、宽阔的跨文化对话平台，也必将为日趋深入拓展的跨文化比较文学研究提供新的学术场域。

新编的“走近中国”文化译丛，以“游记”类和“文库”类两辑，即文学作品之“作家文丛”、学术著述之“学者文库”两辑刊行面世。恪守首创宗旨和选择准则，本译丛精选自17世纪以降，侧重18世纪至20世纪的法国作家、思想家、汉学家（含留法华人学者）研究中国文化有影响力的近20部作品。每部中译本皆有导读性的译者序或译者前言，并且尽可能地附有原著插图，以图文并茂的新风貌展现于世。具体书目为：马塞尔·葛兰言（Marchel Granet，1884—1940）著《中国古代的节庆与歌谣》（*Fêtes et chansons anciennes de la Chine*），白吉尔（Marie-Claire Bergète）、安必诺（Angel Pino）主编的《巴黎东方语言学院百年汉语教学论集（1840—1945）》（*Un siècle d'enseignement du chinois à l'école des langues orientales*，*1840–1945*，1995），岱旺（Yvan Daniel）著《精神对话：法国文学与中国文化（1840—1945）》（*Littérature française et culture chinoise*，*1846–2005*，2000），雷米·马修

（Rémi Mathieu）著《牡丹之辉：如何理解中国》（*L'Éclat de la Pivoine. Comment entendre la Chine*，2012），郁白（Nicolas Chapuis）著《悲秋——古诗论情》（*Tristes Automnes, poétique de l'identité dans la Chine ancienne*，2001），路易·拉卢瓦（Louis Laloy，1874—1944）著《中华镜》（*Miroir de la Chine: Présages, Images, Mirage*），乔治·苏里耶·德·莫朗（George Soulié de Morant，1878—1955）著《盛唐之恋》（*La passion de Yang Kwé fei*, *Mercure de France*, *revue*, *septembre-octembre*，1922），毛姆（W.Somerset Maugham）著《中国屏风上》（*On a Chinese Screen*）等。近20部不同文体的作品与著述，敬献于广大读者，就正于海内外方家。感谢一直与编者一起携手共耕的译者朋友们，感谢始终默默地关注着、支持着本文化译丛的亲朋挚友和学界师长、同仁们。

“走近中国”文化译丛选载的上述作品，皆属18至20世纪法国（含英国）作家、汉学家“游走中国”“观看中国”“认识中国”、思考和研究中国的各类不同文体的优秀之作，是法（英）国作者，一代接一代，瞭望中国、想象中国、描写中国的色泽斑斓、琳琅满目的集锦荟萃，堪称法、英文苑的奇花异草，构成了一道靓丽的风景线。这些作品的作者们，之所以一代又一代心仪“他乡”“远方”“别处”，不断地瞭望东方——中国，关注中国、描述中国，并不总是出于一种对异国情调和东方主义的“痴迷”，实出于认知“他者”和反观“自我”的内心需要。“在中国模子中，我只是摆进了我所要表达的思想。”——20 世纪法国作家谢阁兰的这句话最好不过地表达了这一代法、英作者关注中国、了解中国、描写中国的真实愿望，旨在借中国这面镜子来反观自己，确立自身的形象。他们之所以一往情深地渴望远方、别处，寻找“他者”，恰恰反映了他们对自己认识的深层需求，一种“时而感受到被倾听的需求，时而（抑或同时）产生倾诉、学习和理解的需求”，一种杂糅了自我抒发与理解他者的“必要”。克洛岱尔将处于地球东西两端的法中两个不同民族、不同文明之间的这种相互瞭望、相互寻找、互证互识的双向运动比作一种自然现象——“海洋潮汐”[①]。从这个意义上说，他们“瞭望”东方、“游走”中国、“寻找”他者，也许正是另一种方式的寻找自我，或者说，是寻找另一个自我的方式；他者向我们揭示的也许正是我们自身的未知身份，是我们自身的相异性。他者吸引我们走出自我，也有可能帮助我们回归到自我，发现另一个自我。由此可见，即将面世的“走近中国”

---

① Paul Claudel, *La Poésie française et l'Extrême-Orient* (1937), in *Œuvres en prose*, Paris, Gallimard, coll. *Bibliothèque de La Pléiade*, 1965, p.1036.

文化译丛，呈现于诸君面前的这些作品的作者们，之所以如此一代接一代地渴望东方，远眺中国，寻找他者，如此情有所钟地“醉心”于中国风景，采撷中国题材，一部接一部地不断描写中国，抒发中国情怀，认知中国，正是他们认知自身的需要，他们“看”中国，正是反观自己、回归自己的一种需求，一种方式和途径。如此，从跨文化研究的方法论学理层面看，“走近中国”文化译丛所提出的课题，不仅涉及这些法（英）国作家在事实上接受中国文化哪些影响和怎样接受这些影响的实证研究，还应涉及他们如何在自己的心目中构想和重塑中国形象的文化和心理的考察，研究他们的想象和创造；不仅要探讨他们究竟对中国有何看法，持何种态度，还要探讨他们如何“看”，以何种方式、从什么角度“看”中国，涉及互看、互识、互证、误读、变形等这一系列的跨文化对话的理论和实践的话题，是关涉中外（中法）文化和文学交流史研究的基础性工程，其学术价值和意义，毋庸置疑。

采撷域外风景，载运他乡之石，是当年创设“走近中国”文化译丛之动因、初衷，同理同道，广揽域外风景，汇编成集，呈现于国人，不是为了推崇异国情调，追寻异国主义，而是为了向诸君推开一扇窗户，进一步眺望远方，一览窗外的风景，旨在借助外来的镜像来反观自己，认识自己，从而确立自身的形象。众所周知，他山之石，可以攻玉。打开室内窗户，直面窗外景象，一览无余，我们自身的面貌也就清晰地浮现出来，一如有西方学者所言，在天主教“三王来朝”的时候，在我们的对面肯定会有一张毫无掩饰的面孔出现：“在面孔中所反映出来的他人，从某种意义上恰恰揭示了他本人的造型特征。就像一个人在打开窗户的时候，他的形象也同时被勾画了出来。”[①] 我们编译出版“走近中国”文化译丛，希望诸君看到17世纪以降至20世纪，这一时代映现在西方人眼中的中国，这个时代西方人注视中国、想象中国、创造中国的“尤利西斯式”目光。那目光可能不时流露出傲慢与偏见，但其中表现在知识与想象的大格局上的宏阔渊深、细微处的敏锐灵动，也许，无不令人钦佩、击节，甚至震撼。总之，诸君倘能闲来翻书，读到“走近中国”文化译丛，击节称奇，从中感到阅读欢愉，发出会心的微笑，那便是对我们的勉励，倘能借助这面互证的镜像，打开“窗外的风景”，反观自己，审视自己，掩卷长思，从中受到教育，那便是对我们最大的奖励。

---

① 〔法〕埃马纽埃尔·勒维那斯：《他人的人道主义》，袖珍书，图书馆散文集，1972年，第51页。

值此“走近中国”文化译丛付梓刊行之际，我们由衷地感谢出版方中央编译出版社的诸位领导，感谢他们始终坚守契约精神和不离不弃的支持、合作，感谢编译社诸位编辑的悉心编审，感谢翻译团队师友们携手共耕、辛勤付出，感谢法国知名汉学家雷米·马修先生、郁白先生在百忙中欣然赐序，拨冗指教。

钱林森

2023 年 5 月 30 日，大病未愈，居家养病期间定稿

南京秦淮河西滨，跬步斋陋室

中译本序：为何是中国？

20 世纪 80 年代初，我在巴黎念初中和高中。作为一名法国学生，我在中学期间从未学到关于中国或整个亚洲的任何课程。我只记得，高三时有几门课在介绍 20 世纪概况时十分粗略地提到了中国现代史，将之简单概括为从 20 世纪 30 年代中期到 60 年代初这段短暂历史时期内的几个标志性事件：从长征到“大跃进”；但对其他时代以及更广泛的文化、文学、建筑或风物等，却无只言片语。我们的课程——历史、地理、哲学、古代语言或现代语言——都围绕法国展开，略微扩展至欧洲和美国，却对中国乃至整个东亚漠然不言，对世界其他各地——如非洲或南美洲，也只略有提及。然而，在我的个人和家庭生活中，我却因祖母的缘故，从小便知道世上有这样一个国度。祖母的父亲是“黄种人”（当时惯称），第一次世界大战时来到法国，而他的祖上是从中国南方迁居越南的。我与这位曾祖父未曾谋面，但与祖母相处日久。祖母活到 97 岁高龄，生前曾给我讲述她那遥远家族的动人往事，也会说起被班里同学称作“中国佬”时如何忍受种族歧视的童年回忆……曾祖父和祖母给我们这个诺曼底家族留下了一份独特的回忆，一种对所有来自亚洲之物持续不减的兴趣——不论是文化、文学、戏曲还是烹饪，以及不乏亚洲与中国文献的丰富藏书，家人很早就允许我在其中随意翻阅。

了解这段家族背景后，读者大概能理解我为何在中小学时代热切而徒劳地盼望有人能和我谈及中国。这种期待与失望交加的心情促使我后来选择研究法国作家与中国的关系：在皮埃尔·布吕奈尔（Pierre Brunel）教授的指导下，我在索邦大学开始了比较文学领域的初步研究（即现在的两年硕士阶段），选择的正是在那时看来颇为冷门的学术方向。当初的选题是“保罗·克洛岱尔（Paul Claudel，1898—1956）的中国之旅和由此诞生的戏剧作品”。保罗·克洛岱尔通常首先被认为是一位“信奉天主教的作家”，但他也是在中国生活时间最长的法国作家，他以外交官的身份于1895—1909年间旅居中国将近十四年之久。在我的硕士学习期间以及博士研究的最初几年，即20世纪80年代末和90年代初，关于中国的参考资料、出版物和译著依旧寥寥，但在随后的二十年，我有幸见证了中国文化在全世界的广泛传播。形势的发展似乎在不断证实我始终热爱的研究所具有的意义，这项研究可以概括为：以法国视角分析中国及中国文化如何被发现、评价、翻译、认识与认同。

21世纪最初十年以来，中国加入全球化的进程尤为明显，甚至令人瞩目，但就现代时期而论，其酝酿显然至少可上溯至19世纪。早在1902年，法国著名地理学家艾力泽·勒克吕（Elisée Reclus，1830—1905）和奥内西姆·勒克吕（Onésime Reclus，1837—1916）兄弟就写下杰作《中华帝国》（*L'Empire du Milieu*）。序言以如下这段精彩的分析呼应标题并赋予其新意：

> 中国和日本在与欧洲列强的交涉中，不论其政治和军事走向如何，有一事可以确定：东方和西方各民族国家从此息息相关，且联系日益紧密，犹如零星雪片积聚成团，终成倾天而降之势……
>
> 中国和日本的城市里建起欧洲街区，在美国、秘鲁和澳大利亚，一座座中国城拔地而起，纽约和伦敦也陆续开设中国商行。与这些外部变化相呼应的是深层变动：贸易往来频繁，思想交流亦盛，东方人与西方人终于相互了解，并由此发现共通之处。世界变小了，各个文明不再自囿一域孤立发展，而将混融为某种更优越的文化。
>
> 从前，欧洲和东亚人民生活在两个彼此隔绝的世界；如今移民纷纷落户美国，宛然已成另一个欧洲，而古老的欧洲大陆和新大陆便围绕在中国两边；各国人民之间的往

来沟通如同河流不断流动，流经五洲四海，遍及全球。[1]

两位地理学家的观点至今不失新意（在 1902 年则可以说是独出机杼！），他们的阐述富有启示意义：思想、人员和商品，不论来自中国、欧洲还是美国，相互之间的流动都在“遍及全球”，而中国和“中华文化圈”被置于**独特**[2]且**中心**的地位。审视或重新评估中国在世界上的地位与作用日后成为西方话语关于亚洲的常见主题之一，贯穿整个 20 世纪乃至 21 世纪初。在 20 世纪 90 年代，这一辩题一度活跃，这主要缘于安德烈·冈德·弗兰克（Andre Gunder Frank，1929—2005）的研究成果。大西洋区域（勒克吕兄弟所说的两个“欧洲”，即欧洲和北美）被费尔南·布罗代尔（Fernand Braudel，1902—1985）等一些法国和美国历史学家称为 16—20 世纪世界经济的重心，但安德烈·冈德·弗兰克却对西方学术传统上赋予大西洋区域的优势地位提出质疑，他提出的假设是，16—20 世纪这段时期只是漫长世界史中由西方主导的短暂插曲，并据此对中国地位进行了重新评价[3]，从而引发热议。艾田蒲（René Etiemble，1909—2002）在 20 世纪 80

① Elisée et Onésime Reclus, *L'Empire du Milieu*, Paris, Hachette, 1902, p. 19.

② 黑体部分表示强调，原文如此。下同。——译者注

③ 参阅 Andre Gunder Frank, *ReORIENT: Global Economy in the Asian Age*, Berkeley et Los Angeles, University of California Press, 1998。

年代末出版的两卷本《中国之欧洲》[①]（*L'Europe chinoise*）一书中的观点也与此相同。该书标题便带有挑衅意味，前言即举印刷术等错归西方发明为例，以犀利的词锋揭露思想和技术史上的“欧洲中心主义之骗局”，其主要依据来自李约瑟（Joseph Needham，1900—1995）主编的皇皇巨著《中国科学技术史》[②]（*Science and Civilisation in China*）丛书。

上述评论若使争论变成孰高孰低的较量则毫无裨益。在我看来，它们主要指明了今日所说的“文化全球化”在所涉及的历史时期与空间范围内并非以单一、持续、对称的方式发展。克洛岱尔在1937年关于中国的一次学术报告中对这一演变作如下解析：

> 正如大自然有海洋潮汐和大气潮汐，人类不同族群之间也存在着灵魂、心灵和想象力的某种气压平衡。换句话说，在不同民族、不同文明之间，存在着或多或少的心理联系和不同程度的积极交流，某种与不同重量和压力之间比例关系相类似的联系。这种联系体现于各种交流往来，也体现在相互之间的关注。彼此间的兴趣不仅仅出于好感，比如我们想要写出一篇完美的文章，却意识到自身

① 艾田蒲，法国当代著名汉学家、比较文学和文化专家，两卷本《中国之欧洲》为其代表作。——译者注

② 一译《中国的科学与文明》。——译者注

> 的某种不足，于是产生模仿他者的需要，尽管这种尝试多少显得有些笨拙。刚才所说的气压平衡时而积极，时而被动；一个民族也时而感受到被倾听的需求，时而（抑或同时）产生倾诉、学习和理解的需求。①

可以看到，对这位旅居亚洲如此之久的外交官兼作家而言，与中国文化和文学接触的意义远远超出了对一个国家在世界舞台上的想象和“形象”问题，而是为了更深层地弥补思想、文化以及文学和诗学方面的某种“心理”需求，克洛岱尔的学术报告在后面进一步阐述了这一点。因此，在跨文化交流的框架下，彼此认知与认同是为互相取长补短之需。

克洛岱尔认为，中国文化和法国文化的哲学和思想基础迥异，但又同样因为在精神生活和社会生活中十分重视文字与文学而相近，二者因对自身不满足而产生缺失感，遂有交流之意。所以根据这一观点，对异域文化的指涉并非出自对“异国情调”的寻常好奇心或纯粹是王霸雄图，而是体现了一种“不足”，一种“需求”，一种杂糅了自我抒发与理解他者的“必要”。克洛岱尔将此种双向运动比作一种自然现象——“海洋潮汐”，不过它们在世界上所产生的影响属于思想和文化范畴。

---

① Paul Claudel, *La Poésie française et l'Extrême-Orient* (1937)*, in Œuvres en prose*, Paris, Gallimard, coll. «Bibliothèque de La Pléiade», 1965, p. 1036.

尽管如此，仍需看到中法之间的文学与文化交流体现出巨大的时差性。在中国，尤其在1919年五四运动之后，知识分子和学生积极了解西方；20世纪初，各领域各学科的西方著作被大量译介到中国，与此同时，海外留学也呈方兴未艾之势。然而，同一时期的西方各国却对中国文化兴趣寥寥。中国文化多被认为古旧邈远且过于高深典雅，即便不再被鄙薄无视，但长期以来仅限于某些领域的学者和极少数爱好者的研究范围，他们像19世纪时的前辈一样，仍属曲高和寡。在20世纪，许多中国的经典著作刚刚开始被移译（或是简单的翻译，或是译注）至法文并得以出版，当此之时，中国却又冷落本土传统文化，转而追求社会、语言和文化的现代化，导致这一差距继续扩大。不少中国学者从本国人的视角指出，中国在与西方及其文化相遇时经历了思想与文化上的“冲击”[①]与动荡。从欧洲和法国的角度而言，这场相遇或许没有那么天翻地覆，直接影响并不显著，但至少在属于思想史和社会史的文学创作一域，其影响不容忽视，这也正是本人的研究意旨所在。

中国文化出现在“世界文学共和国”（République mondiale des Lettres）这一国际文学舞台上，首先就与我们相关的法语译介而言，的确意味着这种文学和文化传统经历

① 本书文中类似的加引号的词汇或短语一般为本书作者对所引内容的摘录或略具个人化的表达，为尊重原文风格，译文保留引号。——译者注

了身份地位和接受方式上的变化——潜在的读者和评论者前所未有的多样化。中华帝国的文学被译介到19世纪的欧洲时，便成为**世界文学**（littérature mondiale）的组成部分：而且正如随后序言中会提到的那样，歌德（1749—1832）正是在19世纪30年代阅读[①]一部中国小说的法译本时构想出“世界文学”（Weltliteratur）这一概念的。这种文学全球化在21世纪初因比较文学而再兴风潮，这在大卫·丹穆若什（David Damrosch）2003年出版的《什么是世界文学？》（*What is World Literature?*）一书中得到突出的揭示。当然，对中国文学而言，这种全球化并非一蹴而成，而是经历了不同历史阶段。这首先得益于“东学西渐”和伴随东方学、欧洲汉学的发展而进行的译介活动。不论是翻译还是研究，这些著作首先可以归为介绍性著作，亦可在报刊或游记中得到印证。也就是说，有关中国的知识信息内容相对受到重视，而语言特色或行文风格、文学传统或文学史却几乎完全被忽视：因此，首先出现的是关于中国概况、史实、人物传记以及对地理环境与“风俗人情”的描绘，它们皆是历史、文学、社会与政治方面的史实性材料，而且更侧重人文社科而非“纯”文学研究。

我们注意到在第二阶段出现了**文学性**的译介与传播，但情形有所不同，因为文学的翻译和传播需要法国和/或中国的

① 原文年代有误，应为1827年，参见本书引言第5页。——译者注

文学界直接或间接的参与。这些译文本身及其相关评注不仅是为了传递原著的信息，而且更希望读者体会甚至理解形式和风格上的特色（虽然语言的转换常常无法再现这些特色），同时也将其置于中国思想史与文学史中进行论述。最后，在第三阶段，法国学者、作家和诗人将这些译著及传播的相关资料化为己用，盖因它们呈现了法国文学前所未见的样式，提供了新的参照，滋养了法国作家的文学创作。文学翻译是重要环节，因为在这种翻译中，文学译本与接受方的思想文化背景相关，甚至经常需要中法译者和作家的合作。从一开始，通过最初的学术或文学翻译，东方和远东的文学、哲学或宗教经典传达到西方，这一发现在19世纪产生影响，雷蒙·施瓦布（Raymond Schwab，1884—1956）在一部我认为相当重要的著作中称之为“东方文艺复兴”（la Renaissance orientale）[①]。

“东方文艺复兴”这一用语取自埃德加·基内（Edgar Quinet，1803—1875）《宗教的真谛》（*Génie des Religions*，1841）一书中以“论东方文艺复兴”为题的一章。在这篇短文中，埃德加·基内不加区分地使用此语论述雅克－昂利·贝尔纳丹·德·圣皮埃尔（Jacques-Henri Bernadin de Saint-Pierre，1737—1814）和拜伦（Lord Byron，1788—

① Raymond Schwab, *La Renaissance orientale*, Paris, Payot, 1950.

1834）的著作，甚或拿破仑一世的政治活动，因为他认为拿破仑“比任何人都更好地将亚洲精神传至法国中心”，但书中只字未提中国以及其他远东各国。幸运的是，雷蒙·施瓦布重新探讨了这一语词并为之注入新的内涵。他的著作虽是沿用原来的表述，却赋予它更为精善的含义。他认为，15—16世纪通过重新发现古希腊—拉丁典籍而出现的欧洲文艺复兴这一用语，可以移用于始于19世纪因东方学研究而对东方经典著作的发现。“东方文艺复兴”中所发现的“东方”是一个整体，对印度文化的参照在其中占据主导地位，也对其他文化有少量提及，如近东、中国和日本；亚洲的思想流派（主要是佛教和印度教）都被一一涉猎。雷蒙·施瓦布对构成“东方”形象的不同思想文化进行了一番归纳总结，当然，他的概述或多或少模糊地局限于印度，让人不由联想到爱德华·沃第尔·萨义德（Edward Wadie Said）关于“西方所造之东方”的警示。

虽则如此，当我们今日更加确切地考察来自东方的各种文化与文学流派及其对欧洲乃至世界文化与文学的影响时，“东方文艺复兴”这一假设似乎得以确认。在印度之外，中国的确展示了另一种非欧洲语言（这一点有别于梵语）——因而差距更大——的范例。西方在19世纪时真正发现了中文，并在同一时期开始研究和教授这门语言。1815年1月16日，法兰西公学院（Collège de France）“汉文与鞑靼文、满文语言文学”讲席教授雷慕沙（Jean-Pierre Abel-Rémusat）的课程正式开讲。他后来出版了《汉文启蒙》（*Eléments de la grammaire chinoise*），该书为威廉·冯·洪堡特（Wilhelm von Humboldt，1767—1835）1822 年的汉语研究奠定了基础。之后，安托万·巴赞（Antoine Bazin，1799—1862）于 1841 年在巴黎开设了最早的中文公开课。从此以后，中国愈来愈为人所了解。这个国家拥有丰富和历史悠久的文学传统，这一传统建立在自古以来被引为圭臬的文人和作品所构成的“**典籍**”基础之上，作品虽然数目有限却注疏繁多，构成一个经典文库。虽有上述先行者的努力，但西方人对中国典籍的真正理解和进一步的选译工作依然迟缓滞后，在法语世界的传播便是如此，

关于中国文学和文化在法国的传播，需要指出的是，儒家经典和《道德经》《列子》《庄子》等重要道家经典以及文言著作——尤其是古诗——的译本往往被列入一个单独的考察范围，它们在 20 世纪对法国学术界和文学界一直保持深远影响，然而产生这些著作的帝国体制却一去不返：至少从 1919 年五四运动以来，中国在精神生活和文学创作上都经历了剧变。虽然这些古代典籍发行困难，但法国出版商和作家总是对其青睐有加。与之不同的是，更近的作品却长期停留在学术和政治的狭小读者圈内。从雷慕沙、儒莲（Stanislas Julien，1799—1873）和纪尧姆·鲍

吉耶（Guillaume Pauthier，1801—1873）的拓荒先行，到让·乐唯（Jean Lévi，1948—）、弗朗索瓦·于连（François Jullien，1951—）和程艾兰（Anne Cheng，1955—）等人的近期译著，古籍译本不断被修订和完善。某些经典著作如《论语》或《道德经》，自20世纪下半叶以来在“口袋书”丛书（Collections de poche）[①]中定期出版，并得以大量发行。

上述典籍令人了解了上古时代和中华帝国的悠久传统，而法国一直以来对中国诗歌的关注则扩展至唐代（618—907）和宋代（920[②]—1279），不时有新的法译诗集问世。自20世纪50年代开始，在伽利玛（Gallimard）或阿尔班·米歇尔（Albin Michel）等出版社的丛书中极易见到中国诗歌选集。对明清时代近古文学的译介亦颇为可观，尤其是散体文（如古典小说、志怪小说、短篇小说和故事集等），但长期以来，其中入选大量发行丛书者甚少，评论关注亦很有限。这一时期的戏剧作品仍是最难移译的部分。20世纪最后几年，成立了几家专事亚洲领域的出版社，如菲利普·毕基耶（Philippe Picquier）出版社、伽利玛旗下的曙光（l’Aube）出版社和中国蓝（Bleu de Chine）出版社。同一时期，一些享有盛誉的丛书，如“七星文库”（Bibliothèque de la Pléiade）系列/丛书，

① “口袋书”丛书由Hachette出版社旗下的Librairie générale française出版社于1954年发行，畅销至今。

② 原文年代有误，应为960年。——译者注

增补了中国著作。所以直到20世纪最后几年才见中国文学在法国的译介全景，其中既包含了经典著作和现代文学，也有年轻作家的当代作品。

当我们结合上述观察来研究那些融合了中国文化元素的法国著作时，会发现借鉴古代经典和唐诗宋词者甚众。虽有近期作品被翻译和发现，并吸引了不同群体的法国读者，然而评估这些作品的影响力还为时尚早。最近几部杰出的研究成果和著作也印证了这一看法。在汉学界，弗朗索瓦·于连的一系列著作再度推动了对古代中国典籍的研究，其反响已超出哲学领域。在文学创作方面，在法语世界，学术机构和媒体对中国文学的认可达到了史无前例的高度，不论是作品被译成法文的中国作家还是以法语写作的作家，成功之例有苏童（1963—）、1997年费米娜外国小说奖得主贾平凹（1952—）、2003年费米娜奖得主戴思杰（1954—）、1998年龚古尔处女作小说奖得主兼2001年龚古尔中学生奖得主山飒（1972—），还有2002年当选法兰西学院院士的程抱一（1929—），以及在更广阔的国际舞台上获得认可的2012年诺贝尔文学奖得主莫言（1955—）等。

然而，应当认识到，在中国文学引进法国的最初阶段，至少在19世纪90年代以前，本书即将论述的19世纪诸位法国作家并无可供参考的译著或学术著作来准确了解中国的文学与思想，更不必论及条理与深度。然而，少许迹象和线索，即便残缺不全且含糊不明，便已使得其中一些作家领会抑或是感觉到某种陌生而独特的吟诗作画方式，当然，偏误遗漏之处也是在所难免。因此，尽管在很长一段时期里中国文化曲高和寡且为其他东方文化的影响所遮蔽，我们可以借用“东方文艺复兴”这一妙语来探讨中国文化对法国文学的影响。英国和德国曾经出于不同缘由对印度产生兴趣，印度文化盖因此而间接受益，日本自明治时代（1862 年①）开始主动推行现代化，效仿西方，这两个东方国家因而推广了自身在国外的文化影响。与之相比，中国文化未曾遇到有利的特殊时机，因而进入法国更晚，过程也更加曲折。中国文化在世界上的推广传播在 19 世纪显得艰难、迟滞且不受瞩目，却在 20 世纪后半叶蓬勃发展，焕然一新。中国以及广义上所称的“中华文化圈”的文化与文学终于得以与外部世界频繁交流，迎来了真正的**中华**文艺复兴。

呈现在读者面前的拙作仅探讨这一广阔交流与影响的几个方面，序言中将逐一介绍。读者一定会惊讶于书中没有任何章节论及戏剧以及更广泛的所有关于戏剧和舞台艺术的交流。这绝非因为我认为这一领域可以被忽略，恰恰相反，我一直觉得戏剧有其特别的重要性。不过，写作不得不有所取舍。我的第一部著作出自本人的比较文学博士论文，主题是

① 明治时代为 1868—1912 年，原书作者对年代标注有误。——译者注

“保罗·克洛岱尔与中国”，其中戏剧作品占据很大篇幅。此外，我已发表了数篇关于同一主题的文章。因此，本书是对我早期研究选题角度的补充与拓展，重点论述散体叙事和文论，以及在中法文学交流中极为重要的诗歌。同时，我也希望将一些非主流文献列入考察范围，如报刊文章、报道、游记，或是朱迪特·戈蒂埃（Judith Gautier）和儒勒·凡尔纳（Jules Verne）等人的作品，他们在法国文学史上因为各种原因曾长期被归为二流作家之列。实际上，这些文本（报刊文章或报道、游记、“异域风情”小说或“历险”小说）往往得以广泛发行，在报刊上或书店里拥有众多读者，因此积极参与塑造了法国人对中国的全新认知，也更深层地参与了中国文化在法语世界里的推广，它与法国文化在中国的传播相互呼应，共同形成了当代文学和文化全球化中最为丰富多彩的一道风景线。

在结束这篇冗长的序言之前，我要感谢一直以来在我个人学术研究期间所有给予我鼓励和建议的中国同事和朋友，恕我在此无法一一列举：他们对此项研究的善意、关注和关心使我在长期研究中一直保持激情。我要特别感谢南京大学的钱林森教授，从初次会面至本书出版，他一直给予我友善的帮助和鼓励。此外，想必读者在阅读这篇中译本序言之后一定能够理解我对翻译活动和译者工作的关注与敬重，在以研究文化交流和传播为己任的比较文学领域，译者的工作至关重要，尤其是承担着开启另外一个世界的作用。因此，我也要衷心感谢本书的两位译者——北京外国语大学的车琳女士和叶莎女士。最后，我要向本书的所有中国读者致以兄弟般的敬意，希望我们能同心协力继续书写中法和法中文化与文学交流的悠久历史。

岱旺（Yvan Daniel）

2017 年 6 月

目　录

第三部分 激 启

引 言

一个世界，这个世界

欧洲人眼里的中国，至少在19世纪以前，一直遥远而闭塞，自成一世界，他们很早便以“星球”喻之。1705年8月18日，莱布尼茨致韦尔朱思神父（Père Verjus）书简中早以“另一个地球”指称中国。维克多·雨果1869年致信朱迪特·戈蒂埃时亦类此喻：“远赴中国，几乎无异于往登月球。”20世纪初以前，法国人多用“中央帝国”“天府帝国”“中央之华”抑或“花之帝国”（凡尔纳语）之类惯用语指代中国，后来也常常将中国喻为另一个星球、另一重天地，如保罗·克洛岱尔。更晚以后，安德烈·马尔罗（André Malraux）在《西方的诱惑》（*La Tentation de l'Occident*，1926）中更以“遥远星球”形容中国。星球这一意象亦见于诗歌，如安德烈·布勒东（André Breton）在《升象》（*Signe ascendant*，1949）中便以“月茶”（thé de lune）代指惯用语

“中国茶”（thé de Chine）。学术界也喜欢以遥远星球的形象表述中国，视之为（另）一个世界：东方学屡屡提及“中华世界”，此语因著名汉学家谢和耐（Jacques Gernet）的《中华世界》（*Le Monde chinois*，1972）[①]一书题名而广为传播。该书一版再版，并被译介为多种文字。在书中，这一表达专指中国；但在后来常泛指“中华文化圈”（lemonde sinisé）[②]，即在历史上受中国文化与政治影响的亚洲各国。

虽然对中国的喻指看似相近，具有揭示意义，但内涵各异，不可混同：作家们在文学作品中遥望中国那“另一个世界”，以月亮或星球为喻，是为形容相距太远、知之甚少，极言邈远难至，迥然相异。东方学则恰恰相反，“世界”这一概念基于确切的标准，且有较为明晰的历史与文化信息为佐证，即使在20世纪最后几十年以前每况愈下。在这两大研究领域中，不论是另一个星球的意象，还是对独立世界的表述，都暗指另一个“体系”的存在，这一体系不受欧洲影响，直至19世纪。事实上，从这一时期起，中国文化在法国乃至欧洲被发现并传播的历史与中华文化的全球化历程交织相融。中国文化第一次为西方乃至全世界的学者、作家和

① 谢和耐这一巨著已有中文译本，书名意译为《中国社会史》（耿昇译，南京：江苏人民出版社2010年版，共654页）。由于在此处涉及对法文表达le monde chinois的直接引用，为使上下文表述自然而直译为“中华世界”。——译者注

② Léon Vandermeersch, *Le Nouveau monde sinisé*, Paris, PUF, 1986.

读者所知，是在“中华文化圈”以外发轫。本书旨在阐明：自19世纪40年代始，“中华世界”的文化与文学逐渐被发现、认识和接受，并得到发展促进，从那至今，便对法国文学创作不无影响。

当然，在此之前，中国早已为人所知，这主要归功于各教派传教士的记述。他们开启了全新论战之风，主要涉及哲学、政治与宗教思想，正如艾田蒲（René Etiemble）与孟华[①]所述。但在19世纪以前，文学创作明显涉及较少，虽然伏尔泰于1755年改写纪君祥的《赵氏孤儿》[②]仍令人瞩目。此剧为元代（1271—1368）作品，此前由马若瑟神父（père Joseph de Prémare）译介。18世纪，法国对中国文学的翻译仍极其罕见，传播甚窄；19世纪，虽然中国开放国门，但文学作品的译介与发行仍十分缓慢且数量有限。艾田蒲的《中国之欧洲》[③]一书，从马可·波罗讲到伏尔泰，更偏重介绍哲学家与教士，而非作家。19世纪最初二十年，法国未开设中文课，因语言不通，西方读者很长一段时间只得通过译著、东方学

① 孟华，北京大学比较文学与比较文化研究所教授，从事中法比较研究与翻译。——译者注

② 关于伏尔泰的《赵氏孤儿》，参见孟华：《他者的镜像：中国与法兰西——孟华海外讲演录》，北京：北京大学出版社2004年版，第116—117页。——译者注

③ René Etiemble, *L'Europe chinoise*, Paris, Gallimard, coll. «Bibliothèque des Idées», 2 vol., 1989.

著作或报刊报道了解中国。此处暂且不提乔治·苏利耶·德莫朗（Georges Soulié de Morant）和谢阁兰（Victor Segalen）等少数几位曾在官方机构学习汉语的作家，大多数法国作家自己选择译著以了解中国文学与文化，所选译介经常重叠，偶尔也有与中国文化的直接接触，如会面、旅居或旅行，因此多少有些了解。

这些引介首先来自发行量较大的报纸与刊物上广为传播的介绍，例如报道、游记、外交官回忆录等。19 世纪 40 年代以后，这类文章大量涌现，1860 年英法联军侵华及《北京条约》的签订使中国国门向西方大开，这类文章有增无减。这些介绍普及了中国新形象，与当时局势相关，可以在皮埃尔·洛蒂（Pierre Loti）和儒勒·凡尔纳的作品中见到相应内容。但主要引介渠道是学术研究与译介，且在游记见闻或“回忆录”中也常见引用。的确，东方学研究，即本书所要论述的汉学及中文译介，一直以来以其研究著作在文坛据一席之地。为了了解某一时期的作家掌握何种资料，需要考察对中国认识的进步、翻译的重译与进步，以及这一领域的整个发展史与著述成果。在同一部作品中，确实也能够观察到因新近阅读或发现新译本而作的修改、增补和校正。

当然，最早的现代法国专业汉学家的著作首先直接影响欧洲区域。约翰·彼得·爱克曼（Johann Peter Eckermann）在《歌德谈话录》（*Conversations avec Goethe*，1835）中写到

1827年1月31日周三时，转述了导师歌德对新近读到的一本中国小说的评论。众所周知，歌德因发现与介绍这一异国文学而提出了“世界文学”（Weltliteratur）之说，此说自当时便引发争议不断。[1] 在此还应说明，这部中国小说（下文将再次提及）就是《玉娇梨》（1826）的首部法译本，由雷慕沙所译。[2] 稍早以前，威廉·冯·洪堡特[3] 在回应雷慕沙的《汉文启蒙》（1822）一书时以法文写成《致阿贝尔－雷慕沙先生的信：语法形式的性质通论及汉语特性专论》（*Lettre à M. Abel-Rémusat sur la nature des formes grammaticales en général et sur le génie de la langue chinoise en particulier*，1826年3月）。这封书信将中文纳入比较语言学的领域。一种崭新的文化在欧洲出现，本书在此关注的是语言与文学领域。学术东方学的译介带来新的视角，在文学批评和语言学研究领域激发出新颖观点。但直接受到影响的不仅仅是评论与认识，也有文学之创新。的确，由于汉学与法译著作的引介，法国乃至欧洲文学中出现对中国文学与文化的引述与相关内容，文学中的这些参照由此得以世界化。19世纪甚至到20世纪初，一些法文作品效仿学术类或普及性的汉学译著和研究著作，冠以

① Johann Peter Eckermann, *Conversations de Goethe avec Eckermann*, trad. de Jean Chuzeville, Paris, Gallimard, coll. «Du monde entier», 1988, p. 204 sq.

② 参阅下文第二章。

③ 威廉·冯·洪堡特（Wilhelm von Humboldt）（1767—1845），德国著名语言学家和教育家，比较语言学创始人之一。——译者注

“中国风”，更加引人瞩目。其他作品则较为含蓄，并未直接参考此类关于亚洲的著述，但却在很大程度上从中汲取灵感，自成一体。

在此情况下，译介及传播具有至关重要的意义。[①]就中法之间的文学与学术交流而言，这一过程有其特殊性和滞后性。18 世纪传教士文献学家的译著仍在流传，在巴黎，专业汉学产生数部杰出的文学类著述与译本。上文已提到雷慕沙的研究，还应补充儒莲（Stanislas Julien）以及后来的德理文（Marie-Jean-Léon d’Hervey de Saint-Denys），二人皆是法兰西公学院讲席教授。这些学者有意回避中国文学传统，在翻译时首选小说，而后才是诗歌作品。一些古代典籍和道家著述也在同一时期出版，但常常得益于其他汉学家之功，如本不应当被遗忘的纪尧姆·鲍吉耶（Guillaume Pauthier）。随后的 19 世纪 90 年代开启了重要的革新阶段：爱德华·沙畹（Edouard Chavannes）的《史记》法译本问世，耶稣会士顾赛芬（Séraphin Couvreur）和戴遂良（Léon Wieger）开始在中国出版古代典籍与道家经典的新译本。由此，在 19 世纪与 20 世纪之交以及随后数年，这些中国古典文化著作一定已为法国作家所发现；同一时期，中国也开始关注西方思想与科技。西方著作、思想与技术的引进与传播在中国引发了文化

① 此处引用的中文翻译见参考书目第一部分，按出版年代排序。

与知识危机，不仅导致1919年五四运动爆发，而且绵延至整个20世纪[①]；但在欧洲，对中国文化与思想的发现似乎明显不够轰动。当中国猛烈批判本国传统文化，宣扬大多来自西方的思潮时，儒家典籍与道家经典反而在法国逐渐被了解与传播。20世纪末，当一些中国作家与知识分子在某种程度上高喊回归传统文化身份认同时（尤其是“寻根”热潮），法国读者又发现了许多新的作品、数部古典名著的经典译本以及最新锐的文学创作。典籍译本长期以来数目寥寥，仅见于学术性或专业性丛书，但在20世纪后半叶很容易被查阅到。自20世纪80年代起，许多中国文学作品亦是如此，起初发行量不如古代典籍，这大概是因为此前哲学家和某些传教士对古代典籍更感兴趣。

中国在传播古代文化典籍的同时，也推介为文人雅士所不屑的民间文学——长篇小说、短篇故事和戏曲，还有20世纪20年代之后的文学创作。这些作品的译介与发行在法国最初十分缓慢，但在20世纪50年代以后发展迅速。1956年，艾田蒲和勒内·卡约瓦（René Caillois）为联合国教科文组织和伽利马出版社创立“认识东方”（Connaissance de l’Orient）

---

① 这一时期的史学研究方法参见张弛的综述，《中国与现代：中国文化在现代所遭遇的冲击、危机及其复兴》[*Chine et Modernité. Chocs, crises, renaissance de la culture chinoise aux temps modernes,* Paris, éd. You Feng（友丰出版社），2005]。在文学领域，参阅Zhang Yinde（张寅德），*Le Monde romanesque chinois au XXe siècle. Modernités et identités*, Paris, Honoré Champion, 2003。

丛书。自 20 世纪 70 年代末，由谭霞客（Jacques Dars）和雷威安（André Lévy）翻译的古典名著在“七星文库”系列 / 丛书出版。古代典籍和某些著名小说以口袋书系列刊行，发行量极广，一些旧译本亦是如此，如儒莲或顾赛芬的译著。一些中法双语的上乘之作问世，见于立异（La Différence）出版社的“俄尔普斯”（Orphée）丛书（可惜这套丛书发行时间短暂，且销量有限），或是蒙达昂（Moundarren）出版社的著作。最后，出现了专门的出版社，如创办于 1986 年的菲利普·毕基耶出版社、创办于 1987 年的曙光出版社和创办于 1994 年的中国蓝出版社，它们使法国出版业得以增补完善，并呈现出史无前例的全景图。

19 世纪时，汉学最初以史学研究为主，文学作品因而被当作“资料”使用。正是在此背景下，儒莲的弟子毕欧（Edouard Biot）研究中国文学作品；同样，为了研究“风俗”演变与技术发展史，德理文搜集翻译唐诗，并介绍了唐诗的价值与意义。20 世纪初，葛兰言（Marcel Granet）的研究继续采用这种方法，民间诗歌成为他研究古代中国社会与历史的参考资料。而传教士们的汉学翻译与研究也仅是围绕精神和伦理主题，同样将文学创作形式、题材和发展史置于次要地位，这就使得纯粹的文学分析在初期更显匮乏了。而且，整个 19 世纪及 20 世纪相当长的一段时间里，汉学研究者绝大多数为神学家、史学家、宗教史学家、人种学家或社会学家。法国汉学的这种趋势大概有利于一系列文学翻译与改编的出现，自19世纪起，法国汉学家、中国译者和文学创作者便通过直接或间接的合作致力于此。这些不同身份之间的界限并不总是那么明晰：20世纪的一些作家有时也被视为汉学家，如乔治·苏利耶·德莫朗和谢阁兰；另有一些作家身兼数种身份，甚至无所不涉及，如程抱一和让·乐唯。

东方及远东的文学作品被引介到欧洲的这个时期被后来的雷蒙·施瓦布在其著名的博士论文中称为“东方文艺复兴”时期[①]。此语取自埃德加·基内的著作《宗教的真谛》中的一章，题为“论东方文艺复兴”。雷蒙·施瓦布拓宽并更新了这一概念：15世纪至16世纪，西方因重新发现古代经典著作而有复兴之说；可与之相提并论的是，19世纪，借助语言学的发展和东方学的研究，东方重要典籍得以被发现，亦见复兴。但他的论证是基于“东方”一词的广义概念，而在后来的分析中，该词往往限指印度、梵文研究史以及印度学对欧洲学术研究与文学创作的影响。只有寥寥几段涉及远东，且其中大多是关于日本的。虽然雷蒙·施瓦布的观点论证看似有局限性且在其后推之过广，但仍具有重要意义。“复兴”一词（作者施瓦布本人也认为言之过重）大概有待厘清，但在此应当认识到，除了从亚洲到欧洲的地理通道以外，还有因

① Raymond Schwab, *La Renaissance orientale,* Paris, Payot, coll. «Bibliothèque historique», 1950.

各种异域传统而产生的不同引介渠道。异域传统文化可能是借由考古学发现而彰显于众的，譬如在尼尼微国王亚述巴尼拔（Assurbanipal）王宫的图书馆中挖掘出的泥版书，19世纪60年代，英国的东方学家从中发现史诗《吉尔伽美什》（*L'Epopée de Gilgamesh*）；异域传统文化也可能在传统的延续更迭中被发现，比如19世纪40年代后开放国门的中国。希腊和拉丁文明古籍在其诞生之地被重新发现的；与之相反，中华文明古籍被发现之时，不论是时间与历史背景，还是空间与地理环境，一切都使之显得格格不入，极为陌生。

因此，这种"东方文艺复兴"与欧洲文化与文学对"东方"的发现和逐步接受相一致。但可以看出，欧洲人似乎向来偏好外国文明与文化的古代时期，而忽视了这些国家最新出版的著作与学术文化动向。以中国为例，很长时间里，对古代典籍与作品的参照明显占据多数，而对当代作品与文学动态的关注则少得多。分析认为，欧洲话语体系的这种倾向是在否认异域的同时代性，在某种程度上僵化其历史与文化形象，以反衬西方的活力与现代性。就此而论，20世纪70年代末，美国比较文学家萨义德的研究与雷蒙·施瓦布提出的"乐观的复兴"毫不相关。萨义德最初研究近东，论证西方世界借报刊、外交与政治辞令、大学与学术界话语以及文学作品等渠道塑造其形象，乃是为其霸权意图服务，试图通过“东方化东方”[1]而为西方在全世界的主导地位辩护。在这一观点中，“东方学”话语的依据（即广义上所有论述东方的著作）最终总是被视为政治话语；在深层，它们受制于各民族国家与社会集团之间的交锋角力。萨义德的研究是一种警诫，因为我们将要考察的大部分引介渠道都来自西方。比如，从对 19 世纪撼动中国的太平天国运动的表述与分析，可见政治与经济利益以及宗教信仰的影响，这也体现在当时的文学作品中（后文将会提及）；又如，译者与作者的宗教与政治倾向自然也扮演了重要角色。但政治与意识形态不应带着刻板偏见分析文学作品，虽然这种角度常能阐发问题，但即便没有曲解作品，也永远无法穷尽其含义。

当法国文学作品涉及中国和中国文化时，的确经常成为“西方所造之东方”的典型：中国作品的诸多名目，在不同层次被引介、翻译、重写、改编、评论、概述，或通俗改编、查禁或出版，但在西方的传播最初都完全依赖于西方人的引介，尤其是传教士、外交官和东方学学者。但最初仍有几位中国人出现在文学与东方学的舞台，致力于这一交流的中国人不断增多，声名愈显，直至 20 世纪末。虽然萨义德的警诫不容忽视，“东方文艺复兴”的阻力与困难也不应被低估，但

---

① 参阅 Edward W. Said, *L'Orientalisme, l'Orient créé par l'Occident, trad.* de C. Malamoud, Paris, Seuil, 1980; *Culture et Impérialisme,* trad. de P. Chemla, Paris, Fayard, 2000。

应当承认，自19世纪以来，中国文学与文化在中国以外充满活力。通过对起源、引介以及翻译史的研究，应当能够从贴着“东方”标签的各种混杂影响中将中国的影响清晰地区分开来。我们将会指出：在欧洲人看来，中国的文化、文学和思想是如此博大精深、独树一帜，对它们的发现诱发了新的创造力，刺激了法语文学创作，虽然很长一段时间里，了解它们的唯一渠道仅仅是存在缺陷的译介。

的确，从文学角度而言，与中国文化的接触产生了许多风格独特、题材或灵感来源新奇怪异的作品，其中一部分在法国文学史上独树一帜，甚至称得上绝无仅有之作。我们即刻便可举出几例，如谢阁兰、圣-琼·佩斯（Saint-John Perse），或是稍晚以后的亨利·米肖（Henri Michaux），另有几位后文也将会一一介绍。早在1896年，保罗·克洛岱尔便在《第七日的休息》（*Le Repos du septième jour*）中构想出一个前所未有的戏剧形式，剧情依据耶稣会传教士译注的中国典籍，一部分舞台场景的灵感则来自这位外交官在华任职期间曾观看的仪式与街头演出。[①] 在上述情况中，读者接触到奇特的作品，不仅因为对中国的描述当时仍较为罕见且常常不甚明晰，更是因为对中国文化与文学的参照能深刻影响法语文学的题材、风格、结构，甚至是诗学，如保罗·克洛岱尔

① Yvan Daniel, *Paul Claudel et l'Empire du Milieu*, Paris, Les Indes savantes, 2003.

或雷蒙·格诺（Raymond Queneau）。

然而，人们往往认为中国文化对法国文学的影响极小。一些作家虽有部分作品取材自中国作品译本，却以作品的其他特色享誉文坛，从而使得这种异域影响屈居次要地位。另一些作家的大多数作品专写中国，如朱迪特·戈蒂埃和谢阁兰，却因各种缘故被忽视，其作品很晚以后才得以重新出版。所有这些作品中对中国文化的参照在某种程度上往往被文学批评界认为是间接的。这种参照首先自然被划归为“异域情调”，常被视为肤浅藻饰，最终也因此被忽视；随后它被怀疑只是西方的臆造，对其态度也因国际形势以及意识形态与政治局势而异。在所有这些情形中，对中国的参照，就像以“东方”或他者的概念将其纳入更为广泛的研究领域一般，不过是异域的标志而已。但同时，如此被引入西方的中国思想与表达手法及其对文学创造的影响，相对而言，价值难以彰显，尤其是相比哲学与思想史等学科领域。中国文学很晚才被译介和出版，传播缓慢，步伐谨慎，不为大众所知，虽有艾田蒲一再发出发人深省的呼吁，中国文学仍鲜见于中学与大学课程。即便如此，中国文学仍渐露光芒，20 世纪末，数位中国学人也被西方文学最权威机构所认可，比如 2002 年，程抱一当选法兰西学院院士。

最近几十年至关重要。1964 年，即夏尔·戴高乐（Charles de Gaulle）领导下的法国承认中华人民共和国的那一年，艾田蒲撰文提出如下问题："我们是否了解中国？"最后的回答是："我们承认中国，却知之甚少。"[①] 几年以后，罗兰·巴特（Roland Barthes）在《符号帝国》（*L'Empire des signes*）一书开篇指出，法国对整个亚洲亦不了解。在他之前，学术界与文学界的诸多名流，如保罗·瓦雷里（Paul Valéry）或安德烈·布勒东，早已察觉或承认这种无知。罗兰·巴特经常强调发现与传播中国文化与文学所遇到的各种阻碍，并选择了"遮蔽"（occultation）[②] 一词进行阐述。

阻碍或遮蔽

罗兰·巴特于1966—1968年间三次赴日旅行考察，于是首先发现了日本。适才提及的《符号帝国》便是这最初的亚洲之行最著名的成果。通过这部著作可以理解，罗兰·巴特为何因其作品与日本及日本文化的关联而常被恰如其分地引述。但需要指出的是，此书引言以颇具波德莱尔风格的"遥

---

① René Etiemble, *Connaissons-nous la Chine?*, Paris, Gallimard, coll. «Idées», 1964, p. 173.

② 该词在孙乃修所译《符号帝国》（罗兰·巴特：《符号帝国》，孙乃修译，北京：商务印书馆1994年版。）中被译为"闭塞"，以下相关引语亦从其译本，但译者以为，"遮蔽"一词更符合法文原义及罗兰·巴特的表意，个人之见，仅供参详。——译者注

远的国度”（Là-Bas）为标题，其中对“东方”与“西方”的指涉更为宽泛。[①] 直至几年以后，这位语言符号学家于 1974 年 4 月 11 日至 5 月 4 日期间随“如是”派（*Tel Quel*，一译“原样派”）访问时才发现了中国。翌年，罗兰·巴特为“永恒的作家”丛书撰写《罗兰·巴特自述》（*Roland Barthes par Roland Barthes*），从其片段式的自传风格来看，没有任何文段标题直接指涉中国。但在题为“检索标记”的索引中出现了“中国”字目——这个国家甚至是文末两页的索引目录中唯一被提及的国家。这一词条指向“接受，不是选择”一段，指涉 1974 年的中国之行以及罗兰·巴特回到巴黎两周后发表在法国报刊上的《中国怎么样？》（*Alors, la Chine*）[②] 一文：

> 后来，过了很久（1974 年），在他去中国旅行之际，他（指罗兰·巴特）曾经试图重新采用认同一词，来使《世界报》的读者们即他的世界的读者们理解他不“选择”中国（当时缺少许多因素来明确这种选择），而是……在不声不响之中（他称之为“平淡”之中）接受着那里正在

① Roland Barthes, *L'Empire des signes,* Paris, A. Skira, 1970；笔者所引源于 A. Skira & Flammarion 出版社 1980 年再版第 7 页。

② Roland Barthes, «Alors, la Chine», in *Le Monde,* 24 mai 1974; repris en plaquette aux éd. Christian Bourgois, avec la postface datée d'octobre, 1975. Repris in *Œuvres complètes*, Paris, Seuil, t.IV（1972–1976）, 2002, pp. 516–520.

> 做着的事情。这一点不大被人所理解，知识界所要求的，是一种选择……[①]

的确，如同20世纪50年代的西蒙娜·德·波伏娃（Simone de Beauvoir）一般，中国的政治环境、中国现代史上不同时期知识分子的介入，似乎促使人在意识形态上作出明确的选择。但罗兰·巴特宁愿写一篇不论是观点还是意义都比政治宣言含糊得多的文章。中国之行产生的全文由1974年的那篇文章以及1975年10月所写的附记组成。罗兰·巴特此文为本书的研究提供了十分重要的佐证，不仅因为他声名显赫，而且因为他揭示出一种误读和文化落差。罗兰·巴特访问中国时正值“批林批孔”运动，有人想知道他如何看待毛泽东时代的中国，而他的确未作正面回答。这种挑衅的姿态自第二段中的论述便明显可见：“在某种意义上，我们只带回（除政治的答复外）：空无。”[②]这位语言符号学家前往中国时脑中装满了人文社科类问题及其“研究对象”（如“语言”“主

---

① Roland Barthes, *L'Empire des signes, op. cit.*, p. 52. V. les «Repères», pp. 188–189.

译文转引自怀宇译《罗兰·巴特自述》，天津：百花文艺出版社2006年版，第10页。——译者注

② 译文转引自罗兰·巴特：《中国怎么样？》，王立秋译，http://www.douban.com/group/topic/20491157。该文原载于1974年5月24日的世界报（*Le Monde*）。以下有关《中国怎么样？》一文的引语皆引自此译文。——译者注

体”“性”和“科学”），采取观察、认识和“辨读”的积极方式，却发现这些质询在当地突然变得“不合时宜”（impertinents）。[①] 西方的知识，“我们的学识”，在他当时看来仿佛是“幻景”。欧洲人出于“思想上的祖传旧习”而追问——“我们相信我们的智识工作总会揭露一种意义”——罗兰·巴特对此唯一的回答是，他在毛泽东领导下的中国发现了他所称的新的“语义场”，他经过反复探索给出定义：这是一个“平淡”的空间，更确切地说，是“安静”的空间，作为西方思想特点的“意义斗争”在其中被“免除”。在这静默的氛围中，“意义”变得罕有，中国只见一种语言：无处不在的“政治文本”。

罗兰·巴特“接受”的并不是这个“政治文本”，《中国怎么样？》一文及1975年后记引起的各种“负面的反应”便是佐证。这篇后附之文立场并不鲜明，但展示出一个新的中国形象，彰显出罗兰·巴特思索的内容。正如在别处一般，这位评论家首先设定：语言结构将所有话语限定为四种模式：“肯定”“否定”“怀疑”“提问”。但他却摒弃这些西方语句中不可绕过的分类，表达出另一种愿望：“推迟其陈述，而同时又不将它取消。”因此，当言而无物时，“接受”，即默认，便体现在话语的推迟之中。但罗兰·巴特重申道，这并不是

① Roland Barthes, *Œuvres complètes, id.*

一种谨慎的政治拥护，因为这种接受具有更广泛的定义，即“一种伦理学，也许是美学的语言模式”。这些暗示本是言之未尽，颇为晦涩，幸而紧接着便出现对中国的惊人阐述，其含义才得以彰显：

> 稍稍把中国幻想成一个置于艳色、浓味、粗暴意义之外的对象（这一切并非与菲勒斯 [Phallus] 无止境的炫耀无关），我想要在一个唯一的运动中联系这个对象自身的女性（母性？）之无限性——在我眼中，即中国这种安静和强力地从意义漫溢出来（déborder）的奇特方式——以及一种使用特殊话语的权利：一种轻快漂移的话语，或者又一次的，一种欲望沉默——欲望“智慧”的话语，也许，与在斯多葛主义的意义相比，这个词被放在道家的语境中理解会更加适宜（“行于大道，唯施是畏……同其尘……［圣］人之道，为而弗争”）。[①]

中国在此仿佛是一个人的梦境：在《世界报》上发表的这篇文章中[②]平淡与安静的概念再次出现，但含义罕见，作为全部回答的“空无”让位于对意义泛滥的陈述，赋予中国

① 译文转引自王立秋译《中国怎么样？》。——译者注

② 即原载于 1974 年 5 月 24 日《世界报》的《中国怎么样？》一文。——译者注

一种“特殊话语”一说。的确，这种“话语”既非人文社科类话语，亦非政治“教条”话语，而是对中国表示接受态度的一种欲言又止，其中自有根源，即对“智慧”的追求，罗兰·巴特将之归于中国古代道家思想。此段文字以三段引用的名言结束，这种方式在我们看来意味深长：从这三处引言可以看到罗兰·巴特阅读东方学著作的痕迹。

罗兰·巴特对亚洲文化一如既往地关注，在法兰西公学院开设了一门课，名为“中性的愿求（1977—1978 年）”（Le Désir de Neutre 1977–1978）。[①] 从课程介绍即可发现对《道德经》第二十章的大段引用，引文取自马伯乐（Henri Maspero）的 1950 年译本，后由让·格雷尼埃（Jean Grenier）在《道之要义》（*L'Esprit du Tao*，1973）中重译。[②]“中性”的概念在法文语法中并不存在，罗兰·巴特从语言学角度审视之，因为它消弭了阳性与阴性的界线，但他更是从逻辑学的广泛角度进行考察。罗兰·巴特将逻辑范式归纳为“是 / 否”，他认为中性“颠覆了这种范式”。他解释道，任何话语的自然属性都是论断，语言总是迫使人作出论断、确认、自我肯定，直至几近无法言说的状态（“谦卑之人一旦开口也变得骄傲”）。

① 亦题作“中性，法兰西公学院课程”（Le Neutre, Cours au Collège de France, 1977–1978），éd. de Thomas Clerc,Paris, Seuil-IMEC, 2002.

② Henri Maspero, *Mélanges posthumes sur les religions et l' histoire de la Chine, Le Taoïsme,* Paris, Annales du musée Guimet, t.II, 1950. Repris en extraits in Jean Grenier, *L'Esprit du Tao,* Paris, Flammarion, 1973.

因此，中性的话语特点便在于“回避论断”[①]的所有方式：例如委婉曲折的答复、暗示、省略、退避、犹疑、离题或失礼、悖论以及沉默等。罗兰·巴特随意作出各种比照，在考察中性的表现形式时常直接参引马伯乐和让·格雷尼埃译著中出现的中国传统道家思想，这些作品是唯一被引述的中国作品译介。课程介绍明确说明“本课程自然着重介绍神秘的东方哲学著作”，对中国的参照的确仅限于道家。例如，1978 年 5 月 27 日至 6 月 3 日的课程讲“无为”的概念。罗兰·巴特在利用手头的东方学相关内容定义该词之后，以假设的方式介绍并分析了一些对等命题，或来源于西方文学作品，或取自社会学或政治学研究中的各种场景。马伯乐的研究著述标志着法国道家研究的重大进步，可惜马伯乐在二战时期德国纳粹集中营过早去世。葛兰言主要研究中国“国教”，即儒学；而马伯乐的主要研究对象首先便是民间道教斋醮法事，这在当时仍只被粗略地界定为追求“冥醉”的状态。马伯乐的研究提出了许多关于道家和中国思想某些特质的精准的新信息。这位汉学家译本的诸多选段被阐释和评注，随后因让·格雷尼埃的《道之要义》一书而广为传播，罗兰·巴特在备课时亦参阅此书。

关于“中性”的课程主要起源于罗兰·巴特的中国之行，

① Roland Barthes, *Le Neutre, op. cit.*, p. 75.

这一点毋庸置疑:《中国怎么样?》附记中有一段具有道家意蕴的文字，体现了课程主题，即“中性的愿求”与避免冲突，以之“颠覆”西方逻辑及其思维“范式”。就此意义而言，对中性的研究使罗兰·巴特得以重新审视并评论本国学术传统。他认为，虽然世界原本存在冲突，却不能因此而“将冲突变为一种自然状态和价值”。的确，互斥对立阻碍中性的出现，正如冲突有碍和谐。于是,“迂回”于中国,“迂回”于道家的东方学著述，就此成为罗兰·巴特的公开立场，也被纳入教学实践中。罗兰·巴特秉持一贯的自由风格（且后来成为他所有评论之佐证)，利用各种译介资源，借鉴迂回与差异带来的激发作用，比较了主题、文本与思想。虽然现代中国因政治活动这一显著特点而备受关注，虽然关于中国或法国政治与学术界“时事”的各类主题繁多，但罗兰·巴特却选择中国传统思想作为论述 1974 年中国之行的依据，著名的《中国怎么样?》一文极少被引述的附记便是佐证。几年以后，他在开设关于中性的课程时，一部分以东方学为基础，并再度援引道家著述与著名人物。罗兰·巴特清楚地解释道，这一体系吸引人之处在于它不是建立在以亚里士多德传统为根基的西方逻辑之上。自 1970 年起，他在《符号帝国》一书中写道,“东方”（此处即汉化的亚洲）展现出“前所未闻的”

符号系统，“与我们自己的符号系统截然不同”[①]。

罗兰·巴特认为，在很长一段时间里，欧洲忽略了其他文化的命题，1970 年他所能参阅的资料仍相对稀少便证明了这一点。这些困难与保留态度也在《符号帝国》中有所提及：

> 总有一天我们会就我们自己的愚陋寡闻写一部历史，揭示出我们那种自我迷恋的愚昧性，记录下多个世纪以来出现的那几次对于我们偶尔听到的求异之声，以及必然随之而来的那种理念上的复原，这种理念上的复原就在于我们总是用某些已经懂得的语言（伏尔泰笔下的东方，《亚洲杂志》[*Revue Asiatique*] 中的东方，皮埃尔·洛蒂笔下的东方，或是法兰西航空 [Air France] 中的东方）来迎合我们那种对于亚洲的无知心理。[②]

的确，中国文化与思想仍在很大程度上不被了解，罗兰·巴特在同一著作中亦提到这一点：“现在和将来都必须付出知识上的巨量劳动（这项工作的拖延只能是理念上的闭塞

① 译文转引自罗兰·巴特：《符号帝国》，孙乃修译，北京：商务印书馆 1994 年版，第 4 页。——译者注

② 译文转引自罗兰·巴特：《符号帝国》，孙乃修译，北京：商务印书馆 1994 年版，第 4 页。个别字词略有改动。——译者注

的结果)。”[①] 罗兰・巴特对法国国内常见易得的参考资料保持警惕（这也预示了上文提到的萨义德的论述），他重新梳理了几种关于亚洲的典型西方言论：伏尔泰的哲学著作、《亚洲杂志》(*La Revue asiatique*)(由成立于1822年的亚洲协会[Société asiatique]创办)的学术东方学、皮埃尔・洛蒂的异域文学作品以及法兰西航空等旅游运输公司的商业宣传。

因此，属于话语方式的“理念上的闭塞”可以更深层地归入学术范畴；它表现为西方对所有不以西方逻辑为基础的思想体系的抵制。罗兰・巴特从文学符号学角度考察的这种逻辑中心主义（logocentrisme），也被后来研究哲学与汉学的弗朗索瓦・于连重估：在这两种情况下，就像我们将要考察的所有情况一样，首先是“迂回”中国思想的可能性（罗兰・巴特和后来的弗朗索瓦・于连都提及“迂回”这一概念）激发出新的分析。因此，这种文化及其作品让法国作家如此难以理解，不仅仅是由于最显而易见的阻碍，如语言、历史、地理、宗教甚至文化，更是因为一种有意无意想要遮蔽罗兰・巴特所言“求异之声”的倾向。如果说这位著名语言符号学家的这篇文章意在书写一部“故步自封”的西方思想的负面历史，并汇录为之摒弃的种种外来思想，那么我们极易

---

① Roland Barthes, *L'Empire des signes*, *op. cit.*, p. 8.

译文转引自罗兰・巴特：《符号帝国》，孙乃修译，北京：商务印书馆1994年版，第4页。——译者注

想象这种观点的积极一面，即以不同程度、不同方式感受到“求异之声”的重要人物、作者及其作品的历史。这一提议也是考察一种思想体系与文化的可能性，它不是建立在西方逻辑之上，也不是建立在以二元对立和因果关系为核心的逻各斯思维模式之上。《中国怎么样？》一文及其附记摒弃政治话语之修辞巧辩，采用一种**随意散漫**和有意“欲言又止”的“特殊话语”，难道不正是试图以此打破这种逻辑话语吗？我们所研究的大部分作家，背景不同，研究动机各异，却似乎在与中国文学与文化的接触中都已感觉到“特殊话语”的必要与愿望：虽有重重阻碍，虽然译介有时并不可靠，但这种接触仍产生了一些独一无二的作品，深深打动了作家们，甚至影响了其创作风格。

然而，如果说罗兰·巴特在1970年仍说西方对亚洲“一无所知”，那么很容易想象19世纪初，当我们所要论述的作家们发现某篇译文或是绘于丝绸或瓷器上的图案时（这种情况更为常见）是如何措手不及、全然无知。可以先举“花”这一看似平常的文学形象为例，以此呈现本书的论述过程。中国花的形象最初出现在19世纪泰奥菲尔·戈蒂埃（Théophile Gautier）笔下，起初被称为“奇葩”，后来，年轻的斯特凡·马拉美（Stéphane Mallarmé）在《当代帕纳斯》（*Parnasse contemporain*，1866）中描绘了一枝淡蓝花朵，赋予其神秘的中国色彩，同样以“奇”作修饰语。早在

《邀游》(*L'Invitation au voyage*，1857)中，夏尔·波德莱尔(Charles Baudelaire)便描写一朵神秘的"蓝色大丽花"，种植于被称为"欧洲之中国"的北方国度。后来的保罗·克洛岱尔在中国之行后写下《认识东方》(*Connaissance de l'Est*，1900)一书，其中许多诗篇皆出现中国花卉形象：如《祷祝未来》(*Libation au jour futur*)中的"七色红晕"[①]和《园林》(*Jardins*)中的"荷"；在同一诗集的《唯觉寺》(*Temple de la conscience*)中，整个中国的壮丽风景被形容为一朵花，庙宇便是神秘的花心；《门》(*Portes*)中的形象更为简单，游者在一瞬间瞥见的那朵"午后的花枝"未被采撷——《认识东方》中的中国花卉不再为"奇"。[②]帕纳斯派及其同仁用这一语词形容中国作品，暗示一种美学的此在具象，这种美不为人知，来自异域，因而它所产生的效果奇特怪异。但这一形象渐渐变得稀疏平常，表示神秘感的修饰语也随之消失。在更晚以后的雷蒙·格诺笔下，人们不再带着猎奇之心观赏此花；他写于1965年的小说《蓝花》(*Les Fleurs bleues*)中的那朵"蓝花"再度出现在诗集《本道》(*Morale élémentaire*，1975)中的一首诗中，《本道》是雷蒙·格诺作品里中国文

---

① 转引自徐知免译《认识东方》，天津：百花文艺出版社1997年版，第155页。法文表达直译为"七彩鸢尾花"。下文有关该书的引语皆取自徐知免译本。——译者注

② 参阅1932年7月诗作，*La Fleur bleue*, in Paul Claudel, *Œuvre poétique*, Paris, Gallimard, coll. «Bibliothèque de La Pléiade», 1967, p. 897。

化印记最深的一部。到后来，程抱一的《双歌集》（*Double chant*，1998）中的“纤纤兰叶 / 两、三……”[①]或是克洛德·马尔加（Claude Margat）的《百步晨曦》（*L'Horizon des cent pas*，2005）中的墨汁，花这一主题最终以汇聚中法双重视角的审美观呈现。

以上所述简略提及一个文学形象的演变，在某种程度上与接下来的论述过程相仿。本书并未严格按照确切的时间顺序进行阐述，但将勾勒出大致脉络，分为三个阶段，一共九章。部分章节以双联画形式让两种研究互为对照，体现反差、恒常或衍变，有时可从19世纪跨越至20世纪。另有一些章节则展现全貌，仅仅旨在勾勒某一类作品或写作手法等演变的主要标志和主线。其余章节则以本书视角专门研究某一位作家的作品。

第一部分题为“滥觞”（第一章至第三章），从文学领域考察自19世纪40年代至60年代以后，法国与中国之间建立长期交流的效应。随着西方人打开中华帝国的国门并入侵，插画刊物发展壮大，有关中国的游记见闻类著作印行也不断增多。这些文章与游记，以及最初的东方学研究与学者译介，为作家们发现一个不同于18世纪的中国提供了必要内容。小说创作大胆化用这些资料（尤其是朱迪特·戈蒂埃

---

① 转引自程抱一：《万有之东》，朱静译，上海：同济大学出版社2007年版，第23页。——译者注

和儒勒·凡尔纳)，使中国的这些崭新形象在文学中得以普及(第一章)。但从最初直至20世纪，学术东方学的研究著作一直是本书所涉及的所有作家偏好的资源：这些专业引介的重要性及其发展史随后将以两例进行论述。第一例是泰奥菲尔·戈蒂埃的一则故事，题为《水阁》(*Le Pavillon sur l'eau*，1846)。该文恰好糅合各种东方学素材与对近期时事的指涉，体现了文学创作是如何引入并化用这些材料以生成一篇“中国题材故事”。根据作品及其意旨，新的信息补充或校正了一些年代较早的资料。一些作者曾与东方有亲身接触，如保罗·克洛岱尔撰写的关于吴哥窟的著作，便是直接来自这位外交官对法属印度支那曾经的游访，即便如此仍应承认，根据不同的阅读体验，东方学研究的进步在文学作品中留下了印记，有时需要经历长期积累，譬如此例(第二章)。如果说中国和中国文化的一些元素最初是通过散文、故事或小说而在法国文学中流传的，那么中国文学闯入西方视野并引人瞩目则是在诗歌领域。19世纪60年代出现了重要的诗歌译著，这十年是巴黎文坛发现中国诗歌的十年，尤其得益于在泰奥菲尔·戈蒂埃与其女儿朱迪特引领下的帕纳斯派(第三章)。

第二部分“流布”(第四章至第六章)首先研究法译中国诗歌选集，因为这些选集有这样一个特点：它们往往是汉学家、中国译者和法国作家通力合作的成果。我们发现，每有重要的中国作品译集刊行，总能给法语文学创作带来一系列影响：19 世纪 60 年代的译作开启了新的诗歌空间，让欧洲读者发现了一种新文学的崭新历史。悖谬的是，中国古代诗人及其诗作有时甚至被认为与 19 世纪后半叶百花齐放的现代法国诗歌遥相呼应（第四章）。在诗歌领域，保罗·克洛岱尔的写作是最为深入的探索之一，他本人亦根据本书提及的译诗选集改写了一些诗篇。克洛岱尔的经历显示出长居一地的重要性，他是本书论述的作家中第一位长居中国之人，同时，新的译著的学术出版也提供了有利条件。克洛岱尔 1895—1909 年旅居中国，时常阅读耶稣会传教士汉学家的著作，得以采用一种独特的方式将最初迥然相异的种种影响融会贯通，形成了独树一帜的诗学与作品（第五章）。随后一章阐述几位西方女性的观点与作品；其观点最初常带有迟疑与保留，这自然首先是因为，直至 20 世纪，中国妇女一直地位卑微，生活艰难。从最初的游记见闻开始，批评之声便已出现，虽然仍较为含蓄。但一些法国女性在接触到中国文化之后写下许多作品，如小说、散文或戏剧。在这一领域，朱迪特·戈蒂埃的作品深深打上了个人烙印，其中相当一部分涉及女诗人与女性人物，她甚至与皮埃尔·洛蒂合写了一部题为《天之娇女》（*La Fille du Ciel*，1911）的戏剧。很久以后，西蒙娜·德·波伏娃于 1955 年访问中国，随后根据这次经历写下《长征：中国纪行》（*La Longue marche, Essai sur la Chine*，

1957)。在书中，这位女哲学家考察中国女性的地位，这一研究在某种意义上成为《第二性》(*Le Deuxième sexe*，1949)的亚洲补遗。从前，朱迪特·戈蒂埃在帕纳斯派的沙龙里对中国古典文化心醉神迷，但西蒙娜·德·波伏娃不一样，她对之没有表现出丝毫兴趣。的确，波伏娃的这次中国之行及接触的各种环境已迥异不同，因为中国文化及经典著作已成为新的政治角力的筹码。西蒙娜·德·波伏娃在文中考察中国文化与创作的主要领域，表达了与她所见的现代中国开启对话的愿望，而将古代典籍弃之一边，仿佛是摒弃旧时的生活模式（第六章）。

最后一个部分是“激启”（第七章至第九章)，将考察与中国文化和文学密切相关的几部作品，虽然这种关联有时迂回曲折。我们将要研究的所有作品，自创作之初，都体现出作者对罗兰·巴特所言的“求异之声”的敏感。但在安德烈·马尔罗那里，这种关联却是基于来自法国和日本的一些鲜为人知的资料:《西方的诱惑》(1926）自称转录一位中国青年写给一位法国青年的信札，此书最初编排含混，似乎是“中文”译作或由“中国人”所写。但这部作品绝非如人所说仅是含混地藻饰陈词滥调，不论是所选题材还是写作风格，都表现出亚洲之旅和对亚洲作品的阅读给一位热爱冒险的年轻作家带来的刺激。安德烈·马尔罗在小说中继续以现代中国为背景，但再也没有回到《西方的诱惑》这种令人惊异的新颖风格。在这篇书信体散文中，不论是中国人还是法国人，都彻底质疑西方思维模式与逻各斯逻辑话语，也彻底否定了古代中国传统思想与仪式，并以独特的文学表达方式展现第一次世界大战后的欧洲与中国所经历的学术、文化与道德的双重危机。对逻辑话语，甚至更明显的对语言本身的质疑，也是雷蒙·格诺以东方学译著为来源的作品特点。可以发现，20 世纪 60 至 70 年代"文化大革命"时期，法国作家和学者关注的仍是儒家典籍与道家经典的影响。对语言与逻辑的思考与戏谑，与"潜在文学坊"[①]旨趣相近，在小说《蓝花》（1965）以及《本道》（1975）这部奇特的诗集中皆随处可见，《本道》也是雷蒙·格诺的传世绝唱。这些思考与戏谑来自长期以来对东方学研究中对中国文化参照的思考（第八章）。最后一章论述两位诗人，其作品皆具有极强的灵性色彩。中国文化对克洛岱尔诗学的影响是第五章的内容，本章则侧重克洛岱尔晚年的宗教写作，即克洛岱尔阐发宗教思想的作品。我们确实可以发现与亚洲思想、尤其是道家思想的对话，这种对话散见于克洛岱尔各篇文章，虽然他并不掩饰自己的犹疑态度，但对话却深刻而开放。与中国文化及精神思想的关联，即便是在克洛岱尔写作生涯末期，也仍如同他

① "潜在文学坊"（OULIPO），是成立于 20 世纪 60 年代的实验文学团体，旨在探索语言本身的潜力，代表作家有雷蒙·格诺（Raymond Quenean）和乔治·佩雷克（Georges Perec）等。——译者注

在中国时一般，在文学与文体上激发了他的创作。保罗·克洛岱尔从中国文化中吸收了某些题材、人物形象、文学与诗歌主题，丰富了他在人生最后几年对宗教的阐释性写作：与中国的诗学对话已成为精神层面的对话，延续不绝。最后，我们研究程抱一的一本诗集，题为《托斯坎咏叹》（*Cantos toscans*，1999）。此书将中国文化、意大利文化与法国文化糅合为一种“共生”诗学，其具有宗教色彩的形象与典故衍生出其他兼有诗歌与宗教性质的共生（第九章）。的确，宗教思想与文学创造力应当是受中国文化与文学的发现影响最深的两个领域：这大概是因为人类思维的这两种活动历来与理性、刻板的西方逻各斯较为疏远。因此，“迂回”中国也在文学领域提供了弗朗索瓦·于连所言其他“资源”[1]的可能性。

① 参阅 François Jullien, *Si parler va sans dire. Du logos et d'autres ressources*, Paris, Seuil, 2006。

第一部分　滥　觞

第一章　中国风潮

从“画屏式”中国到“俗约化”中国：残存旧影与崭新形象

19世纪，“天朝帝国”渐渐向西方人打开国门，标志着法国文学创作出现决定性转折：风靡18世纪的“画屏式”中国[①](la Chine de paravent) 渐渐消失，让位于遍布新闻报刊和某些专业杂志插画报道中的崭新形象。游记和见闻录不断增多，亦各发挥作用；另一方面，东方学学者们的研究成果问世，并越来越频繁地被借鉴引述。另一突出特点是，在此背景下，插画具有十分特殊的重要性；它参与了一种共同形象的塑造，著书人无法规避这种形象，必须对其作出反应：插画、绘图、刻本以及相片，衍生或补充了某些文学意象，从而汇聚成被称之为“俗约化”中国（la Chine de convention）

---

① 参阅近展“塔与龙：18世纪欧洲洛可可风的异国情调与奇思异想”(Pagodes et dragons : exotisme et fantaisie dans l’Europe rococo au XVIIIe siècle)，乔治·布吕奈尔（Georges Brunel，策展人），赛努奇博物馆（Musée Cernuschi），2007年。

的种种意象。“俗约化”中国这一语辞常被使用，但其含义仍有待厘清：它包含了自19世纪40年代起传播颇广的典型中国形象。插画刊物（例如《插画世界》[*L'Illustration*]、《普世报》[*Journal universel*]，抑或著名的《环游世界》[*Tour du monde*]）、宗教刊物（特别是信仰传播工作会[Bureau de l'œuvre de la Propagation de la Foi]刊办的报纸《天主教传道团》[*Les Missions catholiques*]。他们希望借此在家家户户激起传道“历险”的兴趣）、刻本、老套游记以及一些文学作品插画，这些都构成了一系列丰富的素材①，但大同小异，无甚新意。在此可以详尽总结出构成共有想象根基的所有基本意象，由最常见至最罕见为序：

外景　城市景观

人头攒动的街道、寺庙、市井等

建筑元素

宝塔、桥梁、城墙、墓地等

典型场景

街头艺人和小贩、节庆、茗茶或米饭、抬轿、

① 全套素材详见参考文献部分。

严刑酷法等

战事与人口迁移
争战、动乱、操戈军士等

西方人在中国的成就
西洋建筑、领事馆、教堂或教会机构、工业设施、铁路等

广西的宗教仪式队伍（《天主教传道团》，1885）

人物形象	中国人	年轻女子、孩童、老叟、乞丐、匠人、侍从和苦力等
	西方上层人物	军士、外交官、修士、商人等
	中国上层人物	清朝高官、文人、“总督”或“巡抚”、中国皇帝、显贵或武官等
内景	典型场景	鸦片烟雾缭绕，寺庙内景

“俗约化”中国的特点便是这些典型形象的普及。虽然内景仍属罕见，但直至20世纪初年甚至更晚时候，外景（尤其是城市景象）在上文所述素材中分量极重。西方人来华，始行其事。所有插画都标志着一种嬗变：从绘本到雕刻，再到“描摹照片”之刻本，相片底片的复制品直至19世纪后半叶才出现。如此种种杂糅融会而前景变化莫测：其中一些形象似乎停留在“画屏式”中国，例如1885年《天主教传道团》刊登的数幅风景画都表明旧日形象经久不灭，但在同页却又

出现仿拟相片所作的刻本。

这些形象又演绎出新，取精用宏，出现在这一时期中国题材的文学作品中便不足为奇了。插画丰富了游记，而同样的意象与典型场景也出现在文章之中，不论是报章杂志还是文学著述。当时，公众注意力也集中到了中国时事上：这些事件使中国成为国际新闻的焦点，且与中国对西方人在华活动和开放商贸息息相关。鸦片战争、始于1850年的太平天国运动、稍晚的1860年法国对华远征以及臭名昭著的洗劫圆明园：这些事件撼动了刚开始接触西方的中国，最开始见诸报端、游记和见闻，亦出现在中国题材的文学作品中。

本章将通过几部著名作品论证中国形象在法国的普及：1854年，古伯察神父（le Père Régis-Evariste Huc）的《中华帝国纪行》（*L'Empire de Chine*）[①]是重要里程碑。此书为游记，亦是以传教布道的视角写就的“关于中国的散文”，它为数位作家提供了灵感来源，其中便有夏尔·波德莱尔、朱迪特·戈蒂埃以及儒勒·凡尔纳。后两位作者的两本小说发行甚广，因而也深刻表现出中国在文学中的形象，使之在19世纪得以普及。朱迪特·戈蒂埃的《皇龙》（*Le Dragon*

---

① Père R.-E. Huc, L'Empire chinois, Paris, Imprimerie impériale, coll.orientale, 1854；本书引新版 *Souvenirs d'un voyage dans la Tartarie et le Thibet, suivis de L'Empire chinois*, Paris, Omnibus, 2001。关于古伯察神父其人，可参阅雅克琳·泰夫奈（Jacqueline Thevenet）之精彩传记《西来的喇嘛》（*Le Lama d'Occident*, Paris, Seghers, 1989.）。

impérial）和儒勒·凡尔纳的《一个中国人在中国的遭遇》（*Les Tribulations d'un Chinois en Chine*）最初连载发行：1868年5月27日，《自由报》（*La Liberté*）开始刊登《皇龙》，小说颇受欢迎，该报主管公开庆贺；十余年后，即1879年七八月间，《时代报》（*Le Temps*）同样以连载形式刊登《一个中国人在中国的遭遇》。朱迪特·戈蒂埃的《皇龙》于1869年在阿尔封斯·勒梅尔（Alphonse Lemerre）出版单行本，并于1893年在阿尔芒·科兰（Armand Collin）出版社再版。但这部小说不及后来儒勒·凡尔纳的作品经久不衰、不断再版，至少在青少年读物丛书中如此。两部小说前后相隔十余年，都体现了中国形象的嬗变，也凸显出一些恒常不变之物；所绘形象别具一格，时出新意，影响深及下一世纪文学。

朱迪特·戈蒂埃:《皇龙》(1869)

作为泰奥菲尔·戈蒂埃之女，朱迪特·戈蒂埃早年凭《玉书》（*Le Livre de Jade*，1867）[①]成名（此书将在下文提及）。这部诗集发表两年后，她又开始尝试另一番"中国题材"的文学创作，这一次是以小说叙事为主。小说《皇

① 该书多次再版，其中某一版本封面题有"白玉诗书"的中文字样，但中国学术界译介此书时通称"玉书"。——译者注

龙》甫一问世便引发文学界一片赞誉，读者之中不乏当时最负盛名的文学大家：古斯塔夫·福楼拜（Gustave Flaubert）、阿纳托尔·法朗士（Anatole France）以及奥古斯都·维利耶·德·利拉当（Auguste Villiers de l'Isle-Adam）。1869年，斯特凡·马拉美在阿维尼翁（Avignon）收到诗人亨利·卡扎利斯（Henri Cazalis）赠送的小说抄本，马拉美称其"精彩绝伦"[1]。维利耶·德·利拉当在《巴黎风尚》（*La Vogue parisienne*）[2]撰文，颇为牵强地将小说比作万国博览会，又言其有如真切的亚洲之旅云云，甚至宣称：从一部"异彩纷呈、妙趣横生"的小说中发现中国文学远比其他方式更为深远有效……

一众作家皆言《皇龙》亦是"小说"，亦是"诗歌"：事实上，这部别具一格的作品，因运用连载小说的各种手法而类虚构小说，又杂糅了对中国历史或传奇故事的敷衍以及卷首题词或穿插于文中的诗词［其中几首已见于《玉书》(1867)］，更有数章穷尽笔墨以写一地（如北京或紫禁城）。

---

① Stéphane Mallarmé, Lettre à Henri Cazalis, juillet 1869, *in Correspondance choisie*, *Œuvres complètes*, Paris, Gallimard, coll. «Bibliothèque de La Pléiade», 1998, t. I, p. 747.

② Auguste Villiers de L'Isle-Adam, «*Le Dragon Impérial* par Madame Judith Mendès», La Vogue parisienne, 13 août 1869, repris in *Mercure de France,* 1er novembre 1939, p. 231. 受此本启发，Auguste Villiers de L'Isle-Adam 写下一本关于印度的书：*Akëdysséril, in Œuvres complètes,* Paris, *Mercure de France*, t.V, 1923。

小说采用双线叙事，既写“史”，又言情。故事主角是一位文士，名郭立钦（Ko-Li-Tsin，音译）。当地长官文试招亲，声言谁若能“在8月之内，作诗一首，或阐玄理，或论时政，但凡超群绝伦”，则将女儿齐绮嘉（Tsi-Tsi-Ka，音译）许配此人，郭立钦应试。整部小说通过跌宕起伏的情节阐发对诗境的孜孜以求，而后又蒙上政治色彩。郭立钦遇到了一位叫大姜（Ta-Kiang，音译）的年轻农民，他不满自身命运，决意反抗清朝，光复明朝。然而，当郭立钦在夕阳下看见大姜时，发现其身影竟似龙形：此影有如预言，兆示这位年轻人将继承帝国大统，登“天子”之位，但须满足一个条件……

众人无不知晓，
人影若成龙形，
亦步亦趋随行，
此人有朝一日，
定掌帝国御宝。

奇观虽为眼见，
则应缄默不言，
否则吉凶逆转，
大祸从天而降。

书中与政治有关的情节以一个奇特的秘密结社为线，此社夜间于一座“寺庙”集会，举大姜为首。这一政治情节让人联想到太平天国起义，这段历史在小说中被自由发挥。朱迪特·戈蒂埃后来与皮埃尔·洛蒂合撰《天之娇女》时再现了同样的历史政治情节，使大姜这个人物仿佛是历史人物洪秀全的西式传奇化身。作者朱迪特·戈蒂埃叙事句句只道中国之事，从未指涉西方“列强”在扼杀这场起义中所扮演的角色。

这是因为小说将故事设定在康熙年间（1662—1722）。故事的主线、起伏波折的情节、情感与政治交融的主题皆围绕一位诗人与一位忠于明王朝的年轻女子的种种际遇展开，二人皆被认为是清王朝暴政的牺牲品。不论故事情节，还是主题，都与孔尚任（1648—1718）的戏剧《桃花扇》中的背景、某些篇章段落和某些人物相呼应。这部问世于1699年的中国戏剧，将故事设定在南明覆亡之际，正是末代皇帝永历帝于1662年遭戮的乱世。也许是丁敦龄向年少的朱迪特·戈蒂埃介绍或是简述了此剧剧情。因为在《皇龙》成书之时，《桃花扇》尚无译本。虽然有一些惊人的巧合，但朱迪特·戈蒂埃自由想象，重组素材，另设了一个结局。《桃花扇》以文人侯方域与忠贞爱国的侍妾李香君双双入道而结束；而朱迪特这部小说的结局比《桃花扇》的结局更加恐怖血腥。

大姜身后跟随着一个农家姑娘，名唤尤曼丽（Yo-Men-Li，音译）。尤曼丽一心嫁于大姜，大姜却对之不屑一顾。尽管如此，她后来还是为救大姜而舍身殒命，虽壮烈慷慨却无济于事。跟随大姜的还有郭立钦，既是诗人，也是大姜的侍卫。但叙事仍以诗人为核心，他或为起义大业或为儿女私情而历尽磨难，从外省到京师，从自由之身到身陷囹圄，从伉俪情深到战场厮杀，终殉亡于集体遭难之地。这是因为在战斗的最后阶段，正统皇帝的儿子灵王在紫禁城巧遇尤曼丽时深深爱上了她，而她却试图逃跑！灵王不是通过武力平定大姜叛乱，而是将大姜身后龙影公之于众，大姜本人亦目睹这幕……于是，虽有尤曼丽和郭立钦对大姜誓死效忠，这场轰轰烈烈的运动仍以失败告终。末章上演血腥残杀一幕，所有主要人物都被皇帝判处极刑，先后惨遭屠戮。

朱迪特·戈蒂埃很自然地使用了上文提及的构成小说虚构要素的典型意象：书中可见众多街景（第五章及其他），对北京风情的描写（第二章），对宝塔的典型联想（第四章），或是一些行刑暴乱之景。[①] 其中一些正体现了19世纪新生的“俗约化”中国；“画屏式”中国在某些主题中依然留存，但朱迪特·戈蒂埃像在《玉书》中一样，通过帕纳斯派的写作特点重新演绎这些形象，即便是在非诗歌的作品中。譬如“天子”或是“龙”这些特殊意象便呼应了“亭台”、奇珍异宝以

① 参见 Yvan Daniel, «Cruauté et «supplices chinois» dans *Le Dragon impérial* de Judith Gautier», in A. Dominguez Leiva et M. Détrie（éd.）, *Le Supplice oriental dans la littérature et les arts*, Dijon, éd. du Murmure, 2005。

及象征帝王的动物图腾等往昔形象：

> ……亭台皆含珠藏玉。黄金、象牙、玉石、珐琅交相辉映，富丽堂皇，璀璨生光，华彩间飞龙在天，凌于殿顶，蟠栖映日金球，爪握丝绳，万缕翻飞。其首如骆驼而须长，上悬硕珠。其角如鹿，其目如兔，其耳如牛。颈项碧绿，似蛇。背覆金鳞。其爪如鹰，其腹如蛙。声响如铜锣，吐纳如火舌。翻云覆雨，吞雷吐电；其翼大如蝙蝠，举翼而扇则暴雨倾盆。[①]

朱迪特·戈蒂埃笔下亦有新鲜或罕见之景，尤其是自然景色和当时仍鲜为人知的中国山景。第二十一章《白鹿谷》写山谷林木葱茏，“山花烂漫”，道家“高人”隐迹其中……如此一来，涉及太平天国起义的情节便与典型元素交织，兼以新颖别致之景。

从这些迹象可以看出这部小说对中国的描述摇摆不定：前后矛盾，悖谬交错。一方面，中国被描绘成乱世，政治波诡云谲，社会动荡不安，暴乱四起，声势浩大。故事情节融糅历史与政治，浓墨重彩写民众起义与权谋智斗——阴谋、监视、秘社与乔装屡屡可见。国家处处兵荒马乱，民众揭竿

① Judith Gautier, *Le Dragon impérial, op. cit.*, p. 85.

墓地祭祖饭食（《天主教传道团》，1885）

而起，书中人物都不得不“选择政治阵营”：当朝统治与前明势力较争，皇帝及其亲军与叛军及其支持者对峙。但同时，“天朝帝国”也被描绘成“诗人的天堂”。朱迪特·戈蒂埃在后来的《奇异族群》（*Les Peuples étranges*, 1878）一书中亦提到这一点：在这崇尚诗人与诗歌的国度，“智者”如鱼得水。这双重特点塑造出一个暴乱动荡而又品诗悟“道”的国度。郭立钦这个人物便体现了这些矛盾对立：他既是诗人，又是军人；既擅诗词，又能征善战，足智多谋。皇帝本人亦是如此，他既可以无情下令血洗叛军，也能适时恭听“智者”教诲（第二十一章）。

书中跌宕起伏的历险，情节蕴含的“历史”和政治色彩，无不流露出对中国思想的浓厚兴趣，虽然也有理解不当、不全之处。朱迪特·戈蒂埃在这部小说中未论佛教，只言儒家和道家，第二十一章尤为明显。此章出现了一位“智者”“哲人”和“孔夫子与老子的门生”。

> ……他科头跣足，拄一根弯曲长杖。嘴巴温和，眉宇充满智慧；双目狭长，没有睫毛，闪着慈和之光。他剃发光头，下颌白须飘飘，两颊是长而密的美髯。①

对这位中国老翁抑或“智者”的刻画既属于“画屏式”中国，也属于“俗约化”中国。书中只将孔夫子一笔带过，而将大量笔墨用以阐发道家哲学，这在当时的法国文坛可谓标新立异。《白鹿谷》一章是全书唯一完全以“中国式”自然风光为背景的章节，朱迪特·戈蒂埃选择在这幽美山谷中阐发道家“学说”，是因为在她看来，此处显然与道家思想息息相关：道法自然。置身于“山花烂漫”之中，皇帝感到“自由适意，融于自然”。在这壶天之中，“风”送“馨香”，“音”如“乐章”。为了证明描写自然风景的重要性，朱迪特·戈蒂

---

① Judith Gautier, *Le Dragon impérial*, *op. cit.*, p. 232.

埃在此引述老子之言："见素抱朴。"①

宝塔岛（《天主教传道团》，1884）

此语已见于古伯察神父《中华帝国纪行》第十五章，其中对老子及道家思想极为欣赏；古伯察神父又转引自雷慕沙《亚洲杂纂》（*Mélanges asiatiques*）第一卷。该书于1825—

① Judith Gautier, *Le Dragon impérial*, *op. cit.*, p. 229. 该句直译为"完美之境在于断绝激情，从而更好地观照宇宙之和谐"，对应于《道德经》书中原句或亦可为"致虚极，守静笃"。——译者注

1826年出版，朱迪特·戈蒂埃也曾读过。因此，《皇龙》中用典比比皆是，或是引述，或是化用，也有少数大约是译自中文。透过这些引语典故，可以概括出小说所呈现的中国思想：道家是一种崇尚自然、体悟大化的处世修身之道，道家之“智”在乎超脱淡泊，亦有“劝道”之意，因为“圣人行善犹如呼吸，终生如是”[1]。书中“哲人”隐居山野，只间接介入动乱时事。朱迪特·戈蒂埃认为，“哲人”不同于诗人和文人，但他深谙“圣人应与时推移，如水以器为形”[2]之理，故深不可测。小说中皇帝和诗人亦循此“道”。书中隐含的观点颇为有趣，但极为零散，有时甚至失之偏颇。例如，当那位智者最后谈起“至理”时，用词含糊简略，好似古伯察神父称之为“玄言达人”[3]的道徒。但不论是古伯察神父，还是他所引述的雷慕沙，并未对“圣人”秉性与思想作出精确阐释。雷慕沙将老子与苏格拉底相提并论[4]，古伯察神父亦长篇大论比照老子与柏拉图，并补充道：“（老子以为）圣人应与时俱进，

---

① 此句为朱迪特·戈蒂埃本人所拟，盖为道家思想之化用。——译者注

② Judith Gautier, *Le Dragon impérial*, *op. cit.*, p. 99.

此句为朱迪特·戈蒂埃本人所拟，其中“器”一词或许典出《道德经》第十一章“埏埴以为器”。——译者注

③ Père R.-E. Huc, *L'Empire chinois, op. cit.*, ch. 16, p. 989.

④ 这种对比在汉学界由来已久，雷慕沙曾作此说，不少近期研究亦然。参见 François Jullien, *Le Détour et l'accès. Stratégies du sens en Chine, en Grèce*, Paris, Grasset, 1995, 尤见第十一章；Chad Hansen, *A Daoist Theory of Chinese Thought, A Philosophical Interpretation*, Oxford University Press, 1992。

与世推移。似为赘言，然其含义盖与我族所见有所不同。”[①] 此言颇玄，仍未能向读者阐明要义。小说意旨自然不在此。古伯察神父的阐述以雷慕沙的研究为主要依据（雷慕沙的《新亚洲杂纂》[*Les Nouveaux mé-langes asiatiaues*] 于 1829 年出版）。与之相比，小说并无推陈出新之处。但书中人物言语各具特色，读来颇具“中国”风蕴：虽逢多事之秋，但中国给人的第一印象仍是有着悠久知识与文学传统的文明，诗人、思想家与“圣贤”数不胜数。文人形象本是“清朝文官”或“年高德劭之公”，而后时移世易，衍生出形形色色的新形象：有腐儒酷吏，有智者哲人、宫廷谋臣或御用诗人，亦有出世隐居的诗人。引经据典之处自此增多，渐入异域文化，辅以小说叙事为背景，足以让人意会：第十六章中，擅吟诗作赋的皇帝便举《庄子·齐物论》中著名的庄周梦蝶一段；此外还引盘古传说，以及被视为典型思想家与诗人的孟子和苏东坡……这些人名、引文和理念此前大多全然不为人知，而皆在这部虚构小说中首次出现：它们的确属于“异域色彩”元素，但从中可见，一种几乎未知的文化可以满足读者逐新趣异之心，让人回味无穷，零散朦胧的印象逐渐汇聚成形。就此意义而言，《皇龙》是一部令人惊叹的承上启下之作：当帕纳斯派在创作中（尤其是写景状物）仍自借用“画屏式”中

① Jean-Pierre Abel-Rémusat, *Mélanges asiatiques, op. cit.*, t.I, cité in Père Huc, *L'Empire chinois, op. cit.*, ch. 15, p. 979.

国的陈言老套时，一种全新的表述问世，以新近参照与研究为依托，以新闻时事为特色。

大约十年之后，凡尔纳的专用插画家列翁·本内特（Léon Bennett）为《一个中国人在中国的遭遇》一书作画，展现了同样的典型场景：金福、王先生和娜娥的肖像（第一章和第二章）让人联想到报章杂志上的人物图画，还有人头攒动的街景（第十一章），轿辇（第十二章）和墓园（第七章）……事实上，这些典型元素虽为插画，却更富启示意义。它们根据共同的符号体系细致地描摹中国。但若仔细品读此书便会发现，时过境迁，某些插画似乎另有深意：儒勒·凡尔纳有意不再刻画“画屏”上怪诞的中国人形象，唯独皮埃尔·洛蒂仍对之大加描绘。

儒勒·凡尔纳:《一个中国人在中国的遭遇》(1879)

一般而言，《一个中国人在中国的遭遇》不在儒勒·凡尔纳的“名作”之列。研究凡尔纳的专家也很少提及此书。在“奇幻之旅”系列中，这部小说排在第十九卷，地位十分特别：它是唯一一部故事完全发生在中国且主要人物都是亚洲人的小说。与儒勒·凡尔纳的大部分作品相反，这部小说中虽有现代物品出现，如金福用来和未婚妻娜娥通话的“留声机”（第五章），或是波顿船长的海上救生设备（第二十章），但并没有某个神奇的发明。小说看似与贯穿凡尔纳所有作品的科学和“进步梦想”主题无关，但显然并非如此。在凡尔纳所处时代，中国正经历以政治和技术为主的现代化，其过程时常激进猛烈，这恰好为儒勒·凡尔纳提供了极为合适的舞台。在小说家眼里，这个“奇异的国度”有着“奇特的文明”[①]，纲常严苛，风俗“迷信”；虽然早有发明创造，但“天朝帝国”处处显现出技术古旧和工业落后，与西方国家差距拉大，更与儒勒·凡尔纳的技术进步之梦相去甚远。小说家细心记录这一切，并编成故事。他所塑造的居住在中国的主人公形象在法国文学中独树一帜：金福是一个有钱的中国人，属于商人阶层，支持中国仿效欧洲模式进行现代化。他属于住在沿海地区、靠与西方商人往来而发家的那类中国人。金福住在上海的英租界，因而宣扬“欧式而非中式”[②]的政府。

> 他这类人在中国人当中仍属罕见。他对物理和化学饶有兴趣，所以既不同于那些剪断雷诺德公司计划直通吴淞的最早一批电线的野蛮人……也不同于那些落伍的清朝

---

① Jules Verne, *Les Tribulations d'un Chinois en Chine*（以下简称 *Les Tribulations...*），Paris, Hetzel, Bibliothèque d' éducation et de récréation, 1879. 本书引 réed. Paris, L. G. F. , «Le Livre de poche», 1965, pp. 85, 132。

② Jules Verne, *Les Tribulations...*, Paris, Hetzel, Bibliothèque d' éducation et de récréation, 1879. 本书引 réed. Paris, L. G. F. , «Le Livre de poche», 1965, p. 32。

官员，他们为了不让上海和香港之间的海底缆绳牵绊在陆地，竟强迫电工将之固定于河中央的浮船上！[1]

儒勒·凡尔纳在塑造这个赞成“进步”的现代中国人时，有意推陈出新，显然摒弃了“画屏式”上的中国，并明确指出：

> 读者已经猜到，此处所描绘的是中国人，不是那些似从画屏或瓷瓮飘然而下的“仙人”，而是天朝帝国中的现代居民，他们已然通过学习、旅行以及与西方文明人的频繁交流而“欧化”。[2]

儒勒·凡尔纳写道，这种介绍方式，以及年轻主人公（“中国人，三十来岁，外貌更像白人而非黄种人”[3]）鲜明的西方人性格，都印证了以萨义德文学“东方主义”(orientalisme) 的研究为依据的保守分析。在此视域下，金福只是一个替身，其本质是承载西方所有价值观和视角的欧洲人。这种分析有一定道理，因为小说家从未直接质疑西方的

① Jules Verne, *Les Tribulations...*, Paris, Hetzel, Bibliothèque d' éducation et de récréation, 1879. 本书引 réed. Paris, L. G. F. , «Le Livre de poche», 1965, pp. 48–49。

② Jules Verne, *Les Tribulations...*, Paris, Hetzel, Bibliothèque d' éducation et de récréation, 1879. 本书引 réed. Paris, L. G. F. , «Le Livre de poche», 1965, p. 14。

③ Jules Verne, *Les Tribulations...*, Paris, Hetzel, Bibliothèque d' éducation et de récréation, 1879. 本书引 réed. Paris, L. G. F. , «Le Livre de poche», 1965, p. 17。

现代性与“进步”模式，甚至在文中称赞不已。但小说的种种寓意已远远超出简单的西方优越感，因而需要更加全面深入地分析，否则都将显得突兀。

首先看《一个中国人在中国的遭遇》的文献来源，如此便知小说汇集了1878年前后对中国的各种全新表述。儒勒·凡尔纳写此书时充分利用各种资源，如典型意象、游记、带插画的报道、地理与历史研究。文本的“教育”价值的确也取决于为小读者呈现的内容：小说在叙事的同时，又仿佛在引导读者了解中国，或穿插介绍，或夹杂一些历史轶闻，使地点、人物变得鲜明生动。此外，儒勒·凡尔纳也说明了此书的部分参考来源，在文中有时直接引用。他偏好见闻游记类第一手材料，如卡特琳娜–范妮·德·布尔布隆（Catherine-Fanny de Bourboulon）的《中国游记》（*Voyage en Chine*，1866）[①]；吕多维克·德·波伏瓦（Ludovic de Beauvoir）《环游世界》（*Voyage autour du Monde*）[②]最后两卷（主要描写广东和北京）；英国旅行家兼摄影师约翰·汤姆森（John Thomson）的见闻录《中国和印度支那十年游记》（*Dix ans de voyage dans la Chine et l'Indochine*，于1877

① 参阅下文第七章。

② Ludovic de Beauvoir, Voyage autour du monde, t.II, *Java, Siam, Canton*, Paris, Plon, 1869; t.III, *Pékin, Yeddo, San Francisco*, Paris, Plon, 1872. 涉及香港和澳门的篇章近期已由Magellan&Cie出版社Heureux qui comme... 丛书再版，2004年。

年译成法文）[1]；曾在福建省福州船政学堂任教员的莱昂·鲁塞（Léon Rousset）之《透视中国》（*A travers la Chine*）[2]；舒茨（T. Choutzé）为《环游世界》（*Le Tour du Monde*）所作的插图报道《北京及中国北方》（*Pékin et le Nord de la Chine*，1876年出版）。书中还引用了同年出版的《俗雅中国》（*La Chine familière et galante*）[3]一书选段，凡尔纳误将引文作者写成P.阿莱恩（P. Arène），但作者实为于勒·阿莱恩（Jules Arène），在中国担任外交官十三载，凡尔纳将他与他的作家兄弟保罗·阿莱恩（Paul Arène）混为一谈了。卡特琳娜－范妮·德·布尔布隆和吕多维克·德·波伏瓦都在1851—1867年间游历中国，其游记年代最为久远。但其他见闻录描述的是中国近况，可以为凡尔纳提供最新的信息。凡尔纳从这些游记中取材，用以描绘中国大都市，某些描写让人联想起约翰·汤姆森书中关于广东和上海的章节，而且小说中一些细节似乎也来自这位英国作家的著述。例如，儒勒·凡尔纳借

---

① John Thomson, *Dix ans de voyage dans la Chine et l'Indochine*, trad. A. Talandier & H. Vattemare, Paris, Hachette, 1877, p. 492. 此游记配有作者拍摄的照片，编译自 *The Straits of Malacca, Indo-China, and China, or Ten Years' Travels, Adventures and Residence Abroad*, Londres, Sampson Low, Marston, Low and Searle, 1875.

② Léon Rousset, *A travers la Chine*, Paris, Hachette & Cie, 1878, p. 429.

③ Jules Arène, *La Chine familière et galante*, Paris, Charpentier & Cie, 1876, p. 288. 参见 Jules Verne, *Les Tribulations..., op. cit.*, p. 188.

用了“王”这个名字、“衙门”的形式以及一些崇拜观音菩萨的内容。从莱昂·鲁塞的书中，儒勒·凡尔纳主要获取了关于“民间风俗与迷信”的信息及对刑罚的描写（杖责与枷锁）。此外，莱昂·鲁塞笔下那位“算命先生”亦见于《一个中国人在中国的遭遇》的第三章，但这个形象亦属于报刊上常见的走街串巷的典型行当。凡尔纳从这些见闻游记中取材，另行组织架构，渲染“异域色彩”，亦不忘描绘“秀丽风光”。但同时，凡尔纳始终在表现中西接触给传统臆想中的中国带来的变迁。他从阅读中所选取的通常是有关交通或工业发展的素材：在描写金福支持“法国工程师领导下的福州船政工地”一段（第四章）出现了莱昂·鲁塞的见闻述录。书中亦有约翰·汤姆森游记中中国民众的敌视态度，譬如写到金福的父亲已然是进步人士：“推动进步的发明使清朝官员和政府的威望与日俱下，在他们的影响下，大部分中国人对蒸汽机和电动机这些发明顽固抗拒，但他与一般人不同。”（第二章）。从这段话可以看出儒勒·凡尔纳如何遣词用句。他不仅在所读游记中寻找“异域色彩”元素点缀故事，而且有意选用一些描写现代化对中国的影响以及中国人对新生事物态度的素材。从对金福及其父亲这类“西式中国人”的刻画能够知道，老百姓出于迷信或畏惧而敌视进步事物，这些人物却与普罗大众迥然不同，而且对由“落伍”官员构成的皇权制度心怀不满。

儒勒·凡尔纳在列举《一个中国人在中国的遭遇》的参考文献中并未提及古伯察神父的《中华帝国纪行》一书。但二者之间相似之处比比皆是，很难说凡尔纳未曾读过此书。古伯察神父早在1854年便写道，中国急需一位“变革者”和一位“具有现代思想的人”[①]。他认为中国人在科学领域可能有“极高天分”[②]，并且在游记序言中开篇便谈太平天国“起义”，在他看来，这场运动昭示了中国受西方影响开始现代化进程。太平天国指导思想虽部分取自基督教义，古伯察神父却认为有些不切实际，但不论是在宗教领域，还是相对于保守的清廷，起义本身就是“实在的进步”[③]。古伯察神父当时只对起义失败之后的局势作了两种猜想：要么欧洲列强直接介入，引导“中国逐渐实现彻底变革”；要么“中国的革新派人士所引进的新思想……深入人心，足以对帝国未来命运产生影响。”[④] 下文即将说到儒勒·凡尔纳如何看待时局发展。笔者仅在此指出，古伯察神父的纪行已包含诸多内容，从中足以对中国历史与政治形势有总体把握。这位传教士亦记录了一系列场景与独特细节，小说将这些都融入其中：如长江航船（第四章）、鸬鹚垂钓（第十三章）、丧葬风俗（第十一

---

① Père Huc, *L'Empire de Chine, op. cit.*, pp. 851–852.

② Père Huc, *L'Empire de Chine, op. cit.*, p. 1108.

③ Père Huc, *L'Empire de Chine, op. cit.*, p. 582.

④ Père Huc, *L'Empire de Chine, op. cit.*, p. 584.

章）、枭首示众（第十七章）……小说内容丰富，甚至在第十三章出现“浮岛”，让人不禁想起儒勒·凡尔纳的其他小说……古伯察传教士的某些评论甚至构成了小说的主要情节。纪行第七章探讨中国人的自杀机率与含义，儒勒·凡尔纳在小说第七章解释金福为何想自杀时重述了其中大部分内容。自杀问题在一本面向青少年的读物中似乎不易言说，但在儒勒·凡尔纳以及古伯察神父看来，这个命题在中国迥然不同：“在西方文明国家被视作罪行的行为，在东亚这个奇特的文明中，却可以说是合理的举动。”[①] 下文会看到，自杀看似只是外族的奇怪现象，事实上却被儒勒·凡尔纳借以构建一个人物的心路历程，这个人物提出了终极命题：生存还是死亡。

小说中明显借用或引述的近期游记除了异域色彩之外，主要提供了中国现代化进程的素材。古伯察神父的纪行最早问世，撰于太平天国运动初年，但已对这场运动的起因、特点与未来走势作出了独特思考。具体而言，儒勒·凡尔纳从古伯察神父所写的“典型中国人”的性情出发，构想出了金福的性格特征，但他并未将其简化成典型性格的集合，而是将想象中金福受到的西方影响融入其中。所以，儒勒·凡尔纳之意不在于展现传统古旧的中国或中国人。恰恰相反，他攫住了所有反映当世重大变革的信息。甚至可以断言，凡尔

① Jules Verne, *Les Tribulations...*, p. 85.

纳期待这些进步或者说变乱，并在小说中预演。

这一点很符合儒勒·凡尔纳的一贯风格，他在此“预测”中国历史的走向，就历史角度而言，可谓惊人的大胆：小说出版于1879年，而书中所述事件仅发生在前一年。小说刻画了一位支持依照西方模式追求进步的中国青年，而在19世纪末，被称为“维新派”的一批先驱将初登中国政治舞台，其中最著名的有康有为（1858—1927），以及之后的谭嗣同（1865—1898）。所以，《一个中国人在中国的遭遇》既是一部冒险小说，也是对历史和政治甚至可能是对“思想观念”的某种预演。儒勒·凡尔纳尽管使用前人描绘的典型形象，却能标新立异，并展望中国之未来。他从各类素材中选取若干描写秀丽风景的内容，以表现中国风物，但书中寓意最深、最别出心裁之处，乃是有关技术与工业“进步”的内容。朱迪特·戈蒂埃《皇龙》（凡尔纳知道此书）中的矛盾张力在凡尔纳这部小说中以更为现实的笔触再现，用以描绘中国特征。太平天国起义的厮杀场景无处不在，故事气氛紧张恐怖，金福一心求死，一路险象环生。小说中还出现了西方人，主要是数度来华的英法远征军。当时的中国，当朝统治与民间各派（不论是太平天国“平民”起义，还是一直对当朝怀有敌意的显贵名流）对立，本已动荡不安，又因西方势力在外交、军事或工业等各个领域的长期介入，自此更加风雨飘摇。然而，新近游记或新闻时事中的这些乱象并不意味着中国已陷

儒勒·凡尔纳
(Jules Verne，1828—1905)

入一片混乱：趋势渐趋明朗，儒勒·凡尔纳似欲预示一个崭新中国的诞生。金福要求老王暗杀自己，随后却又追踪老王，经历了凡尔纳所称的“奇幻”历程（第十四章），其中可大有深意：金福从南方一路沿着太平天国转战之地北上，尤其是南京和杭州，对这场平民起义屡发感慨（第十一章）。老王想在金福返回上海之前最后恐吓他一次，这个任务正是委托给一位已变得平和的前太平军战士老沈。凡尔纳并未在书中直接评判这场运动，却以史诗般恢宏的笔触描述之，似乎对其惨遭镇压深感惋惜：

> 老王对这座悲情城市（即南京）恋恋不舍……想当年，曾是小小塾师的洪秀全后来成为威震天下的太平天国天王，令清廷闻风丧胆。正是在此地，他攻城定都，抵御清军；正是在此地，他建号“太平天国”；正是在此地，他于1864年服毒自尽，以免落入敌手。他的幼子正是从这明故宫出逃，后被清军俘获斩首的；敌人纵火焚城后，

掘开洪秀全之墓，将尸身抛在这荒野废墟中，任野兽啮噬。正是在此城，老王当年的十多万弟兄在三天内尽数遭戮。（第十一章）

儒勒·凡尔纳同某些人一样，似乎认为太平天国起义本能够推翻清王朝。他在写清朝时总是模棱两可：金福和老王都敌视清朝，金福认为清代明有违正统，而老王曾是“太平军”，幸得金福之父收留而逃脱追捕。的确，在清朝的统治下，吏制混乱，官员办事不力；帝国疆域太广，因而“管辖不力”，“满大人”“抗拒”进步、“腐朽落后”。这些弊病人尽皆知，唯独皇帝本人浑然不觉。儒勒·凡尔纳以伏尔泰式的讽刺语调写道：“万民匍匐在地，皇帝高高在上，他认为一切都尽善尽美。他甚至不容人指责劝诫，因为天子从不出错。”（第三章）。小说中，皇帝名“Koang-Sin”（即光绪帝，1878年时在位），只在第十四章乍现而过：娜娥从寺庙出来，遇上皇帝仪仗回宫。朱迪特·戈蒂埃《皇龙》一书中的帝王既能吟诗析理，又威严冷酷，握有生杀予夺大权，而凡尔纳此书中的皇帝却是个傀儡懒王……轿夫、官员、护卫长队开道，皇帝一现即隐：“天子斜倚在辇舆里，他是同治帝的堂弟，恭亲王的子侄。仪驾后方是马夫、轿夫随行。”（第十四章）皇帝的形象毫无威风可言，因为西方人知道，慈禧太后在极端保守派的支持下，自1875年便在幕后摄政，操控大权。

儒勒·凡尔纳在书中说到1864年太平天国起义遭剿杀失败，他很清楚这场运动已是穷途末路，终未得到欧洲人的支持。欧洲人一直静观其变，直至1862年太平军攻打上海，才选择支持清廷。这场运动未能推翻阻碍中国现代化的清王朝，小说家便在书中想象（更确切地说是预想）另一历史事件：慈禧太后驾崩，金福与娜娥的婚事只得后延（第十五章）。传令官宣布国丧规制："皇太后驾崩！禁令！禁令！"但事实上，凡尔纳去世时，慈禧仍在世，直至1909年才死于光绪帝驾崩的第二日。此后不久，辛亥革命推翻清朝统治，中华民国成立。凡尔纳亦在《一个中国人在中国的遭遇》一书中痛批清王朝。第二十二章中，令人生畏的"太平军"老沈主动投诚朝廷，成为"帝国的中流砥柱"。凡尔纳在此暗示时局发展变化，虽未明言，却可从旁推敲得见：慈禧驾崩，太平军得以平反，未来会是另一番情形……同样，金福的贴身侍从小宋的辫子长短看似滑稽，但也具有某种政治意味：侍从每每犯错，主人便将其发辫剪去几寸。儒勒·凡尔纳虽未明言，却大抵读过古伯察神父纪行及其他游记：中国男人剃发结辫是臣服清王朝的象征。小宋是中国南方人，十分迷信，辫子愈剪愈短，似乎渐渐丢掉了这奴性的象征。貌似是金福将他解放，但读者会在第二十章发现，这条辫子竟是"假的"……小宋不过是被搬移至19世纪的"画屏"上的中国人，但他对清廷的归顺只是表面功夫而已。正因如此，列翁·本内特为

《一个中国人在中国的遭遇》封面插图
（列翁·本内特绘，1879）

《一个中国人在中国的遭遇》所作的第一张封面插图中心便是一把大剪刀（如上图所示），直接影射小宋被剪掉的辫子。鲁迅后来也写道，清帝国兴亡难定之际，最早剪掉发辫的中国人何其惶恐不安……儒勒·凡尔纳想象中的现代中国人是一位商人，热衷新鲜事物和进步发明，同时希望社会与政治生活也能步入现代。他不再执笔墨纸砚，而使用“爱迪生留声机”，此举颇有象征意味：金福和现代化的中国标志着诗书文墨时代的终结，娜娥的前夫甚至不具姓氏（第五章）。这个年纪比她大两倍的人一去世，守寡的娜娥立即想要和年轻新派的金福成婚！此外又怎会不注意到，娜娥本人并不墨守成规，也具有“新派”气质。她没有缠足，儒勒·凡尔纳解释说，这种“陋习”“幸好”正在

“消亡”。同样，娜娥虽为寡妇，但她不受纲常名教（古伯察神父对此曾有介绍）束缚，愿意改嫁；而金福之所以同意这样做，只因为他也是一个“特立独行”之人（第五章）。

然而，儒勒·凡尔纳并非不带个人情感地赞成中国及中国人西化，小说亦探讨主要人物个人生活的其他方面，这些不能仅用西方价值臆断。金福得天独厚，应有尽有，本应幸福：他年轻富有，知书达理，聪明机智，深受中国文化熏陶，又能汲取以经济、工业和商业为先声的西方文明。他能评价欧洲的发明与工业，也对治国管理之道颇有见地，但从不发表对西方文化思想其他方面的看法。同时，金福虽相信进步有益，却似乎有点玩世不恭，自谓看淡了“福”与“祸”。知悉自己破产后，他未作丝毫挽救，决定自杀……儒勒·凡尔纳未道明金福为何如此绝望：是因频频接触西方文化而悲观茫然？还是恰恰相反，源于凡尔纳所说的中国人的典型生活观（古伯察神父以及其他一些人都认为，这种生活观过于听天由命，淡漠世事）？抑或金福受某种亚洲宗教影响至深，譬如佛教（第十四章）？儒勒·凡尔纳将佛教描写为中国的主流宗教，在当时的西方人眼里，佛教思想即是超脱俗世，证悟“性空”。凡尔纳大概仍是从约翰·汤姆森的《中国和印度支那十年游》[1]中读到关于佛教的内容。以上猜想皆无明文

① John Thomson, *Dix ans de voyage dans la Chine et l'Indochine, op. cit.*, p. 185.

印证。应当看到，儒勒·凡尔纳始终以客观中立的笔调介绍佛教，甚至在介绍娜娥时带有善意。

应当注意到，为了让金福摆脱这种深刻的绝望，儒勒·凡尔纳选择将一位中国人安插在了金福身边：老王过去曾是“太平军”，而后成为“哲人”，或者更确切地说，变得更为“明哲”，若以重言式来强调，则是“中国化的中国人”。虽然参照与意象都被现代化，但凡尔纳这部小说仍落笔于这位“明哲的中国人”身上。他特意让从前的弟子、而今的挚友金福周游中国，使之成为体悟妙道之旅。金福这位“西化的中国人”，最终却受教于老王的一堂“哲学课”（第二十二章）。最后还应思考儒勒·凡尔纳虚构的这堂“中国式”教育含义何在。

金福虽是主角，却与王哲人形影不离。正是老王策划并组织了这场“奇幻之旅”（第十四章）。此举并非如金福所想只为救他性命，而是旨在使金福体验“幸福”，不再厌世冷漠。老王的形象是一位“哲人”，甚至有点滑稽。一位爱取笑的朋友称其为“理论机器”（第一章），儒勒·凡尔纳也对其冠以各种名称，如“戴眼镜的道学家”（第二章）、“明理的哲人”（第十五章），老王还有“老实的哲学教师”（第二章）的气质。他像是一位文士或鸿儒，但其身世却扑朔迷离，令人不安。他既曾是太平军战士，应当参加过叛乱厮杀，最终却逐渐趋向“哲学思辨之道”（第二章）。老王较金福年长，不是金福这类典型的“西化”的现代中国人，相反是一位“中国化”的中国人（第二章）。第一章中，金福聚友欢饮，席上老王的第一句话便是：“让我们成为哲人吧！”他探究生存意义何在，并发表了诸多见解，旁人视之为陈词滥调倒也不无道理。老王认为，只有先经历“忧患”，才懂得享受生活，品味“幸福”。因此，他举杯说了一句看似有悖常情的话：“祝我们的主人幸福不圆满生活有缺憾！”（第一章）。从第一章开始，凡尔纳便极尽词句形容老王“明哲”。他是“伊壁鸠鲁式的”学者，不满足于抽象思辨，也是一位“务实的哲学家”（第三章）。他提出的目标看似平淡无奇：要想获取幸福，必须克服生活中的重重困难和起伏波折。更何况艰难险阻并非坏事，恰恰相反，愈是艰难曲折，追求“积极幸福”的能力愈发提高。而从未经历“病痛”或苦难的人所

《一个中国人在中国的遭遇》中的人物老王

（列翁·本内特绘，1879）

拥有的只是“消极幸福”，独享其乐，不问世事，这种态度为王哲人所谴责。

老王既然追求尘世的幸福，那么他所代表的是怎样一种处世“智慧”？小说开篇的对话中出现了若干观点：其中一人对生活发一二赞美之词，另一人较为悲观，说人生多有“不如意事”；第三个人认为，安逸闲适方是生活；第四个人反驳道，“幸福在学习与劳动之中”，幸福就是“求知”；第三个人又进行反驳。老王的发言使谈话告一段落：

> “最后认识到，自己竟一无所知！”
>
> “这不正是智慧的开端吗？”
>
> “那智慧的终极又是什么呢？”
>
> “智慧无终极，”戴眼镜的人（老王）侃侃而谈，“遵循常理便是无上乐事！”（第一章）

智慧无“涯”，不可以某种超验追求一语蔽之。老王发言从不带宗教色彩，只有信佛的娜娥才会寻求观音菩萨的佑护（第十四章），老沈也会祈求佛祖保佑（第十二章）。“常理”这一概念体现了某种人所共有的基本道德，老王并未加以解释，而是用行动给金福上了一堂“哲学课”。这个年轻人以为自己有性命之忧，因而体会到老王所说的“积极的幸福”，同时也学会重新审视为人处世之道。老王的这一堂“课”更像是“道德训诫”，对人伦道德和实际生活都产生了影响。这大概亦是儒勒·凡尔纳心中的儒家思想。

评论家注意到，凡尔纳借这部小说抨击了美国价值观及其表现形式。金福购买生命保险的百岁寿险公司是一家美国公司，为了保护投保人（合同中赔付保险也包括自杀一项），这家公司雇用了两名侦探——克莱格（Craig）和弗莱（Fry）。两人经常身陷窘境，丑态百出，但他们给人以好感，尤其对金福忠心耿耿，几番救他性命。但人们最终发现，这份忠诚完全是出于合约效应与商业利益，合同一到期，克莱格和弗莱便在深夜离开金福，任其身处险境而不顾。他们忠诚行事是为了薪酬，毫无仁爱之心（第二十一章）；相反，其他人物即便以为金福已破产，却自始至终忠于他。对美国人的批评虽然含蓄，却显而易见，譬如第十七章标题便指明金福在美国“朋友”眼中的“商业价值”。事实上，金福逐渐分清了市道之交与真情实意。在第七章中，金福听到一首情歌（凡尔纳引朱迪特·戈蒂埃之作），自此渐生悔悟，他喃喃道：“是的，可能是吧！在这世上，金钱并非一切！”第一次理喻言简而意远：利欲之心扰乱伦常，扭曲了人间真情。

金福以为自己命不长久，所以历经种种艰难“遭遇”后，重拾起对生活的热爱。但当他得知自己安然无恙时，庆幸的并不是可以继续活下去，而是能够重新见到朋友，并与心爱的娜娥重逢。所以，他最终领悟到了“幸福的奥秘”（第二十二章），说道："我从前真傻！"他知道，幸福并不是经历苦难而获得个人的安逸，而是像老王一样，关爱他人，真诚奉献：

> （老王高声说道：）"……人只有为他人行善事时才会做得最好！"
>
> "为他人行善事！"金福面色凝重，"对，就应当为他人尽心尽力！这就是幸福的奥秘！"（第二十二章）

王哲人只有一次提及孔子（第八章），由此让金福认识到一种普世价值，其形式是"道德规诫"或"处事伦常"，仿佛平淡无奇，但在这部小说中，它远胜过金福的玩世不恭和美国人的唯利是图与虚情假意。这种舍己为人的价值观亦见于《约翰福音》（*Evangile selon saint Jean*）（第十三章，第34—35页），甚而颇似法兰西共和国的博爱理想。但儒勒·凡尔纳或许早在古伯察神父《中华帝国纪行》一书中已读到了对儒家思想的详细介绍（第十五章）。《一个中国人在中国的遭遇》中出现的各种理念皆与儒家思想相契合：古伯察神父认为儒"学""不语神祇"只言"具象"，只是一种夸夸其谈的"伦理道德"，"不过是劝诫人遵循古制，恪守孝道，顾念手足，顺应天理而已……"① 古伯察神父甚至认为，这种思想有类欧洲

① Père Huc, *L' Empire de Chine, op. cit.*, p. 975.

的实证主义：

> 事实上，儒教与儒学即是实证主义。两门学说皆不关心万物起源、创世与末日，亦不构建高深玄虚的哲学体系。他们消时度日，只为安享天年；学技习文，只为终善其事；钻研义理，只为学以致用；循规守矩，只为功利权术。简而言之，他们就是今日欧洲人努力成为的那种人。他们摒弃玄理思辨，只讲实际。在某种程度上，其宗教只是一种文明，其哲学只是宁静淡泊之道，施令与服从之术。①

古伯察神父在纪行中很早便将儒学比附奥古斯都·孔德（Auguste Comte）的哲学。事实上，毋宁说是19世纪末的中国人（如康有为）与这位法国哲学家有更多相近之处。应当注意到，被儒勒·凡尔纳称为“务实哲人”的老王从不论宗教，似乎信守传统价值观：他如何效忠老爷，便如何效忠少爷，对弟子（亦是主人）忠诚不渝。他为人处事以仁爱为本，类似于孔子的仁道。古伯察神父并未强调这一点，但在诸多儒家伦理思想中仍举“仁爱”为例。然而，《论语》早在1837年便由纪尧姆·鲍吉耶翻译并推介到法国。较之古伯察神父，这位汉学家对“孔子学说”评价甚高，并清楚地写

① Père Huc, *L' Empire de Chine, op. cit.*, p. 975.

道，儒家思想在“止于至善”，宣扬“仁德”[①]：“四海之内皆兄弟也”（《论语·颜渊篇第十二》第五章）。儒勒·凡尔纳开风气之先，展现了对西方打开国门、受到以科学技术为主的西方影响的崭新的中国形象，但他没有将主人公金福塑造成一个摒弃传统价值与文化的背叛者。明智的王哲人则代表了儒勒·凡尔纳眼中典型的中国伦理哲学。在法国文学中，中国第一次摆脱了古代传统的老套形象，展示了其现代化发展的历史演变。无论如何都应看到，《一个中国人在中国的遭遇》是以老王这位“中国化的中国人”的谆谆劝诫收束全篇的。

小说中承载的这些新颖形象，因朱迪特·戈蒂埃和儒勒·凡尔纳的盛名而得以广泛传播。两位作家的作品不论在文学圈内，还是在大众阶层，都广为流传。儒勒·凡尔纳的读者群已不仅限于青少年；而朱迪特·戈蒂埃自小深得身为当时文坛盟主的父亲泰奥菲尔·戈蒂埃的熏陶（下文即将论及），其声名已不囿于文学界。自19世纪40年代起，他们的作品革新“画屏式”中国的陈旧形象而勾勒出“俗约化”中国：主观虚构，回忆旧影，游历见闻，新闻时事，以及学术著作（东方学或历史著作）相互交织，自由重组。

① Guillaume Pauthier, *La Doctrine de Confucius ou Les Quatre Livres de la philosophie morale et politique de la Chine*, Paris, 1837; rééd. Paris, Garnier frères, s. d.（Fonds de L'EFEO–1876?）, pp. VII, XVIII.

第二章　东方学与文学创造力

上文说道，雷慕沙的研究成果明见于古伯察神父纪行中，成为这位传教士在“所见所闻”之外的另一重学术参照。其后各类作家，不论是朱迪特·戈蒂埃还是儒勒·凡尔纳，都吸收或化用了雷慕沙的研究。1820—1840 年间，东方学著作层出不穷。为了考察这些译著与研究对纯文学领域的影响，有必要仔细回溯其发展史。18 世纪耶稣会士的著作依然是文学创作的重要来源；19 世纪初，时任阿斯纳图书馆（Bibliothèque de l'Arsenal）馆长的格鲁贤神父（abbé Jean-Baptiste Grosier）所撰《中国通志》（*Description générale*）[①]末卷付梓。德庇时（John Davis, 英国汉学家，另译戴维思、爹核士等）所著《中华帝国及其居民概述》（*Description*

① Jean-Baptiste Grosier, *De la Chine, ou Description générale de cet empire rédigée d' après les mémoires des missions de Pékin,* Paris, Pillet Aînée, t. VII, 1785–1820.

générale)[①]的法译本于1837年出版，巴赞对之进行了审校和增补。1853年，巴赞参与编纂纪尧姆·鲍吉耶主编的《通志》[②]（*Description*）第二卷。除这些以历史地理为主的概要研究以外，汉学家雷慕沙发表《杂纂》，自1825年开始发行，直至1843年遗卷出版。[③]在文学作品翻译方面，法国汉学家最初偏好通俗文学作品，这与中国文学传统恰好相反。他们也许凭直觉认为，较之诗歌典籍，这类小说、故事和戏剧更易为法国读者所接受。[④]雷慕沙和儒莲最初翻译发表的便不仅有小说，亦有故事和戏剧，这一点下文将会提及。中国各

---

① John Davis, *De la Chine, Description générale des mœurs, des coutumes, du gouvernement, des lois, des religions, de la littéraut re, des arts,des productions naturelles, des manufactures et du commerce,* trad. de A. Pichard, revue et augmentée par A. Bazin, Paris, Paulin, 1837.

② Guillaume Pauthier, *Chine moderne. Description historique, géographique et littéraire de ce vaste empire d' après des documents chinois*, Paris, Firmin-Didot, 1853. 第一辑于1837年首次出版，收录于上述出版社的 l' Univers, histoire et description de tous les peuples 丛书，题为《中国：以中文资料为据对这个广袤帝国的历史、地理和文学的介绍——第一辑：古今中华历史与文明、概述》（*Chine, ou Description historique, géographique et littéraire de ce vaste empire d' après des documents chinois. Première partie, comrenant un résumé de l' histoire et de la civilisation chinoise depuis les temps les plus anciens jusqu' à nos jours.*）。

③ Jean-Pierre Abel-Rémusat, Félix Lajard（éd.）, *Mélanges posthumes d' histoire et de littérature orientales,* Paris, Imprimerie royale, 1843, p. 469. 亦可参阅本书参考文献。

④ Paul Demiéville, «Aperçu historique des études sinologiques en France», *in Acta Asiatica,Bulletin of the Institut of Eastern Culture*, Tokyo, n° 11, 1966, pp. 56–110.

类典籍也在这一世纪较早译介发行。纪尧姆·鲍吉耶偏好儒家经典，于 1837 年翻译《大学》[①]以介绍“孔子学说”。但他亦有多部论述道家的著作，并早在 1838 年始译《道德经》（*Livre révéré de la raison et de la vertu*）。儒莲则更推崇道家，于 1842 年发表《道德经》（*Livre de la Voie et de la Vertu*）[②]双语译本[③]。这些著作虽在学术界之外发行寥寥，但自 19 世纪 40 年代以来愈加丰富多样。

与此同时，还应考察东方学与文学创作在研究中国或亚洲方面的发展流变。东方学家和作家的联系日益紧密，其中不乏知交为友之例，令知识得以共享，写作得以创新，譬如朱迪特·戈蒂埃与年轻的乔治·苏立耶·德莫朗，保罗·克洛岱尔与耶稣会士兼汉学家高龙鞶（Auguste Colombel），以及之后的法国远东学院（l' Ecole Française d' Extrême-Orient）成员鄂卢梭（Léonard Aurousseau）与年轻的安德烈·马尔罗。进入 20 世纪，同一个人往往兼有汉学家与作家身份，同一本书亦可既是汉学研究著作，又是文学作品。笔者将为 19 世纪和 20 世纪各举一例。19 世纪取泰奥菲尔·戈蒂埃之《水

---

① Guillaume Pauthier（trad.），*Ta Hio, ou la Grande Etude*, Paris, Didot frères, 1837, p. 104.

② Stanislas Julien（trad.），*Livre de la Voie et de la Vertu*, Paris, Imprimerie royale / London, B. Duprat/Leipzig/J. Madden, 1842, 304 p. 此译本于 2005 年再版于 Librio 丛书。

③ 研究成果与译著均见于本书参考文献，以法文版出版时间为序。

阁》为出发点展开论述。虽然泰奥菲尔·戈蒂埃之女朱迪特·戈蒂埃以及同一时期儒勒·凡尔纳的小说发行量巨大，使得新近发现的中国风貌广为传播，但只有在文坛方能体现中国诗学与文化正统。泰奥菲尔·戈蒂埃不甚懂中文，却在这则短篇故事中描述中文，从而呈现出一个以文墨诗书为重的中国。20 世纪举保罗·克洛岱尔 1926 年在日本所作的谈话录《诗人与香炉》（*Le Poète et le Vase d' encens*）为例。此文首先谈及诗人曾游览的吴哥窟，将之视作 1898 年创立的法国远东学院领导下的法国东方学在亚洲的圣地。但在全篇结尾，克洛岱尔通过引述自己在不同时期所读的东方学译著，转而探讨中国思想。此二例表明，信息、知识、分析和创作都在很大程度上依赖于东方学研究，并与之俱进。泰奥菲尔·戈蒂埃在 19 世纪 60 年代阅读德理文的《唐诗》（*Poésies de l' époque des Tang*）时，发现了他在 1845 年前后苦觅难寻的大量详细资料，尤其在中国文字和文学方面。

泰奥菲尔·戈蒂埃:《水阁》(1846)

在中国题材文学创作一域，泰奥菲尔·戈蒂埃是开先河者。他早知如何利用手头的东方学译著和研究资料写一部中国题材短篇小说，题为《水阁》[①]。这个充满诗意的故事发生在“广东省”[②]，云有屠、管二家相与为邻，屠老爷与管老爷从前是儿时伙伴、少时至交，但后来渐渐心性“相背”，相与不睦，就此断交。两人因生嫌隙而将一宅分了两院，筑以高墙相隔。此墙独特之处在于砌于木桩之上，横贯池塘，人在水中只可见隔邻之倒影。自此，在这“假山”堆叠的亭阁内，两家分了彼此，不相往来。屠家育有一女，正值妙龄，小字玉娟，取“碧玉”之意；管家则有一子，亦青春年少，名珍生，意即“珍珠”。玉娟和珍生互不相识，却不约而同地对媒妁求亲一概相拒。两家夫人甚是心焦，各自去了佛寺“求签问卦”。庙僧答以一图：“屠夫人须以玉配珠，管夫人则便以珠配玉；珠玉璧连方解宿怨。”但两位夫人互不相识，皆不解此语。但机缘凑巧，玉娟和珍生凭栏水阁，于墙垣之下互见水中倒影。二人凭影相会，互酬诗歌，暗自相许。诗笺藏于“花萼”，浮在“一片荷叶”之上，随清风摇漾于两座水阁间……二人互通姓名后，庙僧的预言终于明晓。两家夫人同庙僧一样赞成这桩婚事，最终说服了自家老爷，故事结尾，屠、管二人也释了芥蒂，和好如初。

---

① 收录于 Théophile Gautier, *Romans, contes et nouvelles*, éd. de P. Laubriet, notices de J.-C. Fizaine, Paris, Gallimard, coll. «Bibliothèque de La Pléiade», t.I, 2002, pp. 1119–1131。Fizaine 所作序言极为翔实风趣，下文将有介绍。

② 该篇取自明末清初戏曲家李渔的白话短篇小说集《十二楼》之《合影楼》，以下相关内容多有取鉴原文。——译者注

此文于1846年发表于《百姓书屋》(*Le Musée des familles*)，该杂志发行量极大，以“寓教于乐，启迪民智”为办刊宗旨。泰奥菲尔·戈蒂埃早在1840年便酝酿一篇“中国故事”，并取材于东方学家诸多著作（研究泰奥菲尔·戈蒂埃的专家已列出具体名目[①]）。小说的“异域色彩”取自纪尧姆·鲍吉耶《中国》(*La Chine*)一书的初版，但主要仍得益于雷慕沙的研究成果。泰奥菲尔·戈蒂埃约在1840年[②]仔细阅读了两本书：《玉娇梨》和《中国故事集》(*Contes chinois*)。二者皆在雷慕沙的提议下出版发行，不论在文风特点上还是在叙事结构上都为泰奥菲尔·戈蒂埃创作打下了基础。《玉娇梨》[③]类属清初才子佳人小说，第一版法译本由雷慕沙于1826年翻译，儒莲在1864年重译此书。[④]《中国故事集》[⑤]则是一部故事合集，篇目不定，由数位译者合译，1827年由雷慕沙汇编成集。泰奥菲尔·戈蒂埃改编了该书第二卷中的一则故事，题为《水中影》(*L'Ombre dans l'eau*)，元

① 参阅 Henri David, «Théophile Gautier : *Le Pavillon sur l' eau», in Modern Philology, nov.* 1915–mars 1916, Jean Richer 曾详述此文，见 *Etudes et recherches sur Théophile Gautier prosateur*, Paris, Nizet, 1981, ch.VIII。

② 参阅 Jean Richer, *op. cit*。

③ Jean-Pierre Abel-Rémusat（trad.）, *Iu-Kiao-Li ou les Deux cousines*, Paris, Moutardier, 1826.

④ Stanislas Julien, *Deux cousines*, Paris, Didier, 1864, 2 vol.

⑤ Jean-Pierre Abel-Rémusat（éd.）, *Contes chinois*, trad. de Davis, Thoms, d' Entrecolles, etc., Paris, Moutardier, 1827.

代作品，作者不详，传言译者为雷慕沙，但他只是出版该书而已。《水中影》的确早有译本，由殷弘绪神父（François-Xavier d'Entrecolles, 1664—1741）所译。殷弘绪是耶稣会士，自1698年便在中国传教，逝于北京。其书简中有两封关于瓷器的重要书信，被收录于《耶稣会士中国书简集》（*Lettres curieuses et édifiantes*，直译为《珍奇而富于教益的书简集》）。当时仍在雷慕沙门下的年轻的儒莲随后重读并修改了殷弘绪的译文，但在合集译本中，却注明该篇作者佚名且年代不详，未对其源起和背景作任何说明。

因此，文本出处先后两次佚落：1827年译本未言原文出处，亦无任何相关信息；而在1846年，《水阁》作为一篇"中国题材短篇小说"出现，且很快成为泰奥菲尔·戈蒂埃所作的"故事"，即为独立创作的虚构文本，而非植根于译本之上的改写。幸而泰奥菲尔·戈蒂埃在故事与尾跋中两次含蓄地点出译本标题，否则该文源起恐怕完全无从查证——小说末句尤若箴言："所谓幸福，往往不过水中影而已。"[①] 怪异的是，全篇几乎未明言文出何处，但不论是在字里行间还是在整体架构上，又自始至终凸显中国特色。这是因为泰奥菲尔·戈蒂埃根本无意将中国故事译本生搬硬套，而是通过独特新颖的形式对之进行改编。故事所呈现的便是如此，泰奥

① Théophile Gautier, *Romans, contes et nouvelles, op. cit.*, pp. 1128, 1131.

菲尔·戈蒂埃从生活方式、思维模式、传统风俗、宗教信仰、文学写作等他所关注的方面，以简单而富诗意的形式，向读者展示出中国文明与文化。此短篇不设时间年代，并非因为指涉“中国”，而是“故事”使然：泰奥菲尔·戈蒂埃开篇即言：“哪朝哪代无关紧要，故事本就无需纪年。”如此，短篇便无确切年代，不似原译本将故事设定在蒙元帝国[①]（1206—1367）。虽则故事不设年代，却隐约有一处暗指泰奥菲尔·戈蒂埃所处时代的中国：《水阁》一文中，管家公子在遇见玉娟之前对说媒提亲一概拒之，管老爷于是恐吓儿子，说：

> 让法官将其囚于被欧洲蛮夷所占的那座城堡，向外望去，唯见海涛击岩，云挂山岫，还有妖邪所造异物行于黑水之上，机轮转动，喷吐臭雾。[②]

此处大概指香港。第一次鸦片战争后，中英签订《南京条约》（1842 年），清政府割让香港岛给英国。但英国人自 1839 年起早已占据部分中国沿海地区，如浙江定海。无论如何，泰奥菲尔·戈蒂埃所呈现的已非殷弘绪神父笔下的元代中国，而是一个现代中国：欧洲人入侵本土，“蛮夷”及其所造的蒸汽船令人惊恐不安。泰奥菲尔·戈蒂埃运用这种视角

---

① *Contes chinois, op. cit.*, t.II, p. 7.

② Théophile Gautier, *Romans, contes et nouvelles, op. cit.*, p. 1129.

转换的手法，以想象中的异域文化为立场，明显增强了距离感，但也不乏错谬之处，譬如，他写道，信奉道家的诗人不喜“云挂山岫”之景……

文中保留了著名的广州一地，故事的时间则被暗设在现代。泰奥菲尔·戈蒂埃正是以此为背景，减少人物数量，突出在《水中影》里并不明显的对称结构，简化故事情节，从而打乱了殷弘绪神父译本的结构。泰奥菲尔·戈蒂埃叙事采用交错排列法，首先写屠管两家老爷因思想派别不同而对立不和。在《水中影》里，屠、管二人是两位文士，屠老爷才情高卓，管老爷则略逊一筹；而在泰奥菲尔·戈蒂埃笔下，屠、管所循殊途：二人青年时代皆吟诗作赋，但屠老爷渐渐变得古板肃穆：“他从此只作适于悬于亭台梁间的对句箴言”[1]；而管老爷“似乎越活越年轻，纵情歌吟美酒、春花与飞燕，心中无俗事之忧，灵动机敏犹如少年”。故事此处显然将儒学卫士和道家诗人对立起来，道家诗人崇尚天然自在，不失青春活力，寄情山水，热爱诗歌。这种对立结构在文中某处得到印证：两人“仍是挚友之时”命人造了一座亭台，并题“金字”楹联于台上：其中有“Tou-chi”（即理学家朱熹，1130—1200）的“诗句”，亦有道家诗人“李太白”（即李白，701—762）的“诗句”，意味着人物身上反映的儒家与道家两

---

① Théophile Gautier, *Romans, contes et nouvelles, op. cit.*, p. 1122.

种思想能够相生共存，在屠管两家从前共有的水阁中。

泰奥菲尔·戈蒂埃的倒置对称通过屠管两家的子女得以体现，且与空间设置相呼应：一墙隔开两宅，水中两面倒影。儒士之女玉娟的形象是聪慧知礼的女诗人，而诗人之子珍生则是登科及第的青年才俊，行儒家“文学正统”之道。在这种交叉对位中，只有两位夫人的形象始终未变，两人皆“拜佛”求解，得庙僧预言两家结亲和解之道。故事情节有时通过泰奥菲尔·戈蒂埃传记中的信息作出解释；[1] 但也可以认为，书中人物及其交流方式是对中国思想中儒释道三大传统流派及其交融相生关系的文学表述，两种分析并不矛盾。泰奥菲尔·戈蒂埃从阅读中了解到中国的哲学、政治与伦理道德，并从中取材构思，而完全舍弃了原文中错综复杂的家庭关系。文中还体现了其他理念，它们在殷弘绪神父的译本中没有出现，泰奥菲尔·戈蒂埃却极易在雷慕沙或是纪尧姆·鲍吉耶(朱迪特·戈蒂埃在其父的创作来源中列有鲍吉耶之名[2]) 的著作中发现。书中有关爱情的情节简单幼稚，这是因为在叙事上运用了双线交错对位法，对立局面终因两家联姻重聚而消失。泰奥菲尔·戈蒂埃只是以爱情描写为依托，通过叙事化的象征手法，对中国伦理（或者称为“哲学”）进行表述：在

---

① 参阅费扎纳（J.-C. Fizaine）之序言，著作见前引书。

② Judith Gautier, *Le Collier des jours. Le Second rang du collier, souvenirs littéraires*, Paris, Félix Juven, 1903, p. 161.

一个复合的花园中，只有各思想流派与信仰和谐共存，最终如同夫妇、母子、友人或爱侣一样紧密相连，整个社会才算尽善尽美。

泰奥菲尔·戈蒂埃将18世纪故事译本的叙事基础完全打乱重组，明晰人物关系，又以东方学研究为据新添独特寓意，由此便知角色重排之用意及人物性格特征。从这些新的资料来源可见，一种新的趋势初露端倪并愈发明显，尤其体现在帕纳斯派一脉。的确，夏尔·勒孔特·德·里勒（Charles Leconte de Lisle）自《古诗》（*Poèmes antiques*，1852年）起便十分倚赖东方学家的著作，稍晚一些的《野诗》（*Poèmes barbares*，1862—1882）亦是如此。他根据亚历山大·朗格鲁瓦（Alexandre Langlois）、依波利特·福煦（Hyppolite Fauche）或是欧仁·布尔努夫（Eugène Burnouf）的译文重作数篇诗歌，皆与印度有关。但在此处，学术研究资料得到认可：里勒认为，根据知识来源，可分为沉潜于“学术”[①]世界的诗人和全凭丰富想象的诗人（如维克多·雨果等），哪怕诗作可能因过于渊深而不被理解。里勒虽愿研究主要从《薄伽梵往世书》（*Bhagavata-Purana*）和《罗摩衍那》（*Ramayana*）中节译的印度文本，却藐视中国文学与文化，丝毫不加掩饰。

---

① Charles Leconte de Lisle为《古诗集》（*Poèmes antiques*）所作序言，见Claudine Gothot-Mersch（éd.），*Poèmes antiques*, Paris, Gallimard, coll. «Folio Poésie», p. 310 et suiv。

然而，不论是崇尚中国的泰奥菲尔·戈蒂埃，还是借鉴东方学著作（尤其是关于印度的著作）的里勒，二者事例都表明，对学术东方学的参照自此在法国文坛流行开来，即便通常隐而不宣。

但在酝酿及撰写《水阁》时，泰奥菲尔·戈蒂埃手头的确切资料极少，尤其是中国语言与诗歌方面，而这恰恰是此篇最吸引他之处。泰奥菲尔·戈蒂埃写女主角玉娟时，言其：

> 熟读《诗经》，知五伦，纤纤玉手于绢纸上疾书，笔墨恣意豪放，飞龙在天亦难追其挥墨如雨。精通诗词格律，如阴平、阳平、上声、去声，于一般年轻女子讶异之物事，如归燕、春柳、紫苑一类，竟能写得上佳剧作。纵有自诩金马在御之文士，亦难及她即兴而作，挥笔一就。[①]

此段难能可贵地提及直至 1872 年才被节译成法文的《诗经》，但泰奥菲尔·戈蒂埃在此很明显混淆了诗歌体裁与汉语四声。他出此谬误，盖因韩国英神父（Pierre Martial Cibot）在《关于汉语特性的北京书简》（*Lettre de Pékin sur le génie de la langue chinoise*）中语焉未详，此文在 1862 年由德理文

① Théophile Gautier, *Romans, contes et nouvelles, op. cit.*, p. 1125.

进行了更正与阐晰。在泰奥菲尔·戈蒂埃这则短篇中，中国文化为中文赋予了诗意，但当时泰奥菲尔·戈蒂埃对这门语言仍全凭想象。故事中吟诗作赋的主人公们所说的语言只能间接描绘，因为泰奥菲尔·戈蒂埃本人也不甚了了。篇末珍生向玉娟表白的情景使得这种语言显得更加神秘，并带有一层理想化的诗意。珍生以“七言”即兴诗展示诗才，所吟之诗“行文华美，字斟句酌，韵仄严谨，意象绮丽”……可惜读者只能凭空想象而无法一睹真迹。直至19世纪60年代德理文翻译中国诗歌，以及泰奥菲尔·戈蒂埃身边之人如女儿朱迪特·戈蒂埃和丁敦龄等人的研究，泰奥菲尔·戈蒂埃才对汉语及中国诗歌之特点有了更精准的把握。

可见，法国文学中对中国文化的参照与东方学研究的发展传播密不可分。法国汉学研究史虽有待详述，但本书仅举几位被频繁引述的重要学者，以勾勒出汉学发展的几个阶段。19世纪上半叶，法国成立官方汉学研究机构。生于1788年的雷慕沙于1815年1月16日在法兰西公学院开堂授课，从而开创了首个汉文与鞑靼文、满文语言文学教席。1832年，儒莲在评选中击败纪尧姆·鲍吉耶，继任雷慕沙的教席。1874年，儒莲去世，弟子德理文继承衣钵。虽然亚洲学会自1822年便已成立，但直至1841年，借同为儒莲门下弟子的安托万·巴赞之力，才在巴黎推出了首批中文公开课。在英国，1879年，由学识渊博的神话学家弗里德里希·麦克斯·缪勒

(Friedrich Max Müller)① 主编的《东方圣书》(*Sacred Books of the East*)系列问世，其中中文典籍为理雅各（James Legge）译本。而在 19 世纪最后几十年和 20 世纪初的法国，以爱德华·沙畹的研究工作最为卓越，沙畹于 1893 年继承德理文在法兰西公学院的教席。如同当年的雷慕沙一样，沙畹在被推选任此教席时年仅二十八岁。这段时期，传教士汉学家，尤其是耶稣会士，亦著述颇丰。顾赛芬所译《四书》的中、法、拉丁文三语译本标志着 19 世纪 90 年代以来的又一个新阶段。20 世纪初，戴遂良增加道家经典的翻译，补充了已有研究成果。与此同时，耶稣会士也出版了《汉学杂纂》(*Variétés sinologiques*)丛书，总计六十六卷，于 1892—1938 年出版。这类研究多以中国文献翻译与评注为主，涉及方方面面——财产所有制、社会风俗与礼仪、婚娶、警句谚语、书法、历史等，另有两卷专写文学。下一阶段，即第三阶段，是现代汉学诞生。这尤其得益于 1920—1930 年间马伯乐和葛兰言的研究工作。葛兰言最著名的著作之一《中国思想》(*La Pensée chinoise*)出版于 1934 年。

倘若汉学是作家与诗人创作的一大来源，那么保罗·克洛岱尔对东方学著作的阅读完全可以反映出汉学研究的流变：

① 弗里德里希·麦克斯·缪勒（1823—1900)，英国文字学家和东方学家，原籍德国，是西方学术领域中印度研究与宗教比较等学科的奠基人之一。——译者注

克洛岱尔于1895年抵达中国时，随身携带着刚由顾赛芬翻译不久、首次面向西方读者的文本，中文原文配以法文和拉丁文双语译文，兼以发音注释，评注亦颇为明晰。保罗·克洛岱尔正是在这些学术著作中发现《论语》《诗经》《中庸》等书，稍后又读到《庄子》。这些书为他撰写《第七日的休息》（1896年）[①]作了准备，但更主要的还是为《认识东方》和《诗艺》（*L'Art poétique*）的写作打下了基础，这一点下文将会提及。目前更有意义的是举一例分析保罗·克洛岱尔如何运用东方学著作和所读到的各类书籍。1926年，他在日本写下一篇题为《诗人与香炉》[②]的谈话录，文中诗人提及印度支那殖民时期柬埔寨的吴哥窟，最后与香炉谈论起传为孔夫子和道家思想家所作的中国格言与故事。克洛岱尔在1946年《以马忤斯》（*Emmaüs*）附录《异教亚洲建筑之象征主义》（*Le Symbolisme architectural dans l'Asie païenne*）一文中补充了有关吴哥窟的内容；同样，1926年谈话中涉及中国思想的内容皆以东方学著作为依据，并逐渐得以完善，如有讹误，则予校正。

---

① Yvan Daniel, *Paul Claudel et l' empire du Milieu*, *op. cit*.

② 此文最初发表在 *L'Oiseau noir dans le soleil levant*，后编入 *Œuvres en prose*, p. 846。

保罗·克洛岱尔:《诗人与香炉》(1926)

与前人极少走出欧洲相反，保罗·克洛岱尔是最早在亚洲远游甚至久居的作家之一。此篇谈话录正是他作为法国驻日本大使的第二次远东之行中构思而来。谈话录可简略分为两部分：第一部分涉及印度支那，回忆一篇研究吴哥窟遗址的文章；第二部分则探讨克洛岱尔所称的中国“智慧”。文中交织着见闻纪行与东方学著作品读，以及克洛岱尔与一些东方学家的会面。奉法国外交部之命，保罗·克洛岱尔自1921年9月29日至11月8日赴印度支那，并于10月游览吴哥窟。这位外交官早在1903年在中国履职时便已游历印度支那，但在当时，吴哥窟为暹罗王国所控制，直至1907年首批研究与修复工作启动时才由法国掌控，所以诗人当时未能参观吴哥窟。保罗·克洛岱尔的第三次也是最后一次印度支那之行是在1925年2月3日至24日，时任日本大使的克洛岱尔在场陪同山县伊三郎带领的日本使团，但他没有再访吴哥窟。

保罗·克洛岱尔
(Paul Claudel，1868—1955)

总之，保罗·克洛岱尔仅去过吴哥窟一次。吴哥窟是法国东方学研究的一枚硕果，法国远东学院也对其尤为关注。1921 年的吴哥窟之行激发克洛岱尔写出一首“（有类《认识东方》的）宏大散文诗”。[①] 然而，1923 年 9 月 1 日临近中午时分日本发生剧烈地震，当晚大使馆起火，此文毁于火灾之中。正是为这烟消云散之作，始有《诗人与香炉》一文，以期“复燃”这篇毁失的诗歌。虽然原文已不复存，但在保罗·克洛岱尔的作品集中能找到多处涉及吴哥窟的内容。不论是《日记》（*Le Journal*）还是诗集，不论是《哥伦布之书》（*Le Livre de Christophe Colomb*）[②] 一类的戏剧作品，还是稍晚的评注作品。评注作品，尤其是《以马忤斯》附录，以高棉旧址为主要依据，阐发了对《异教亚洲建筑之象征主义》[③] 的思考。

这是因为在克洛岱尔的远东行迹中，吴哥窟建筑群的地位十分特别。《诗人与香炉》一文写道，吴哥窟建筑的象征意蕴足以代表整个亚洲，即是说克洛岱尔在此认为，它能够代表受印度思想与宗教影响的各种文明。但克洛岱尔对这一主题的表述和思考常常有失偏颇，甚至夸张歪曲。当然，这

① Paul Claudel, *Jo I*, septembre 1923, p. 606.

② 收录于《戏剧卷 2》（Théâtre II），参阅 Première partie, 16, «Les Dieux barratent la mer», p. 1152。

③ 收录于 *Le Poète et la Bible*（以下简称 *PB*），éd. de Michel Malicet, Dominique Millet et Xavier Tillette, Paris, Gallimard, t. III (1945—1955), p. 546 et suiv。

位吴哥窟的游览者自称一直“苦恼不安”，或有如“受到诅咒”，他在作品中将这些情绪表露无遗，笔触有时甚至十分激烈……但克洛岱尔被引述之言总是千篇一律（“菠萝”形的高塔，或“圆润柔和”的壁画风格），且极少运用分析手法。文章中其他内容，便如吴哥窟建筑的其余部分一样被忽略了。但其中却包含一些关键点，从中可知克洛岱尔掌握哪些资料，又是如何通过这些资料以及亲身见闻来描述高棉古迹，所幸这种表述不似上文引语一般有所保留。

首先当说1921年的那次探访。那一年，许多重要人物参观吴哥窟。2月，暹罗国王的兄弟到访；8月，印度支那总督莫里斯·隆（Maurice Long）游览遗址；12月，法国元帅兼法兰西学院院士约瑟夫·霞飞（Joseph Joffre）、暹罗国王以及随行再访的莫里斯·隆总督游览遗址，时任法国驻日大使的克洛岱尔10月4日全天在场陪同。很难说克洛岱尔初到时对遗址有何了解，但《日记》中的评述十分符合那一时期对吴哥窟的研究状态：人们对整个建筑群仍知之甚少。保罗·克洛岱尔有时能在场遇到一些东方学家[①]，他们对吴哥窟的研究困难重重，在随后几十年中才一一攻克。考古学研究

① 在游览吴哥窟前不久，保罗·克洛岱尔在金边遇见高棉艺术院（Arts khmers）院长乔治·格罗斯列（Georges Groslier），参阅 *Journal*, *op. cit.*, t.I, p. 520。他于10月末参观在河内的法国远东学院博物馆，参阅 Jo I, p. 528。1921年记录中未言鄂卢梭在场。

和测绘所得结论时有谬误，且在当时仍缺漏不全。例如《日记》言，巴戎寺是敬奉大梵天之用：“巴戎寺塔柱有大梵天的四面，朝向四极。”直到多年之后，人们才确定巴戎寺建筑群是极为独特的纯粹的佛教建筑。所以，供奉何方神明是一大难题，极易造成混淆：保罗·克洛岱尔误认为吴哥窟拜祭的是“爱情与毁灭之神湿婆”[1]，但自1911年之后便知它主奉毗湿奴。

然欲破解吴哥窟之谜，厘清所拜神明并非唯一障碍：各建筑年代顺序有误，而且至少在1933年以前，所有关于该遗址的出版物给出的信息不尽一致或是相互矛盾。人们甚至对于始建初衷亦众说纷纭，各执一词：一些人认为是王宫，又有人认为是庙宇、祭拜之地或是陵寝。由此种种揣测便可知，《日记》中为何说吴哥窟的某些特点怪异反常，令人大惑不解。克洛岱尔还发现，吴哥窟虽为纪念供奉之所，但几乎不对外开放：“建筑正面的水平方向线条绵长且不对称，开有小门。庙宇极其宏伟，却须由塔门进入，塔门左右对称，十分醒目，仿佛中央城堡中的幽窟。”[2]诗人在此如《认识东方》中所体现的一般洞隐烛微，一针见血地道明该建筑与教堂或其他西方拜奉之所相反，并非为芸芸信徒参拜而设，而是“供人远远膜拜的秘藏珍宝”，“圆匣”或是“球状建筑”。[3]《日

① Paul Claudel, *Journal*, *op. cit*., t. I, p. 521.

② Paul Claudel, *Journal*, *op. cit*., t. I, p. 521.

③ Paul Claudel, *Journal*, *op. cit*., t. I, p. 522.

记》中诸如“神庙”或“庙宇”之词便是指称这些建筑，但其闭门深锁，似乎颇具特色，《诗人与香炉》一文写吴哥窟之门极为窄小逼仄，与整体建筑的“宏伟”① 呈鲜明对比，却无一句言建筑之锁闭隔绝。虽则如此，文章仍以假设的形式对遗址作了详细分析：“我猜想，这座筑于高棉的印度教庙宇只是模仿印度的大型神庙而造。”② 但克洛岱尔再次只猜对了一半。他忽略了爪哇的影响和高棉建筑的真实特点，也未提及吴哥窟的一大重要特色：吴哥窟坐东朝西。这一点有异于吴哥遗址其他建筑以及亚洲的大部分宗教建筑（包括印度）。令人惊奇的是，克洛岱尔并未提及这种特别的建筑朝向，或是根本未曾留意。他参观吴哥窟时，只在古迹东侧驻足于“乳海翻腾”壁画之前……直至东方学家乔治·戈岱司（Georges Cœdès）的研究成果公之于众（下文即将再次提及），纷纭众说才得以消歇，吴哥窟的功用才得以确定。这位东方学家认为，“庙宇”一词并不“适于这一古迹的建筑初衷”，除非将此词理解为“神之居所”而非“公众拜奉之地”。的确，这是一座陵寝，采用了“天庭”的象征形态，其中的毗湿奴像形似“先王神形”③，即苏利耶跋摩二世（Suryavarman II）。这

① Paul Claudel, *Œuvres en prose*, *op. cit.*, p. 839, 亦可参阅 p. 841。

② Paul Claudel, *Œuvres en prose*, *op. cit.*, p. 842.

③ Georges Cœdès, «Angkor Vat, temple ou tombeau?», in Bulletin de l'Ecole française d'Extrême-Orient, Hanoï, t.XXXIII, 1933, p. 303 et suiv.

些关键信息非一日所得，乃是逐渐积累而成，直至1933年方始确立。但可以发现，其中所体现的日常观察和表面矛盾之处十分契合对建筑功用的种种猜疑不定，这一功用在西方人看来不合常理。但克洛岱尔早在1898年便在《林中金桥》（*L'Arche d'or dans la forêt*）中写道，日光市（Nikko）供奉德川幕府的开府将军德川家康的神社是“根据神庙与墓葬之关联而将逝者神化”[①]之地。但在1921年，他所掌握的可靠资料仍旧寥寥，不足以对吴哥窟作出论断。

如《日记》一样，1926年所写的这篇文章[②]亦有不确切和谬误之处，这说明克洛岱尔所掌握的资料大多来自1921年。虽然对吴哥窟的研究不断进步（尤其在1923年之后），但一旦涉及建筑及门径形态，或是所谓的吴哥窟“湿婆”崇拜时，克洛岱尔仍坚持最初的所感所录，此后再述几乎丝毫未改。然而香炉提及的“石马”确是在1924年被发现的：“就在其中一座圣池中心的小岛上，不久前发现了一匹石马！根据印度传说，它每隔千年便抬起一蹄踢地。”[③]《诗人与香炉》就这一

① Paul Claudel, *Connaissance* de l'Est, in *Œuvre poétique, op. cit.*, p. 82.

② 指克洛岱尔于1926年写的《诗人与香炉》一文。——译者注

③ Paul Claudel, *Œuvre en prose, op. cit.*, p. 837. 这一发现随后以报告形式刊登于1924年的《法国远东学院学报》（*Bulletin de l'École française d'Extrême-Orient*）：“涅槃宫的发掘工作在继续，已对中心佛塔群周边地形进行细致测绘。神庙周边的水池水面高度稳定，现出圆池周围的台阶和门。发掘期间找到了缠绕佛塔的娜迦蛇尾残段，更重要的是，找到了许多先前建筑群的遗迹，足以恢复飞马救人雕像中救护海难者的天马的主要线条：头部、身体和尾巴。” in *Bulletin de l'École française d'Extrême-Orient*, Hanoï, t.XXIV, 1924, p. 317.

点论及时间性。这篇对话录融糅了1921年的见闻与资料与其他约在1925年获得的少量信息。数位知名人士参观吴哥窟后便在之后几年相继离世，世人谣传他们受到遗址的“诅咒”，此事也是在1925年提及的。诗人写道：“在西贡，人人都会向您讲述莫里斯·隆、诺斯克里夫勋爵（Lord Northcliffe）和安德烈·杜德斯科（André Tudesq）的故事。”1925年2月，《日记》中也言及这一“诅咒”，保罗·克洛岱尔似乎颇为震动，曾数度提起此事：

> 记者杜德斯科死于西贡，临终前几小时说道，四年前，康马耶、莫里斯·隆、诺斯克里夫勋爵和他本人不听守卫劝告擅自进入吴哥窟的一座寺庙。守卫预言他们四年后都会死去，不想一语成谶。[1]

在《诗人与香炉》中，克洛岱尔纠正了《日记》中误将让·康马耶（Jean Commaille）列入死亡名单之语。让·康马耶是吴哥窟首任“馆长”，事实上死于1916年4月29日，葬于当地，克洛岱尔在1921年唯一一次吴哥窟之行时本可见到当时位于巴戎寺附近的康马耶之墓。其他信息皆准确无误。1923年1月15日，这位外交官正在科伦坡转机，自然获悉

① Paul Claudel, *Journal, op. cit.*, t.I, p. 660.

印度支那总督莫里斯·隆的死讯。至于著名的英国报业巨头阿尔弗雷德·汉斯沃斯（Alfred Harmsworth），衔号诺斯克里夫子爵，确也死于1922年。这些奇闻轶事为诗歌中的绵延回忆蒙上了一层阴影。文中记录了诗人1925年赴印度支那时对1921年（正是莫里斯·隆参观吴哥窟的那一年）吴哥窟之行的回忆："当时，在槟榔树绵延的羽片后，在潇潇暮雨中，我**似乎望见了**矗立在天际的吴哥窟五塔。"① 因此，1926年谈话录中对吴哥窟的指涉宛如回忆中的回忆，它始于学术研究的种种推测，新近又传出轶闻，论文原稿也永久消失……

但不论如何，诗人与香炉的对话旨在比1923年遗失的"类同《认识东方》的诗歌"更加深入。克洛岱尔重作1923年的那首诗，并在结语道出对这座庙宇本身及其"认识"下结语的难处："我似乎要就此搁笔了。仅余几句宏论收束全篇，好比音乐剧演员挥挥斗篷、踢踢靴子，以掩饰离场的尴尬。"②1926年重拾这首诗，使他能够依据最初的观察展开更深广的思索，从高棉古迹扩展至整个亚洲，乃至中国的儒道思想。对吴哥窟建筑的分析由此首先得出了一个意味深长的象征诠释：既然吴哥窟庙宇造型与整个亚洲相关，则亦有升华之意蕴，以及《诗人与香炉》中象征这一主题的"山"的

① Paul Claudel, *Œuvre en prose, op. cit.*, p. 837. 黑体强调部分为笔者所加。

② Paul Claudel, *Œuvre en prose, op. cit.*, p. 841.

意象。“然何为亚洲？广阔围囿中的层叠高山。”[1]“浮屠塔”，意即宝塔或“宫殿庙宇”、吴哥窟神庙以及中国或日本宗教建筑群“等级分明的阶梯与檐顶”，对保罗·克洛岱尔而言，都建立在同一象征模式之上。高棉庙宇正是仿照须弥山[2]的造型，依天然而富象征意蕴的“庙山形”所建。

1947 年，克洛岱尔在读乔治·戈岱司的《吴哥窟深探》（*Pour mieux comprendre Angkor*）一书时发现的仍是这一山形建筑样式。此书正是克洛岱尔写《以马忤斯》附录的缘起，说的是“异教亚洲建筑之象征主义”。这部东方学著作完整收录了《法国远东学院学报》上节选刊登的会议记录，并对吴哥窟研究状况作了一番概括。[3]出乎意料的是，克洛岱尔的附录开篇便将卷首插画上的“高棉庙宇”（即吴哥窟）与“《列王记》（*Le Livre de Rois*）中的耶路撒冷神殿”[4]相提并论。吴哥窟的鸟瞰图与所罗门神殿“相似”，这使克洛岱尔极为“震撼”。《以马忤斯》正文便对所罗门神殿的象征意义作了较长

① Paul Claudel, *Œuvre en prose, op. cit.*, p. 842.

② 须弥山（Mont Meru），古印度神话中众神所居之山，位于世界中央，周围有咸海环绕，又译“弥楼山”“妙高山”等。——译者注

③ 这些会议记录在乔治·戈岱司所编《高棉国文论选》一书中以分卷形式再版，该书出版信息如下：*Articles sur le pays khmer*, Paris, EFEO, t.I, 1989; t.II, 1992。

④ *PB*, p. 546.

分析。[①] 应当考察这两大建筑因何缘由而被相提并论，并思考这种类比的意义何在。

评注者在此所用的引述皆取自该书第五章，题为《建筑象征主义》。克洛岱尔转抄专有名词时常常写错，写此文时亦难免有讹误。他在文中指明创作的直接和间接来源：除乔治·戈岱司的研究成果外，还有罗伯特·冯·海涅－格尔登（Robert von Heine-Geldern）《东南亚的思想观念与建筑》（*Weltbild und Bauform in Südostasien*）[②] 一书的译文节选，以及路易·菲诺（Louis Finot）和戈鹭波（Victor Goloubew，又译维克多·格罗布或哥禄贝）对“涅槃宫的象征主义”[③④] 研究中的一则简短引述。

冯·海涅－格尔登的研究首先可以证明，城市及其古迹的形态应符合某种传统宇宙观，符合对宇宙的象征表现形式，这种形式能在世界与人之间创造“神奇的关联”，克洛岱尔称

---

① *PB*, 参见 p. 512 et suiv。

② Robert von Heine-Geldern, Weltbild und Bauform in Südostasien, Wiener Beiträge zur Kunst und Kulture Asien,1930, 乔治·戈岱司（Georges Cœdès）曾翻译其中一段，见 Pour mieux comprendre Angkor, *op. cit*., pp. 86–87。

③ 《诗人与〈圣经〉》（*PB*）第 547 页将“Louis Finot et Victor Goloubew”误作“MM. Finet et Goloubev”，亦将“Georges Cœdès”误作“G. Coedès”。路易·菲诺（Louis Finot）、戈鹭波（Victor Goloubew）和乔治·戈岱司（Georges Cœdès）皆为法国远东学院成员，路易·菲诺和乔治·戈岱司是主编。

④ “涅槃宫”（Néak Pân）又译作“龙蟠寺”。——译者注

之为“精神感应”。[①] 如此，城市便可与“宇宙法则”及其形态和谐一致。在引述乔治·戈岱司之后，克洛岱尔顺同一思路，在讲中国时引述葛兰言，在讲印尼群岛时引述保罗·穆(Paul Mus)，保罗·穆在1933年那场著名的论文答辩正是以婆罗浮屠为论题。若要解读古迹及其所在城市文明，必须参照某种对宇宙的象征性表述。克洛岱尔以此为据指出，他“对象征意义的关注”具有普世意义。乔治·戈岱司随后以吴哥窟为研究重点，并将高棉建筑古迹与苏美尔人的塔形庙宇及“巴别塔”一类相提并论，不仅因其建筑形态相似，更因为其建筑功用皆在于“让人往升天界”。克洛岱尔在此发现了他在《诗人与香炉》中谈到的象征主义，即乔治·戈岱司所说的“庙山”[②]，由庙山式的象征意旨便可知建筑为何规模宏伟而又闭门深锁。《诗人与香炉》中常见的“死水”主题在《以马忤斯》附录中消失不见，取而代之的是寺庙环沟空地令人联想到的“海洋”意象，戈岱司认为“海洋”意象是表现宏观宇宙的第二大要素。由此，对“深不可测”的诠释便与凸显“世界轴心”[③] 巍峨高山相呼应。克洛岱尔的最后一段引述中出现了对“涅槃宫圣湖”的参照，指涉佛教传说中某地：

① 参阅克洛岱尔在括号里作出的校正，见 *PB*, p. 546。

② 参阅 Georges Cœdès, Pour mieux comprendre Angkor, *op. cit.*, pp. 94–95，以及 Paul Claudel, *PB*, p. 547。

③ Paul Claudel, *PB*, p. 547.

> 佛经云，喜马拉雅山巅有一大圣湖，佛陀、菩萨、Arbats（笔误，即上文所说“罗汉”）和仙人常在此沐浴：此湖即是阿那婆多湖（即上文阿耨池，另译“阿那婆达多湖”）。湖有四面，各面一口：狮口、象口、马口和牛口，湖水经四口注入四条河流。①

克洛岱尔以更为宽泛模糊的语调提到其他“有趣的思考”，这些思考若如他所说在书中同一段落，则正是路易·菲诺的研究成果。菲诺指出，不论在涅槃宫中央神庵之中，还是在巴戎寺的高塔之上，观音菩萨的形象无处不在（巴戎寺塔上佛面从前被误认为是毗湿奴或大梵天）。但克洛岱尔了解这个满含悲悯、普救众生的形象，并多次说道它是中国观音菩萨的前身，而观音正是中国人伊西多尔在《缎子鞋》（*Soulier de satin*）②第一幕中所见的形象。

乔治·戈岱司在章末说道，建筑的象征主义有其标准规制，这比某些审美要求甚至是实际功用更为重要。高棉建筑首先是一种语言：“对于古高棉人而言，建筑与装饰都是一种

---

① Paul Claudel, *PB*, p. 547。此为路易·菲诺（Louis Finot）和维克多·格鲁伯（Victor Goloubew）研究著作选段，载于«Le Symbolisme de Néak Pân», *BEFEO*, t. XXIII, 1923, cité in Georges Cœdès, *op. cit.*, p. 115。

② 参阅下文第九章。

语言，他们以这种语言表达人与神、凡世与太一之间的先定和谐。建筑与雕饰首先是形象与仿作，若要洞悉其思想，便应了解其形制。”[①] 克洛岱尔在研究所罗门神庙时也注意到，建筑的象征意义决定了布局、构造以及建材，对实际功用的考虑则退居次位。[②] 此语自然是为凸显象征意义之重要，但怎能不注意到，这番阐述也暗暗融合了对所罗门神庙的评论与东方学学者对吴哥窟的研究？《列王记》中便有一些评论与对吴哥窟的分析相近。“山形”象征（即克洛岱尔所说的“幻象之山”）、“围囿”或教堂广场的层层堆垒以及两处古迹的封闭隔绝（二者皆呈“稳定封闭”的“匣”形）、“寂静与暗夜”之情景、凌驾于一切规制之上的象征意蕴——种种特征既符合耶路撒冷的神庙，也适于克洛岱尔论及的古代高棉庙宇。

或许可以认为，这些类比皆始于20世纪40年代对东方学著作的解读，但应注意到，克洛岱尔很早以前便有此类预感。吴哥窟之行后不久，即1921年10月，《日记》中有这样一段话，从中可见其意：“所有这些围墙是否让人想起往昔天堂？参阅巴别塔、亚述帝国和中国的城市格局。”[③]《诗人与香炉》中未见此说，但在《以马忤斯》附录中重又出现，得到东方学学者的佐证，且部分例证相同：在乔治·戈岱司的研

① Georges Cœdès, *op. cit.*, p. 118.

② 参阅 *PB*, pp. 524–525。

③ Paul Claudel, *Journal*, t. I, p. 523.

究中，巴别塔与吴哥窟的类比确是显而易见。[①]克洛岱尔由此将亚洲建筑分为两类：一类是仿照自然山川的“塔”式建筑，矗立在层层峻基或廊之上；另一类则是依据封闭思想而造的“匣形”建筑。吴哥窟和日本某些古迹都体现了这种隔绝外世的特征[②]，上文所提及的所罗门神庙亦是如此。所以，不论是巴别塔还是耶路撒冷的神庙，两种类型皆可参照《旧约》中某些模式。

更加令人诧异的是，克洛岱尔仅在吴哥窟之行几天后，便在分析吴哥窟时以“往昔天堂”及其“围囿”之形态为参照；而《诗人与香炉》却说高棉建筑是“受诅咒的城市”的形态，《日记》更是早已提及“魔鬼之殿”[③]。正如《认识东方》里的中国南方一样，印度支那的自然风光往往被比作《创世记》中的伊甸园。它是克洛岱尔 1921 年之行所发现的“尘世天堂”，1925 年又言其具有“热带自然（水果缤纷，大河流淌，水草摇漾）天堂般的富饶丰沛”[④]。这些矛盾的描述与评论并未成悖谬之说，而是在克洛岱尔的思想中从各个角度构成了和谐统一的整体。即便大自然也可能受到“诅咒”（如《诗人与香炉》中“吴哥窟的诅咒森林”），它仍被视为庙

① 这些假设类比在今日已失去意义。

② 参阅 *L'Arche d'or dans la forêt*, in *Œuvre poétique*, p. 83。

③ Paul Claudel, *Journal*, t. I, p. 522.

④ Paul Claudel, *Journal*, t. I, p. 525 et 660.

宇的敌对面，而且是美的唯一表现形式："唯一的美景便是在清晨，象群在深沟里吃草，上有猴群嬉戏打闹，这些跳跃的精灵在森林柔韧的树梢上尖啸而过。"① 吴哥窟之行几个月之后，克洛岱尔回想起猴群，想象它们是"弥撒"的司礼，正主持着一场有动物、天使和元素② 参加的盛典：

> 仿佛是一场"弥撒"，我称之为"恐怖弥撒"。信经祈祷如同奔跑的象群。③ 上帝的风暴掠过土地（猴群在吴哥窟森林之顶）。天使们的赞歌混杂着原始动物的叫声和陆地坍塌的剧烈颤抖④。

字里行间铺陈出的意象强烈，足见吴哥窟之行让克洛岱尔深感震撼。这个高棉遗址在此能否象征"堕落凡世"⑤？《日记》和《以马忤斯》附录都将这"受诅咒"之地，这造型宛若"往昔天堂"的建筑群，纳入克洛岱尔以救赎为主题的戏

---

① Paul Claudel, *Œuvre en prose*, p. 837.

② "元素"在此处意为自然景观，如文中的"风暴""陆地坍塌的剧烈颤抖"等；但同时也可引申为西方思想中组成宇宙的四大元素（气、土、水、火）。——译者注

③ 古代战争中（如古罗马与迦太基之战）常以象群列队攻击敌人，有不可阻挡之势，此处喻信经力量强大。——译者注

④ Paul Claudel, *Journal*, avril 1925, t. I, p. 668.

⑤ 该词具有基督教含义，意指亚当和夏娃被逐出伊甸园后所在的充满谬误与罪恶的世界。——译者注

剧作品中。因为不论人们对伊甸园怀有怎样的温柔梦乡，它同样是原罪发生之地。从此，“魔鬼之殿”若采用“往昔天堂”的形式便不为谬了。

除了这一典型象征性建筑之外，保罗·克洛岱尔还在东方学著作中发现了一些分析与信息，印证了他之前的直觉判断。克洛岱尔在长篇引述这些关于吴哥窟和亚洲建筑的研究之后，在《以马忤斯》附录中谨慎地将自己的推测称为某种“联想”：

> 研习《圣经》之人，谁不会对这些惊人的描述浮想联翩？这直入云霄的高塔……高塔四周宛如大洪水图景的汪洋……这朝向四极的方形围囿……这四条遍流大地的河流……口吐水流汇聚成河的四种动物（其中两种为人所熟知）……[①]

可见，这种联想并未局限于“建筑的象征主义”，更多源自《旧约》某些篇章，甚至是福音书著者的形象。克洛岱尔认为，石头的象征意义以某种天地大观为依据，如同对自然界象征性、精神性的反映。这一天地既为实体，又具象征性，为吴哥窟的建筑者所共有，也属于所罗门王的建筑师。他们

---

① Paul Claudel, *PB*, pp. 547–548.

构想出同样的象征元素，甚至可称之为语言。在保罗·克洛岱尔看来，这个天地意象非为其他，正是创世。从此，克洛岱尔在表述吴哥窟整体布局时，便不再只为受诅咒的“菠萝”形建筑忧心忡忡了。这座高棉庙宇造型的象征性亦体现了建造者所达到的思想境界，同时昭示出些许或是“一星半点”的真理。此理隐而未宣，对保罗·克洛岱尔而言，属于先前各类异教。

由此例可见，东方学著作对作家的思想与撰述具有何等决定性作用。《诗人与香炉》对话录的第二部分转而论述“东方智慧”[1]，其中亦表现出对东方学研究资料的倚赖。事实上，保罗·克洛岱尔是借“东方智慧”这一传统称谓在全篇结尾重点探讨道家思想。香炉之语唤醒了诗人心中“往昔所读字句的悠久回响”。这些字句便是英国和法国汉学家的著述，克洛岱尔于1895年甫一来华便孜孜不倦地展开阅读。撰于1926年的《诗人与香炉》采用了至少三种东方学资料，著者不同，年代各异：理雅各译著《道德经》，顾赛芬于19世纪80年代翻译的拉丁文和法文双语儒家经典，以及1913年出版的卫礼贤所译道家经典。克洛岱尔尤其欣赏《道德经》第二十章，并曾撰文论述。[2] 这篇写于日本的谈话录亦论及

① Paul Claudel, *O Pr.*, p. 844.

② 参阅《道德经》一文解析，见 Yvan Daniel, *Paul Claudel et l'empire du Milieu, op. cit.*, p. 342 sq。

此篇，并结合早期理雅各译本和近期法国汉学家戴遂良的研究。“母”或“空”这类重要概念的起源，以及道家思想中诸如“毂”“器”“埏埴”一类传统寓指，皆亦如此。文中提及的《庖丁解牛》另有论述，该寓言亦取自《道家之祖》（*Les Pères du système taoïstes*）一卷中戴遂良译本。[①] 谈话录最末，香炉说起几则“关于孔子的趣闻”。这些并非克洛岱尔杜撰，而是基于道家中人对儒家的嘲讽之语，这一点保罗·克洛岱尔在戴遂良译本中已有察觉。香炉所说的道家寓言奇诡悖谬、出人意料，让诗人大惑不解。中国“智慧”仿佛在不断颠覆西方逻辑体系——本书最后一部分将再次探讨这段对话的旨趣。三个不同时期的三种译本互为补充，构成了该文末段的东方学来源。这表明，保罗·克洛岱尔所说的“汉学研究”一脉相承，延续不绝。克洛岱尔结束外交官生涯后，在 1943 年读了葛兰言的《中国思想》。几年之后，他发现了乔治·戈岱司的研究，正如上文所述。

这几例表明，东方学在法国文学创作中发挥了何等重要的媒介作用：19 世纪，泰奥菲尔·戈蒂埃等作家尚是间或采

---

① 参阅 Paul Claudel, *Œuvres en Prose,* p. 1191. 该篇改编自《庄子》中一则寓言，见戴遂良《庄子》译本第三章下，载于 *Les Pères du système taoïste*, Ho-Kien-Fou, Imprimerie des Missions catholiques, 1913 ; rééd. Paris, Cathasia, 1950, pp. 229–230。

用东方学研究；后来重点研究汉学或远东的作家更对之深为倚赖，如朱迪特·戈蒂埃，以及之后的保罗·克洛岱尔或是谢阁兰。译本中的一则批语、一句格言、一个细节，皆可以激发对“异域色彩”的奇思妙想，儒勒·凡尔纳的部分作品亦是如此。但从中亦可剖精析微，发掘奇特诡诞之论、譬喻神妙之意、绮丽浪漫之致。凡此种种，皆见于19世纪，尤以帕纳斯一派为先。

第三章　帕纳斯派与中国

首先，我们可以认为在19世纪法国文学中，中国只是一个边缘的参照。在泰奥菲尔·戈蒂埃的文学创作中，只有少数诗篇和一部短篇小说明显涉及中国题材，而他的文学盛名往往得益于其他异域文化，比如埃及题材的《木乃伊传奇》(*Roman de la Momie*, 1858)。稍晚一些时期，则是一些像朱迪特·戈蒂埃、儒勒·凡尔纳这样一些通常被认为非主流或长期被忽略的作家打开了法国文学接受中国文化的大门。但是，我们不可忽视泰奥菲尔·戈蒂埃的文学地位，必须承认他对19世纪后半叶的法国作家产生了重要影响：须知波德莱尔的《恶之花》的题词正是献给这位“炉火纯青的文学魔法师”的，马拉美是最崇拜他的读者之一。正是在泰奥菲尔·戈蒂埃这位文坛泰斗的荫佑之下，中国文学在进入法国文学时得到了礼遇。尽管这种影响后来往往被忽视，但是需记得在帕纳斯派文学中以及整个这一历史时期，中国题材确实存在，甚至可以说19世纪60年代是法国文学受到中国影响的十年。对中国的关注首先与一定的历史形势有关。1860年，英法联军远征中国，意图打开中国的大门，其结果是双方签订了《天津条约》，允许常设外交代表机构，尤其是后来又有英法联合远征、攻占北京、洗劫圆明园，这一系列行动终于迫使清政府通过扩大外国人的治外法权允许西方人开展活动。1861年11月25日，流亡英国高城居（Hauteville-House）的雨果在一封著名的公开信里回复了巴特勒（Butler）上尉的询问，表达了他对于侵占北京和洗劫圆明园行为最义正词严的谴责。他还不失时机地批评了法兰西："帝国今天居然还天真地以为自己就是真正的物主，把圆明园富丽堂皇的古物拿来炫耀。"[①] 中国成为当时的新闻热点，中国工艺品一直颇受欢迎，随着中国国门的打开，这段时期又新出现了不少中国游记。

---

① Lettre de Victor Hugo au Capitaine Butler, 25 novembre 1861, reproduite in Nora Wang, Ye Xin, Wang Lu, *Victor Hugo et le Sac du Palais d'Eté,* Paris, éd. Les Indes savantes et You Feng, 2003, pp. 9–10. V. aussi Colombe Samoyault Verlet, *Le Musée chinois de l'Impératrice Eugénie*, Paris, RMN, 1986.

“青龙宅”里的中国客

正是在此历史背景之下，1867年，《当代帕纳斯》（*Parnassiculet contemporain*）[①]的主要作者保罗·阿莱恩、阿尔丰斯·都德（Alphonse Daudet）、居斯塔夫·马蒂厄（Gustave Mathieu）等人以一部中国题材的故事作为这部诗集的引子，来调侃帕纳斯派诗人以及他们的杂志《当代帕纳斯》（*Parnasse contemporain*）。19世纪60年代的法国文坛确实对中国文化表现出强烈兴趣。东方学家们的翻译为此开辟了道路，有几本颇有反响的译著在文学界广为流传。1862年，德理文侯爵翻译出版了《唐诗》，并著有介绍中国语言、诗歌和文化的长篇序言，此文后来得到路易·布耶（Louis Bouilhet）、埃米尔·布雷蒙（Emile Blémont）等一些诗人的关注。两年之后，1864年，儒莲重新翻译了《玉娇梨》，之前泰奥菲尔·戈蒂埃也已接触过雷慕沙的译本。1864年，朱迪特·戈蒂埃开始在《艺术家》（*L'Artiste*）杂志上以《中国诗歌主题的变奏》（*Variations sur des thèmes chinois*）为题发表她最早的中国诗歌译作，这是她与中国人丁敦龄（Tin Tung-Ling）的

---

① Paul Arène, Alphonse Daudet, et al. *Parnassiculet contemporain*. Recueil de vers nouveau, Paris, P. Lemerre, 1867; rééd. Plein Chant, 1993.

Parnassiculet 是上述作者根据 Parnasse 一词仿造的新词，其词尾 culet 的意思之一是指宝石底部价值不高的部位，在此据音据意将 Parnassiculet 试译为“帕纳斯”，以取原文戏仿、调侃和自嘲之意。——译者注

合作成果。这一时期，在1866年第一辑《当代帕纳斯》诗刊上出现了泰奥菲尔·戈蒂埃、马拉美等诗人提及中国的作品。翌年，朱迪特·戈蒂埃的《玉书》由帕纳斯派的合作出版社阿尔丰斯·勒迈尔（Alphonse Lemerre）印行。1869年，朱迪特·戈蒂埃又以连载的形式发表了一部“中国题材小说”——《皇龙》。于是，《当代帕纳斯》的作者们便以这一通常用来象征中国的传说动物为题，来影射帕纳斯派。

丁敦龄，“泰奥菲尔·戈蒂埃的中国朋友”（纳达尔绘）

《当代帕纳斯》从1866年开始共出版三辑诗刊，荟萃了当时帕纳斯派最著名诗人的佳作，如泰奥菲尔·戈蒂埃、勒孔特·德·里勒、保罗·魏尔伦（Paul Verlaine）、苏利·普利多姆（Sully Prudhomme）、卡图勒·孟戴斯（Catulle Mendès）、路易·梅纳尔（Louis Ménard）和马拉美等。1867年出版（1872年得以再版）的诗集《当代帕纳石》便是保罗·阿莱恩、阿尔丰斯·都德（后来因《最后一课》而著名）等作家对前者的戏仿式回应。他们极尽嘲弄之事，反对帕纳斯派的诗歌创作，嘲笑他们吸收外国文学元素。在《当代帕纳石》诗集的编者按语中，他们写道："宁可在法语中别出心裁，切勿效仿梵语笨口拙舌。"诗集编纂了一些戏仿帕纳斯派名家的诗歌，但开篇之作是一则非韵文故事，极尽滑稽讽刺之能事，虽形为模仿泰奥菲尔·戈蒂埃的《法兰西才子》（*Jeunes-France*, 1833），但在喜剧色彩上并未达到大师"戏谑小说"之功力。这篇故事题为《"青龙宅"的一场文学聚会》（*Une Séance littéraire à l'Hôtel du Dragon-Bleu*），讲述了在一个被冠以"龙宅"这一讽刺意味的名称却极其简陋的府邸里，卡图勒·孟戴斯等帕纳斯派诗人正在聚谈，其间出现了一个名为司天理（音译，Si Tien-Li）的中国文人。

故事采用对比手法，突出了这位中国文人的异域特征，颇具滑稽色彩。这位"文人身着绣有星宿和动物图案的橘色长袍"，"水晶衣扣"，"在奥德翁附近"踱步，引起了警察的不安，令姑娘们侧视而笑。当然，他是一位诗人，最近一部诗集取名为《桃花时节月下情诗》。他千里迢迢从北京到巴黎，赶赴帕纳斯派诗人聚会，这是一群"迷恋中国风诗歌的年轻文人团体"。而迎接中国客人的这一群巴黎诗人和作家在酒精和印度大麻的作用下已经"落地而坐"，"目光呆滞"……其中一位（此处影射卡图勒·孟戴斯）要求中国诗人朗读一首他自己的诗歌，于是，司天理从袖间取出一篇文稿，"曾经获得多项骑士勋章的帝国东方语言学院的日文讲席教授莱昂-路易-吕西安·德·罗斯尼（Léon-Louis-Lucien de Rosny）先生已将其从中文翻译为法语”。在这场文学讨论会上，这位东方学学者的名字被借用，在关键时候出现，他也是故事中唯一被具真实姓名的名人，却没有任何一位帕纳斯派诗人的真名被提及。罗斯尼是一位人种学家和东方学学者，1852年曾就学于巴黎东方语言学院，1868年拥有该校第一个日文讲席。他不仅因其多部介绍日本和日语的著作而闻名，而且也撰写了一些有关中国语言文学的著述；1857年，麦松纳弗（Maisonneuve）出版社再版雷慕沙的《汉文启蒙》时曾聘请罗斯尼担任学术指导，他本人后来也出版了一部《汉语表意字符辞典》（*Dictionnaire des signes idéologiques de la Chine*, 1864）。《“青龙宅”的一场文学聚会》的第七章便伪托罗斯尼的翻译之名，讲述了一个这样的故事：在一个荒诞不经的异国背景中，一个手持“红色呢绒板斧”的武士与“同乡的年轻姑娘”相会。这篇故事是一个仿作，整体风格特征与东方学学者翻译的中国诗歌有些近似，句子和段落的划分比较奇特，句子的长度和句法结构都让人感觉是一个蹩脚的译作，某些象声词的使用令人想起德理文翻译中国古诗时有意在法语中突出效果的技巧。故事中不乏法文译作中经常出现的俗套意象，并且出现一系列常见主题，如园林、花卉、文人相会等。试读以下片段：

> 高大的武士闲庭信步，
> 在夏天的园中，
> 花开满树，异国情致，
> 在阳光下摇曳如文人贤士
> 与友相逢；
> 晶莹的喷泉
> 啪嗒，啪嗒，水珠滴落
> 在池面上。（第七章）

中国诗人朗诵完毕，在场的帕纳斯派诗人无不敬佩，盛赞诗中的“中国芬芳”。正在大家热情洋溢交口称赞之时，席间一个年轻女子表示在这首作品中感觉到一种低级的文艺气息，有如巴黎市井酒馆里的俗曲，其中一出便是《大兵与村姑》（*Le Sapeur et la payse*）！一位帕纳斯派诗人先是尴尬，然后断言这无关紧要，因为中国诗人可能有意在中国创作几句“具有巴黎情调的诗歌”，以此表示对现实的不屑。不过，法国诗人接着说，在帕纳斯派的“美学标准”中可以吸取中国元素：

> 我们需要设立美学标准，中国先生！向人类的激情关

> 闭心扉，面对生活的戏剧，应当做一个冷静的观众，不必亲近；用一种烦琐铺陈的风格写作，凡人便不能领悟；永远从谜一般的时代和地域中汲取灵感，那里飘浮着理想和朦胧境界的灵纱。这就是真正的美学标准，唯一的，我们独有的，“青龙宅”的美学！因为我们就是无动于衷者！我便是冷静的印度人，我以此为荣；那位先生便是冷静的土耳其人；他左边的朋友是冷静的斯堪的纳维亚人，而他右边的朋友则是冷静的摩洛哥人。如果您愿意代表中国式的冷静，我们将不胜欢喜。[①]（第七章）

实际上，在《当代帕纳斯》中，除了这个开篇的故事，诗集中没有任何一首诗是模仿中国诗歌而作的，倒是出现许多对其他外国文学的参考，如埃及、希腊等。这个故事中的“中国”诗作有几分玩笑之意，意在贬低帕纳斯派对东方文学的借鉴姿态，对二者都进行了嘲弄。况且，中国嘉宾只粗通几个法文单词，他们之间的交流在故事中被表现为鸡同鸭讲，所做之事无非只是朗诵并不准确的译作。这一受到取笑的文人相会可能便是影射丁敦龄与帕纳斯派文人的关系。泰奥菲尔·戈蒂埃慷慨接纳的这位中国文人曾是其女朱迪特·戈蒂

---

① 帕纳斯诗派的美学标注是强调以客观冷静的态度和方式描绘现实。——译者注

挨的家庭教师，他的一身中国装扮和与众不同的举止甚至引起法国新闻媒体的关注。而我们关注的是帕纳斯派接受外国文学在后来所受到的评价。继印度、近东和北欧文学之后，中国诗歌来到了巴黎文坛。

《当代帕纳斯》（1866）

无论他姓甚名谁，在《当代帕纳斯》这部诗集开篇故事中出现的中国人以及他所代表的文学传统被高度夸张，是用来戏仿和调侃帕纳斯派的绝佳人选。这个文学流派的最大特色之一受到了嘲弄，那就是对印度、中国、日本等亚洲国家文学表现出不同程度的接受，这种借鉴有时并不高明或准确。自1866年开始，由卡图勒·孟戴斯、路易–克扎维尔·里卡尔（Louis-Xavier de Ricard）编辑出版的第一辑《当代帕纳斯》便刊载了好几首或多或少涉及中国文化的诗作。此前，泰奥菲尔·戈蒂埃已经以《水阁》一作开风气之先，此外还写有几首以中国为题材或被认为是模仿中国诗的作品，其中一些业已失传。1855年，在他的《诗歌全集》（*Poésies complètes*）中便出现了一首无题诗，包含四个诗节，每一诗节有四行诗。这首诗在后世的诗选中被经常选录，并被冠名为《中国风物》（*Chinoiserie*）：

情之所钟不在卿，不在
朱丽叶、奥菲莉娅或贝雅德丽采；
金发劳拉明眸善睐，
亦非我所爱。

我之所爱，今在中国，
黄河泽畔，鸬鹚憩泊，
琉璃宝塔，有彼闺秀，
高堂垂暮，长相厮守。

凤眼微翘，斜扬入鬓，
三寸金莲，盈握掌心，
澄净肌肤，胜似黄铜，
纤纤玉指，染胭抹红。

轩窗半掩，微露娇颜，
飞燕盘旋，流连拂面，
夜夜歌吟，诗情难遣，
碧柳红桃，一一唱遍。①

① Théophile Gautier, *Poésies complètes*, Paris, Charpentier, 1855, pp. 263–264.

在泰奥菲尔·戈蒂埃的诗中，中国形象具有女性化特征，并且系于自然景物。他为第一辑《当代帕纳斯》贡献的新诗是一首十四行诗，其中可见同样的意象：女子、诗人、自然风景，他们居于自然并从中汲取灵感。这首发表于1866年的十四行诗题为《玛格丽特》①：

中国诗人尚古仪，
临花赋诗有太白。
雏菊一盆置案几，
花心怒绽吐金蕊。

独钟此花自芳菲，
胜却绿柳与白梅。
花情花韵散毫端，
同旨异趣格律全。

玛格丽特媚如花，
花配青瓷中国画，
自在书案笑嫣然。

① “玛格丽特”为女名，法文中与“雏菊”同义，以花喻人，一语双关。——译者注

腐儒苦吟难成调，
倩花美眷舒愁眉，
妙语翩然信手拈。

在1866年的《当代帕纳斯》中，在勒孔特·德·里勒、卡图勒·孟戴斯和路易·梅纳尔的笔下，印度题材占据主要篇幅，而泰奥菲尔·戈蒂埃第一次让中国意象出现在这本杂志中。这是一首敬献给玛格丽特·达尔登纳·德·拉格朗日里（Marguerite Dardenne de La Grangerie）夫人的十四行诗。朱迪特·戈蒂埃在《文学回忆录》(*Souvenirs littéraires*) 第二卷中对此有所记述：这首诗是其父在一次晚宴席间的中国式即兴创作。玛格丽特·达尔登纳·德·拉格朗日里是一位女性作家和小说家，曾经在报刊上发表过文章。在这首十四行诗中，她化身为一朵中国花卉的形象，这种集女性、花卉和中国形象于一身的主题后来还会出现。泰奥菲尔·戈蒂埃特意选择以李白为模仿对象，他早年在写作《水阁》时便已经发现和阅读了这位中国诗人，后来在德理文侯爵的《唐诗集成》中再度阅读到李白诗歌，因为李白的作品在其中占据了整章篇幅。李白是出现在《当代帕纳斯》中的唯一中国诗人，后来在朱迪特·戈蒂埃的《玉书》中得到更多介绍。或许，从创作的严谨角度来看，帕纳斯派诗人应该更加欣赏杜甫，不过泰奥菲尔·戈蒂埃对李白的个性和作品更感兴趣，因为在汉学家的介绍中，李白是一个“懂得享受生活”的“乐天派”。此外，在《当代帕纳斯》中还有一首描写中国诗人形象的作品，即马拉美的一首被广泛引用的诗歌，通常以其中第一句诗作为诗题。但是，在1866年第一辑《当代帕纳斯》中发表时，这首作品被列在马拉美一系列诗作的最后一首，故当时的诗题是《跋尾诗》（*Epilogue*）。

这首压轴之作的诗题的确名副其实，因为它确实列于一系列诗作之末，不过对于此题也可以进行另一种解读。从词源来看，épilogue由两部分épi和logos组成，意味着言辞或文章之外或之后的另一领域，而对诗歌艺术的创新和对理想诗歌境界的追求正是此诗的主旨。这首诗歌预告了马拉美诗歌写作的未来探索，这既出人意料又在情理之中。正如马拉美研究专家贝尔特朗·马夏尔（Bertrand Marchal）所言，这篇最初完成于1864年的作品揭示并预示了“成熟时期的马拉美的诗艺精髓”[①]。当卡图勒·孟戴斯建议马拉美为《当代帕纳斯》投稿时，他略加修改，下面便是1866年5月12日此诗发表时的版本：

少年心事在诗名，
罔顾碧空玫瑰林。

① Stéphane Mallarmé, *Œuvres complètes*, t.I. note. p. 1156.

而今惫懒无所觅，
倦怠此笔苦休寂。
更厌七约难为情，
枯脑焦心朝暮吟。
无计腹内尽荒虚，
掘肠刮肚炼新语。
玫瑰纷至竞谒访，
心如广墓自惭惶：
芳华凋萎残红褪，
连洞结穴空以对，
幻梦何以诉熹微？
此地苛酷艺贪婪，
但愿从此尽漠远。
笑对朋辈陈非议，
不倚天资弃昨昔。
青灯知我苦穷极，
俱以舍却相疏离。
效慕远邦中国人，
心灵意巧性清纯。
皓月当空映雪盏，
奇葩绘就兴正酣，
艳质凋败韵阑珊。

馨香如故终不改，
稚时初闻素萦怀，
倩影幽蓝沁灵台。
至人一梦同寂冥，
恬然戏描成新景。
白瓷素胚作苍穹，
一线天青一清泓。
轻云蔽月月如眉，
银钩浸沉镜湖水，
泽畔芦荻三丛翠。

关于这首诗，评注甚多，而且它还不是马拉美作品中被引用最多的诗作。马拉美诗中的中国与帕纳斯派作品中的巴黎可以相提并论，与之对立的是“苛酷贪婪”，比喻难以逃脱的浪漫派诗歌樊篱，夏尔·勒孔特·德·里勒也曾对其进行抨击。与女性相关联的花卉主题令人想起《哈姆雷特》中的奥菲丽娅形象。但是在《中国风物》一诗中，泰奥菲尔·戈蒂埃抛弃了奥菲丽娅而钟情端庄高雅的中国才女。莱昂·塞利叶（Léon Cellier）[①] 则认为马拉美的诗作是对泰奥菲尔·戈蒂埃的致敬，因为泰奥菲尔·戈蒂埃的名字与中国常常联系

① Voir Léon Cellier, *Mallarmé et la Morte qui parle*, Paris, PUF, Publications de la Faculté des Lettres de Grenoble, vol. 29, 1959, p. 107 et suiv.

在一起，故而可见青年时期的马拉美有所偏离波德莱尔，而逐渐接近倡导“中国风”的泰奥菲尔·戈蒂埃麾下的帕纳斯诗派。

以上阐释固然不乏价值，但是难免忽视了对中国美学本身的探讨。因此，我们有必要了解为什么马拉美在作品中选择以中国诗歌艺术作为主题，而且视之为逃离“苛酷贪婪”的西方艺术的庇护地。确实，在这首《跋尾诗》中，马拉美提倡学习中国画家的创作手法，而且在开头的诗句中便提供了一幅此类风格的“新景”。这一值得关注的美学意图曾经被解释为对任何诗歌创作理性的摒弃，皮埃尔－奥利维·瓦勒泽（Pierre-Olivier Walzer）在所著《斯特凡·马拉美》（*Stéphane Mallarmé*）中如是解释：“模仿中国人，就是像他那样在茶杯的侧壁上勾画一些小花，也就是说漫不经心地做一些无甚意义的文字。”最后，他还建议把这首诗理解为：“不必再为理想中的绝对世界而绞尽脑汁。”①

尽管马拉美的作品中对中国鲜有提及，但还是可以在通信或阅读的作品中发现他对中国的兴趣。莱昂·塞利叶指出，在对这首诗的早期评论中，评论者们就已经饶有兴趣地发现马拉美身上具有中国人身上某些公认的特点：文雅、隐君、含蓄、智慧……在那一期《当代帕纳斯》杂志编辑过程

① Pierre-Olivier Walzer, *Stéphane Mallarmé*, Paris, Seghers, coll. «Poètes d'aujourd'hui», 1969，pp. 82–83.

中，马拉美与孟戴斯曾有通信，他也戏称自己的“细致”颇似中国人……后来，外交官和诗人保罗·克洛岱尔常驻中国期间，马拉美这位“诗歌王子”再度表现出对中国的兴趣，并请求克洛岱尔为他订制一枚中国印章，而克洛岱尔也没有令他失望。[①] 然而，所有这些趣闻轶事，以及马拉美所阅读的中国题材作品——朱迪特·戈蒂埃的《皇龙》、于勒·阿莱恩的《俗雅中国》、奥利维·顾史密斯（Olivier Goldsmith）的《中国信札》（*Chinese Letters*）——都发生在1864年2月马拉美创作《跋尾诗》之后。当时的马拉美只有二十二岁，他是否曾经有机会阅读德理文的《唐诗》？是否读过朱迪特·瓦尔特（朱迪特·戈蒂埃的笔名）几星期前在《艺术家》杂志上发表的对中国诗歌最早的转译之作？至今，我们不得而知，因为关于马拉美早期的中国兴趣，我们所掌握的资料来源十分有限。可以肯定的是，青年时期的马拉美在参考中国时所达到的深度是泰奥菲尔·戈蒂埃所不具备的。这首诗的创作灵感显然与绘画有关；倘若说马拉美是否阅读过中国作品尚无迹可寻，但是我们可以相信他曾经欣赏过绘有图案的中国茶具，或者是来自东亚国家的丝绸制品或版画作品。在《花瓶》（*Le Pot de fleurs*）一诗中，泰奥菲尔·戈蒂埃早就兴味

① Voir «le sceau dont je rêve» dans la lettre à Paul Claudel du 18 février 1896, en réponse à une lettre de Shanghai du 24 décembre 1895, citée in Stéphane Mallarmé, *Œuvres complètes*, *op. cit.*t.I. p. 813.

盎然地描写了“一个绘有蓝色蟠龙和奇异花卉的瓷瓶”[1]，马拉美年轻时曾经拜读此诗，这种对绘画的兴趣是进入中国艺术的一种路径，他在诗歌中褒扬了这种艺术。而且，马拉美对中国的借鉴似乎提供了一个未受东方学家直接影响的个例。也许可以把马拉美对中国艺术模式的接受看作是对波德莱尔影响的间接传承，因为他曾经虔诚地拜读过波德莱尔的作品，而波德莱尔也曾偶尔提及中国，它或者使人惊恐或者令人愉快：在《人造天堂》（*Les Paradis artificiels*，1960）中，中国以可怕的面貌出现在鸦片氤氲的噩梦中[2]；在《论笑的本质》（*De l'essence du rire*）中，中国成为“绝对的喜剧元素”（即娱乐符号本身并不知道自己具有娱乐的性质），波德莱尔在文中写道：“中国的这些怪异之物让我们如此愉悦，（……）而它们本身并没有大家以为有的娱乐意图。”[3]这位诗人和艺术评论家还提及了1855年的世界博览会，当时有一个“中国博物馆”，展览了一些外交官们带回来的物件，他和泰奥菲尔·戈蒂埃都曾经参观过中国馆。世博会之后，波德莱尔撰写了《现代进步思想的批评方法在美术之应用——生命力的转移》（*Méthode de critique de l'idée moderne du progrès appliquée*

① Théophile Gautier, *Poésies complètes*, *op. cit*. Le Pot de fleurs, p. 214.

② 《人造天堂》的第二部分《食鸦片者》讲述了一个英国人的故事，他在一个噩梦中把中国想象成种种可怕的形象。——译者注

③ Charles Baudelaire, *Œuvres complètes*, Paris, Gallimard, coll. «Bibliothèque de La Pléiade», t. II, 1976, p. 543. Les Paradis artificiels se trouvent dans le t.I., 1975.

aux Beaux-Arts. Déplacement de la vitalité.）[①]一文，这篇文章首先肯定了不同国家艺术之间的平等，尤其在第一部分对中国艺术给予了不同寻常的辩护。波德莱尔借用一个虚构的西方人形象来表达自己的观点，他是一个类似约翰·若阿山·温克尔曼（Johann Joachim Winckelmann）[②]的人，这位以欧洲观念自囿的“新古典派”人士眼前出现了一件“中国造物”。波德莱尔说，尽管这种“造物”看上去“奇特”，但也属于“世界之美的一种”，当我们在审视世界各民族和他们的艺术创作以及“它们在世界和谐中奇妙的互补作用”时，应该理解和尊重他们的创造。

面对尚不了解的中国作品时，一个“以正统自居的好为人师者”倘若并不觉得可怕或可笑，便要禁止“这个奇特的民族（指中国人和所有距离欧洲遥远的民族）用与他本人不同的方式去享受、梦想和思考”；“而他所拥有的无非是粗陋的知识和肤浅的品位，其实比野蛮人更野蛮，他已经忘记天空的颜色、花草树木之形以及动物生灵的姿态和气味，他那被鹅毛笔固滞的手指已经不能在万物应和的广阔键盘上弹奏自如”！

波德莱尔解释说，如果要理解中国作品，“评论家、观

① Charles Baudelaire, *Œuvres complètes*, *op. cit*. t. II, p. 575 et suiv.

② 约翰·若阿山·温克尔曼（1717—1768）是德国考古学家和艺术史学家，被认为是新古典主义流派的先驱。他以喜好古董文物而闻名。——译者注

众就必须在内心进行一种神奇的变化，而且在意志控制想象的作用下，自身要学会融入那个产生奇特的环境中”。波德莱尔所称的“具有世界主义精神的神奇造化”就是这种能够领悟异域作品的能力。最可能具备此种能力的是“孤独的旅行者”，他们在自然中独处数年，“在他们和复杂的真相之间，没有任何学院教授的知识、大学里的思想悖论和教育的乌托邦成为障碍。他们善于领悟形式与本质之间永存的、必然的和奇妙的关系。他们并不批评，而是凝思和学习”。由此推理，人只有与自然世界个别相处才有可能获得理解异国作品的能力，而一个“现代版的温克尔曼”先生面对这种奇特文化一定会灰心丧气。波德莱尔在这篇文章中强调了这一观点：“美是奇特的。”在描写中国绘画中的花卉意象时，这个形容词同样见诸泰奥菲尔·戈蒂埃和马拉美笔端。而且，这个词也出现在戏仿帕纳斯派的诗集《当代帕纳石》中：帕纳斯诗人们举杯为“奇特”之类干杯（第十章）。领悟中国艺术的“奇特”，这是波德莱尔提出的挑战，而马拉美的《跋尾诗》不正是一种仿佛心有灵犀的应答吗？

总之，马拉美的这首诗融会了波德莱尔和泰奥菲尔·戈蒂埃的双重影响，而且充分体现了他对中国主题的驾驭具有鲜明的个人特点，即不再满足于表面的“奇特”。采用具有异国情调的意象是泰奥菲尔·戈蒂埃的中国主题诗的特色，而后来则成为19世纪屡见不鲜的中国主题。相反，《跋尾诗》则预告了马拉美诗歌体验的终期阶段，即写作《诗歌危机》（*Crise de vers*）[①]的时期。马拉美向朋友亨利·卡扎利斯（Henri Cazalis）介绍了1866年5月12日发表的十首诗，并告诉他这是“我的性灵的直觉顿悟，也是未来的音符”[②]。作为“顿悟”之一的《跋尾诗》在最后五句以寥寥几笔细致描绘了一只中国瓷花瓶，通过表现天、云、水和冰的白色之不同色调体现出图案描绘之精妙。诗人以最言简意赅的手法在白色基调上呈现出朦胧的风景，精细的笔触更是在意蕴深长的最后一句中得以延伸。马拉美发现在中国绘画艺术中寥寥几笔便成图案——月牙儿、月梢、眉睫，瓶身余留的空白蕴含着无穷韵味，似乎空白中的风景别有情致，画境已经融入线条的千变万化中去了。在这首诗中，我们看到一个想要摆脱枯思的诗人，慵懒和抱负的矛盾在折磨着他，对死亡的想象缠绕着他，他要离开这个“苛酷”之地。一旦中国被确立为模仿对象，花卉、风景这些朴素的自然元素以及它们在中国画中的联想便在诗歌与自然界之间导入了一种新的关系。在不谙世事的心灵和“奇特”花卉之间的诗歌联姻产生极具魅力的意境，表明二者之间距离接近，诗作末尾几句的风景便是水到渠成，直到化为最后一句，言有尽而意无穷。这些

① Stéphane Mallarmé, *Œuvres complètes*, *op. cit*. t. II. p. 204 et suiv.

② Stéphane Mallarmé, *Œuvres complètes*, *op. cit*.t.I., Lettre à Henri Cazalis du 21 mai 1866, p. 698.

意象是否预示着马拉美后来数年将沉浸于黑格尔哲学思考？后来，评论家费尔迪南·布吕奈蒂耶（Ferdinand Brunetière）在1888年的一篇美文中表达了与当时批评界的敌意所不同的见解，认为这种在中国风格影响下对自然的独特体验是法国象征主义诗歌的特点之一：

> “风景即心境”，阿米耶勒的这句话大家耳熟能详，这也是人们从他的日记中捕捞的唯一之言。这句话不意味着（我发现有些人这么以为），风景随着人的心情而改变，今天忧郁而明天微笑，伴随着我们或悲或喜。这样理解就太普通了，尤其是未得黑格尔思想之精髓。恰好相反，这句话的意思是，风景独立于我们人自身和我们所产生的影响，它本身就是“悲伤”或“欢喜”，“快乐”或“痛苦”，“愤怒”或“平静”。或者，更笼统而言，这意味着在自然和我们之间存在着“应和”、内在的“感应”或神秘的“通感”。也许，只有当我们把握这些联系、深入事物内在的时候，我们才能真正地接近心灵。①

马拉美的《跋尾诗》中已经孕育了这种与自然的新型关

① Ferdinand Brunetière, “Symbolistes et decadents”, *Revue des Deux Mondes*, 1er novembre 1888, repris in Jean-Nicolas Illouz, *Le Symbolisme*, Paris, Le Livre de Poche, coll. «Inédit Littérature», 2004, p. 257.

系，自然不再是浪漫派泛滥抒情的缘由，也不再是自然主义笔下僵硬的存在。它已经在文学中渐渐形成马拉美在《诗歌危机》中所谓文学艺术的“决定性”倾向：“寓意和暗示”；从绘画到文字，马拉美试图表现他从所审视的中国作品中产生的美学直觉，即超越当时一般的陈词滥调，创作出一篇独出机杼的诗歌，既能体现其诗歌美学，也是未来创作风格的宣告。这首诗以寥寥几个意象体现了当时法国人所发现的中国古典诗歌的主要特征——人与自然世界的深刻联系是艺术家们最爱的主题，以简练的手笔通过寓意和暗示表达丰富的意味。这个总结不仅高明而且可谓先知先觉。

朱迪特·戈蒂埃肖像
（纳达尔绘）

上述特点在朱迪特·戈蒂埃1867年于阿尔丰斯·勒迈尔出版社印行的《玉书》[①] 中亦有所体现。由于家族之谊，朱迪特·戈蒂埃及其合作者丁敦龄都与帕纳斯派保持亲密关系。1866年4月，朱迪特·戈蒂埃与卡图勒·孟戴斯结婚，这令

① Judith Gautier, *Le Livre de Jade*, éd. d’Yvan Daniel, Paris, Imprimerie nationale, coll. «La Salamandre», 2004。

泰奥菲尔·戈蒂埃非常不悦。[1]孟戴斯在《艺术》杂志上同时发表了一篇阐述帕纳斯派新诗学理论的文章和对朱迪特·戈蒂埃含蓄表达爱慕之作。[2]朱迪特·戈蒂埃一直在文学界得到各位大家的赏识，帕纳斯的领军人物勒孔特·德·里勒也自称是她的友人和崇拜者。确实，这位年轻女子首先是因为在《箴言报》（*Le Moniteur universel*）上发表了一篇爱伦·坡的散文随笔《我发现了》（*Eureka*）的书评而在文坛引起关注：爱伦·坡的这篇作品刚刚由波德莱尔迻译为法文[3]，于是泰奥菲尔·戈蒂埃先将女儿的文章手稿交给了波德莱尔，泰奥菲尔·戈蒂埃应当是对女儿的第一篇文学评论颇为得意，因为当时的朱迪特年方二十。波德莱尔在回信中表达了谢意和热忱赞扬：

> 在您对《我发现了》的中肯分析中，您做了我在您这个年纪做不到的事情，以及许多自称有学问的成年男

① 泰奥菲尔·戈蒂埃一直反对女儿与卡图勒·孟戴斯的婚姻，而且没有出席他们的婚礼。——译者注

② Joanna Richardson, Judith Gautier, trad. S. Oudin, Paris, Seghers, 1989.

③ Judith Walter, *Eureka d'Edgar Poe, in Le Moniteur universel*, 29 mars 1864.《我发现了——爱伦·坡的散文诗》1848 年在纽约发表，波德莱尔翻译了这部作品，1859 年 10 月至 1860 年 1 月刊载于日内瓦《国际杂志》（*Revue internationale*），1864 年由 Michel Lévy 出版社出版单行本。参见 *Contes. Essais. Poèmes*, Paris, Robert Laffont, coll.«Bouquin», 1989。

子无法达到的事情。尤其是，您证明了我原本以为不可能之事，就是一个年轻女子可以在书中寻到正经的乐趣，而恰恰相反，有些愚蠢而庸俗的男人却以女人来填补生活的空虚。

在此，我不揣冒昧要提及我曾经对女性不够恭敬的想法，您的作为令我怀疑自己曾经对普遍的女性所持的大不敬观点。[1]

正如人们经常所言，由于家族渊源，朱迪特·戈蒂埃与当时最负盛名的文坛大家保持亲近甚至亲密的

白玉詩書

LE

LIVRE DE JADE

PAR

JUDITH WALTER

PARIS

ALPHONSE LEMERRE, EDITEUR

47, *Passage Choiseul*, 47

M.DCCC.LXVII

《玉书》([Judith Gautier, *Le Livre de Jade* Première édition (Paris, 1867)] [2]

① Lettre de Charles Baudelaire à Judith Gautier, 9 avril 1864, in Charles Baudelaire, *Correspondance*, Paris, Gallimard, coll. «Bibliothèque de La Pléiade», t.II. 1973, pp. 352–353.

② 中国学术界译介此书时通称“玉书”。——译者注

关系，除了她父亲之外，她曾与福楼拜、勒孔特·德·里勒、卡图勒·孟戴斯等不乏往来，这一点可以部分解释她早期著述所受到的好评。不过，朱迪特·戈蒂埃更多是因为独特的个性和兴趣及其著述而证明了自己的与众不同：她是第一个翻译中国诗歌的女性作家，其全部作品几乎都以中国和远东为题材，因此在将近半个世纪中在此领域独领风骚。1867 年是她从事中国和远东主题创作成果最为丰硕的一年。完全符合帕纳斯文学路线的《玉书》出版于春季；几个月后，11 月至 12 月，世界博览会盛大举行，在德理文侯爵主持下，中国馆和其他几个亚洲国家馆获得巨大成功，朱迪特·戈蒂埃在《箴言报》上发表文章介绍了所有的亚洲国家馆，包括日本、暹罗（即泰国），当然还有中国。[1]

另外一个帕纳斯派诗人——魏尔伦（他和马拉美同样都被最后一辑《当代帕纳斯》拒绝）立即对《玉书》给予了评论，他在 1895 年的时候仍然称此书的作者是“启发他人想象中国的才女”[2]。他首先将孟德斯鸠（Charles de Montesquieu）

---

① Judith Walter, *Compte rendu de l'Exposition Universelle, Chine-Japon-Siam*, in *Le Moniteur universel*, 12 novembre, 4 et 25 décembre 1867.

② Paul Verlaine, «Deux mondes français», *in Œuvres en prose complètes*, Paris, Gallimard, coll. «Bibliothèque de La Pléiade», p. 952.

的一句话改写为“如何才能成为中国人？”，[①] 然后，尽管他感觉到朱迪特的翻译中有自由发挥的意译，但对这部令人耳目一新的诗集仍给予如下评价：

> 人们不要据此推论具有中国色彩的《玉书》是通常所说的一本“巴黎作品”。相反，没有比这本书的作者或译者更中国的了，这里“中国”需要从不落俗套和高贵雅致的角度来理解。我们可以想象狄奥克里塔（Théocrite）这样的古希腊诗人，居于黄河河畔，享受着精致优雅、迷幻神奇的异域风物。有时候，在他那些濡染着茶香、醇酒滋味和桃花芬芳的田园牧歌中，个性的语调显现出来，进入战争的描绘，难免流露悲怆的情绪或深邃的沉思，但同时并不突破所采用的诗歌规则，那就是简约的诗句、凝练的表达和含蓄的艺术。[②]

人与自然关系的主题在与狄奥克里塔的类比中得到体现：魏尔伦认为这位古希腊田园诗人的简约朴素风格似乎被转移到中国时空中，这一异域当然就是各种“奇异”元素的来源。

---

① 孟德斯鸠的著作《波斯人信札》（*Lettres persanes*）中有这样一句话：“如何才能成为波斯人？”——译者注

② Paul Verlaine, «Le Livre de Jade de Judith Walter», *L'Etendard*, 11 mai 1867, repris in *Œuvre en prose complète, op. cit.* pp. 622–623.

已被波德莱尔和马拉美指出的此种“奇异”如果不是一种尚不为人所知的艺术和诗学，还能是何呢？这种来自中国诗歌主题和艺术手法的“奇妙”效果尚未得到忠实和充分的传达，因为翻译中难免存在随意发挥。不过，魏尔伦对风格的评论似乎证明了中国诗歌的一些典型特征在译文中已经得到体现：“简约”“凝练”和“含蓄”。轻盈、婉转和含蓄不是在《玉书》中许多唐代诗人的绝句中可见一斑吗？魏尔伦正是在风格方面发现了朱迪特·戈蒂埃和丁敦龄的高度独创性。在其文章的后半部分，魏尔伦将中国诗歌集与阿洛斯约斯·贝尔特朗（Aloysius Bertrand）1842 年 11 月去世后不久出版的《夜色中的加斯帕尔》（*Gaspard de la nuit*）进行了比较。这是一部散文诗集，文中经常把一些看似松散的句子排列在一起，形成诗节或段落。每一段落或描写或寓意，各呈一调，勾勒出一处精致的场景，并与之前的语句或段落形成呼应。与这部“颇为类似”的作品相比，魏尔伦更爱《玉书》，“因为它更具特色，形式更纯粹，诗意更真实醇厚”。朱迪特·戈蒂埃的中国题材诗没有《夜色中的加斯帕尔》中因历史、传奇典故而产生的博学气息，相反，《玉书》不重历史典故，它那简洁朴素且韵味深长的诗句、对自然和人情的浅吟低唱印证了魏尔伦的论述。但是，在简约中仍然可见主题的独特和形式的新颖流畅，因为一句中国诗在一个段落（孟戴斯建议以“节”言之）的长度中得以翻译或阐释。魏尔伦注意到这种特别的形式，这种意译中的自由从反面说明中国诗歌节律的严谨。虽然他在其他场合捍卫法文诗的韵律，这位已经完成《无言的罗曼曲》（*Romances sans parole*）和即将写作《诗艺》的法国诗人，在初窥中国诗歌时，充满了好奇，尽管他知道而且已经感觉到其中不乏难解之处。

1884 年，在若里斯–卡尔·于斯芒斯（Joris-Karl Huysmans）的小说《逆流》（*A Rebours*）中，主人公德塞森特（Jean des Esseintes）的书房中也有《玉书》的身影，列于《波德莱尔庇护下的圣堂中》① （第十四章）。泰奥菲尔·戈蒂埃曾经把波德莱尔《巴黎的忧郁》（*Le Spleen de Paris*）中《月亮的恩惠》（*Les Bienfaits de la lune*）与朱迪特·戈蒂埃所译李白诗《玉阶怨》相提并论，想必他对于斯芒斯在小说中将二者并列的做法不会感到不悦。② 这些现象都表明中国文学和文化在 19 世纪 60 年代巴黎文学界所受推崇。在法国文学史上，中国文学第一次被视作一个可以效仿的对象，法国人终于接受将之与世界上其他文学相提并论。因为，它被

① 小说主人公德塞森特把他所喜爱的作家的散文诗编成选集，终日爱不释卷，波德莱尔位列其首，其中也有《玉书》中的片段。“圣堂”比喻德塞森特对这些作家作品的顶礼膜拜之意。——译者注

② Judith Gautier 在 *Le Second rand du collier, Souvenirs littéraires, op. cit.* 一书中提到此事。参见 Charles Baudelaire, *Le Spleen de Paris, Les bienfaits de la lune*, XXXVII, in *Œuvres complètes, op. cit.* t.I. pp. 391–392. 和 Judith Gautier, *Le Livre de Jade, op. cit.* p. 107.

文学泰斗泰奥菲尔·戈蒂埃纳入帕纳斯派的美学体系，尽管夏尔·勒孔特·德·里勒对此不以为然；中国艺术也成为青年时期的马拉美的文学参照，虽然他只是在欣赏中国瓷器艺术品的过程中对其略知一二。而在帕纳斯派的中国风影响下，中国题材在路易·布耶和埃米尔·布雷蒙后来的诸多作品中更多地出现。

路易·布耶与埃米尔·布雷蒙

这两位作家没有像他们所尊崇的前辈那样享有同样高的声誉，但是他们也是帕纳斯派成员，并且留给后世好几部受到中国文化启发的作品。在我们看来，他们的作品颇具价值，因为它们标志着继泰奥菲尔·戈蒂埃和马拉美初步发现中国题材之后的创作新阶段。路易·布耶和埃米尔·布雷蒙比他们的前辈拥有更丰富和更可信的介绍中国的书籍，并且广泛借鉴，创作了一些别具风格的作品。尽管这些作品如今并没有广为流传，但是预示和发展了将中国语言文学融合到法语文学创作的文体实践，我们将在研究 20 世纪中国文学与法国文学关系时考察一些实例。

众所周知，路易·布耶是福楼拜的密友，而且福楼拜的《包法利夫人》（*Madame Bovary*）正是题献给路易·布耶的。布耶弃医从教，并且投身文学创作，他的第一部作品是一首诗体的罗马题材故事《莫罗尼斯》(*Melœnis*)，在马克西姆·迪康（Maxime Du Camp）和福楼拜的提携下发表于1851年的一期《巴黎杂志》(*La Revue de Paris*）上。这首富有“地域特色”的长诗使其成为帕纳斯派的早期成员。布耶还以戏剧创作闻名，尤其是《德蒙塔茜夫人》(*Madame de Montarcy*）曾于1856年在巴黎奥德翁剧院上演。究竟他缘何对中国感兴趣，我们不甚清楚，尽管我们仍然可以将之归因于泰奥菲尔·戈蒂埃。可以确定的是，他曾经阅读过东方学家的著作，而且在德理文侯爵的《唐诗》出版后不久便有所知。1863年，布耶便写道：“可以肯定，我（对中国语言和文化）的粗浅了解必将明显改变我的文体风格，而且将赋予诗歌一种真正的地域特色，这是我以前未曾预料的。汉字的构造本身就蕴含着充满朴素而又奇异元素的隐喻和联想。”①对中国的迷恋启发他产生了好几个写作计划：一个故事形式的中国游记，可惜从未面世；而中国主题的诗歌则在后来被编入遗著《最后的歌谣》(*Dernières chansons*)，福楼拜为之作序。

雷慕沙、儒莲和德理文的汉学著作是路易·布耶大部分

---

① Louis Bouilhet, Document inédit（début 1863）, reproduit in Léon Tellier, *Louis Bouilhet, sa vie et ses œuvres d'après des doucments inédits,* Rouen, Imp. de La Vicomté, 1919, p. 240.

中国风诗歌的创作来源。他从不同版本的《玉娇梨》中借鉴诗句，因为他拥有雷慕沙和儒莲的译本，而他最主要的参考著作是德理文所译中国诗集，其中的诗作提供了题材、意象和主题，他甚至模仿了某些形式特征。德理文介绍中国语言和诗歌的长篇绪论完全可以被视作一部诗学著作。在阐述中国诗歌艺术的时候，这位东方学家的评述难免有附会之处。中国诗歌的声律、形式和诗节长短、韵脚和节奏等方面均得以介绍，有的地方是他的观察与思考，有的则是想象和臆测。通过德理文的译介，路易·布耶了解到中国诗歌格律，对于德氏的译文，他并不执着一端，这也解释了他在借鉴中有不同处理方式。有时，他把译文改编成符合法语诗歌节律的作品，有时努力保持原诗风貌，有时又完全自由发挥。

德理文在翻译《雨从箕山来》[①]这首诗的题目时，既使用了“山”字的音译“Chan”，又使用了法语单词“ mont”进行词义翻译，其他译者的此类做法遭到艾田蒲的严厉批评。

---

① 该诗全文如下：
雨从箕山来，倏与飘风度。
晴明西峰日，绿缛南溪树。
此时客精庐，幸蒙真僧顾。
深入清净理，妙断往来趣。
意得两契如，言尽共忘喻。
观花寂不动，闻鸟悬可悟。
向夕闻天香，淹留不能去。——译者注

对于这首唐朝诗人宋之问的作品，布耶对德理文的译文进行了加工：

骤雨随风歇，日色照澄空。
翠梢轻摇曳，溪谷愈葱茏。
登崖访精庐，禅僧垂眉迎。
行深悟真如，玄然断俗情。
声停万籁寂，闻鸟高飞尽；
观花同止息，此心见空性。

Le vent avait chassé la pluie aux larges gouttes,
Le soleil s'étalait, radieux, dans les airs,
Et les bois, secouant la fraîcheur de leurs voûtes,
Semblaient, par les vallons, plus touffus et plus verts!

Je montai jusqu'au temple accroché sur l'abîme;
Un bonze m'accueillit, un bonze aux yeux baissés.
Là, dans les profondeurs de la raison sublime,
J'ai rompu le lien de mes désirs passés.

Nos deux voix se taisaient, à tout rendre inhabiles;
J'écoutais les oiseaux fuir dans l'immensité;

Je regardais les fleurs, comme nous immobiles,

Et mon cœur comprenait la grande vérité!

德理文的译文由三段诗组成，每段四句，诗句长短不一，亦不押韵。而布耶将全诗改写亚历山大体，行交叉韵，仍然保留三个诗节。这样的形式更加符合法语作诗法，在发挥新颖独特的主题的同时去除了与法语诗歌不符合的形式。至于诗中与参禅相关的宗教主题，当然是少见于法国诗歌，而它正是这首诗的主旨。

《棹歌》（*La Chanson de rame*）[①] 的写作则建立在一种完全不同的移译方式上。德理文在《唐诗》的绪论中将这首汉武帝的诗作作为范例进行分析。他首先研究了原诗的韵律，因此不仅有译文而且配有拼音，这样至少有助于法国读

① 此诗根据汉武帝刘彻的《秋风辞》译出，原诗如下：
秋风起兮白云飞，
草木黄落兮雁南归。
兰有秀兮菊有芳，
怀佳人兮不能忘。
泛楼船兮济汾河，
横中流兮扬素波。
箫鼓鸣兮发棹歌，
欢乐极兮哀情多。
少壮几时兮奈老何！——译者注

者从听觉上了解中文诗中的节奏和韵脚。音韵和每句诗中间的感叹词“兮”都得到明显的呈现。比如第一句“秋风起兮白云飞”既有法文翻译（Le vent d'automne s'élève, ah! / de blancs nuages volent.）也有拼音（*Tsieou fong ki, y ! pe yun feï*）。但是德理文的法语译诗放弃了音节数目的统一（原文为七言诗）和韵脚的一致，而且每两行法文对应原诗一句中文。而路易·布耶根据德理文的介绍以及原文的拼音，在行文中删繁就简，为他所理解的原诗提供了一个更为凝练的法文形式：

秋风起兮树苍苍！
鸟飞绝兮草凋黄！
日影黯兮愁薄暮！
心郁郁兮满怀绪！

泛舟行兮卷白浪！
发棹唱兮韵悠扬！
波声漾兮和清曲！

情至深兮遗恨长！
叹迟暮兮归空无！

Bois chenu! Ah! Vent d'automne!
L'oiseau fuit! Ah! L'herbe est jaune!
Le soleil! Ah! S'est pâli!
J'ai le cœur! Ah! Bien rempli!
Sous ma nef! Ah! L'eau moutonne,
Et répond! Ah! Monotone!
A mon chant! Ah! Si joli.
Quels regrets, ah! L'amour donne!
L'âge arrive, ah! Puis l'oubli !

这样一来，原来中文诗作中的诗行数目、韵脚（只有一处例外）都得以保留，诗句中间的感叹词与德理文译文完全一样，但是音律效果上更接近原诗，因为压缩的诗行使法文诗更加精炼。虽然布耶改写后的诗作与原诗相比显得并不十分严谨和完全忠实，但是却表现出原作的凝练、节律和灵动，这是德理文略显冗长的译文所未曾达到的效果。

同样，布耶依据德理文的译介改写了一首《排律诗》（*Vers Paï-Lui-Chi*），共六个诗节，每节十二行七言诗。诗作名称亦取自德理文的译名（*Vers appelés Paï-Liu-Chi*），但在1872年初版和1880年阿尔丰斯·勒迈尔版本中有一字之谬（布耶将“Liu”误为“Lui”）。这首诗保留了与德理文诗集中相同的名称，诗句数目和十二行诗节的结构依然一致，但是布耶完全忽略译文中严格的韵律而独出机杼。

一

被切分七次的诗句
敲击回音十二次，
在这个自由的诗节里，
这个节奏最合理。
此诗一气呵成，
对任何一个经历
别样考验的诗人，
都是一种幸运。
身披影子的小鸟，
应和此番清脆的节律，
在月光之下，
吟唱李白的诗句。

二

波涛汹涌风在吼，
故乡的水手，
请把我带走，
带到中国，

让我在最后
诀别人世之前，
聆听老子庙堂里的钟声；
在遥远的草原，
你金色的花蕊
氤氲着蓝色，
绽放美丽，
哦，梦中花便是你！

保留原来译文的框架，内部自由发挥，这在第一诗节中便得以体现：德理文译文中的格律被任意发挥，在布耶的笔下变成了一种再创作——这在 20 世纪保罗·克洛岱尔及后来雷蒙·格诺的作品中可以找到类似的例子。布耶借鉴某些形式结构，根据自己的理解运用某些规则，为别出心裁而自由发挥。德理文本人也在《唐诗》绪论中指出中国诗人也有随性发挥的时候："唐代诗人同时培养两种不同的作诗方式：一是严格遵守一成不变的规范；二是在一个无限的空间中充分发挥灵感。"路易·布耶正是如此创作而自得其乐。

对汉学家著作的借鉴以及对中国文化的好奇都体现出路易·布耶对帕纳斯派创作路线的秉承。《最后的歌谣》辑录了一些符合其创作宗旨和常见主题的作品：有几首诗是对古代西方诗人作品的改编（奥维德和阿那克里翁），另有几首“民谣”或传统诗歌，例如一首“根据诺曼底老歌素材整合”而成的歌谣和类似汉武帝诗作的几首中国诗歌。《排律诗》的前两个诗节中好几个意象都有出处。第一诗节以向李白致敬而结束。李白被德理文认为是中国古代诗人的典范，在泰奥菲尔·戈蒂埃的《水阁》中已经出现，后来又出现在《当代帕纳斯》杂志上。路易·布耶以此表示对当时帕纳斯诗人们传播外国文学工作的尊崇，因为《排律诗》前两个诗节中的中国参照来源于泰奥菲尔·戈蒂埃和马拉美。但是，李白已经不仅是作为一个名字和一个简单的文化符号出现；布耶以及其他读过德理文《唐诗》的人都了解他的生平、他与诗人杜甫的友情（法国人总是更偏好李白），以及二十多首得到德理文翻译和注解的诗作。朱迪特·戈蒂埃在《玉书》中介绍了他的生平和部分作品，在《皇龙》《奇异族群》等后来出版的著作中也有所提及，为传播李白的诗名而作出贡献。布耶的中国素材作品来源于两个方面，汉学家著作与帕纳斯诗人作品中的中国印象融合在其中，例如“蓝花”这个意象。在德理文的翻译中，花草树木等意象比比皆是，“蓝花”可能来自他所译李白即兴诗中第三诗节中的“名花”[①]，对此德理文给予

① 出处是李白《清平词》其三：
名花倾国两相欢，长得君王带笑看。
解释春风无限恨，沉香亭北倚阑干。——译者注

如下注释：

此处“名花”系指中文所谓“木芍药”（mo-cho-yo），植物学名为“pœonia-mou-tan”，在中国已有1400年种植历史，1789年引入欧洲。中国有资料介绍此花清晨呈澄透青色，白天呈黄色，夜晚泛蓝色。译者德理文将此说请教于一些植物学专家，他们称其虽添诗意却不足信。

此处也可以辨认出泰奥菲尔·戈蒂埃《诗集》（*Poèmes*）中的“蓝花”意象和马拉美在第一辑《当代帕纳斯》杂志上发表的《跋尾诗》中的影子。《排律诗》第三诗节与马拉美的那首诗也有几分意思上的相似，但是布耶的作品则更多一种散淡的语气：

三

哎！老天欺骗了我，
把我这个可怜的文人
抛在这个躁动的
艰苦的不毛之地！
我的背已经蜷曲不直，
我的肩担不起重担；
若有壮汉经过，
我愿把重荷拱手相让。

而我的愿望
就是惬意地生活
在草坪上，在柳树下
饮甘醇的美酒！

在布耶的另外一首诗《雪的宁静》（*La Paix des neiges*）中，所描绘的风景令人想起马拉美的中国诗和泰奥菲尔·戈蒂埃的东方“玛格丽特”。

盛满茶的杯壁上，
我依然看见
金色花蕊的雏菊
绽放在瓷花园中。
红色黄色的花朵
鲜艳欲滴最逼真。
澄澈的天空下，
画蝶儿翩翩起舞。

诚然，路易·布耶的诗歌写作在形式上似乎满足于在阅读了汉学家译著后自己发挥创造格律，在内容上似乎也是重复了前人已经发现的中国意象，但是他的可取之处除了融合中国素材的独特方式之外，还展现了之前未有过的一种诗歌与自然世界之间的关系，在当时的文学环境中，这种新颖的表现自然的方式渐渐成形。在路易·布耶之前，老子几乎从未在法国诗歌中出现过，只有朱迪特·戈蒂埃在《皇龙》中曾经一笔带过，或者在《玉书》的某些译文中间接提及。我们尚无法确定布耶究竟是依据何种资料了解到老子的。1826—1827年，雷慕沙曾专门开设《道德经》一课，儒莲和鲍吉耶也曾有此方面的早期著述，但是没有任何证据说明布耶曾经阅读过这类著作。德理文侯爵有关道家思想的介绍和注释提供了简单而笼统的信息，也许这足以（或至少）帮助路易·布耶理解西方人的“动”和中国所有诗歌作品中体现出的一种逍遥生存方式中的“静”是相互对立的。德理文和朱迪特·戈蒂埃已经暗示出一种与自然的新关系，它有别于拉马丁式过度自我抒情中的自然，路易·布耶很早就希望摆脱这种冲动的激情，而且不失时机地表达对其不屑：

> 我最厌烦热泪盈眶的克尔特抒情诗人
> 望着一颗星星喃喃念叨一个名字，
> 倘若没有一个叫作莉赛特或妮侬的姑娘相伴，
> 无边无际的自然便似乎毫无意义……①

① Louis Bouilhet, «J'aimais. Qui n'aima pas»?（février 1850）, *in Œuvres de Louis Bouilhet, op. cit.* p. 35.

在诗歌创作中寻找诗歌与自然之间一种新关系时，布耶钟情于中国诗歌的表现方式，比如从德理文所译宋之问的《雨从箕山来》中学习借鉴。他的所有诗作中都有风景——无论是自然风景还是艺术作品中的风景，而且同在中文原诗中一样占据重要位置，并且总是与音乐性的吟咏和诗人的创造性主题联系在一起。我们将会发现，在这些最早被翻译和介绍的中国古典诗人的影响下，一种表现自然的新方式正在法国文学中出现，表明诗人与自然的关系有别于以前。路易·布耶和埃米尔·布雷蒙最早体验了一种融合中国诗歌和法国诗歌的写作方式，这种重视风景和自然的诗歌写作体验在后世得以继续。而且，埃米尔·布雷蒙通过相互交织的各种传播途径，在推广中国文学方面比路易·布耶作出更大贡献。

埃米尔·布雷蒙出生于1839年，从事过律师职业，后来全身心投入写作事业：记者、作家和诗人。1876年，他在第三辑《当代帕纳斯》上发表过作品。或许有人记得他是巴黎奥赛博物馆中亨利·方丹-拉图尔（Henri Fantin-Latour）1872年所绘一幅名画《餐桌一角》（*Coin de table*）的中心人物。应画家之邀，埃米尔·布雷蒙召集了所有人，在画中，他的身边有皮埃尔-埃勒泽阿（Pierre-Elzéar）、让·艾卡尔（Jean Aicar）、卡米耶·佩勒唐（Camille Pelletan）、厄耐斯特·戴尔维利（Ernest d'Hervilly）、莱昂·瓦拉德（Léon

Valade)、魏尔伦和阿尔蒂尔·兰波（Arthur Rimbaud）。后来，他本人购买了此画并捐献给国家。即使在最困难的时候，魏尔伦也一直保持与布雷蒙的友谊，并在自己的诗集中为他题献一首《爱——致埃米尔·布雷蒙》（*Amour, A Emile Blémont*，1888）。布雷蒙的诗歌写作以仿作和改写为特色。他模仿爱伦·坡写过一个短篇故事，有一些根据古代田园诗而作的诗歌，1887年还在阿尔丰斯·勒迈尔出版社印行过一本诗集《来自中国的诗》（*Poèmes de Chine*），从此与远东结下不解之缘。这本诗集分为四个部分：前两部分分别成为《春》和《秋》，内容是古典诗歌和民谣；第三部分《英雄诗句》中收集了一些征战题材或史诗色彩的诗歌；第四部分是《故事与传说》。所有经过改写的作品全部以诗体呈现：十二音节和八音节诗被广泛使用。不过，布雷蒙也引入了中国的七言诗，之前我们已经提到这种法文诗中不常见的形式。同样，他也采用了某些翻译诗作带来的特有节奏和结构，比如他也为《棹歌》提供了一种新的版本。从整体上来看，布雷蒙的作品比受到汉学著作启发的路易·布耶的作品更值得推敲，因为可以明显看出是“一本中国诗歌的仿作诗集”[①]；而路易·布耶则毫不掩饰他的随意发挥（他的诗集序言作者保罗·阿莱恩的这句评语含义模糊）。确实，布雷蒙改写的作品

① 在此提供原文出版信息：Emile Blémont, *Poèmes de Chine*, Paris, Alphones Lemerre, 1887, p. 190。

全部取材于翻译的中国作品，在其创作素材中我们可以发现之前所提到的所有著作：东方学家的译著，文学翻译或改编，同代人的游记——其中的论述经常夹杂着翻译。布雷蒙从上述资料中自由取舍，并不准确指明来源何处。与路易·布耶的时代相比，埃米尔·布雷蒙的诗集表明，在19世纪末，可供自由使用和改写的中国素材更加丰富多样，诗集更像是一部与众不同的诗选，诗歌作法虽不高明，但是可以明显看出尊重原来译文的意愿，而原来的译文往往也是选集性质的。

布雷蒙改写的大部分作品取自具有学术色彩的东方学研究，例如《诗经》可能是第一次出现在文学作品集中。这部重要古籍较晚才被译为法文，《玉书》中的《诗经》片段直到1902年的版本中才出现。而布雷蒙在写作《来自中国的诗》时，手头掌握一份鲍吉耶于1872年出版[①]的节选译文，他从中摘取了片段。直到19世纪90年代，耶稣会传教士顾赛芬的《诗经》译本才使法国人拥有这部典籍的一个可靠版本。布雷蒙改写的中国故事则取自一个较早的译本——泰奥道尔·帕维（Thédore Pavie）1839年出版的《短篇小说和故事选》（*Choix de Contes et Nouvelles*）[②]。数目众多的唐代诗歌仍然是以德理文侯爵的译本为来源，它在很长时间里一直是汉

① Guillame Pauthier, *Hymnes sanskrits, prsans, égyptiens, assyriens et chinois*, Paris, Maisonneuve &Cie, coll. «Bibliothèque orientale», n° 2, 1872, p. 423.

② Thédore Pavie, Choix de Contes et Nouvelles, Paris, B.Dupral, 1839, p. 298.

学界最权威的诗歌选集；朱迪特·戈蒂埃的《玉书》也是参考之一。比如埃米尔·布雷蒙重写了丁敦龄的诗作《橘叶影》(*L'Ombre des feuilles d'oranger*)，应该说这篇改写之作比丁氏原作稍显逊色，后来保罗·克洛岱尔的再创作则更加出色。当然，在汉学家的翻译或朱迪特·戈蒂埃、路易·布耶的转译中，已经出现许多比较成功的中国诗译。

然而，埃米尔·布雷蒙发现了其他一些鲜有人知或未获出版的资料，这使得他的好几篇作品具有独特的价值。他的《民谣》部分取材自一部很特别的著作——于勒·阿莱恩的《俗雅中国》，凡尔纳和马拉美也都读过此书。于勒·阿莱恩作为外交官曾在中国任职七年，回国后撰写了这部与众不同的个人见闻录，并且预料它可能会令人失望："在此处，有人猜疑你是不是把中国美化成一个屏风雅致的国度，有人责怪你摧毁了许多充满神奇想象的故事营造出来的异国幻象"(《俗雅中国》前言)，但是于勒·阿莱恩认为他的书至少"具有完全真诚的优点"。这本书汇编了日常的会晤、生活场景或观看的演出中的素材，经过逐步翻译和积累而成，体裁多样：街头歌谣、民间戏剧、历史故事或逸事，甚至是北京或广州某个慈善会或商会的启事。于勒·阿莱恩在编辑这些"资料"时毫无宏大的人种学研究意图，而只是作为一种见闻的采集，其中偶尔可见一些文字用来介绍背景、词曲和故事的来源或被发现时的情景，而个人化的评论则更少见。埃米尔·布雷蒙对戏曲不感兴趣，而喜好“歌谣”。和其他形式的资料一样，于勒·阿莱恩只是用散文体简单地概括每首歌谣的内容或梗概，而埃米尔·布雷蒙则重新将其创作为诗歌，令人完全看不出原文的异域形式和节奏。

布雷蒙在改编故事时亦是如此：原来的散文体被改写成亚历山大体，产生一种原文中完全没有的史诗感觉。此外，他也借鉴一个精通法语的中国人——陈季同的新近译作。陈季同是一名外交官，驻法十年，法语娴熟，1884 年出版了一本介绍中国和中国文化的著作《中国人自画像》（*Les Chinois peints par eux-mêmes*）[①]，希望通过此书改变法国人对中国人的偏见。在这本书中的一些章节中可以读到一些不常见的中国作品片段翻译，它们也被埃米尔·布雷蒙重新改写成诗。可以看出，尽管布雷蒙的书名是《来自中国的诗》，其实他的取材大大超越狭义上的诗歌范畴。

埃米尔·布雷蒙的个人创作也深受中国文学的影响。1891 年，他出版了一部诗集《盛开的苹果树——法兰西和诺曼底的田园风光》（*Les Pommiers en fleurs. Idylles de France et de Normandie*），以诺曼底风情为主题，诗人对维吉尔的田园诗和对早年发现的中国诗人的借鉴相互交织融合在文字中。在第一

① Tcheng Ki-Tong, Les Chinois peints par eux-mêmes, Paris, Calmann Lévy, coll.«Bibliothèque contemporaine», 1884, p. 291; d'abord publié dans *la Revue des deux mondes*, 15 mai-15 juin 1884, V. notamment les.

部分《金色的清晨和蓝色的夜晚》中，完全被自然风光所陶醉的诗人自然而然地在其自身中感受到宇宙的全部运动：

> 我驻足于林间小路，
> 仰望天空，
> 我感觉身体里，
> 如同在梦中，
> 整个宇宙在动。

埃米尔·布雷蒙的诗歌通常以八音节为节奏，有时也可见形式更为短小的诗句，都以自然为主题，而且从细微处取象：一棵樱桃树，一朵花，干草的味道……在诗作中，对自然的独特表现已然形成，诗歌形式也一贯短小凝练，这毫无疑问都归功于《来自中国的诗》中的历练。

陈季同（1884）

《来自中国的诗》取材丰富多样，可以便于我们对当时的文坛风貌进行一个概述，尽管不够确定和不够完整。自从《玉书》出版以来，法国文坛上还没有一本诗集表现出与中国文学如此密切和明确的关联，它在东方学研究成果的基础上提供了如此丰富的改编和再创作。而且，它所借鉴的最新资料也引出了一些中法文学交流中新出现的人物：曾经有机会在中国居住相当长时间的法国的旅行者，如于勒·阿莱恩；或者是像陈季同这样长期旅居法国的中国旅行者。书面资料、间接接触或者其他途径相互交织的传播曾经就是前一代作家借鉴中国的全部方式，越来越多的直接经验和亲身体验将取而代之。不久之后，保罗·克洛岱尔的《中国图景》（*Images de Chine*），也就是后来的《认识东方》，即将在《巴黎杂志》上发表。

第二部分　流　布

第四章 中国诗歌译集：文学再创作？

中法文化与文学交流很早即以译文集的形式呈现。早在18世纪，研究汉学的传教士们便已在研究与描述中插入“选段”以使内容丰富生动。19世纪末，耶稣会士复承前人之志，出版“汉学杂纂”丛书，各卷多以译注文献汇编成集，涵盖各类主题，如礼仪习俗、典章制度、诗词歌赋、律令文书等。典籍繁杂，又亟待译介，于是，“精选”典型篇章结集，由此窥斑见豹，此举似乎颇为得当。首先，这种做法的特点在于至少在方式上不会背离中国传统，因为文献的集成与选编在中国历来有之。厥初之时，中国古代典籍中文学价值最高的《诗经》便是采编而成的诗选，《书经》亦然。其后刊印与汇编历代相继，至清代敕撰《全唐诗》。更为流行的小说传奇类也常被摘录成集，志怪小说集[①]便是著名一例。上述文集皆是由全本中限选诸篇，筛选之初便有意奉之为文学“正

① 参阅鲁迅《中国小说史略》，法译本出版信息：Luxun, *Brève histoire du roman chinois*, trad. de Ch. Bisotto, Paris, Gallimard, coll. «Connaissance de l'Orient-Série chinoise», n° 62, 1993. 重点参阅第十一篇有关宋初《太平广记》的内容。

典”：孔子于三千多首诗中选305首编成《诗经》，是为开山之作。此后，编修方式与编者权威奠定了选集的地位，有时还促进了选集的流传，不论是文人所撰，还是皇帝或孔子本人之作。

由此，欧洲的编者常倾向于从选集之中再度节选成集。自19世纪起，为满足西方读者猎奇之心，此类选集似乎最为合适。然而，为外国读者编译一部选集实非易事，对于本书所论述的中国更是困难重重。在可称之为“西方本土”的选集中，读者掌握此种语言且浸淫于该文化之中，能够接触原著，一般也能轻易从原文中查找选集所引选段的出处。他掌握丰富的文献资料，以及关于本国和主要西方国家的文学史话。而当一位法国或欧洲读者阅读中国诗文译集时却又是另一番情况。长期以来，他手头的寥寥几本选集便是所能找到且被译介的全部，不论是在完整译本还是在中文原版中都很难找到文献全文，更何况完整译本通常未及问世。这足以说明此类选集（况且各种体裁选集数量极少）如何体现一国之文学创作并参与其文学形象的塑造与传播。我们也深知，这对西方编者（通常也是译者）而言是一种挑战。他们或是选择杰出颖异之作，却不了解文本的创作背景，无法呈现出原著的独特之处；或是选择有代表性且特色鲜明的段落，将之误作精粹，或是千篇一面。在法国，对于任何一位并非中国文学研究专家的读者而言，译自中文的文集最初且长久以来仅是一部《文学选集遗补》(*Anthologie de littérature inconnue*)。该书所收选段作者皆籍籍无名，原文从未见述于法国文学。其中涉及的地名、人物和历史事件大多为西方读者闻所未闻，为阐明奥义，每篇注解可长达数页。不论是委婉的文学隐喻，还是哪怕最常见的文化指涉，除偶尔几处，几乎不可能找到自然的对应。

为了克服这些困难，选集的编者与译者竭力搜索各种资源。最早翻译并汇编这些选段的法国东方学学者自然而然地依据西方标准对之“分门别类”，从未考虑中国文学的传统归类。典籍首先便被忽略。最初出版的译集以短篇小说和诗歌为重，戏曲偏少。例如雷慕沙曾编纂一部题为《中国故事》[①]的选集，该书于1827年出版，上下两小卷收录了18至19世纪的几篇译作，由他本人及当时仍为门下弟子的儒莲进行审校。此后，德理文的法译《唐诗》问世，亦仿选集范式。这两种文学体裁因篇幅短小而受到欢迎。短篇小说或诗歌全文至多几十页，因而在辑录时可以完整保留；长篇小说或其他篇幅更长的文学体裁则须裁划章节，因而在文本选择上更加复杂，此类选集在法文中较为特殊。[②]

① Abel Rémusat(éd.), *Contes chinois*, trad. de Davis, Thoms, le P. d'Entrecolles, etc., Paris, Moutardier, 2 vol., 1827.

② 可参阅 Jacques Pimpaneau, Morceaux choisis de la prose classique chinoise, Paris, You Feng, 1998。

从雷慕沙的著作到班文干（Jacques Pimpaneau）、谭霞客或雷威安[①]等现当代汉学家之作，中国故事选集在近期不断出现，可以另作一番研究。但出于某些需要稍加解释的原因，本章重在研究19世纪和20世纪法译中国诗歌选集。虽然绝大多数故事选集由专业汉学译者所编，但也有多部重要的诗歌选集的编者本人即是以小说或诗歌创作闻名的作家，至少在法语世界（但并非仅限于此）如此。这类独特的译文集引发了新的论题：除涉及选集本身、篇章节选和结集的出发点等问题外，还须考虑到著者既是编者也是译者，尽管所谓“翻译”有时只是转译，甚至是改编。他们以同样的方式筛选、译介手头的文本，总是重新加工。在这种情况下，译文的可靠性与质量问题比选集本身的编排与特色问题更为突出。作家、编者、译者和汉学家之间的对话有时不乏批评与争论，焦点集中在翻译理论的学术层面而往往忽视了选集以及对之的接受在文化与文学上的意义与影响。但作家与专业译者或汉学家之间的这种对立并未阻碍交流的增进与发展。相反，我们注意到，20世纪，在一场肇始于前一个世纪的运动中，文学界与东方学彼此交织，不断相互参阅、引用，相互影响，

① 可参阅谭霞客（Jacques Dars）致献艾田蒲的选集：*Aux portes de l'enfer. Récits fantastiques de la Chine ancienne*, Arles, Ph. Picquier, 1997[1984]，或雷威安的选集 *L'Antre aux fantômes des collines de l'Ouest. Sept contes chinois anciens*（XIIe–XIVe siècles），Paris, Gallimard, coll. «Connaissance de l'Orient-Série chinoise», 1987，亦可参阅本书所列参考书目中李金佳的研究著作。

有时甚至融为一体。

然而问题在此已大大超越了法国文学与东方学的范畴，因为本书所论述的国家，其文学长期鲜有外译，几乎不被大众了解和接纳，这些跨文化的选集也反映出中国文化在世界文学舞台上的身份认同问题，及其如何“融入”所谓“世界文学共和国”：关键在于如何获得认可。我们所关注的最早的选篇的确常为首次与法语读者见面，它们在西方世界开拓了新奇颖异的想象空间，同时也对其历史与文学背景提出疑问：虽是新近才被发现和译介，但中国诗歌总以古老示人，由此展现出历经三千年而未间断的罕见传承，其创作直至19和20世纪。因此，通过选集总能向大众介绍关于中国文化与文学的各种重要信息。引言、题序与注解可用以表述历史与文学史的内容，介绍中国某些文坛名宿，同时也能阐释其诗学传统（诗歌的发展史、体裁、格律、重要题材、精神或宗教影响等）。对中国诗学传统的介绍常带有对中国语言文字的描述。除了译文本身，所有这些附带信息皆构成法文译介的中国文学在法语读者群中的形象、认知与接受。

在此，“编者”一词正如上文所言包含数种身份：他是负责采选文本的“辑录者”，亦是“译者”，有时还是“改编译本之人”或改写者。此外，这位编者同时是已有专著的成名作家或诗人，这也是“作家所编选集”的特点。编者的身份并非无关紧要，因为选集在文学史上的地位亦取决于其个人作品的地位与影响，而选集反之亦为其增辉。可以看到，相较之下，出自学术东方学的选集（譬如德理文的唐诗选译，或是20世纪在伽利马出版社发行、由戴密微主编的选集）的确处处可见对本国语言文学文化的研究：这些汉学译者有时自己对照比附某些法国或西方作家。朱迪特·戈蒂埃或保罗·克洛岱尔一类作家翻译或改写中国诗歌以成集或简编，为此惯于参阅汉学研究著作；而法国的东方学学者也能自然而然地从母语文学中汲取所需。因此，学术性选集与作家所编选集渊源甚深，其相互影响性质不同、有先有后，却是相辅相成。

受本章篇幅所限，这些联系所引发的论题无法钻研究底，仅是联系本身恐怕便须付之数卷研究。本章仅旨在勾勒出法译中国诗歌选集的大致发展脉络。概述将选集分作两类：一类由汉学家或专业译者所编，另一类是我们的关注焦点，且为作家个人创作的一部分。我们随后将指出这种特殊传播方式的重要性，以便在此重新审视东方学研究与诗歌创作之间所建立的密切关联。

概　述

18世纪的韩国英神父曾翻译几首中国诗歌，自谦“粗炭描微景”。1862年，德理文在法译《唐诗》的导言中亦引用这一谦词。他认为，自己的译诗只是呈现大观，适于泛览，每首译诗于细微处都可能受到指摘，故而在结语中谨慎地写道：

> 倘若我只是希望读者从这些译篇中找寻全景，倘若我认为读者想仅从每首诗本身的价值孤立看待各篇，那么我承认，我将会极为不安，会有着与韩国英神父一样的担忧：这位学识渊博的传教士这样谈论自己曾尝试的法文译作："理解中国诗句实为不易，但比起传情达意之难却又不值一提了。因此我翻译此篇几乎就像用粗炭笔描摹一幅精微图景。"①

通过这两位最早将中国诗歌译成法文的翻译家之语可以领会到，在翻译领域从事此项译事需要何等勇气：后世译者所言皆如出一辙，使得这种警示有时似为惯常之语。在德理文之前，涉及此域者唯有几位神父（如韩国英和马若瑟），德理文开此先河，其译本冠绝当时。德理文从前是儒莲的弟子，也是其衣钵传人，他兴趣广泛，醉心历史与农艺学，以两部译自中文的译作著称于世。除《唐诗》外，他在1870年发表诗集《楚辞》首篇——屈原（前340？—前278？）所作《离

① Hervey de Saint-Denys, *Poésies de l'époque des Tang*, *op. cit.*, Présentation.

德理文侯爵肖像（1822—1892）

骚》。1874年6月1日，德理文被提名为法兰西公学院的讲席教授。戴密微认为他是一位“平庸无才的教师”[①]。人们普遍认为，他的研究成果不如前人师辈丰厚，但必须承认，他是最早以法文立著研究中国诗歌的人之一，随后又完成第一部法译选集。这部选集含译诗近百首，通常附带评注。正如稍晚的丁敦龄和朱迪特·戈蒂埃一样，德理文取用了位于黎塞留街的皇家图书馆馆藏选集：两部唐代大型诗集，附有注解；以及另外两部诗集，分别辑录两位最著名的诗人李白和杜甫之作。虽然德理文明确表示所有注脚内容均来源于这些评注，但从导言亦可看出另有出处，非为直接引用，而是取自东方学。德理文参阅了耶稣会士的著作，如杜赫德（Jean-Baptiste Du Halde）的名著《中华帝国全志》（*Description géographique, historique, chronologique, politique et physique de l'empire de*

① Paul Demiéville, *Acta asiatica, op. cit.*, p. 82.

Chine et de la Tartarie Chinoise)，以及韩国英神父的《中国语言信札》(*Lettre sur la langue chinoise*)，他还参引了年代更近的汉学家（如雷慕沙和罗斯尼）的研究成果。

德理文的选集卷首未出版的导言对我们尤为重要：这是首次向法国读者介绍中国文学史、诗歌和修辞的相关内容，并让人了解到中文及其文字的某些专有特点。但我们必须承认，导言即便在问世之际提供了一系列前所未有的信息，却有点含糊混乱，有时甚至让人困惑。这位汉学家开篇纵论历史：对古代文学典籍的研究，不论是古希腊还是眼下的中国，都应提供关于中国历史、“风俗”和技术的大量信息。毕欧从《诗经》分析得出有关古代史的内容，德理文引证毕欧的成果，从此类研究中勾勒出“风俗画卷”和“历史之鉴”。一旦提出并论证这个问题与历史维度的研究计划，导言便逐渐改变观点，最后只考察所发现的诗歌对读者而言的文学价值。德理文首先介绍当时尚未被全文翻译的《诗经》，然后简要解释了从《诗经》问世的古代直至作为重点论述的唐代，中国“风俗”在不断演变。他考察了宗教和思想问题，以及妇女在社会中的地位与角色，因为对这位汉学家而言，“风俗”演变在这两个领域似乎尤为明显。在简要介绍唐以前的朝代更迭后，德理文提出了几个关于中国思想的观点，其中对儒家没有任何专门论述，或许是由于儒家为人所熟知，而对道家与佛教的描述则过于简略且表述不当。德理文只笼统写道：“当诗人信奉老子的神秘学说时，会隐隐向往冥修生活。”他认为道家学说有类古代西方的伊壁鸠鲁主义，且发现佛教与道家常融混于他所称的“空寂主义”之中。

根据德理文的表述，中国古典诗学世界符合“某种难以言传的寂静氛围与田园生活”，与荷马笔下《伊利亚特》中的激烈气氛相反。德理文并未联想到其他古代作家，而之后的保罗·魏尔伦则在阅读李白诗歌法译本后援引忒奥克里托斯（Théocrite）[①] 与之相较。应当说，德理文所作的文学比较皆令人失望：在提及中国山水诗时只将荷马作为反例，而将贺拉斯（Horace）[②]、朗吉努斯（Longin）[③]、布瓦洛（Boileau）[④]、布封（Buffon）[⑤] 等其他西方作家与中国诗人作比较则是因为他们体现了“严肃艺术”的准则。从此说便可知，德理文译本问世之时帕纳斯派为何对中国诗歌感兴趣：中国诗歌被描述为形式精巧，格律严谨，后来发现的原作也印证了这一点。德理文在提及几个典型主题［尤其是战争与流亡（或远游）］

---

① 忒奥克里托斯（约公元前 315—前 250），古希腊诗人，被视为田园诗创始人。——译者注

② 贺拉斯（公元前 65—前 8），古罗马诗人，著有《诗艺》等。——译者注

③ 朗吉努斯（213—273），古希腊哲学家和修辞学家，相传著有《论崇高》。——译者注

④ 布瓦洛（1636—1711），法国 17 世纪著名文学评论家，著有《讽刺诗》《诗艺》等。——译者注

⑤ 布封（1707—1788），法国 18 世纪博物学家，著有鸿篇巨制《自然史》。——译者注

后即在导言中开始纯语言学与修辞学范畴的论述。

对中国语言、笔语与口语风格以及汉字功能的举例介绍，对中文及其词汇的“单音节”特点的思考，由这些基本信息作铺垫便可展开对诗学语言及其特点的复杂论述。德理文随后在导言中重点介绍中国诗歌格律，零散描述了主要诗歌体裁、押韵、声调、顿挫等。这位汉学家在阐述中展示了中国诗歌及承载它的语言的根本特点：简明洗练（及因此给译者造成的困难），喜用对仗、意象和无处不在的托喻。德理文还认为，中文偏好朦胧不定之意境，适合运用在诗歌中，事实上也的确常见：

> 我们的语言特色在于有着令人羡赏的明晰，我们总希望呈现在眼前的物象清楚明了。中国人恰恰相反，他们大胆地让画面隐于朦胧，令人遐想。他们力求简要，务使观点凝练，倘若能以寥寥数语引发某种联想而让主题意涵彰显便十分得意。[①]

正如上文所示，德理文的阐释有时也十分含蓄隐晦，但他的描述（如中文没有词尾和变位、对偶的效果、文字简练、人称代词常被省略等）足以让人理解这种诗歌的诞生背后隐

① Hervey de Saint-Denys, *op. cit.*, Présentation.

含的语言特色。

因此，相较于语言与诗歌格律，对中国诗歌与思想史的阐释显得不足。论述中忽略了完整理解乃至正确翻译诗歌所需要的信息；更糟的是对某些鲜为人知的领域介绍得过于简略，如上文提及的道家，仅在注解中称之为某种建立在“无为之德”和“静中得福”的学说。对佛教更是匆匆掠过，仅从历史角度提及佛教在中国的引入与传播，而未给出任何与文段相关的具体阐释。因此，德理文的导言让人费解：他从历史层面提出了一些论题却又浅尝辄止，忽略了文本的哲学与思想基础，而大谈对语言与诗歌修辞法的笼统见解，观点闻所未闻，且表述缺乏条理。但这些罕有的内容极为珍贵，尤其是分为四辑的选集，让人发现了不为人所知的诗作：前两辑分述李白和杜甫，后两辑是关于“其他著名诗人”和“名气稍逊的诗人”。每位诗人都附有生平小传和注释（以历史、修辞手法或文化为主），以使读者更好地理解某些段落。

无论德理文的导言有何等缺憾，仍应当将首创之举归功于这位汉学家，他引人进入一个崭新的诗歌世界、一种新的文学文化和未被发现的作家。譬如，他在介绍李白时深知其文坛地位，开篇即言：“这个名字也许是第一次出现在本书读者眼前，但在中国却流传了一千多年，处处题铭”，他虽不知泰奥菲尔·戈蒂埃的《水阁》，却必然知道雷慕沙在其《亚洲杂纂》中已引述过这位诗人。在 20 世纪以前，这第一部选集一直是重要参照，长期以来无出其右。德理文在法兰西公学院的后继者如沙畹等更注重研究历史文献，而葛兰言则从社会学角度研究文学作品，尤其是《诗经》。德理文的译集在文学界迅速传播开来，就像路易·布耶和埃米尔·布雷蒙在 19 世纪 70 至 90 年代发表的文集一样；朱迪特·戈蒂埃在自己着手翻译的时候手头也有一本。因为，虽然官方汉学似乎在一段时期内对中国诗歌不感兴趣，但正如上文所言，继德理文的研究之后，《玉书》的出现在与帕纳斯派相关的巴黎文坛重燃了对中国诗歌的兴趣。这部诗集的特色在于朱迪特·戈蒂埃这位年轻女诗人天马行空的想象，笔者以为，有两大特色使之区别于 1862 年德理文译本：它既是中法首次合作的成果，也是作家的独立创作，与朱迪特·戈蒂埃的整个创作关系深厚。

《玉书》首版由朱迪特·戈蒂埃与中国人丁敦龄合写。泰奥菲尔·戈蒂埃在住处讷伊收留丁敦龄，后者很早就教泰奥菲尔·戈蒂埃的两个女儿朱迪特·戈蒂埃和艾斯戴尔·戈蒂埃学习中文。《玉书》首版亦题献给这位被称为“中国诗人”的奇特人物。[①]1902 年，《玉书》经过增补和“严格校

---

① 关于这一主题，参阅笔者对朱迪特·戈蒂埃《玉书》新版所作序言：Judith Gautier, *Livre de Jade*, Paris, éd.de l'Imprimerie nationale, coll. «La Salamandre», 2004。

正”刊行新版[①]。再版之时，朱迪特·戈蒂埃在文坛已享有盛誉，与皮埃尔·洛蒂合作写书，几年后入选龚古尔文学院（Académie Goncourt）。后来，安德烈·纪德（André Gide）向保罗·克洛岱尔推荐此书，克洛岱尔在中国期间一直随身携带。这位诗人外交官在1937—1946年间改写了《玉书》中的17首诗集合成册，“七星文库”为这本诗集取了一个奇怪的题名——《拟中国诗补》（*Autres poèmes d'après le Chinois*）。[②] 1939年，保罗·克洛岱尔重新尝试译诗，但以另一本新近出版的译集为依托，编者是位中国人，名叫曾仲鸣[③]。克洛岱尔从这本《冬夜之梦：唐代绝句一百首》（*Rêve d'une nuit d'hiver: cent quatrains des Tang*）[④]中取二十二首诗改写，并更名为《拟中国小诗》（*Petits poèmes d'après le chinois*）[⑤]。

乔治·苏利耶·德莫朗改写了数部中文小说与多篇文章，曾在1923年发表了一部《宋诗词选》（*Florilège des Poèmes*

① 新修版：*Poèmes traduits du chinois par Judith Gautier*, Paris, Félix Juven, 1902。最终版是2004年新修版。

② Paul Claudel, *Autres poèmes d'après le chinois*, in *Œuvre poétique*, Paris, Gallimard, coll. «Bibliothèque de La Pléiade», 1967, p. 941.

③ 曾仲鸣（1896—1939），福建人氏，曾于1921—1925年间留学法国，获文学博士学位。——译者注

④ Tsen Tson Ming, *Rêve d'une nuit d'hiver: cent quatrains des Tang*, Paris, Ernest Leroux, 1927.

⑤ Paul Claudel, *Petits poèmes d'après le chinois*, in *Œuvre poétique, op. cit.*, p. 923. 这些诗文最初刊登在1939年8月15日《巴黎杂志》（*La Revue de Paris*）上。

Song）[1]。他既是文人，又是外交官和汉学家，在朱迪特·戈蒂埃的亲自教导下，自童年时代便对中国产生浓厚兴趣，曾随丁敦龄这位著名的“泰奥菲尔·戈蒂埃家的中国宾客”学习汉字入门。在选集序言中，这位译者兼编者向良友朱迪特·戈蒂埃致以深厚热忱的敬意，并阐明为何选择翻译未出版的宋代（960—1279）诗篇作为《玉书》的补充。的确，除著名的李清照和苏东坡（即苏轼）之外，宋诗词在《玉书》中极为少见，而且从未译介到法国。德莫朗认为，当时只有寥寥数首宋诗传至欧洲，其中几首主要由英国的亚瑟·韦利（Arhur Waley）[2] 所译。[3]

直至20世纪中叶，汉学家和翻译家们编撰的选集才陆续出现。马古烈（G. Margouliès）[4] 于1948年发表《中国文学精选》（*Anthologie raisonnée de la littérature chinoise*）[5]，收录大量译诗，以唐宋诗歌为主。胡品清（Patricia Guillermaz）[6]

---

① George Soulié de Morant（éd. & trad.），*Florilège des poèmes Song 960–1277 ap. J. -C.*, Paris, Plon, coll.«Collection d'auteurs étrangers»（dir. Ch. Du Bos），1923.

② 亚瑟·韦利（1889—1966），20世纪上半叶英国著名汉学家和文学翻译家，著有《百七十首中国古诗选译》。——译者注

③ Arthur Waley, *A Hundred and Seventy Chinese Poems*, Londres, 1918.

④ 马古烈，20世纪俄裔法国汉学家，师从伯希和。——译者注

⑤ G. Margouliès, *Anthologie raisonnée de la littérature chinoise*, Paris, Payot, coll. «Bibliothèque historique», 1948.

⑥ 胡品清（1921—2006），我国现代女诗人、文学翻译家，旅居法国，法国著名汉学家雅克·吉耶马前妻。——译者注

的《中国历代诗歌选集》(*La Poésie chinoise. Anthologie des origines à nos jours*)[①] 于1957年由塞热尔斯（Seghers）出版社发行，一版再版，开本不一，版次各异。全书以朝代顺序划分，卷首概述文学史与诗体；马古烈译集中尚有对中国语言文字的介绍，而此文却只字未提。随着交流与游学日益增多，中国译者所编的选集也相应出现，同一时期，曾仲鸣与罗大冈分别于1927年和1947年发表著作，两部仍皆为唐诗选集。

20世纪后半叶出现了一部重要选集：由戴密微主编、中法译者合作（其中便有胡品清）的《中国古诗选》(*Anthologie de la poésie chinoise classique*) 自1954年开始编纂，于1962年在伽利马出版社出版（这个年份似为纪念德理文侯爵的译集问世百年）。虽有伽利马出版社“认识东方”丛书译集和其他如菲利普·毕基耶出版社出版的选集与之相竞，该书至今仍是传播最广的选集。20世纪末，作家所编选集的杰出代表是程抱一。他撰写了重要的汉学文评，所作的诗歌与小说也一直广受欢迎。他的《唐诗选》(*Anthologie des poèmes des Tang*) 于1977年出版，序言旁征博引，详细精确，介绍了中国古代诗歌的特点：《中国诗语言研究》(*L'Ecriture*

① Patricia Guillermaz, *La Poésie chinoise. Anthologie des origines à nos jours*, Paris, Seghers, 1957.

poétique chinoise）[1]。这部诗集于1990年增补一卷，题为《水云之间：中国古今诗歌》（*Entre source et nuage, Voix de poètes dans la Chine d'hier et aujourd'hui*）[2]，其女程艾兰（Anne Cheng）亦参与编撰。该书介绍通晓易懂，涉及的作品扩展至同时代，一如朱迪特·戈蒂埃当年。选集中有李清照的《声声慢》，由程艾兰翻译。这首词由朱迪特·戈蒂埃首次译成法文，应该也是首次被译成西方文字。[3]

传播历程中的名家要著

《玉书》首次出版时，作者署名朱迪特·瓦尔特（Judith Walter）。初版后经作者言明"未经考证"，即并不确定。1902年版明显少了随意性，而更称得上真正的文学译著。朱迪特·戈蒂埃所作译者序体现了我们在此所说的启发教益的重

① Lo Ta-Kang（罗大冈）, *Cent Quatrains des T'ang*, Neuchâtel, A La Baconnière, 1947.

② François Cheng, *L'Ecriture poétique chinoise* suivi d'une anthologie des poèmes des Tang, Paris, Seuil, 1977. Nouvelle éd. Refondue et corrigée : Seuil, coll. «Points Essais», n° 332, 1996.

③ François Cheng, *Entre source et nuage, Voix de poètes dans la Chine d'hier et aujourd'hui*（下文简称 «Entre...»）, Paris, Albin Michel, coll. «Spiritualités vivantes», 1990.

要性：选集首要作用在于引介，让对作品的文化文学背景几乎一无所知的读者第一次接触古代或当世的中国诗篇。1902年版则提供了基础背景知识，因为当时的环境与首版发行时并不一样。朱迪特·戈蒂埃借自己在《奇异族群》（1878）诗歌一章中所写的某些内容用以完善论述。她添加了年代历史信息，为最著名的诗人补充生平，还简单介绍了中国诗体和格律。朱迪特·戈蒂埃深知东西文化相隔甚远，于是类比其他类型的诗人及诗作，为读者提供比较的角度。她援引了数位所属年代各异的西方诗人和东方诗人，如维克多·雨果和莪默·伽亚谟（Omar Khayam）[①]。译者序的另一大特点是语含褒赏：朱迪特·戈蒂埃认真研究了中国文学与作家，赞颂其天赋与文明，并用对待古代西方经典一般的敬意与方式去研究。[②]但女性作家更喜欢参引现代作家作对照：《玉书》首版问世之时，维克多·雨果正在经历光荣的流亡生涯，在被流放的芒什群岛写就的《海上劳工》（*Les Travailleurs de la mer*）征服巴黎；莪默·伽亚谟恰好也是朱迪特·戈蒂埃1867年在阅读让-巴蒂斯特·尼古拉（Jean-Baptiste Nicolas）[③]

---

① 莪默·伽亚谟，一译“奥玛开俨”，古波斯诗人、天文学家和数学家。——译者注

② 参阅 Judith Gautier, *Livre de Jade*, *op. cit.*, «Désespoir», p. 95–96 et François Cheng, *Entre source et nuage*, *op. cit.*, p. 161。

③ 让-巴蒂斯特·尼古拉（1814—1875），莪默·伽亚谟作品法文版译者。——译者注

的译本时发现的作家。1902 年，这两位与诗歌联系在一起的人物对于朱迪特·戈蒂埃而言堪与杜甫、李白相提并论。

朱迪特·戈蒂埃在译者序开篇便明确将作品定位为取材于选集的选集：

> 某一时期内所问世的诗篇中，不乏历经百余年而依旧为人诵咏的传世之作。皇帝则敕令一众文士俱以搜编成集。

此书正是如此成形，如一簇珍稀之花。诗人们在书页间摩肩接踵，辞章锦绣，相异成趣。[①] 自《玉书》首版，朱迪特·戈蒂埃对诗篇的选择表现出一种令人惊异、超出年龄的洞见，由此应当能够证明，丁敦龄这位中国文人也辅助了年轻的女译者编译此书。唐代诗人占主要篇幅，以杜甫、李白与王维这三位著名诗人开篇。三人分别代表中国传统思想的三大流派：杜甫尚儒，李白修道，王维参禅。1902 年版有所增补，选取《诗经》数篇和宋代苏东坡、李清照的几首诗词。

如果说对文本的选择令人信服，那么译事则须小心谨慎。朱迪特·戈蒂埃开篇即承认，将中国诗歌译成西方文字会受到局限，德莫朗在 1923 年所撰《宋诗词选》序中亦言“中

① 对译者序的详尽分析，参阅笔者为《玉书》所作引言，著作同前。

文原诗只剩下诗歌大意”，为了肯定文学译者有自由发挥的权利，他又道：“各译本形式迥异而皆能忠于原文：每篇译文相当于再创作。”[①] 如此解释不仅仅是谦虚诚恳之词，亦使读者明白自己只是通晓了诗歌“大意”。她将此类翻译归于文学创作，是文学翻译的要义，拥有科技类翻译无法获得的种种自由。虽有上述谨慎之词作铺垫，朱迪特·戈蒂埃译作中的几处讹误与自由发挥不久便遭到学术评论界的诟病。因为这位女译者不求“科学严谨”，只重文学意境。她的选集按诗歌题材分类，不够严谨，几乎不作任何注解，经常忽略年代顺序。作者身份也含糊不清；各版之间诗篇作者署名反复不定，唯有查找中文原作才能明确诗篇出处。譬如归在李太白（即李白）名下的《笔墨永存》（*Les Caractères éternels*）[②] 事实上是近代李鸿章（1823—1901）所作，李鸿章是外交家和政治家，同时也是一位诗人。因此，《玉书》为传播中国“诗人”和“圣贤”形象作出了重大贡献，而这些形象也第一次丰满起来，真正以诗家身份出现，换言之，是独特作品的原创者。

在笔者所列各选集中，德莫朗的选集在刊行上不如其他选集，但他的《宋诗词选》继《玉书》之后更加强调译作此书的推广引介之意。他认为，现有的法文选集中缺少宋代诗

① George Soulié de Morant, *Florilège des poèmes Song*, *op. cit.*, p.III.

② Judith Gautier, «Prélude», *Livre de Jade*, *op. cit.*, p.38.

作，因此，在朱迪特·戈蒂埃所收几篇宋词外，他还介绍了一些不为人知的作家：除了苏东坡和李清照，录入选集的二十六位诗人中还有柳永、陆游等。较之朱迪特·戈蒂埃，德莫朗的阐述与评论更为明晰深入。年代编排有序，每位诗人皆有小传，德莫朗还在注解中翻译了可查阅的中文评注选段。朱迪特·戈蒂埃以翻译绝句为主，而德莫朗则让人发现了词这一体裁："大约在9世纪或10世纪，出现了一种新调，宋代诗人吟之，即为词。词的句式长短不一，字数参差不齐，但遵从严格的格律、节奏、韵脚和意象对仗。"① 的确，宋代以词为盛，比之前人在创作上更为自由。词的特色在于长短参差与谐曲歌咏，德莫朗忽略了这一点，朱迪特·戈蒂埃却加以强调，以之比照古代西方传统。诗句在此可以真正成"调"。

德莫朗的译笔让人想起《玉书》的风格，对绝句的翻译尤其如此，例如苏东坡这首诗：

春 夜

春夜最细微的瞬间
也价值千金。
花香多么清新！
月影多么幽深！
高楼上笙歌传来

① George Soulié de Morant, *Florilège des poèmes Song*, *op. cit.*, pp. I–II.

音调如此轻灵，如此缥缈……

花园中秋千隐去

夜色如此幽暗，如此深沉。①

此译诗后附注脚，解释中文原诗的对仗结构。别处亦有历史与文化方面的注释阐明诗歌的创作背景。

继德理文的选集之后，朱迪特·戈蒂埃和德莫朗的中国诗歌译集为20世纪上半叶的法语读者呈现出较为丰富的中国诗歌创作全貌，并依循传统以唐宋诗人为重。虽然诗歌翻译困难重重，甚至有不可译之处，但他们仍能够让读者第一次知晓中国诗歌的某些体裁与主题。他们远播尚鲜为人知的诗人名字，由此渐渐将中国诗歌纳入西方文学世界。在此之后，斯图亚特·梅里尔（Stuart Merrill）和图洛·马萨拉尼（Tullo Massarani）将朱迪特·戈蒂埃的译作分别引入英语和意大利语世界。古斯塔夫·马勒（Gustave Mahler）把她的某些诗篇的德译本谱成乐章，德莫朗则在法国乃至英国享有盛名。

前辈译家在翻译中遇到难以克服的障碍，不得不采取谨慎迟疑的态度，这些困难直至华裔作家程抱一所编选集问世才得以消减。程氏法译《唐诗选》（1977）常被视为用以教授语言的古典作品选集，即以介绍“经典”范本为主的引介普

① 附苏轼《春宵》原诗：春宵一刻值千金，花有清香月有阴。歌管楼台声细细，秋千院落夜沉沉。——译者注

及类选集。为了克服上述困难，这部选集的独特之处在于同一页排出每首诗的三种版本：

——中文原作；

——“逐字”对译；

——“意译”(在译者认为适当的情况下)。

诗篇按体裁分类：前三辑以绝句、律诗和古体诗为主，最后一辑只有唐末的五首词，是为开先河之作，德莫朗曾阐述过这一体裁。之前的编者喜欢按照作者、主题或年代顺序分类，而这种以体裁划分之法尚属第一次。选集导论题为《中国诗语言研究》，文章论述精辟，亦得益于程抱一常年的教学经验。因此，这部选集极富教益，不仅可以使读者知晓中国诗歌及其形式，更能够真正领会其义，因而读者渐众，该书在瑟伊（Seuil）出版社发行量极大的“观点”（Points Essais）丛书再版便是证明。

1990年，在《水云之间：中国古今诗歌》中，意向更为明显：让更多人能够读懂诗歌及其创作背景，达到雅俗共赏。除了概述，只有法译本是意译。诗歌前面有作者简介，依照作者年代顺序编排，相比于1977年出版的选集，这部诗集辑录的诗作近至20世纪70年代，涉及面更广。但这部选集的独特之处在于，它亦是一部个人著述，正如封四页所言：“程抱一游走于两种语言和两种文化之间，他以诗人内心体验所产生的全部热情让古老的诗歌与思想焕发新生，《水云之间：

中国古今诗歌》不是一部简单的选集，而是程抱一对此的文字表述。"[①] 这部选集与中国历史和编者程抱一的人生经历皆相关，既符合学术标准，又饱含深情。它体现了异乡游子分享与"对话"[②] 的愿望：在前言中，选集中的诗篇被比作从历史劫难中抢救出的"珍宝"[③]。程抱一在此表明选集与个人经历息息相关，似乎越出了选集的惯常范围。在这种情况下，将文本译为后天习得的法语并编纂成集仿佛是"生命的诉求"，触及程抱一本人的个体存在与诗性灵魂。可以看到，虽然选集诗篇是第一次在语言层面上被译介，但编纂选集不仅仅是为推广普及，更包含从文学史及其与历史的关系角度对文学的某种表述，我们所关注的正是这一点。

诗选之于中国在文学史之地位

英国的东方学家在尼尼微国王亚述巴尼拔宫殿的图书馆中挖掘出泥版书，从 1860 年开始翻译史诗《吉尔伽美什》[④]。

---

① George Soulié de Morant, *Florilège des poèmes Song*, *op. cit.*, p. 106.

② "对话"一词取自程抱一的同名文章题目。

François Cheng, *Le Dialogue*, Paris, Desclée de Brouwer, Presses littéraires et artistiques de Shanghai, 2002.

③ 2002 年版序言，出自 François Cheng, *Entre...*, *op. cit.*, quatrième de couverture。

④ 《吉尔伽美什》是目前已知世界上最古老的英雄史诗，流传于苏美尔文明。——译者注

德理文将之与中国上古与古代典籍的发现与翻译相提并论，可谓恰如其分。我们知道，中国天文历法的传播让18世纪的传教士倍感困扰，这种纪年法对世界起源时间的说法与西方教会从《圣经》中得出的结论不相符，由此引发世界起源于何时的论战。而在文学史领域，也同样可以深化对历史的认识。因为一些极其古老的典籍通过选集被引介到法语世界，对中文著作、中国作家和中国文学史的认知与接受使西方文学传统的历史定位变得不再绝对。朱迪特·戈蒂埃一开始便明确指出她译介的文本何其古老悠久，这种好古之风使她忠于帕纳斯派的夏尔·勒贡特·德·里勒提倡的某些准则，并刻意摆出“拒绝现代世界”的一贯姿态。卡图勒·孟戴斯和路易－克扎维尔·里卡尔在《当代帕纳斯》各辑所编选集由阿尔丰斯·勒迈尔出版社发行，继后，朱迪特·戈蒂埃的选集首版在同一家出版社刊行。她指明所选篇章年代极其久远，来自西方仍然知之甚少且界定不清的古老文明。她希望首先介绍“先于”西方经典著作的华篇，在译者序中解释道：

> 因此，先于俄尔普斯十二个世纪，在大卫王与荷马之前十五个世纪，中国诗人已在调琴吟诗；时至今日，歌吟依旧，语言几乎不曾变化，曲调亦未改，这在整个世上定是绝无仅有！①

① François Cheng, *Entre..., op. cit.*, p. 12.

朱迪特·戈蒂埃随后选取几部同时代作品用以证明这一传统相传至今：例如丁敦龄的几首诗（其中一首《橘叶影》后被埃米尔·布雷蒙改编，保罗·克洛岱尔在1937年也曾改写此篇）；以及李鸿章和其他诗人的作品，有些未注明作者。这些现代诗作夹杂在古诗之中，没有说明其创作年份。整部选集重在体现中国诗人创作的传承延续以及对某些题材与体裁的偏爱，但语焉不详之处也常遭到合理诟病。虽然德莫朗不像他所仰慕的朱迪特·戈蒂埃一样有着帕纳斯派的情怀，但从其译文风格仍可见对《玉书》的推崇。1923年，他所提供的信息只剩下历史价值，选集仅限于宋代。

当程抱一所编选集在20世纪70年代至90年代出版时，情况发生了极大变化。此前，中国文学虽得到认可，但几乎不被了解，且鲜有人研究——直至今日，中国文学从未被列入法国中学课程。在1990年，《水云之间：中国古今诗歌》选集问世，从书名便可看出古代与现代之间的断裂：第一辑讲古代诗歌（包含唐宋诗人）；随后一辑收录自1912年尤其是1919年五四运动以来的现代诗歌作品。随着历史政治动乱而来的是文学领域以白话取代文言，这些都在选集中留下了深刻烙印。但无论是论及古典的第一辑，还是关于现代的第二辑，两辑概述的结尾部分都说道历史动荡给中国的黎民百姓与诗人带来了深重苦难。程抱一以旅居海外的诗人亚丁[①]之语结束两篇序言：

> 吾等饮露
> 以血偿还
> 百历焦土
> 吾等幸存

其他诗篇（其中几首作者不详）是一些年轻诗人在20世纪60—70年代上山下乡时所作。[②]虽然所处环境各异，缘由显然也不尽相同，但中国诗歌选集对于上述所有诗人而言是借以“抵御当下现实”的方式：它是德理文追溯历史的源头活水；是朱迪特·戈蒂埃拒绝和逃避19世纪工业化欧洲及其现代性的良机；是她的合作者丁敦龄以及后来旅居国外的程抱一对故国的回忆；亦是抵御历史动乱变革的堡垒。

同时，中国诗歌选集不仅使西方文学史变得不再绝对，还自成文学纪年体系。遥远时代的曲调让帕纳斯派诗人为之倾倒，朱迪特·戈蒂埃更是相信，在清朝覆灭以前，中国古代亘古不变，一直保留完好且充满活力。但这只是她臆想的

---

① 亚丁，法籍华人，当代著名作家、翻译家，擅以法文写作，著有《高粱红了》（*Le Sorgho rouge*，1987）等作品。——译者注

② François Cheng, *Entre..., op. cit.*, pp. 17, 161, 163–167.

时空，没有考虑到中国文化与历史的变迁，否定了中国诗歌革新的可能。一如朱迪特·戈蒂埃在《奇异族群》中所言，她幻想的中国的确是“诗人的天堂”，但她与当时中国现状确是接触甚少。1895—1909 年间在清廷担任外交官的德莫朗笔下并未出现这种理想化的形象，但保罗·克洛岱尔改写中国诗歌也与时间有关。1937 年 12 月 17 日，在一次题为《法国诗歌与远东》[①]的讲座中，克洛岱尔认为正由于与中国的交流日益频繁，才有了《玉书》以及某些法国现代诗人的诗歌作品。为了让人发现这异域诗歌，保罗·克洛岱尔在讲座中朗诵了《玉书》中经他改编的几首诗，并称之为“诞生于中国诗歌黄金时代的短小颂歌”，他眼中的“黄金时代”即是唐朝。但他挑选朗诵的却是女诗人李清照之作和朱迪特·戈蒂埃之友丁敦龄的一首诗……受朱迪特·戈蒂埃年代界定含糊的影响，保罗·克洛岱尔不拘于这些细枝末节，更侧重简要概括西方诗歌与东方诗歌各自的倾向性：西方诗歌呈现“时间感与韵律”，东方诗歌则带来“空间之恒定和谐”[②]。保罗·克洛岱尔重新整理《玉书》，勾勒出中法文化关系史的大致图景，并通过研究比较不同诗歌语言介绍了在此背景下

---

① Paul Claudel, *La Poésie française et l'Extrême-Orient*, in *Conferencia*, 15 mars 1938, repris in *Œuvre en prose*, Paris, Gallimard, coll. «Bibliothèque de La Pléiade», 1965, p. 1036.

② Paul Claudel, *id.*, p. 1040.

《玉书》是如何产生的。他将朱迪特·戈蒂埃的这部选集称为转折点，一如整个19世纪末："在19世纪，那个满是传奇的遥远的星球靠近了我们，或许可以这样说：它融入了我们的体系，并通过各种愈发密集的渠道与之紧密相连。"[①] 保罗·克洛岱尔在1930—1940年间通过朱迪特·戈蒂埃和年代更近的曾仲鸣之作回归中国诗歌，也是对中国之旅的重温，此次日本之行更是获益匪浅。诗人克洛岱尔随心所欲地改写那些题材令他感兴趣，且让他回忆起亚洲之行的诗篇。《玉书》中《笔墨永存》一篇被胡乱归在李白名下，实出自近代李鸿章之手[②]，克洛岱尔改写此篇，题作《为赋新诗何以为墨》：

笔墨永存

（朱迪特·戈蒂埃，1902年）

倚窗吟诗观竹影，
潋滟婆娑犹瀑音。
下笔纸间皆成文，

---

① Paul Claudel, *id.*, p. 1039.

② 据传19世纪90年代，李鸿章在巴黎遇见朱迪特·戈蒂埃，并即兴献诗。但李鸿章诗文全集中却未见此诗；近期亦有研究证明，此诗出处不详。——译者注

遥似梅花覆落雪。
女袖长笼桔香散，
日下霜痕亦难留。
而今挥笔成一书，
白纸翰墨永未消。

为赋新诗何以为墨
（保罗·克洛岱尔，1937 年）

为赋新诗何以为墨，
别无他物落雪如何？

墨痕一行甫触纸页，
丽句清词刹那凋谢。

同仁愚鲁大言不惭：
吾之诗句永存不散！

纸上字句于我而言，
犹似李花朵朵开遍。

日光之下尽皆消逝，

此景是为吾乐之至！①

五节双行诗，每行八个音节，足以化用几个典型中国意象而不见明显异域情调。诗行短小，句式缩略，旨在贴近中文的简洁，双行诗节亦取对仗之意（墨对雪，纸对叶，恒常对短暂，字词对落花，欢悦对消融）。但在此极易看出，克洛岱尔彻底颠覆了原诗。两首诗中双线交织的两个世界仍然一致：一边是自然世界与景象，一边是诗人吟咏赋诗。但朱迪特·戈蒂埃的译诗末句将变化不定的自然界与“永未消”的文字作对比，符合帕纳斯派的诗歌意象。克洛岱尔相反并未采用这种对照。他在诗中有意让自然景物与诗人作诗融为一体：白雪以为墨，诗句飘飞如叶，字词犹似梅花……自然造化与诗歌创作从此密不可分，语词不再是反映自然的工具，而是自然本身，如同纲领。因此，诗篇如世间万物一般难以恒久，但并不会因此永远消失：诗句参与这无穷无尽的变化转换，让人浮想联翩。字词如落雪般消融，昭示着天气转暖，四季更迭；“梅花”孕育着果实。克洛岱尔的译诗也是如此，“笔墨”的确“永存”，却是因为与自然一同变化，仿佛是宇宙万物形态“和谐更迭”中自然变化的再现。下文即将看到，

① Paul Claudel, *Œuvre poétique, op. cit.*, p. 951.

保罗·克洛岱尔在中国发现并思考的正是这种“和谐”。对中国诗歌的发现不仅开辟了文学史的新疆域，而且还彰显了一种诗学及其对世界与时间的表述，正如上文引述的最初一批选集编者所言。

选集的时间符合程抱一所言歌咏之“再现”，它不仅仅是德莫朗严谨确定的文学纪年，也是与人类体验（如克洛岱尔的这首译诗）以及历史的变迁与动荡不可分割的“情感”[①]的时间。选集进入某种更为广阔的创作范畴，因而是编者个人创作的一部分，在某种程度上，对读者而言是归于编者名下的著作：选集正是因此而具有真正文学意义上的创作性，不论对于选集编者还是读者而言。

萌芽抑或巧合

作家所编选集有这样一个特点——在某种程度上是作家个人作品的反映，同时也被纳入其中。当然，选集体现了作家对某一领域和所选作品（在本书研究中亦为译本或改编本）的独特兴趣，所选文本代表了某种文学境界与思想，它们在其余作品中也打下烙印。当《玉书》的作者署名朱迪特·孟

① François Cheng, *Entre source et nuage, op. cit.*, Avant-propos.

戴斯（Judith Mendès）写作《皇龙》时（该书于1869年在阿尔丰斯·勒迈尔出版社出版），在这部小说中穿插了几十首诗：其中一些为篇章标目，另外一些则借书中作为主角的诗人之口道来。所有诗篇构成了一部隐秘而浪漫的诗集，较之此前的译诗更加不受译法拘泥。整部作品笼罩在亚洲诗歌氛围中，对诗歌的崇尚贯穿于作为《皇龙》故事背景的奇幻中国，不论是皇帝，还是他严加惩处的叛乱者，都钟情诗歌。《皇龙》所引四十余首诗中，有中国原诗的译文（出处不详，见于整部故事的奇幻情节），还有原样摘引自《玉书》的诗篇，其余则纯粹是朱迪特·戈蒂埃自撰。1885年，为了完善与亚洲相关的著作，这位女翻译家发表了一部日本诗歌选集——《蜻蜓诗集》（*Les Poèmes de la libellule*）[①]。此集特色在于展示朱迪特·戈蒂埃意译本和西园寺公望（Saionji Kimmochi）的直译本，西园寺公望当时正留学欧洲，后担任日本首相。所选八十八首诗中绝大多数亦取自八部日本短歌[②]选集，这八部短歌集编修于日本平安时代（公元794年—1192年），共同构成传统“经典”。

保罗·克洛岱尔在20世纪30年代至40年代回归中国诗歌，这说明他的思想与世界观始终如一，早在《认识东方》

① Judith Gautier, *Poèmes de la libellule*, d'après la version littérale de M. Saionjin Conseiller d'Etat de S.M. L'Empereur du Japon, Paris, Cillot imprimeur, 1885.

② 短歌即短小的抒情诗，是日本和歌的主要歌体。——译者注

中已有体现，且对其诗学的酝酿与形成至关重要，对中国思想的指涉贯穿于《诗艺》尤其是《认识时间》（*Connaissance du Temps*）[①]一书便是证明。正是有了译诗选集，这些作家才得以自由汇编文本，它们以直接或间接的方式深刻影响了其作品与个人写作风格。1977年，程抱一发表唐诗“意译本”（有时则刻意放弃意译），也给出了直译，但意译更加自由灵活。他的唐诗“意译”亦属个人创作：译诗的简练风格与对唐诗的深入解读对其法文诗集的影响显而易见。这再次表明，他最新的诗歌作品之一与中国古典诗歌之间存在关联。诗集题为《万有之东》（*A l'orient de tout*，2005），出版社亦将此书称为“诗集”[②]。

在德理文之后，《玉书》已经介绍了一些新的诗歌题材以及新的理解角度：观赏风景，女性形象，或是中国诗人与自然环境、与社会之间极为独特的关系。保罗·魏尔伦最先感受到这一特点，含蓄地将中国诗歌与古代西方的牧歌体相比。他从朱迪特·戈蒂埃的译作看出，中国诗人在唐诗中频频言及自然，恰如“黄河之畔的忒奥克里托斯”[③]。魏尔伦似乎已经直悟出道家诗人赋予自然的重要角色，他没有再作确切描述。

---

① Paul Claudel, *Œuvre poétique*, Paris, Gallimard, coll. «Bibliothèque de La Pléiade», 1967.

② François Cheng, *A l'orient de tout*, in *Œuvres poétiques*, Paris, Gallimard, coll. «Poésie», 2005.

③ Paul Verlaine, «Le Livre de Jade de Mme Judith Walter», *op. cit.*

后来，保罗·克洛岱尔也开始研究自然这一主题，在《认识东方》和《题扇百句》（*Cent Phrases pour éventails*）[1]中阐述了自己对亚洲思想与周围环境之间关系的见解：不论是从《玉书》中选择改写的诗篇，还是1937年借用曾仲鸣的诗篇，绝大多数都是描写自然景观或中国诗人与自然的深刻关系。

《玉书》对体裁的编排十分含混。译者一方面解释七言绝句的格律，使读者沉浸于中国古典诗歌韵律，另一方面却又将诗分作四段，各段长短不一，每段翻译一句原诗。因此，这些译诗有时被视为散文诗或“数节所成之诗”（卡图勒·孟戴斯语），甚至可能是后世“自由诗”的雏形之一。正是由于对七言诗的发现，夏尔·柯洛（Charles Cros）才会在诗集《檀香盒》（*Le Coffret de santal*，1873）[2]中突发奇想，创作了一首题为《李太白》的七言诗，并以之致献音乐家欧内斯特·卡巴奈（Ernest Cabaner）。我们已经从路易·布耶和埃米尔·布雷蒙身上看到，德理文和朱迪特·戈蒂埃的译诗如何激发出新颖的创作。多年以后，当保罗·克洛岱尔也开始阅读《玉书》时，阐发了自己对远东诗歌的见解，并根据他在中国和日本的诗歌体验改写诗篇，但他在1937年的一次讲座中超越了作品而论及中国诗歌对整个西方创作的深刻影响，

---

① Paul Claudel, *Œuvre poétique, op. cit.*

② Charles Cros, *Le Coffret de santal*, Paris, Gallimard, coll. «Poésie/Gallimard», 1972, p. 55.

不论是造型艺术还是他欣赏的诗人：

> 对中国美学的深入研究方兴未艾，我将要翻阅一些诗篇，但十分怀疑这些诗篇的作者们当时仅凭手头寥寥几份资料和自己的假象臆造便可窥见这一点。然而，一部异域作品引发如此多的仿作，或产生别具特色的改编……抑或由之激起我们与之颉颃的愿望，这并非首次。[①]

在读过唐诗（或所谓的唐诗）之后，保罗·克洛岱尔推荐斯特凡·马拉美、保罗·魏尔伦和弗朗西斯·雅姆（Francis Jammes）[②]的作品，其中多处指涉中国思想、文学及作家。怎能不注意到，对中国诗歌选集的接受在 19 世纪后半叶的法国文坛契合了文学现代性的流变？中国古典诗歌通过诗集广为流传，开拓了诗歌的时空疆界，向欧洲作家展示了遥远地方的一群人，他们选择诗意地栖居于世，欧洲作家可以通过阅读他们的诗篇与之接触。1947 年，一部由中国人罗大冈编译的《唐人绝句百首》（*Cent quatrains des Tang*）[③]的选集面世，斯塔尼斯拉斯·福麦（Stanislas Fumet）在其序言中

---

① Paul Claudel, *op. cit.*, p. 1041.

② 弗朗西斯·雅姆（1868—1938），法国田园诗人、小说家、剧作家。——译者注

③ Lo Ta-Kang（éd. & trad.）, *Cent quatrains des T'ang*, lettre de Louis Laloy et préface de Stanislas Fumet, Neuchâtel, Ed. de la Baconnière, [1942] 1947.

发现了这种趋同：

> 显然，所有重要的、力求保持纯洁性的现代诗歌，经常令人惋惜地相互矛盾甚至不相兼容，却都能与唐代绝句和谐相应。而且毫无疑问的是，这种清澈的诗风给我们以完美教益，为我们指引正确的方向。①

通过前文所述选集，中国古典诗歌得以为人所知，即便如此之晚，如此缓慢。为与之“呼应”，序言作者援引兰波，亦提及马拉美和克洛岱尔。

可以认为，作家之翻译出于本能对诗歌题材与体裁更为敏感，而学者之翻译则更侧重历史与文化背景，即戴密微所说的“思想史”。但我们研究的选集及其序言有许多共同点，且相互交织，相辅相成：在朱迪特·戈蒂埃、德莫朗以及更晚的戴密微和程抱一的选集中，所选诗篇相同，古典诗歌必然在其中，但也有在各个时期不断被重译的一些诗篇。因此，自《唐诗集成》和《玉书》以来便已呈现某种一贯性与延续性。此外，这种延续性也体现在引述与致敬部分，我们将从一部自 20 世纪 60 年代以来便在法国发行不衰的选集中撷取最后一例，以此结束本章。1957 年 5 月，戴密微为其主编的

① Lo Ta-Kang（éd. & trad.）, *Cent quatrains des T'ang, op. cit.*, p. 18.

厚重之作《中国古诗选》作序，并在其中引用了李白的一首绝句用以分析。《中国古诗选》收录了张复蕊[①]对此诗的翻译，经由吴德明（Yves Hervouet）校正：

黄鹤楼：别远赴广陵的孟浩然

老友，在黄鹤楼，在四月氤氲的鲜花中，
你将要下扬州，徒留我在西边。
孤帆、远影，消失在碧空；
我只看到滚滚长江流逝天际。[②]

但这位汉学家在研究绝句时，最初偏向"直译"：

故人、西、辞，黄、鹤、楼，
烟、花、三月，下扬州。
孤帆、远影，碧、空、尽，
唯见长江，天、际、流。[③]

---

① 张复蕊，旅法中国学者，译著有《儒林外史》等，中文名疑为音译。——译者注

② Paul Demiéville（dir.），*Anthologie de la poésie chinoise classique, op. cit.*, p. 262.

③ 此译本为与中文原诗逐字对应，以单词连缀成篇，不求句法，故以同样风格还原为中文。——译者注

戴密微随后选取保罗·克洛岱尔的“自由改编”：

启 程

友人登舟远行，
与我渐行渐远，消失于
落花流水，轻烟薄雾
白帆缓缓隐没在白色天际，
只有江水流向无边无际的天空。①

引这首译诗不仅是为补充直译，也用以分析。戴密微在数页之后写道：“正如自由发挥李白诗作的保罗·克洛岱尔所说的‘落花流水，轻烟薄雾’。”我们知道，保罗·克洛岱尔在此改写的并非李白原诗，而是曾仲鸣的译本，曾氏译文如下：

致孟浩然

我的挚友，向西辞行，离开黄鹤楼，
在这繁花迷雾之月，启程去扬州。
渐渐，在泛蓝的天际，他的孤帆远影消失，
我只见到江水直奔无尽苍穹。②

① Paul Claudel, *Petits poèmes d'après le Chinois, in Œuvre poétique, op. cit.*, p. 925; repris in Paul Demiéville, *Anthologie..., op. cit.*, p. 17.

② Tsen Tson Ming, *op. cit.*, p. 48.

在1966年一篇题为《法国汉学研究史概述》的文章中，戴密微只引述了与其研究方向相关的两位作家，其中自然有谢阁兰，另一位便是保罗·克洛岱尔。关于后者，他写道：

> 作为艺术家，克洛岱尔并未对伟大的中国拒不接纳，他留下了改写的中国诗歌，虽在字面上与原诗相去甚远（但埃兹拉·庞德[Ezra Pound]① 改编得更远），却以某种直觉还原了诗歌的思想与意境。②

说到克洛岱尔对中国诗歌的"直觉"，其演讲内容与论述条理固然得益于中国译者曾仲鸣的译介，但改写的成功之道更在于克洛岱尔的双重经历：他既是诗人，又是久居远东的外交官。克洛岱尔在改写时弃用原诗地名，因为地名的异域色彩过于浓厚，无论文化意蕴何其丰富，也无从唤起欧洲读者的共鸣。同样，他略去难译的三月，而更为自然地展现雾与花，两种意象融会于水这一主题中。保罗·克洛岱尔或许是不经意地如中文原诗一般省去了末句的人称代词，而以更为中性的表述（"只有……"）代之，并用了"天"这一简洁

---

① 埃兹拉·庞德（1885—1972），美国诗人。——译者注

② Paul Demiéville, «Aperçu historique des études sinologiques en France», in *Acta asiatica*, *op. cit.*, pp. 107–108.

的语词。

由此可见，上述重要选集之间有着隐秘的关联，体现了某种传承相继：德莫朗在 1923 年编《宋诗词选》时曾满怀叹赏地言及 1902 年版《玉书》和朱迪特·戈蒂埃的性情；保罗·克洛岱尔在 1937 年一场题为《法国诗歌与远东》的学术报告中也致以同样的敬意；如上文所述，1957 年，戴密微援引克洛岱尔对李白一首诗的曾仲鸣译本的改写。二十年后，程抱一又在《中国诗语言研究：附唐诗选》引言中向戴密微致敬。程抱一于 2005 年出版的个人诗歌选集《万有之东》在很大程度上归于他对绘画的激情，对此无须赘言，但这一诗歌创作亦是程抱一在教学、文学评论、翻译尤其是写作实践中穿梭于中法诗歌之间所产生的结晶。

在文学界，选集便这样成为在欧洲引介和传播中国诗歌作品的重要手段。与编纂其他体裁作品相反，诗集常是作家立意编成，不仅是为出版发行不为人知或知者甚少的作品，也成为某种文学创作，与其全部作品的诗学构想相呼应，自《玉书》译本以来即是如此。现今，程抱一的研究与创作虽形式相异，但意旨相同，而且最近更有类似译著与研究成果涌现。

因此，自 19 世纪以来，文学作品选集一直参与中国文学在欧洲的传播与认同。作家们最早接受并充当媒介，的确功不可没。中国诗歌被卓越的法国汉学所发现，德理文侯爵贡献卓著，并以一部具有开创之功的中国诗歌译著入选法兰西公学院；泰奥菲尔·戈蒂埃之女朱迪特的作品又使中国诗歌盛行于文学沙龙，并堂皇登入法语文学正殿。中国诗歌逐渐为法国文学所认同，继而广为传播，汉学家选集与作家所编选集不断问世，相辅相成，曲婉呼应，直至20世纪最后几十年。

第五章 保罗·克洛岱尔与和谐的启示

铭刻在我们心中的不是鲜艳绚丽之物，而是和谐。

—— 保罗·克洛岱尔

最令人赞叹的自然造化存在于最微不足道的事物之中。

—— 让-亨利·法布尔《昆虫记》(第五卷)

1926年，保罗·克洛岱尔在日本已经常驻几年之后，写下这样一句话："一个国家的某些秘密只能为外国人所发现。"至于何种秘密，他并没有在日记中明确解释，但是继续写道："雾里依然可见龙胆花的一片湛蓝，纤纤细草的石榴红，花簇轻盈犹如玫红色金字塔，还有一些白色花朵密密匝匝挤在一起，像是一串串白色的吸盘。"[①] 保罗·克洛岱尔在此处对植物世界形状和色彩的描述是一个非常重要的现象，自然世界在其笔下呼之即出。他旅居中国期间曾于1898年5月25日至6月22日期间第一次访问日本，那时他的文字中出现过同样

---

① Paul Claudel, *Journal, op. cit.*, t.1, p. 730 (août 1926).

的感觉。他所记录的旅行见闻以《日本纪行》[①] 为题流传后世，在字里行间我们可以发现他对存在于大自然中和以艺术形式再现的植物世界的关注，日式庭院、日本柳杉、松柏、鲜花盛开的苹果树和菊花等都曾经出现在文中。许许多多详细的笔记表明保罗·克洛岱尔对色彩及其细微差别表现出兴趣。昆虫，例如紫茎甲或萤火虫，都以寥寥几语的形式出现在这位旅行者的笔下，我们在后文还会提及。

保罗·克洛岱尔在愉快地遍览中国南方山水之后，又发现了日本风光，尤其是在 1898 年 6 月 4 日游览日光市中禅寺湖的过程中。正是在此之后，他写作了后来收入《认识东方》中的《散步者》[②] 一文，这篇文章显然以和谐思想为中心，而和谐一定是保罗·克洛岱尔在日记中所言“秘密”之一。在《散步者》中，他这样写道：

> 从前，我十分喜悦地发现天地万物都存在于某种和谐之中，而现在，你瞧，这黑松树的黝黑色泽跟那边枫树的青翠颜色多么契合，这种神秘的亲和关系正为我本人的凝视所证实，这一切改变了我早先的想法，所以我把我的来

① 该文后来被收入 Paul Claudel, *Agenda de Chine,* Lausanne, L'Age d'homme, 1991, pp. 307–312 (Annexes)。

② Paul Claudel, *Œuvre poétique, op. cit.,* pp. 84–85.

访称为重见。[①]

我们此时此刻要探讨的正是和谐这个概念，以了解这一发现的缘由和说明它对保罗·克洛岱尔的《认识东方》及后来作品的影响。在第一次日本之行之后，当保罗·克洛岱尔准备离开中国常驻日本的时候，他还在《告别丹麦》（*Adieu au Danemark*, 1921）一文中先是回顾了旅居中国的一段回忆，继而表达了这个观点："铭刻在我们心中的不是绚丽之物，而是和谐。"[②]

中国文化之精髓：汉语与古代典籍

第一次常驻中国期间，保罗·克洛岱尔曾经短暂访问日本，正是在此期间，他将和谐的启示凝练在散文诗《散步者》中。和谐的启示首先来自他所处的中国文化环境，这也是其《认识东方》一书的写作背景。语言问题是《散步者》的主旨，只有对此先行探讨才能理解文中的启示。确实，保罗·克洛岱

---

① 译文转录自徐知免译《认识东方》，天津：百花文艺出版社 1997 年版，第 102 页。——译者注

② Paul Claudel, *Adieu au Danemark*, discours du 8 février 1921 ; repris in *Contacts et Circonstances, Œuvres en prose, op. cit.*, p. 1112.

保罗·克洛岱尔《东明》(《认识东方》)，谢阁兰版（1914 年，北京）

尔对和谐的发现与他对亚洲语言尤其是汉语的发现有着特别的联系。

从 1914 年谢阁兰在北京印行中国版《认识东方》[①]，到后来保罗·克洛岱尔邀请日本书法家合作完成《题扇百句》，中国和日本的文字一直伴随着保罗·克洛岱尔的文学创作。不过，我们知道克洛岱尔很早就放弃了中文的学习，其作品中汉字的使用似乎以装饰点缀作用为主，正如他后来在介绍《西方表意文字》（*Idéogrammes occidentaux*）时非常谨慎地表示这篇作品是“雨天里的消遣”。然而，看似随意的表述其实是一个假象，我们不应当低估克洛岱尔对中国语言和思想的关注和兴趣，以及它们在其诗歌作品中的影响——首当其冲的便是《散步者》，我们将在下文中详述。

① 该版印刷时封面上出现了“东明”两个字对应法语书名。不过，此书后来在正式译为中文时，书名采用了更加符合现代汉语的表述，即《认识东方》，为国内读者普遍接受。——译者注

如人们所常说的那样，克洛岱尔并不精通汉语，但是了解汉字表意机制的一般原则以及他时而引用的具体例子，不过这些知识都来自他记忆中耶稣会士的文字考据和宗教说理。克洛岱尔作品中的一些主要形象来源于这些文献，例如从《第七日的休息》（1896）开始，他将“人”字比作一棵“行走的树”，这一形象便是来源于马若瑟神父的《中国古书中基督教义之遗迹》（*Vestiges des principaux dogmes chrétiens tirés des anciens livres chinois*）。[①] 克洛岱尔对汉语句法的介绍非常少，给人的感觉是他似乎在翻阅了耶稣会传教士的汉语讲义前几章之后便止步不前了……不过，我们还是偶尔可以发现少数相对确切的表述，比如他曾经提及汉语中的选择性疑问句。

因此，首先要注意到保罗·克洛岱尔主要感兴趣的是中国传统汉字六书之首的象形字，它们是对相关事物的简化再现。当他在《第七日的休息》中提到“木”字或后来在《西方表意文字》中将“人”解释为“双腿”的时候，他所参照的正是事物与符号之间的这种特殊关系。这一兴趣出于多重理由。第一个理由有偶然性却不乏重要性：克洛岱尔在耶稣会士的著作中发现了这些最早的汉字，他们一开始钟情于这些简单的汉字，首先是因为它们对于初学者而言有记忆技巧，

① 关于《第七日的休息》中的形象来源，请参阅 Yvan Daniel, *Paul Claudel et l'empire du Milieu*, *op. cit*. partie III。

其次是因为它们是学习汉字的基础，是一些结构复杂的汉字的部首。当然，这些汉字吸引克洛岱尔的深层原因是因为它们体现了与所代表事物之间的一种直接而密切的关系。《认识东方》中一篇散文诗《符号的宗教》（*Religion du signe*）解释和分析了这种关联：

> 笔直的竖划肯定了事物就是如此；字形乃是它所体现的整个事物。……碑文本身就表示了自己的价值，因此颇有神秘意味。谁也不知道这些碑存在了多久，没有年代，它本身也没有任何说明。它矗立在那里，人们在仔细辨认那些还可以认得出的名字。①

西方文字由拼写到发音、由发音到所指涉的事物，形成一个完整的体系；而中国的汉字很少考虑声音，从某种意义上说，是对事物有形无声的表达。在同一首散文诗里，克洛岱尔强调的正是这一区别：

> 字母基本上是分析性的：它所构成的词是通过眼睛和声音拼读的系统来陈述的；在同一行中把一个字加在另一

① Paul Claudel, *Œuvre poétique, op. cit.*, pp. 46, 48.
译文转录自徐知免译《认识东方》，天津：百花文艺出版社 1997 年版，第 35、37 页。——译者注

个字组上，于是就构成了不同的词，或者在意义上发生了变化。汉字符号可以说是发展了字母组合；人们把它应用在一系列存在的事物上，以区别文字。①

字母彼此相连，呈横柱状，以侧向示人；克洛岱尔在旅居日本期间写道："中文字符是正面示人，拉丁字母是侧面示人。"② 他在《西方表意文字》中评论道，中国的表意文字具有"综合性"，因而"你可以在面前一眼看到被表现事物的形象"。

西方字母与事物之间的关系与之不同，更加间接和复杂。在介绍这种复杂性的时候，克洛岱尔在同一篇文章中使用了一个与机械有关的比喻："西方字母系统向你提供了各种绳索、管道、杆柄以及一整套工具。"在他看来，这一套语音、语义的机械系统并不能与以简洁见长的汉字体系相媲美。1925 年，在一场题为《书的哲学》的讲座中，诗人直言不讳："西方书页上的文字——留在白纸上的那些可以理解的墨迹——难以绽放光彩，也难以焕发稳定的内涵。"因为西方语言中的句子"让我们眼睛和思想的运动持续到最后的句号才能知晓意义"，而中国的汉字是"事物的抽象图画，是打开意义和思想的钥匙，它停留在观赏者的眼前，如同伦勃朗的经典版画《浮士

① 译文转录自徐知免译《认识东方》，天津：百花文艺出版社 1997 年版，第 35—36 页。——译者注

② Paul Claudel, *Journal*, *op. cit.*, t.1, p. 742.

德》中那枚闪烁光芒的五角星符”。[①]

在对世界的表现方式中，西方字母系统是一套“语义的器械”，将丰富多彩的现实事物简化成一些音素的组合，而这些音素本身通常是缺乏意义的。汉字却可以被定义为一种“生命体”，因为从理想化的角度而言，现实中有多少种事物和概念，在汉语中就可以有多少个文字符号。尽管克洛岱尔对中国文字的思考难免理想化或不准确，但是这一思考导致他放弃了上面引用的一篇文章的初稿题目《字母的宗教》（*Religion de la lettre*），而将之改为《符号的宗教》（*Religion du signe*）。从“字母”（lettre）到“符号”（signe），这一变化其实体现了一场具有颠覆性的认识过程，改变了诗人与世界之间的关系。有些汉学家们指出了汉字在形成一种特定的世界观过程中的重要作用。西方字母语言的复杂运作体系将能指与所指割裂开来，在符号之外暗示了一个由不可眼见却可想见的概念组成的抽象世界，给人以循序渐进的感觉：先有字母辨识，然后产生发音，继而构成字词，进而到概念或意义。相反，汉字将符号与所指事物紧密地联系起来，有将二者融为一体的倾向；于是，读者的思维无需在符号之外寻找一个理念的世界，而是在文字世界和现实世界中——更多是在诗歌语言中——对符号和事物现象本身进行思考，思考它

① Paul Claudel, «La Philosophie du livre», in *Œuvre en prose, op. cit.*, p. 72.

们的出现、消失以及相互关系。

保罗·克洛岱尔通过对中国古代典籍和一些道家著作的阅读完善了自己对文字的思考。这些思考从根本上促进了克洛岱尔诗学思想的形成，须知他在写作《认识时间》以及《诗艺》之前已经创作了《认识东方》。

1903年，在福州附近古梁那雾霭缭绕的山丘上，克洛岱尔致力于《认识时间》的写作。这部论著的西方思想渊源当然是最重要的，并且得到克洛岱尔的仔细研究①，尤其是他在旅华期间阅读的圣托马斯·阿奎纳②著作对其产生深刻影响。同时，他新近阅读的中国书籍在其文字中时隐时现。《认识时间》中的思考建立在“和谐”“平衡”“断裂”“交替”“恒常”等一些概念上，反映了克洛岱尔对远东典籍的阅读和对文字的思考，尽管他对所借用的概念进行了甄选和化用。

在探讨时间问题时，保罗·克洛岱尔借鉴了圣托马斯·阿奎纳的观点，后者认为时间首先作为一个持续的整体

---

① 尤其参见 Didier Alexandre, *Genèse de la poésie de Paul Claudel*, Paris, Honoré Champion, 2001; Dominique Millet-Gérard, *Claudel thomiste?* Paris, Honoré Champion, 1999。

② 圣托马斯·阿奎纳（St. Thomas Aquinas，又译圣托马斯·亚奎那，约1225—1274）是中世纪经院哲学的哲学家和神学家。他是自然神学最早的提倡者之一，也是托马斯哲学学派的创立者，成为天主教长期以来研究哲学的重要根据。他所撰写的最知名著作是《神学大全》(*Summa Theologica*)。天主教教会认为他是历史上最伟大的神学家，将其评为三十三位教会圣师之一。——译者注

而存在，然后才被分裂为繁复的时刻。[①] 克洛岱尔写道：“在岁序更新的表象下，存在着一种继续。”他之前也以肯定的语气表达说：“天宇中存在一种纯粹的运动，而大地上的细节便是其不可悉数的反映。”[②] 其实，这些想法同时也是远东思想。克洛岱尔研究了自然的基本节奏、昼夜更替、月令节气、四季轮序，这也是中国传统思想所关注的问题。克洛岱尔的一段文字令人联想到《道德经》第四十章：“万事万物的存在都是为了消失，让位于它们所召唤的未来事物。”[③] 他借用《道德经》第十一章中的一个例子来解释宇宙“运动”这一“标志时间的机器”：“车轮何用？它的中空部位安装车轴，才能将所受之力传递给每一根车幅……到底什么才是运动的性质和起源？”[④] 在借鉴老子文字的同时，克洛岱尔建立了一个以潜

---

① Thomas d'Aquin, *Somme théologique*, Paris, Cerf, 1984, t.1, q. 10, a. 6, (1) , p. 215.

② Paul Claudel, «Connaissance du temps»（以下简称 *CT*）, in *Œuvre poétique, op. cit.*, p. 136.

③ *CT*, p. 140. 保罗·克洛岱尔首先发现了理雅各 1896 年的《道德经》译本：*The Texts of Taoïme*, Oxford, Clarendon Press, coll, «Sacred Books of the East», vol. 39, 1891. 关于此点，敬请参见 Yvan Daniel, Paul Claudel et l' empire du Milieu, op. cit. p. 330 sq。

《道德经》第四十章原文为“反者道之动，弱者道之用。天下之物生于有，有生于无。”——译者注

④ 《道德经》第十一章原文是“三十辐共一毂，当其无，有车之用。埏埴以为器，当其无，有器之用。凿户牖以为室，当其无，有室之用。故有之以为利，无之以为用。”——译者注

在性、连续性、交替性和“空”——道家思想中一切运动的源泉——为基础的时间观念。

自然现象、季节晨昏、共时或交替等各种变化都使人可以观察、欣赏和思考存在于世间万物的和谐。克洛岱尔写道：“我理解了每一样事物并不是依其自身而存在，而是存在于与其他所有事物的无尽关联之中。”不过，这里，《道德经》并非唯一的参考来源，克洛岱尔早已发现了顾赛芬 1895 年的《中庸》译本[①]，也已经由此而关注了一种建立在和谐与平衡概念基础上的宇宙观：“中也者，天下之大本也；和也者，天下之达道也。致中和，天地位焉，万物育焉。”

在这样的宇宙观里，微乎其微、微不足道的不平衡之肇端都包含着未来的变化。这正是克洛岱尔在《道德经》第六十四章中领略到的思想，并且在儒家经典中读到类似的表述：“莫见乎隐，莫显乎微……”因此，他认为过去的时间具有隐在的内涵，并对时间的递进进行分析：“过去是产生未来的条件，它在不断地丰满，是从主音变化到属音的永恒创造性条件。”[②]

令人感兴趣的是，保罗·克洛岱尔后来在《龙之意》（*Sous le signe du dragon*）一文中再次采用类似的语句和方

① *Zhongyong, L'Invariable Milieu*, trad. de Séraphin Couvreur, in *Les Quatre Livres*, Ho kien fou, Imprimerie des Missions catholiques, 1895, §1, p. 29.

② *CT*, p. 145.

式来阐述他对中国思想的理解，将“从柏拉图时代的智者派、经院哲学到笛卡尔……这一可以追溯到亚里士多德无与伦比的伟大天才”的西方哲学传统与他眼中老子和朱熹所代表的“远东哲学”进行对比。他认为，西方哲学建立在“是与非相互排斥的根本对立上”，导致一种“逻辑阐述和围绕‘Etre’[①]而规设的语法表述上，一切语态、时态、性数配合都依据这个动词进行”，“最终将外部世界都简化为人的思维形式”。相反，中国的道家和儒家思想被定义为“对寻找平衡的永恒运动的考察，一切事物都在一种受到永恒主宰的平衡中相互转换和权衡”。[②] 在这里，我们又发现了在《认识时间》一文中与“次要逻辑”直接相关的一种观念，现在这种观念被明白清晰地归功于亚洲传统思想，这是一种调节世界万物“同时共生”存在的“句法”。

因此，根据“新的逻辑”，一种施及广泛宇宙的协调性的原因取代了原来直接因果关系中的唯一性、有限性的原因。克洛岱尔写道，这种新的“因”是一种“比例协调”，“是两项事物之间的平衡，是一种需要的满足，一种协调的配置”。[③] 诗人在其中国经历中，通过阅读东方学家的译著，发现和记忆了一些基本观点：自然秩序的更替，和谐的因果关系，互

① Etre 是法语中的系动词，相当于英语中的 be。——译者注

② Paul Claudel, *Sous le signe du dragon, op. cit*. pp. 95–96.

③ *CT*, p. 136.

补和平衡。这些都是克洛岱尔融入《认识时间》这部著作中的重要思想。在再版的剧作《城市》(创作于 1897 至 1898 年间)中,剧中人物考夫尔已经确定地表示"理解了万事万物的和谐有序"[①]。

"和谐""有序"也可以应用于中国文章中的汉字排列和书写结构。在《认识时间》的第二部分,"大地上的细节便是其不可悉数的反映"的那种天宇中"纯粹的运动"被克洛岱尔比作一篇文章和文字符号之间的和谐:"正如一只书写的手,从纸页的一端移动到另一端,在一个统一的运动中产生了上百万的词语,这些不同的词语彼此衬托力量与色彩……"世界被看作书写在无穷变化的词语与组合中的连续性运动。

《认识东方》中《散步者》一文所描述的直觉似乎是我们上述克洛岱尔思想的前奏,它以诗意的形式预告了他后来在《认识时间》和《诗艺》中继续发挥的观点。克洛岱尔思想体系的基础——宇宙"和谐"被他视作所阅读的《中庸》以及其他中国古籍中的重要概念,但是他直到研究了中国语言的特殊机制之后才真正理解了"和谐",因为从理想化的角度而言,在汉语中世间每一个事物都有一个对应的汉字,现实与名称之间的隔离感已然消失:诗歌不再是按照西方的模仿论去单纯临摹自然,而是通向和谐的延伸和扩展。诗人在《这儿那

① Paul Claudel, *La Ville, in Théâtre, op. cit.* t. 1., p. 479.

儿》（*Ça et là*）一文中介绍日本艺术家时便有如此表述：

> 欧洲艺术家按照自己对自然界怀有的感情去临摹自然，日本人则按照他们从自然界获得的手段去模拟它；一个是表现自己，另一个是通过自己的看法去表现自然；一个精心描绘，另一个则是仿真；前者重描绘，后者重创作；前者是学生，而另一个，从某种意义上说，堪称卓然成家；一个是细致地将他凭实在而敏锐的目光观察到的景象加以复制，另一个则在眨眼之间，体会个中三昧，在驰骋自然的幻想中予以概括。①

保罗·克洛岱尔在思想中参透了汉字所体现的一种宇宙观，他对外部世界的感知也发生了变化。这一感受世界的根本性变化在《散步者》中得到清楚的表达，那时他初次到达日本，也是他初获成就感的时候，他在这首散文诗中写道："我把大自然理解为*一篇细节详尽的故事，它或许只是由许多专有名词组成的*。"② 诗人取消了西方字母所造成的语言与现实分离，在一个充满事物的世界中徜徉，事物本身也是词语，也就是说，事物与代表它们的符号之间是完美契合的，反之

① Paul Claudel, *Connaissance de l'est, in Œuvre poétique, op. cit.*, p. 86. 译文转录自徐知免译《认识东方》，第 104 页。——译者注

② Paul Claudel, *ibid.* p. 84., 斜体部分系笔者标注。

亦然。克洛岱尔这句话中每一个词语都经过推敲：限定性短语强调所有“专有名词”（这里必须使用复数）；“专有”这个词明确指出的是西方语言中与理想的汉字符号最相近的词，不是一般的普通名词，而是专有名词，后者的语义通常被限制于具有唯一性的个人、事物或地点。在《认识时间》中，克洛岱尔重申这一点，并表示“一切皆已达成一个名词”。

这种方式和目光使他能够以中国诗人（中国诗人同时也是书法家）的方式观察世界。诗人以一种越来越敏锐的感知参与到自然景观变化中，并且以越来越细致的注意力来审视物象，继而将之表现在自己的作品中。这种活动并非纯粹的智性工作，更不是完全抽象的。在《散步者》中，我们应该注意到诗人身体的感觉与活动是无所不在的：

> 于是我向前走去，走去，走去！每个人心中都蕴藏着自己外出旅行的本意，据此以觅取食物和工作。至于我，我双腿的均衡动作却成了我测量最细致的召唤的力量。我在自己静谧的心灵深处感受到一切事物的魅力。[①]

诗人独处大自然的怀抱而不是隐身于书房中，通过身体和行走的动作——这是一种“测量”，发现和理解了“大千世

① 译文转录自徐知免译《认识东方》，天津：百花文艺出版社 1997 年版，第 102 页，略有一字改动。——译者注

界的和谐”并参与其中。这是一种调动人之全部诗歌感觉的活动，而不是毫无生气的倦思：当诗人听到“从未听见过的植物浆液落地的声音”时，他“像一只笨拙的麾子”，逃入“荒榛蔓草”之间，等待那声音的“回响”。在另外一首散文诗《梦》中，诗人以同样的感觉体验捕鱼人的耐心和等待鱼儿上钩的痛苦煎熬，把观察力和感受力表现到极致：

> 捕鱼人，在忍受了这漫长的寂寞而愁闷的一天之后，天空、原野、那三棵树和水，没有让他空空地等待下去，饵钩上什么也不曾逮住；他觉得肚子里好像有根带鱼钩的丝线绷得紧紧的，牵着他穿过平静的水面，把他拖向黢黑的河底：一片树叶倒转这缓慢下坠，一点也没有掠动池塘里晶亮的縠纹。[1]

鱼儿藏身水底，依然可见，这个意象令人联想到《中庸》中引自《诗经》的一句话：“《诗》云：‘潜虽伏矣，亦孔之昭！’”（见顾赛芬的译本[2]）人的行动和融入世界的痕迹始终存在，融入参与自然和写作活动中去。这体现在《散步者》

---

① Paul Claudel, *Connaissance de l'est, in Œuvre poétique, op. cit.*, p. 66.

译文转录自徐知免译《认识东方》，天津：百花文艺出版社 1997 年版，第 70—71 页。——译者注

② *Les Quatre Livres, op. cit.*, trad. de Séraphin Couvreur. 对应的拉丁译文更加简洁：“Immersus licet lateat (piscis), tamen valde emicat.”, p. 65。

一文中："这小鸟的歌声多么新鲜、逗趣！远处鸟雀的欢唱使我心中多么愉快！每棵树都有它自己的特性，每个小动物都有它自己的作用，每一种声音都有它在交响乐中的位置……"每一个事物——重复出现的"每"字强调这一点——都被正确地命名和表达时，它们便会像"交响乐"或是"细节详尽的故事"（也就是说像乐谱或文章）那样和谐地融为一体。在《认识时间》中也是如此，生命或事物的宇宙运动被比喻为书写的手，将词语连接在彼此呼应和相互补充的无限网络中。诗人不再是复制自然，而是变成懂得观察、命名、思考和具有行动意识的欣赏者，参与到自然造化中去。克洛岱尔在晚年的一篇文章《〈圣经〉诗篇与摄影》（*Les Psaumes et la photographie*，1943）中清楚地表明了这个观点：

> 从喧嚣中胜利诞生的词语赋予我们一种自由重现的能力，这种能力近似于创造力。渐渐地，我们意识到外在世界与我们的内心世界是相互应和的。在大自然和我们人类之间，我们言说大自然之意，大自然也言说人类之意。①

在这里，正如在《伊莱娜·奥普诺摄影作品集序言》（*Préface à un album de photographies d'Hélène Hoppenot*）中

① Paul Claudel, «Les *Psaumes* et la photographie», d'abord publié dans la revue helvétique *Formes et Couleurs*, n° 6，1943，repris in *Œuvre en prose, op. cit.*, p. 392.

一样，“词语”指的是一种符号，就像一幅照片也可以是一个符号。照片是对现实的完美复制，被拍摄的特定瞬间其实“变成了一个符号。……我们的眼前豁然出现某种静止的、可感知的、清晰的东西，我几乎可以说是神圣的东西。一个文本。某种未曾遗失任何动感的永恒之物”①。克洛岱尔用相近的语句来分析摄影作品，它们被与汉字相提并论，他接着直接表达对汉字的如下看法：“大家都知道中国文字的这些特点，它可以通过非常具体的形象，暗示一些通常十分微妙、复杂和深刻的概念。”我们注意到二者之间的可比性：如同并列的汉字，摄影作品一页又一页前后相连，而且每一幅照片都构成了一个“符号”或一个“形象”，呼应其他照片，同时获得其他照片的呼应。这些互动关系的总体最终形成了一个“文本”。

文学与科学的互文与印证

自然世界所揭示的和谐会特别为一种语言所接受和表达，这种语言与自然相符合，是一系列符号与和音的总和，它们相互呼应，建立平衡又在变化中打破平衡。和谐体现在自然风景中，在延绵的山峦间，在稻田的阡陌中，在植物的色彩

---

① «Préface à un album de photographies d’Hélène Hoppenot»（1946），repris in *Œuvre en prose, op. cit.*, p. 394.

变化中……和谐也体现在最微小的生命世界中。《散步者》初稿中的文字不是“每个小动物都有自己的作用”，而是更加精确的表述：“每个小虫子、每个小昆虫。”或许人们可以手执蝴蝶网进入保罗·克洛岱尔的作品中。诗人经常表现出对昆虫世界的关注，从1898年日本之行开始，它们随着“萤火虫”“紫茎甲”一起出现在克洛岱尔的文字中，在日记和其他作品中也被频繁提及：这一天有“蟋蟀的交响乐团”，那一天听到“一只谦卑的小蟋蟀弹奏日本三弦琴”，后来又看见一只“挥动着一片黑翅膀和一片白翅膀的”蝴蝶……还有这样一些文字记录了1926年8月末某一天的印象：“上千只蜻蜓在晦暗的空中划出线条，其中间或可见三只白色蝴蝶”，这一印象后来化为《题扇百句》中的一首诗，蜜蜂的身影亦在其中。

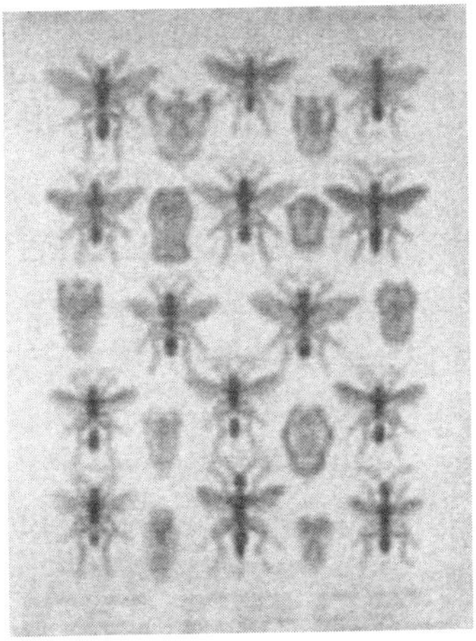

（a）

（b）

昆虫图

昆虫不是一个好奇或点缀之物，它虽然仅仅是一个“小动物”，但也是芸芸众生的一个符号，它们在《散步者》所揭示的和谐世界中各有自己的角色。1898 年的一篇诗作将此发现出人意料地与亚历山大大帝进入耶路撒冷（历史上亚历山大征服巴比伦更为人所知）相提并论，这是因为他们都认同这个“（自然）世界的质感”，发现了“事物”的存在，这是一个具有重大意义的“观察”。这一观察也可以建立在最微小的生命体和最微不足道的事件上，同样的和谐会从中自发显现。继中国之后，克洛岱尔在日本也欣赏到了昆虫世界的奇妙，他称之为“小小仙世界”。在 1926 年的日记中，他写道：“在日本发现种类繁多的昆虫，夜晚，蝴蝶、鞘翅、蜻蜓、蝇蛾都向我的台灯扑来。”[①]

其实，克洛岱尔早就通过法布尔（Jean-Henri Fabre）的《昆虫记》[②] 对昆虫生活的细节产生兴趣，而法布尔曾经是斯特凡·马拉美在埃克斯-普罗旺斯中学的同事。1905 年 9 月，诗人兼外交家克洛岱尔已经阅读了（大部分是在旅居中国期间）1879 年以来分册出版的《昆虫记》的前八卷，逾 1700 页。他以“令人陶醉”来形容这次阅读经历，并且后来向安

---

① Paul Claudel, *Journal, op. cit.*, t.1, p. 731.

② 法布尔的《昆虫记》(*Souvenirs entomologiques. Etude sur l'insect et les mœurs des insectes*）出版于 1879—1907 年间。全文收入 éd. d'Yves Delange, Paris, R. Laffont, coll. «Bouquins», 2t.（下文简称 *Se 1*：t. I ; Se 2：t. II），1989。

德烈·纪德推荐了一位“令人敬佩的自然学家”的这套著作，措辞真挚强烈：“这是我所知道的最令人震撼和最滋育智慧与想象的书籍之一。”[1] 在研究昆虫的过程中，或广而言之是在研究自然的过程中，保罗·克洛岱尔已然印证了他阅读中国书籍时的发现和感受。

法布尔的写作遵从科学规范，但是并不排斥令人赏心悦目的表达方式。他以严格精确的方式阐述所观察的事实，描写细致入微，对自然世界进行说明、考察、评论和探讨。他善于在观察和分析的同时表达科学活动本身所引发的情感：有时略带紧张的好奇，赞赏，惊讶，局促，恼怒，以及发现理性解释之局限时的失落无知，理性尤其难解令人叹为观止的昆虫天性，他将之比作“无所不知而又一无所知”的“崇高灵感”。在昆虫与生俱来的灵敏天性面前，他斥责人类的虚荣心：“人类了不起的科学啊，要有自知之明！”法布尔在其研究中批评了达尔文的某些观点，但是仍以“崇敬”之心对待这位大师；他很快决定对“当今流行的进化论”采取不置可否的态度，后来又发现一种在他看来与进化无关的“先定秩序”具有“显著证据”。这个观点可能解释了克洛岱尔对法布尔的关注。不过，在他创作《认识东方》的时期，二人的相通之处还体现在诗人所谓“以精准的语言进行表述的需要

---

① Paul Claudel et André Gide, *Correspondance 1899—1926*, Paris, Gallimard, 1949, letter n° 66 du mars 1910, p. 126.

和美妙乐趣”[1]上。在克洛岱尔的《散步者》和法布尔的昆虫研究中，他们的关注都指向最容易为人所忽视的细微之处：作为小小“生灵之物”的小鸟的鸣唱，落在“山茶花树叶”上几乎让人听闻不到又让人等待回响的水滴声。在其他篇章中，克洛岱尔描写了松针的形状、竹子或鸢尾花的颜色。在《问候》中，微弱的蝉鸣触发了诗人敏锐的感觉：“草丛间蝉儿微弱的鸣声多么令我心动！”[2]

昆虫学家法布尔在克洛岱尔看来是“自然造化的督察者”或是“世间万物的审视者”，而散步者本人也可以将之据为己名。在他眼中，位于法国南方的私人庄园拉马斯是“膜翅目的人间天堂”，他曾经细数在那里居住的“昆虫居民”，但是由于它们“人口众多”[3]而不得不放弃。他也遇到众多生物对应众多名称的语言问题，法布尔也曾感叹道：

> 啊！为动物恰如其分地命名是多么难的一件事情啊！让我们对术语创造者表示宽容吧：词汇已经用尽，而需要命名分类的事物层出不穷，使我们语言中的音节组合疲于应对。[4]

---

① *Cahiers Paul Claudel 1*, Paris, Gallimard, 1959, p. 46.

② Paul Claudel, *Connaissance de l'est, in Œuvre poétique, op. cit.*, p. 93.

③ *Se 1*, p. 322（2e série）.

④ *Se 2*, p. 705（9e série）.

“使我们语言中的音节组合疲于应对”……在实际操作中，法布尔有时只好采用图示：术语不够完整，于是只能回归到最基本的“符号”，以昆虫本身的图形作为其“专有名词”。

我们可以把这位昆虫学家称作诗人，维克多·雨果和埃德蒙·罗斯堂（Edmond Rostand）① 便是这么称呼他的，而法布尔也是动物生态学的先驱者之一，这门学科观察生物在自然环境中的相互关系，将对环境的观察研究与动物行为的观察研究结合起来。

拉马斯和埃克斯－普罗旺斯是否与亚洲相距遥远呢？未见得，法布尔的著作在远东（尤其是在日本）比在法国更有名，这或许并不是偶然。尽管《昆虫记》确实是对法国南方自然风物的描述，但是佐证和预示了克洛岱尔在《散步者》中解释的和谐天启。即使没有影响，他们都以写作投入到观察自然（关注并欣赏自然造化）和描述自然中，在这种特殊方式上，二者之间是存在巧合的。此处仅举一例，《昆虫记》中也有一篇类似于《散步者》中描写春景一日的文字：

> 我那远离尘嚣的庄园里有一条种满丁香花的林荫道，幽深而开阔。5 月，街道两旁的树丛婀娜地伸展着枝条，

① 埃德蒙·罗斯堂（Edmond Rostand，1868—1918），法国 19 世纪诗人、剧作家、评论家。——译者注

枝头垂挂的串串小花互相交织在一起，搭成相衔的拱顶，俨然变成了一座小教堂。上午，柔和的阳光洒落，这里便成了一年中最美好的节日。这是宁静的节日，没有窗前飘扬的旗帜，没有燃烧的烟花，没有酒后的嘈杂。这是平凡者的节日，没有舞会的鼓乐喧哗，没有人群为游戏赢家的大声喝彩。鞭炮烦嚣、畅饮哗然的情景距离这份静穆的节日如此遥远！

我经常光临这丁香小教堂，我的祷告无法化为言词，它是一种潜于内心的激动。我默默拨数着访客者的念珠，我充满敬佩感慨地念祷着"啊！"

在这美妙的日子里，昆虫朝圣者们都赶来参加这节日的美餐，品一份春天的佳肴，饮一口自然的纯酿。来者当中有一对冤家——条蜂和毛斑蜂，它们你来我往，轮流品尝在同一朵花中的露水。此刻，昆虫里的抢劫者和被劫者和睦相处，一小口一小口地分享露水，相安无事，仿佛彼此不知。

黑切叶蜂也赶来参加这个聚会了。它还郑重地打扮了一番呢！花粉扑在毛茸茸的肚子上，旁边的芦苇也因此不少花粉。这边来了管蚜蝇，冒冒失失地嗡呜嗡呜唱着歌……[1]

① *Se 2*, p. 456（8e série）.

这一场景介绍了下文对金匠花金龟这种昆虫进行科学观察的背景，也体现了观察者在春天面对自然造化之美景时油然而生的宗教情感。他把大自然的殿堂比作教堂，文中可见一连串宗教隐喻，但是法布尔在《昆虫记》中也在探寻一种调节自然秩序、隐藏“在笼罩万物的神秘面纱之后”[①]的“智慧光芒”。他发现自然界存在一种“先定秩序”，表现为一系列一成不变的“和谐法则”，驾驭着万物生灵及其“存在状态”。即使这些法则在他看来是无法解释的，但是至少可以描述它们的表现。最令人赞叹的动物本能首先体现在可以观察到的与昆虫各种生存活动相关的技巧上：蚕茧的构造，孵蛋窝的搭建，食物的运送和保存，捕杀猎物和争夺的本领，或者还有认路能力。而且，法布尔从所观察到的事实进而揭示了可谓高级的和谐法则：它们不仅安排了昆虫构建家舍或争夺食物的本能，而且自发调节着某些更加基本和重要的比例问题，例如雌雄比例分配或是孵蛋数量等。这就是法布尔所谓的“超验和谐”[②]，它不仅在昆虫世界而且在整个大自然中发挥作用，比如这种无法解释的“自发力量”会使蜜蜂精确地测量出所需蜂蜜的数量。在《昆虫记》中，这一“本能”被描述

① *Se 1*, p. 371（2e série）.

② *Se 1*, p. 489（2e série）.

为“支配测量的内在声音”[①]。

科学家法布尔观察到动物采用的这些手段（或者更准确地说是程序）具有万无一失的有效性，他描述其中的步骤，并将之比作某种自发的常规仪式。昆虫们“宗教般地”遵循着“一成不变”的程序，也就是我们所谓的“本能”，它们所实现的成果不仅实用有效，而且在法布尔看来颇具美学价值。在他所描述的一次实验中，他用可以渗干蓝色或金黄色墨水的细沙代替了泥土，最后形成的蚕茧像是“以某种神秘的技艺所完成奇珍异宝”。但是，法布尔同时也承认昆虫能力的有限性：它的本能在遵循一定的“神圣仪式”行事，然而如果稍微遇到一点障碍，哪怕是“最微不足道的困难”[②]，都有可能打破其本能行为，令其无能为力。它的潜在能力是盲目的，经验法则并不能改变，这便是昆虫甚至广而言之是动物世界的悖论，它们完全遵从于自然的和谐法则，受其支配，既“无所不能”又“一无所知”。

克洛岱尔的《认识时间》已经大量引用法布尔著作中的例子，尤其是在“方法技能”的归类上（第二部分：《从手段到目的的无意识运用》[③]），还可以发现《昆虫记》中描述的“幼虫”“蜂蜜与分液器”“产卵与搭窝的技艺”“昆虫”这些

① *Se 1*, p. 415（2e série）.

② *Se 1*, p. 226（2e série）.

③ *CT*. p. 129.

现象都佐证了后文解释的“有效和谐”之概念。而克洛岱尔在《认知/共生论》(*Traité de la Co-naissance*)第三章中对动物的描述与法布尔如出一辙:“动物在一定环境下总是不会走错路线,它们的身体生来就具备这一功能。”它们“那些可以被称作感知性”的能力“适应一定数量的外在要求,并能做出万无一失的机械反应”。[①] 在这本著作中,动物的本能被以论述文平淡枯燥的语言介绍出来,未有赞语,但仍然显示出法布尔与克洛岱尔所言的“和谐”观念,而人是“被制造出来与一切相适应”的生命体。

在《昆虫记》和《认识东方》散文诗集中的《散步者》或其他篇章中,观察者审视“万物和谐”,而正如法布尔所写的那样,每一个昆虫“在大千世界中都在扮演小小的角色”[②]。这位昆虫学家赋予自己的角色则是观察者和欣赏者,他在描写泥蜂与蟋蟀的争斗之前声明道:“我目不转睛、全神贯注地观察着。无论如何,我都不会放弃即将在眼前展开的这场激动人心的表演。”结果,蟋蟀很快成为泥蜂的手下败将,和其他几个猎物一起被堆放一处,泥蜂用自己的卵把它们围起来,用作即将出生的小泥蜂的食物……“泥蜂的任务完成了,我

① 《认知/共生论》最早于1907年由法国水星(Mercure de France)出版社刊印,但早在1904年就已完成并誊写完毕。参见 Paul Claudel, *Traité de la Co-naissance*, III, in *Œuvre en prose, op. cit.*, p. 174。

② *Se 1*, p. 271 (1re série).

也在最后观察了它的武器。这个产生毒液的器官由两个细管组成，而且它们产生形状优雅的众多分支，分别导向一个共同的储液体或者说是一个梨形的水泡物。”由宇宙和谐法则支配的行为和活动不仅存在于昆虫世界，而且存在于整个自然界，而“审象”则是人的使命，如同《散步者》中所言，就是以目光诗意地揭示和谐世界的壮观景象。

圣托马斯·阿奎纳与老子：克洛岱尔式的融会贯通

我们现在要更好地理解了保罗·克洛岱尔在1905年提及法布尔《昆虫记》时的激动心情。阅读这部著作的时候，他也在同时阅读中国古代典籍的译本。书写符号的作用以及与世界的关系、被顾赛芬称作“自然之法”的和谐，都是中国古籍中强调的观念。这些独特的、交叉性的阅读使得克洛岱尔在回忆最近游览的风景时产生顿悟的感觉，这些自然风景在他看来是和谐自发和生动的体现，有时他将之称作一种“成就”。这种结合科学思维与文学的（更准确地说是诗意的）写作有助于解决克洛岱尔《我的精神皈依》（*Ma couversion*, 1913）中批判性科学话语与阿尔蒂尔·兰波诗中曾经唤醒的“超自然的具体生动印象”[①]之间的矛盾。在1922年，克

① Paul Claudel, *Ma Conversion, Revue de la jeunesse*, *oc*t. 1913, repris in *Œuvre en prose*, *op. cit.*, p. 1009.

洛岱尔经常阅读兰波这位1886年在《风尚》诗刊上一鸣惊人的诗人。到达日本后不久，他在日记中转引了一段兰波的诗文："在环绕东方风情的一幢华丽殿堂里，我完成了一部伟大巨著并度过了一段辉煌的归隐时光。"[1] 兰波的《灵光集》(*Illuminations*）中的《生命》（*Vies*）一诗描述了种种不同的生命经历，克洛岱尔记忆深刻和引用的正是这份东方体验。对兰波而言，这是想象的东方，或者正如皮埃尔·布吕奈尔[2] 所言，可能是诗人在流连于大不列颠博物馆的阅览大厅时所发现的书本中的东方。在这座著名的图书殿堂中，兰波发现了一些东方丛书，尤其是麦克斯·缪勒主编的《东方圣书》，这可能促发了兰波创作这一诗篇。[3] 不过，相对于远东而言，兰波更感兴趣的是吠陀文化的发源地印度。而保罗·克洛岱尔在转录《生命》这首诗歌片段时，其实并不是身处某一西方国家图书馆，那时他已在亚洲——首先是中国，然后是日本——度过了创作成果丰硕的几年时光，他是否觉得自己已经实现了兰波的东方之梦？

---

① Arthur Rimbaud, *Illuminations*, «Vies», III ; in *Œuvres complètes*, éd. de Pierre Brunel, Paris, La Pochothèque, coll. «Classiques modernes», 1999, p. 465 ; cité in Paul Claudel, *Journal, op. cit.*, t.1, mai-juin 1922, pp. 550–551.

② 皮埃尔·布吕奈尔（Pierre Brunel，1939—），法国当代著名文学评论家、比较文学专家、大学教授，出版了多部关于兰波的专著。——译者注

③ V. Pierre Brunel, *Eclats de la Violence. Pour une lecture comparatiste des Illuminations d'Arthur Rimbaud*, édition critique commentée, Paris, José Corti, 2004, p. 187.

1898年出现的“新逻辑”显然是克洛岱尔亚洲之旅的第一个诗学成果，受到中国古代思想著作的深刻影响。他在《龙之意》中将中国传统思想与西方思维进行明显对比。这令人再次联想到兰波在其《地狱一季》(*Une Saison en Enfer*)中揭示的“无望之境”的诱惑，对于诗人而言，这种“无望”便是东方的诱惑。

> 当我的理性只剩毫厘的时候——它消耗得真快啊！我发现我的惶恐来自没有更早意识到我们身处西方。西方的沼泽之地啊！并非我以为光线已经蜕变、形状已经扭曲、运动已经迷惘……好吧！我的精神必须要承担自从东方衰落以来精神应该承受的残酷变化……我的精神非要如此不可！
>
> ……我仅剩毫厘的理性已经消耗殆尽！——精神对我发号施令，它要求我停留于西方。我要让它沉默才能如愿以偿地获得结论。[①]

在诗作下文中，回到“东方和初始暨永恒的智慧”似乎并没有被当真，诗人感叹道：“这似乎只是一个慵懒的梦！”然而，对于克洛岱尔而言，这个东方之梦已经成为环绕他的

① Arthur Rimbaud, «L’impossible», *Une Saison en Enfer, in Œuvres complètes, op. cit.*, p. 436.

真实世界，他在1898年后来收入《认识东方》中的一首《宅居》（*Sédentaire*）里甚至一度认为自己应当放弃这一思想：

> 今天我已不再抱那种思想了，我在芦苇中间靠岸，肚子贴着彼岸的泥土，我这固执的划手啊：多少棕榈向我招手致敬，这种寂静时时被鹦鹉的鸣声所打断，瀑布在玉兰那肥厚的叶片后面汩汩作响，沉重的诃子和石榴压着枝头，低垂匝地。我的目光从天使之学中回来，不再仔细端详眼前是何园林既给了我下午的茶点，又令我赏心悦目。①

吉勒贝尔·伽道夫（Gilbert Gadoffre）认为，散文诗《宅居》末尾描写的山林风景恰令人想起克洛岱尔同一年在中禅寺湖散步时发现的自然风光，也有可能是对中国南方地区（比如福建）的一份并不遥远的回忆，但是与日本的关联确实可见。在这如瀑布般连贯的诗句中所展现的大自然魅力忽然间变得令人心生疑窦。这是因为克洛岱尔在1899年读完了圣托马斯·阿奎纳的《神学大全》，他的“天使之学”似乎超越了对自然和谐所进行的惬意凝视与欣赏。自然和谐体现在草木葱茏的风景中，此种风景并非仙境之景，而是自然世界，是中国哲人所以关注的对象，诗人、书法家、画家亦同此心。

---

① 译文转录自徐知免译《认识东方》，天津：百花文艺出版社1997年版，第111—112页。——译者注

沉浸在这兼有自然风光和哲学意境的风景中，《宅居》的诗人似乎有意重申西方思想的概念化范畴："执一本永远不能穷尽其义的书，我在其中继续探究生命，探究人与实体的区别、质与范畴的区别。"①

然而，当他晚年回忆这段时期的时候，在《即兴回忆录》的第十七场访谈中，保罗·克洛岱尔重新思考了他的思想变化轨迹：

> 我后来得到另外一个发现，比发现圣托马斯·阿奎纳更富有意义，这就是谐同思想，此语出自圣博纳方图②。这一发现比亚里士多德的三段论更重要。③

随即，他又指出了这种"思维方式"所包含的危险："由于不再有理性关系，它有些过头了。它逃脱了理性，是一种直觉。"这足以说明这一"发现"与《神学大全》——克洛岱尔曾经将之视作"理性天堂"④——的阅读体验如何对立。

---

① Paul Claudel, *Œuvre poétique, op. cit.*, p. 92.

② 圣博纳方图（Saint Bonaventure, 1221—1274），中世纪意大利著名神学家和哲学家。——译者注

③ Paul Claudel, *Mémoires improvisés, dix-septième entretien avec Jean Amrouche*, Paris, Gallimard, 1969, p. 156.

④ Paul Claudel, lettre à Gabriel Frizeau du 20 janvier 1904, citée in *Œuvre poétique, op. cit.*, p. 1048.

不过，谐同思想尽管乍看上去缺乏理性，却是依据宇宙间和谐原则而得以应用的，这就是为何它归根结底与西方逻辑思维并不冲突，在克洛岱尔看来，它是一种补充。《认识时间》这部著作说明，克洛岱尔的亚洲经历和对中国古籍的阅读给他带来了启示，确实使诗人超越了他自身的西方人观念。建立在定义和范畴意识基础上的西方思想被比作“语法”的第一部分，然后发展成“三段论”。而“新逻辑”则表现为一种“句法”，并且由“隐喻”构成；当它出现的时候，它会延伸和补充《散步者》中的启示：“那里，一切事物、一切生命都是它自己的专有名词，是它所沉浸的环境中的特殊重量，是它作为行为产生时刻的符号的全部价值。”[①] 这一隐喻，在自然界如同在音乐中，都可以被称作“和谐”；它在一个必要且无限关联的整体结构中是“被一切新生事物所使用的自生艺术”。如果说风景被认为是这个“新的宇宙诗艺”的生动体现，是“森林的文本”，或是“乔木的陈述”，它最终完善了写作《宅居》的诗人原来想要投入的“天使之学”。《认识时间》重新思考了《散步者》中的回忆，说明了诗人很快解决了一个重要矛盾。

晚年在《即兴回忆录》中，克洛岱尔回顾这段时期时，提到了三位对其产生精神影响的人：以类比方法而且是

---

① *CT*, p. 144.

在几只苍蝇的无意识帮助下发现肝脏的糖原生成功能的克洛德·贝尔纳[①]、方济各会的圣博纳方图红衣主教和阿尔蒂尔·兰波。[②]这三位当中，一位是科学家，一位是圣徒，一位是诗人，这并不令人奇怪，因为这三种身份反映了克洛岱尔创作《认识东方》时的亚洲经历。直到1928年，在日记中，克洛岱尔明白地阐述了他对圣博纳方图的阅读与他二十五年前在福建古梁撰写的《认识时间》中某些观点的联系。圣博纳方图所属的方济各会一直相当亲近东方哲学，这一点非常重要，能够说明一些问题，但是并非本书所能涉及。然而，我们最后还是要说明克洛岱尔后来对和谐这个概念的持续关注到何种程度，无论是诗歌创作还是宇宙观，二者在中国传统观念中是密不可分的。这种感觉在克洛岱尔旅居日本的1926年时依然存在，他在日记中相继引用了一位诗人和一位圣人的语句：

> 又何妨把生机盎然的自然界万类
> 都看作种种有生命的风瑟，颤动着
> 吐露心思，得力于飒然而来的
> 心智之风——慈和而广远，既是
> 各自的灵魂，又是共同的上帝？

---

① 克洛德·贝尔纳（Claude Bernard，1813—1878），法国生理学家，著有《实验医学研究导论》（*Introduction à l'étude de la médecine expérimentale*）。

② Paul Claudel, *Mémoires improvisés, op. cit.*, pp. 156–157.

在柯勒律治（Samuel Taylor Coleridge）的上述诗句之后，克洛岱尔引用了圣阿塔那兹（Saint Athanase）的一段文字，这两段表述都以回归和谐为宗旨。

> 万能、至善和至圣言的上帝，降临于万事万物并在它们身上施展能量，将一切可见与无形之物都引向光芒，将它们融合于一体，并融化于自身，万物都会浸润他的光泽。而且，某种奇妙的、非凡的和谐在他的引导下达到存在。

很久以后，保罗·克洛岱尔还提到，一朵小花的秘密与法布尔笔下的昆虫的秘密具有同样的价值。他在给帕鲁瓦散（le père Paroissin）神父的信中写道："一朵平凡的雏菊，如果我们能懂得它的心意，就能听得见万能上帝的声音。"1928年，在克洛岱尔阅读圣博纳方图著作的那一年，他又再次引用圣阿塔那兹的那段话来结束《在卢瓦尔－歇尔省的谈话》（*Conversations dans le Loir-et-cher*）中《星期六》（*Samedi*）一文。这场谈话发生在"一只来自远东的日本轮船的甲板上"，在结尾处看似漫不经心地提及了"某种奇妙的、非凡的和谐"……

第六章　女性作家笔下的中国

对于中国传统文化和古代中国的生活方式，最心存成见与疑虑的莫过于西方女性了。直到20世纪，在她们所有关于中国的作品中，这种成见都若隐若现。在我们所研究的这一时期，最早用文字记录中国的西方女性是旅居中国的英美女士。她们大多跟随新教使团而来，是传教士的妻女，比如汉学家和新教教士艾约瑟（Joseph Edkins）的女儿简·埃德金（Jane Edkins）。她1859年来到上海，1863年出版了一部介绍中国生活见闻的作品。在此之前，1845年美国海关官员夫人伊莱扎·吉利特·布里奇曼（Eliza Gillet Bridgman）来到香港生活，1853年，她根据自己的亲身经历发表了一部作品。如此，在英语世界，19世纪陆续出现了一些见闻性文字。[①]在英国文学中，与之类似，作家威廉·萨默塞特·毛

---

① Eliza J. Gillet Bridgman, *Daughters of China or Sketches of Domestic Life in the Celestial Empire*, New York, 1853；Jane R. Edkins, *Chinese Scenes and People*,London, 1863；此内容可参见 Jonathan D.Spence（史景迁）, *The Chan's Great Continent, China in Western Minds*, Montréal, W.W. Norton & Company, 1998。

姆（William Somerset Maugham）也在一篇优美的短篇小说《面纱》（*The Painted Veil*，1925）中，刻画了一个飘零在中国的年轻女性形象。同样是英语作家，赛珍珠（Pearl Sydenstricker Buck）发表的文章、论著和小说也都源自她在中国的亲身经历，1938 年获得诺贝尔文学奖后，其作品反响巨大，在法国也颇具影响力。如此，赛珍珠成为继续将创作基于中国经历的 20 世纪女性作家。在法国，迈出第一步的是外交官夫人卡特琳娜·法妮·德·布尔布隆（Catherine Fanny de Bourboulon）：1860 年中国被迫与其他国家建立外交关系后，她是第一位侨居北京的西方女性。不过，她也有英国血统，是苏格兰贵族，原名凯瑟琳·范妮·麦克·劳德（Catherine Fanny Mac Leod），1851 年随丈夫来到中国生活了近十年。在她去世后，阿希尔·普西耶尔格[①]（Achille Poussièlgue）以游记形式发表了其中国见闻，先见于《环游世界》（*Le Tour du monde*）周刊，后成书出版，名为《法国公使德布尔布隆先生和夫人的中国游记》[②]（*Voyage en Chine de M. de Bourboulon, Ministre de France, et de Madame de Bourboulon*，1866）。这一最初通过报刊被广泛阅读的游记也常为其他作家所参考：朱迪特·戈蒂埃了解这部作品，儒

① 阿希尔·普西耶尔格，曾在法国驻美国华盛顿使馆工作。——译者注

② Achille Poussièlgue, *Voyage en Chine et en Mongolie de M. de Bourboulon, Ministre de France, et de Madamede Bourboulon*, Paris, Hachette, 1866, p. 446.

勒·凡尔纳也将其用作《一个中国人在中国的遭遇》和《沙皇的信使》（*Michel Strogoff*，1875）的素材。

普西耶尔格编写的此书包括第一人称旅游日记形式的布尔布隆夫人见闻摘录，还有少部分其他人的叙述，是编者事后访问得来的资料，出自与原作者同时期生活在中国生活并见证了相同历史的法国官员或军人。在叙述中，普西耶尔格加入了彰显外交官及其家人勇气和奉献精神的内容，此外还穿插了不少关于中国百姓、中华文明的介绍以及关于太平天国运动、英法联军侵华等新近事件的描写。如此，作品像是各种引文的生硬拼凑，除了布尔布隆夫人的原著，还有很多编者摘于书本的信息：普西耶尔格还采用了章节划分，让人觉得这部作品既像随笔又像游记。某些章节介绍布尔布隆先生的任职地，如上海、南京，当然还有北京等重要城市；其他章节的主题和介绍性的“中国见闻录”[①]大同小异：“司法和家庭”“政府和宗教”“农业和农作物”等。虽然在每章中，我们都会发现加在引号里面的、以轶事或游记形式出现的布尔布隆夫人的叙述，但大量的延伸内容却仍是源自一些学术性的或介绍性的东方学著作。无论是否标明引用，当时

---

① 此语可能出自保罗·克洛岱尔的《中国见闻录》（*Livre sur la Chine*）的书名（一译《中国专题报告》），该书是一部关于中国的介绍性著作，包括《中国和汉语》（La Chine et le Chinois）、《中国工业》（Industries en Chine）等总体介绍性章节。该书由安德蕾·伊尔希（Andrée Hirschi）和雅克·乌里耶（Jacques Houriez）编写，巴黎 L'Age d'Homme 出版社于 1995 年出版。——译者注

可以查阅的著作都为编者提供了素材：古伯察的游记，雷慕沙的《亚洲杂纂》和《新亚洲杂纂》，纪尧姆·鲍狄埃的普及作品…… 所有相关信息都被融入以布尔布隆夫人“手记”为蓝本的游记当中。就在普西耶尔格重新编写的《中国游记》出版的前几周，这位刚从亚洲归来的年轻女士去世了，时年三十八岁。

上述我们提到的这些西方女性作家，她们得以长期居住在中国，有机会和之前的旅行者绝难接触到的群体——中国女性——展开对话。这个新的声音出现在西方文学中，并逐渐以其女性身份被人接受：仍然是赛珍珠让中国女性在《一位中国女子说》[①]（*A Chinese woman speaks*，1926）中讲述自己，这是她发表的首部短篇小说。故事一开始，关注的焦点就集中在了封建中国女性的生存状况上。布尔布隆夫人的《中国游记》中早已出现过相关论述，而且很快变成了对刚刚揭去面纱的古老帝国中女性地位和角色的揭示：

> 在中国，女性地位卑微。古训言：“为女从父，为妻从夫，为母从子”。女人被认为不如男人；她的出生就意

① 《一位中国女子说》于1926年发表于美国《亚洲》（*Asia*）杂志，之后被收录在《东风·西风》（*East Wind, West Wind*）中作为第一部分。出版信息如下：Pearl S. Buck, *East Wind, West Wind*, New York, Grosset and Dunlap, 1930; traduit en français par Germaine Delamain sous le titre *Vent d'Est, Vent d'Ouest*。

味着不幸；女儿只能依赖家人养活，因为她必须被关在家里直到出嫁，而且她不从事任何生产活动，无法报偿父母的养育花费。她在父家幽闭生活，饮食分开，做些女仆的活计。她所接受的仅有的教育就是做针线和做饭食。一个极其重视公民教育的政府……竟没有考虑到女孩童。女人，是父亲、兄弟、丈夫的附属！甚至没有户籍身份！无须征求她的意见，不必让她认识未来的丈夫，甚至不屑于告之对方名姓，就把她嫁于人妇。①

作者描述的这幅可怕图景在随后的章节中得到进一步补充，尤其是提到了裹脚、寡妇的低贱地位以及有违家庭和社会礼法的女性所受到的凌辱。尽管这些描述并非出自布尔布隆夫人，但应该相信她对此是赞同的。上述段落更像是出自编者普西耶尔格，内容明显是对古伯察《中华帝国纪行》第六章中关于中国女性地位分析的总结，编者参阅了此内容。②

古代中国女性的卑微社会地位在很长时间里成为研究课题和文学创作的常见主题。在法国，朱迪特·戈蒂埃着力塑造了一些中国女性形象，她们或是纯虚构人物，或是诗人，或是历史人物。她创作的《玉书》就以女性人物的题材和主

① Achille Poussièlgue, *op. cit.*, pp. 182–183.

② 参见 Régis-Evariste Huc, *L'Empire chinois, op. cit.*, p. 746, 从“中国女性的生存状况令人同情”（La conditionde la femme chinoise fait pitié）开始。

题为特色[1]，在1902年的版本中，西方人通过朱迪特·戈蒂埃第一次阅读到李清照的诗词。在《玉书》的序言中，她特意介绍了李清照的作品，并为“中国女性的身遭禁锢，孤独无奈”担忧。在之后的《皇龙》和其他几部小说中，朱迪特·戈蒂埃也用了较重笔墨塑造女性形象，其中有中国女性，也有印度和日本女性。其父泰奥菲尔·戈蒂埃在几首诗作中也曾虚构过中国女性，但是那些穿梭于朱迪特作品中的形象却更为突出。在法国，朱迪特·戈蒂埃在长达五十多年的时间里主宰着中国主题的文学创作，或许正是因为她，中国女性才在法国文学中具有了重要的地位。在作品中，她毫不犹豫地使用女性题材和女性人物。1911年，当她和皮埃尔·洛蒂合作剧本《天之娇女》时，女性主题尤为明显。

朱迪特·戈蒂埃和皮埃尔·洛蒂:《天之娇女》(1911)

应演员莎拉·伯恩哈特（Sarah Bernhardt）之邀，法兰西学院院士皮尔埃·洛蒂决定为她专门创作一部舞台剧，剧中，她将饰演一位“多情、卓越、刚烈”[2]的皇后。法兰西学

① 参见本书对朱迪特·戈蒂埃《玉书》的介绍。

② 参见 Agnès de Noblet, «Une collaboratrice de Pierre Loti : Judith Gautier», *in Revue Pierre Loti*, 1985, n° 24, pp. 173–175。

院院士皮尔埃·洛蒂接受了提议，但其实创作的主题、剧本和舞台音乐均由朱迪特·戈蒂埃负责。合作之前，两位作家已结识多年：1897 年 2 月，在巴黎的一个化装舞会上，他们就相识了。洛蒂曾游历中国，1902 年发表了《在北京最后的日子》[①]（*Les Derniers jours de Pékin*），然而他对远东的认识无法和朱迪特·戈蒂埃相比，后者虽从未去过中国，但却创作了多部中国主题的作品：在散文集《东方花丛》（*Fleurs d'Orient*，1893）中，她曾创作《天之骄子》（*Le Fils du Ciel*）[②]；这一形象诞生于《玉书》，重现于《皇龙》，在 1911 年出版的剧作中将化身为《天之娇女》（*La Fille du Ciel*）。1903 年春至 1904 年春，洛蒂在君士坦丁堡投身于其他冒险，两位作家通过书信交流创作。之后，剧作或因演出经费不足而被搁置，直到 1911 年才在《两世界杂志》（*Revue des deux mondes*）上分四期出版。

"故事发生在现今的中国"[③]，人物表后的开幕舞台提示中如此介绍。但这里的"现今"到底是指什么时候呢？是指 1903—1904 年的创作期，还是指出版年份 1911 年呢？事实上，《天之娇女》虚构了史实。书中出现了关于太平天国或义

---

① Pierre Loti, *Les Derniers jours de Pékin*, Paris, Calmann Lévy, 1902.

② 收于 Judith Gautier, *Fleurs d'Orient*, Paris, Armand Colin, 1893。

③ 引述出自首发于《两世界杂志》的版本，分为作者前言、3 月 15 日刊、4 月 1 日刊和 5 月 1 日刊（1911 年）。之后，作品出版成书：Pierre Loti et Judith Gautier, *La Fille du Ciel*, Paris, Calmann Lévy, 1911。

和团运动的叙述，然而，我们注意到作品出版于中国封建帝制完结前，也就是辛亥革命（1911年10月）之前几个月。在写给读者的前言[①]中，朱迪特·戈蒂埃将作品确定于1850—1900年间的所谓史实中。剧作的背景是汉人反清复明：虚构的或自称是明朝（1644年被推翻）后裔的汉人，反抗处于统治地位的清政府。《天之娇女》的作者解释说："在中国，起义反抗持续不断"：

> 要理解中国，就要知道三百年来，它的心上有一道深深的伤痕流血不止。当国家被鞑靼——满人攻占，垂危的明朝不得不让位于清朝入侵者；但汉人从未停止对明的怀念并一直期待着它的光复。因此，在中国，起义反抗持续不断……

由此，朱迪特·戈蒂埃首先讲到了太平天国运动，但她给出了错误的、令人费解的时间定位——"二十多年前"（即1880—1890年左右），事实上太平天国运动爆发于1850年左右。以此为背景，她引出了反抗领袖——"Ron-Tsin-Tsé"，在作者笔下，他是"明朝汉人的皇帝"：此处极有可能是指太平天国的真正领导者洪秀全。如作者所写，他确曾建号称明，

① 载于 *La Revue des deux mondes*, 15 mars 1911, pp. 331–333。

但事实上，洪秀全生于广西[①]贫寒之家，是客家人。作者写道："反抗者取得了阶段性胜利，领袖在南京称帝。"这一说法并不准确但是确有其事。洪秀全确实自封为王，但是在1851年，即在1852年[②]反抗者攻下南京之前。总之，在清政府的统治下，他建立了叛乱政权"太平天国"，即书中的"太平天朝"[③]。随后是对起义的镇压：1862年，清政府得到了西方国家的支持，在其帮助下，清军平定了叛乱。如作者所写，洪秀全服毒自杀，1864年南京被收复。在前言中，作者把太平天国运动描写成明朝后人、汉人的合法反抗，将其归为政治、朝代、种族斗争，从未触及起义根源及其思想领域事实上更为复杂的细节。

随后，作者选择在中国历史中继续她的故事，讲到了近代人物康有为：

> 几年前，一位透着新中国气息的杰出人物，希望能和平实现敌对双方的真诚和解。（当然，他还有其他梦想，比如建立"世界大同"。）

---

① 疑说法有误，一般认为洪秀全（1814年1月1日—1864年6月1日），原籍广东嘉应州。清嘉庆十八年十二月初十生于广东花县（今广州市花都区）福源水村。——译者注

② 疑年代有误，一般认为1853年3月太平军攻入南京城，改名天京，定为都城，正式建立农民政权，同清朝对峙。——译者注

③ 原文：Empire de la grande Paix Céleste。——译者注

1898年6到9月，在光绪年间（1874—1908），这位文人改革者因试图推行“百日维新”而闻名。此处，作者似乎对康有为的改革提议有所了解。她提到康有为梦想世界统一，而我们知道在《大同书》中康有为确实提出了“大同”理论，他还设想国家消失后，人类生活在和谐统一的社会中。

Kang-Yu-Weï, le « Confucius moderne ».

康有为肖像（1858—1927）
（《画报》1898年12月10日）

朱迪特·戈蒂埃还知道，尽管慈禧太后反对改革，但在1898年，康有为仍成功突破了阻碍，接近了“傀儡皇帝”——光绪。随后她解释说，康有为辅佐光绪夺回了政权：

> 于是，有名无实的统治者觉醒了；他深为这些颠覆性的思想打动，他愿闻其详，召见了改革者；瞬间，他就折服于伟大的思想家；康有为成了他的心腹重臣，在康有为的支持下，他终于重新夺回政权。

1898 年的这段时期对应“百日维新”，在康有为和现代化支持者的推动下，革新浪潮澎湃而来：兴修铁路，改革官制和军队，设立京师大学堂……作者指出“我们的故事正是发生在光绪年间”，却略去了（或可能是有意为之）慈禧和保守派大臣们的反应，袁世凯叛变后，1898 年 9 月 21 日，慈禧颁布政令，逮捕了维新领袖。

确定剧中事件的发生时间明显是困难的。由于错误或矛盾，很难在中国历史中定位作品：剧中发生革新的 1898 年，晚于太平天国运动和 1864 年清军夺回南京；出版时，相较义和团运动和之后的 1911 年辛亥革命，剧中事件又已成为过去。尽管有这些疏忽，但剧中人物还是历史人物：有光绪帝，他在同一个时代吸引了维克多·谢阁兰创作了《勒内·莱斯》（*René Leys*）和《光绪别史》（*Le Fils du Ciel*）；还有康有为，光绪帝的大臣兼顾问，在剧中名为“林井”[①]。与他们对戏的是其他虚构人物：南京的起义者，尤其是太平天国皇后（可能是洪秀全的妻子）[②]和她的儿子，所谓的明朝帝室之胄、未来皇帝——“春子”[③]。如此一来，剧作既上演了皮尔埃·洛蒂

① 原文：Puits-des-Bois。——译者注

② 两位作家虚构的故事可能是将太平天国领袖洪秀全与明朝皇帝混淆于一身。——译者注

③ 原文：Fils du Printemps。——译者注

式的异国之梦，又透过朱迪特·戈蒂埃漫不经心的风格，讲述了文学和历史。

以下是这部政治爱情幻想剧的情节简介。光绪帝化装成太平天国的封王，由心腹林井陪同，秘密来到南京，想与不知情的皇后及其儿子会面；皇帝想要认识自己的对手，并欲以联姻达成和解休战：清朝皇帝和“明朝”皇后结合……“大同”重现；以反抗者的身份，光绪见到了洪秀全之子，孩子的善良和友好打动了他，让他萌生父爱；很快，他被皇后召见，竟然对她一见钟情！然而，在第三幕，当清军准备攻打南京和皇宫时，被反叛者们称为“篡位者”的光绪，没能说服皇后投降保命。幸存的起义者拒绝投降受辱，高歌皇后之德，纷纷自尽；而皇后选择自困于祖先的陵墓。在血与火的灼烧中，和解计划失败了，但《天之娇女》的两位作者给剧中人物留下了最后的机会：一条秘密通道，或许能从坟墓通向自由。

如此，在史实基础上，朱迪特·戈蒂埃构建了似是而非的戏剧情节。作品上演了异样的糅合。其中，我们能辨出近代中国史实的清晰痕迹，会发现通常不为法国读者熟知人物和细节；同时，还能看到洛蒂和朱迪特·戈蒂埃都钟情的异域中国的诸多方面：园林、荷花、腾龙和祥凤……这部副标题为“中国戏剧”的作品带有浓郁的东方气息，但在排演上却完全没有借鉴亚洲戏剧，甚至不行中国古代礼仪。很快，皇后这个人物就摒弃了礼节仪式，声称要超脱于此，这一转变使得表演得以遵循西方模式，不过还是保留有几个让受中国皇帝接见的欧洲人惊异的跪拜。

无论如何，突出的女性角色主导了整部作品：除了皇后，还有很多侍女，如“樟树”“金荷”和“静雅”。为了突出她们的戏份，朱迪特·戈蒂埃加入了爱情元素，设计了情意绵绵的对白，虚构了成群宫女，还有皇后由倾慕者追随的浪漫场景。爱情情节有时也会伴有诗歌：在第三幕，皇后令人念了一首献给清朝皇帝的诗，其风格让人联想到《玉书》中的个性化翻译。主角当然是女性：太平天国的“皇后”——这位反叛的巾帼英雄，作为戏的主角，几乎一直在舞台上。因为，建议了创作主题的女演员莎拉·伯恩哈特对剧作者的首要要求便是为她保留戏份，她扮演的人物将会一直在舞台上，尽管最后，这位著名的女演员因为需要头戴黑色假发出演而拒绝了角色。这里，也应想到历史人物慈禧，西方人曾长期为之着迷。1898年“百日维新”失败后，慈禧太后重掌大权，虽从未有“女皇”称号，但直到1909年去世，她一直掌握皇权。剧中，光绪也暗示自己受到监视，小心谨慎才得以离开紫禁城，但从未提及慈禧。经常见诸西方报纸的慈禧，在接下来的十年还将吸引公众注意。创作过几部中国题材的幽默小说作家夏尔·佩蒂（Charles Pettit），1928年出版了慈禧的传记小说[1]，颇受欢迎。

《天之娇女》从未在法国公演。但作品曾被译成英文，题为 *The Daughter of Heavenn*，1911 年秋在纽约公演时，正值辛亥革命推翻清政府、结束封建中国。当时正在美国的皮埃尔·洛蒂，在观看排练和首演后分享了他的感受[2]，但由于观者甚少，纽约世纪剧院（Century Theater of New York）不久便停止了公演……母仪天下的皇后作为“天子”的对应形象[3]，在欧洲文学中也曾出现，这次能被翻译并远播美国，大多是洛蒂之功。如此，无论是小说还是戏剧，当女主角是中国古代女性时，她通常不是身卑命舛，就是光彩照人、位高权重：赛珍珠的作品亦是如此，在长期关注普通女性和农妇后，她也写作了一部慈禧传记——《帝王女人》（*Imperial Woman*），法语译名为《中国太后》（*Impératrice de Chine*，1956）。20 世纪的最后几年，在法语小说创作中，中国皇后角色仍显示了极强的生命力——在新近出版的作品中，我们还能举出山飒的《女皇》（*Impératrice*，2003），主角是唐朝武

---

① Charles Pettit, *La Femme qui commanda à Cinq Cents millions d'hommes, Tseu-Hi, Impératrice de Chine*, Paris, éd. Du Laurier, coll. «Les grandes figures», 1928, p. 316 .

② 参见 «Impressions of New York», in *The Century Magazine,* fév.-mars 1913, n° 4 et 5 ; paru in *L'Illustration,* 31 mai, 7 juin 1913 ; repris *in Quelques aspects du vertige mondial*, Paris, Flammarion, 1917, pp. 211–252. 同时参见 Agnès de Noblet, *op. cit*。

③ 参见 Yvan Daniel, *Paul Claudel et l'empire du Milieu, op. cit.,* p. 146 sq。

则天，或是伊莎贝尔·拉康（Ysabelle Lacamp）的同名作品《天之娇女》（*La Fille du Ciel*，1988），这些都是在法国各大出版社不断再版、被广泛阅读的小说。[①]

封建中国的某些特有主题和人物属于前文述及的传统中国，在21世纪初的文坛，它仍然活跃。1955年，当西蒙娜·德·波伏娃来到新中国并决定借此机会写作一部“中国纪行”时，她首要的、唯一的信念就是避开传统中国。

西蒙娜·德·波伏娃的“百花齐放时代”：《长征：中国纪行》

将随笔集取名《长征》，波伏娃当然暗示了1934年至1935年的红军长征；这一著名事件常被比作史诗，是共产党领导新中国历史上的标志性事件之一。但“长征”还标志着中国在工业技术、农业、政治和社会现代化进程中的困难与进步。正如波伏娃很快指出的那样，她的“纪行”将描写一个处于剧变中的国家：“实地考察这一变革的开始，于我是

① Pearl S.Buck, *Impératrice de Chine*, trad. de Lola Tranec, Paris, Stock, 1956. Ysabelle Lacamp, *La Fille du Ciel*, Paris, Albin Michel, 1988 ; rééd. coll. «J’ai lu», 2007. Shan sa, *Impératrice,* Paris, Albin Michel, 2003 ; rééd. coll. «Le Livre de poche», 2004. Isaure de Saint Pierre, *La Dernière impératrice,* Paris, Albin Michel, 2005.

波伏娃（Simone de Beauvoir, 1908—1986）

难逢的机会”[1]，在书的前言中她如是说。1955年9月6日，波伏娃和让-保罗·萨特（Jean-Paul Sartre）来到北京，行程六周，这是她唯一的中国之行。1955年，时任总理兼外交部部长的周恩来，向世界宣传“来中国看看”；应中国政府之邀，各国“代表”来华访问。波伏娃和其他各国代表受到了周恩来的简短接见，并在天安门广场上观看了当年的国庆仪式。作为正式来访的客人，波伏娃不得不参加既定的参观、会见和会议活动，对此她偶有抱怨。

当然，《长征》首先是介入性政治随笔，表明了对中国政府和中国共产党的绝对支持，作品论述紧凑、有理有据，支持当时尚在接受苏联援助的中国进行欣欣向荣的现代化建设。

尽管作品的基调是政治，但这里我们并不主要讨论政治。从本书的角度，我们注意到，作品仍暗含“中国见闻录”的模式。从文学角度看，在游记（部分属于旅游日记）形式的

① Simone de Beauvoir, *La Longue marche. Essai sur la Chine*（以下简称*LM*）, Paris, Gallimard, 1957, p. 8. 本书引用的是1969年版。

个人见闻基础上，波伏娃加入了多元化的个人观察和思考，因此形成了随笔风格。无论在记叙还是在之后的随笔中，第一人称“我”随处可见。作品结构沿用了之前介绍的“中国见闻录”的典型模式：部分章节介绍中国城市（第一章：“发现北京”，最后一章“中国的城市”）；其他章节涉及常见主题，“农民”“家庭”“工业”“文化”；余下章节政治色彩较重，如第六章“防卫斗争”和通篇介绍1955年国庆庆典的第七章。作品笔调相对自由和个人化，糅合了游记、当地轶事、政治评论及波伏娃的思考和各种观点（有政治性，也有哲学性、宗教性或个人见解），这一切或基于中国之行的亲身观察，或基于大量来源广泛的关于中国的资料。

因为时代背景和交流方式发生了显著变化，沟通手段本身也多样化了，直接接触成为可能。波伏娃的随笔参考了大量资料，资料出处大都明确注明，但仓促之余，并不精准。第一部分是西文资料：法文报纸上的文章或新闻随笔，作者通常是勒内·吉扬，或是皮埃尔和勒内·格罗塞（Pierre et Renée Grosset）[①] 等对共产主义中国怀有敌意的西方人。对此，波伏娃打算一一反驳。其他较专业的资料也有涉及，包括东方历史和法律方面的学术性或介绍性著作。出于某些原因，波伏娃似乎想极力避开法国文学参考（除了对安德烈·马

① Pierre et Renée Gosset, *Terrifiante Asie An VII La Chine rouge*, Paris, Julliard, t.II, 1956.

尔罗的参考之外），相反，她参阅了赛珍珠的作品，并多次引用，一些中国传统和现代文学作品也为她所用。波伏娃的中方资料通常是“官方”的英译本：她掌握的资料是由中国政府提供的，多是各类英文版杂志，比如《中国建设》（*China reconstructs*）[1990年更名为《今日中国》（*China Today*）]、《中国文学》（*Chinese Literature*）或《人民中国》（*People's China*）。她引用的中国文学作品都源于英译本，对某些作品的了解甚至仅限于英文“摘要”。此外，自然应考虑到波伏娃与中国的直面接触，与其会面的中国作家、翻译人员和教师中，有些人懂法语：尤其是她见到了翻译家罗大冈教授和他的妻子；在北京，她还见到了丁玲和老舍，和茅盾也有交流。

为驱除旧影像而作的“序”

《长征》的序言围绕两个目的展开：驱除旧中国投下的影像和梦幻，支持当今中国的政治制度。最终，这两个目的可能合二为一，这里吸引我们的是第一个。尽管至少在结构上，作品让人联想到其他随笔或“中国见闻录”，但在内容上，波伏娃似乎是处处留意，想避开所有意料中的场景和影像。当然，值得注意的是，和无数“中国见闻录”一样，写到北京，紫禁城是不能避而不谈的。异国风情的中国和传统中国的所有影像都是波伏娃不想触及的，因为正如波伏娃自己所说的那样，吸引她的中国是从安德烈·马尔罗《人类的命运》（*La Condition humaine*，1933）开始的中国。由此，在异国风情的中国和传统中国之后，"世界化中国"的时代到来了。但如何同所有旧影像以及它们的抵抗进行斗争呢？"人们在学文化的同时，还能得到政府提供的生活保障；将军和政治家是学者和诗人，这样的国家，梦想遍地[1]"。这句话不是出自朱迪特·戈蒂埃而是出自波伏娃，出发前，波伏娃根据她所了解的中国，有如上大概设想。改编自詹姆斯·希尔顿（James Hilton）的同名小说（1933）、由弗兰克·卡普拉（Frank Capra）指导的电影《消失在地平线》（*Lost Horizon*，1937）影响了波伏娃，她当时设想了一片"不真实"的土地：跃入眼帘的是亚洲中部香格里拉的景致，好比亚洲的伊甸园，政治制度上，波伏娃联想到法国社会主义者埃蒂耶纳·卡贝（Étienne Cabet）的《伊加利亚旅行记》（*Voyage en Icarie*，1840），认为中国会是另一个伊加利亚。詹姆斯·希尔顿暗示的异域乌托邦，经过弗兰克·卡普拉和埃蒂耶纳·卡贝的渲染，构成了一个虚构的、更不同以往的中国。然而，经过三十六个小时的飞行和中转后，真实的中国展现给波伏娃的，

① *LM*, pp. 8–9.

却是比她担心见到的传统形象更甚的情景。她坦言，一下飞机，就为“强烈的异国景象”震惊；离开机场几分钟后，她看到了农业工人并注意到，“他们戴着宽大的草帽，像极了典型的中国苦力，我很乐意把他们当作来向我宣告这就是中国的群众演员。然而，他们不是，那些古老的成见放在现在也不过时”[①]。应该承认事实，因为显而易见，“过去”的影子无处不在，新中国的建成不是一日之功。

不过，波伏娃在著作开篇就明确表示她要发现的不是历史和传统的中国，而是今日中国，是新中国：“我不关心古代中国。”波伏娃限于以她的文化背景和生活方式分辨过去，此时，她最大的困扰是定位时间和历史：“一面是蔡（陪同的中国政府翻译）坚决否认的、具有迷惑性的过去，一面是难以预见的未来，现在似乎很难界定。应该立足何时看待中国呢？”当波伏娃再次提笔时，老生常谈的异国影像带来的震惊和短暂的不快消失了。当她身处北京的胡同，作品像是首先展现了一幅异国画卷：“接着出现了几家店铺，橱窗上写着鲜红的中国字；红色军旗上写着黑字，用作招牌……”这时，蔡插话提醒说，根据“计划”，这一街区将被拆掉，波伏娃立即回应道：“我感到宽慰。这种对传统格调的蔑视，对未来的信心，让我相信我确实身处一个进步的国家。”关于科技

---

① *LM*, p. 10.

和政治的描述预示着古代中国的消失。波伏娃明显支持摒弃中国传统文化，照官方的说法是打倒“孔家店”。然而，面对一个新近重建的街区，波伏娃又忧心忡忡地问道：“灰色胡同被改建后，整个北京会不会都像这条大街一样？”这里，放弃欧洲人对中国的评价和印象，也就是放弃对古代中国的怀念。这就是为什么波伏娃极少参考西方文学作品：在20世纪50年代的西方文坛，除了在赛珍珠和马尔罗的作品中，还能在哪里找到当代的、活生生的中国呢？他们在20世纪20—30年代的作品中揭示或提到了中国最新的发展和一系列不为西方人所知的事件。

尽管障碍勉强得以清除，但前言中的计划仍显得过于雄心勃勃：《长征：中国纪行》的目的不是“描写”中国，而是要通过实地考察处于剧变中的中国，“发现”并“解释”它。在注意波伏娃政治评判意图的前提下，本书限于探讨作品对中国文化领域的发现。在某些领域，波伏娃赞赏中国人民的组织和意愿，但在文化领域却尤为慎重。当她审视传统思想或接触中国现代和传统文学时，她并不只敏感于新兴的、马克思主义理论模式下的评论——由此她发现了马克思主义文学，她也融合西方逻各斯理性中心论，即波伏娃所谓的西化标准，来进行评判。

《长征：中国纪行》中的中国文化

波伏娃的随笔涉及大量的文化和文学内容，第五章“文化”更是专注于此。同其他大部分章节一样，这一章是从“自省”式的历史回顾开始的：在文化领域，最先被提及的是道学和儒学，不过是在介绍“反迷信斗争”时间接提及的。这两者和下面将提到的佛教被认为是“中国宗教的内容”。儒家思想与民间道教活动一样被列为迷信，因为波伏娃认为“神学手册”《易经》是“儒学最著名的著作”。[①] 构成今天我们习惯称之为“中国思想”的各家哲学全部被认为是诸说混杂“迷信”：“宗教……集合了祖先的信仰、泛灵论、道教神论、佛教的天堂和灵魂转生论。”[②] 在“宗教”一词下，波伏娃汇集了中国思想各家流派和佛教，汉学家马伯乐在当时新出版的几本著作中也是如此定义的。无论在民间还是在上层社会，这些信仰和信奉活动都被判为是对“新社会的颠覆”。

对儒学的批驳是最严厉的：这种康德式的个人牺牲将人置于“完美人格”的模式下，波伏娃进一步解释说，唯一与康德不同的是，孔子的理论基于“封建”社会背景，而康德是在“资本主义社会”中考量个人。照此分析，儒学为了国家和社会的利益，牺牲人的个体、人的自由、人的生存，这

---

① *LM*, p. 222.

② *LM*, p. 228.

实际是一种“开明专制”，在儒家礼法中被定义成“士人道德”[①]。正是由于儒学在根本上维系传统和社会结构稳定，古代中国在社会、政治和科学上才停滞不前。以上所有内容都源于波伏娃对儒学“经典”引述的评论，她并未标明引用的出处，但它们都出自顾赛芬所译《四书》中的《中庸》[②]和《论语》。中国古代儒道结合的社会理想在著作中被定义为“中庸”，类似“恰适道德”[③]。中国和西方的古代思维模式明显是相近的。联系贺拉斯《歌集》（*Odes*）中常被译为“正中”的“aurea mediocritas”，再思考《中庸》的前几段，或许可以解释“中庸”的含义。这就是为什么在译作中，顾赛芬用相近的表达来言简意赅地翻译原文：“L’homme vertueux reste dans l’invariable milieu; celui qui n’est pas vertueux s’en écarte.[...] Se tenir dans l’invariable milieu, oh! c’est la plus haute perfection! Peu d’hommes sont capables de la garder longtemps.”[④][⑤]此外，在《长征：中国纪行》的第六章，在界定易与“拉丁传统”混淆的道家隐士理想时，再次出现了

① *LM*, p. 256.

② Séraphin Couvreur（trad.）, *op. cit.*; 可参见，例如 *LM*，p. 257，波伏娃评论《中庸》时引用的顾赛芬译文。

③ *LM*, p. 262.

④ Séraphin Couvreur（trad.）, *op. cit.*, pp. 30–31.

⑤ 对应内容为：君子之中庸也，君子而时中；小人之中庸也，小人而无忌惮也。（……）中庸之为德也，其至矣乎！民鲜久矣。——译者注

“逍遥中庸”。在波伏娃看来，封建中国理想的“中庸”是道家思想被儒家纲常礼法削弱后的产物，换句话说，道家先哲就像是只愿意管理自己园地的罗马人。

总之，相比儒家道德，道家思想受到的批评相对温和，但评论仍显空泛。在定义道教时，波伏娃沿用了1862年德理文在文选评论中选用的“一种寂静的神秘主义”。“道家之祖”一词的出现，表明波伏娃可能读过戴遂良的《道家之祖》(1913)，但我们并未读到任何道家思想的详细定义。道家思想被列为“崇尚自然的无政府主义”[①]，被认为推崇个人主义而有碍进步。当然，波伏娃还提到了1919年五四运动后道家思想的复兴，同《西方的诱惑》中马尔罗的论述一样，波伏娃认为道家思想是当时的一种解困之法或是对儒学社会形态的反应。这一既不涵盖社会历史也不论及社会阶层的思想，在新中国找不到任何回响。波伏娃不接受儒学是出于政治倾向，而不接受道家思想就像不接受封建中国的旧式礼仪形式一样，是出于个人选择：它们让她感到恶心和厌恶。写到北京时，波伏娃曾说：“每次读到将人体比作宇宙的道家言论，我都毫无好感。看着金水河，也就是天河——即我们的银河——我也同样觉得厌烦。”[②]波伏娃多次提到的道家宇宙观和道家修行，同马伯乐的描述一致，尤其接近戴密微对马伯乐在《中国

① *LM*, p. 261.

② *LM*, p. 62.

宗教和历史遗稿》（*Mélanges posthumes*，1950）中观点的整理叙述。在北京的博物馆里，面对唐宋绘画，波伏娃感到失望，这也归咎于“宗教”：“我承认，除了最开始的几幅作品，这一艺术还是让我心神愉悦的，但它受制于中国宗教和神话内涵的贫瘠，毫无深度”；相反，基督教艺术“激发了……对人和人类经历的关注”。[1] 总之，在波伏娃看来，中国传统文化首先是非常缺乏人性的：儒家的人道主义是少数精英的特权，道家由于重视自然世界，从而显得人性不足，但其实波伏娃从未真正分析道家思想。

波伏娃的分析基于西方人的东方研究，她引用并评论其中传达的中国传统思想。同时，《长征：中国纪行》也包含五四运动后中国人的评论：从孔夫子的传统文化到“文学革命”改革文章写作和胡适的宣言，转变过程构成了第五章中“文学”部分的内容。由于对重新界定小说题材的贡献，鲁迅受到了波伏娃的推崇。来到中国前，波伏娃似乎没有读过任何中国文学作品。因为她引用的都是在中国才接触到的马克思主义经典。某些因政治原因而被反复重读的作品也受到了高度评价，如吴敬梓讽刺儒家礼法社会的《儒林外史》；其他更著名的作品也被再版并重新评价，如经典小说《红楼梦》。但和之前的情况类似，对于这两部作品，波伏娃不是仅读了

---

① *LM*, p. 342.

英译本的几个片段，就是只限于手头的英文简介或评论。此外，《中国文学》上的文章常被参考引用。

波伏娃想首先了解文学现状，因为中国的文学创作与近代历史密切相关。在介绍和分析中国形势时，她参考了某些文学作品中的相关内容。波伏娃解释说，“在一个文学服务于政治的国家，文学内容仍具有指导性。”[①]当然，之后，她也多次批评其中充斥着夸张的英雄主义和乐观主义。在“农民”这一章中，波伏娃大量引用了丁玲《太阳照在桑干河上》（1948）中的相关内容，用以分析20世纪40年代土地革命对农村社会的影响。之后，她还节选了周立波同一题材的《暴风骤雨》（1949）。在“家庭”一章中，波伏娃也同样参考了几部文学作品[②]：王实甫《西厢记》和曹雪芹《红楼梦》中的传统家庭与新中国提倡的新式家庭对立——两者的决裂始于五四运动，文学上的标志是1933年巴金《家》的出版。尽管波伏娃认同所引用新近文本的“参考价值”，但她同时也批判了小说的千篇一律和她称之为“全面英雄主义”的大潮流。她向茅盾表明了自己的看法，后者“谨慎”地回答说这种文学“还处于初期阶段”[③]……

像这种文学一样，中国被当作一个全新的国家来介绍。

① *LM*, p. 201.

② *LM*, p. 125.

③ *LM*, p. 307.

这个国家承认自己的过去，但拒绝在过去的基础上构建社会和政治组织，进行文化、科学和文学活动。《长征：中国纪行》意在说明中国在短短几十年间就断绝了与古老经典文化“传统的一脉相承”，这是和西方不再受益于古老荣誉的现代希腊“同样的决裂”。从此，在波伏娃笔下，真正衡量中国成长的，不再仅是社会主义革命，更是“西化”[①]程度。波伏娃注意到的或者期待的，都是西方模式下的进步：同科学和技术领域一样，艺术领域也应弥补相应的落后。在歌剧和戏剧方面，由于西方模式尚待完善，因此中国还未真正出现任何新美学。波伏娃评论说：“当中国赶上西方后，才能尝试走得更远。”在造型艺术方面，中国艺术家正在逐渐掌握油画技巧，传统绘画和书法都被抛弃了。对于汉字拉丁化，波伏娃和当时的中国政府有同样的公开立场。1956 年，文字改革委员会计划除在大学或研究机构外，永久废止汉字使用，就像拉丁语在欧洲一样。[②]整部《长征：中国纪行》描述的是当时活生生的中国，正如波伏娃在结论中所说的，古代中国的位置静止于博物馆里，为的是让人不要忘记昔日帝国的社会

① *LM*, 参见第五章的结论，pp. 351–352。

② 《中国文字改革委员会给第九届国际青年汉学家大会（1956 年 9 月 2 日—8 日）的一封信》[*Lettre de la Commission de la réforme de l'écriture au IXe Congrès des jeunes Sinologues:2–8 septembre 1956*）（datée du 2 août 1956），trad. de Paul Demiéville, in *T'oung Pao*, vol. XLIV, livres 4–5, 1956.]

“气候”:“这并不令我遗憾”[1]，波伏娃如是断言。同年，当艾田蒲对新中国的文化政策表达保留意见时，波伏娃激烈反驳，说他把自己当成了“夫子”![2]

作为《第二性》的作者，波伏娃在给出批判封建中国社会形态的论据时，自然会重点揭露女性的生存状况。赛珍珠的作品正是在这里有了用武之地。通过赛珍珠，《长征：中国纪行》得以完善，并和其他几部文学作品一起，共同将中国女性的历史与西方女性的历史联系了起来。作品中多处对封建中国的批判都出自赛珍珠的自传《我的几个世界》(*My several Worlds*，1955) 及其小说中的相关内容 (波伏娃引用了《大地》[*The Good Earth*，1931])。1892年，三个月大的赛珍珠随新教传教士父亲来到中国，并在这里长大。在自己的随笔和小说中，赛珍珠也曾揭露过中国女性的生存状况和中国的家庭结构。在《长征：中国纪行》中，她的作品片段不仅揭示封建中国及晚清中国女性的地位，还揭露杀害女婴、缠足恶习、女性弱势处境以及“婆婆”在传统家庭中的角色……对于新近事件，波伏娃参考了20世纪30年代的作品，主要引述了奥尔格·朗 (Olga Lang) 和汉学家及法学家让·艾斯卡拉 (Jean Escarra) 的说法。在写作方法和方向

---

① *LM*, p. 463.

② René Etiemble, «La Chine communiste devant son héritage culturel», *in Connaissons-nous la Chine?,op. cit.*, p. 158 sq.

上，比如当需要考察遗产历史或寻找确凿的数据支持时，著作体现了波伏娃《第二性》的风格。在波伏娃的描绘中，中国第一批女子学校始建于19世纪60年代西方人到来后，学校建立时很低调，与封建中国不接收女学生的传统教育相比，仍显得突兀。波伏娃引用了各类古代文本，比如顾赛芬翻译的《礼记》，用以介绍儒家对女性三从四德的要求，同时也引用了中国19世纪罕见的“女性主义小说”——李汝珍的《镜花缘》（*Les Destinées des fleurs dans le miroir*）：小说设想了一个“女儿国”，因而在新中国受到了推崇。在对中国女性生存状况的分析中，我们再次看到了慈禧太后。在第一章“发现北京”中，已经提到过慈禧，她的名字被写成“Ts’eu-Li”，用以回味“饰有祥凤和腾龙的建筑”，但她已不能再让人产生“任何想象”[①]：此处体现了波伏娃著作出人意料的特点，虽然它旨在否定旧影像的意义和魅力，但是又会让其忽而显现。在《家庭》这一章中，这位曾经让19世纪的欧洲人萌生好奇又为之着迷的人物，最后一次被提到：

> 在中国，在个别情况下，某些上层社会的女性和地位显赫的妃嫔，可以享受一定的独立；皇帝的宠妃尤其是太后——其中最著名的是慈禧——可以掌握大权。然而这些

① *LM*, p. 61.

零星的例子不过是茶余饭后的谈资。对中国女性的压迫，既写在了书页上，也存在于实际中。[①]

接下来，波伏娃讲述了从1919年到20世纪50年代颁布法律期间，中国女权运动的历史。波伏娃以女性问题结尾，表达了她的希望：愿今天的中国年轻女性“有一天能够真实记录她们正在经历的时代”[②]。女性解放问题构成了《家庭》这一章的主题，《长征：中国纪行》因此也算是为《第二性》补编了中国篇。

我们所说的“中国见闻录”，是指结合了个人游记和大量阅读感想的作品。这类作品在题材上难以界定：除了个人游记和随笔，还有自传的某些特点，像是旅行日记或纪实报道。由于大量使用学术性参考资料，又经常采用半学术化的写作方式（比如广泛使用严肃的章节标题，或有大量的参考书目），从而赋予“中国见闻录”一类的作品某种权威性，或许也会增加作者的权威性。叙述或旅游日记的内容都源于作者经历，因此在“中国见闻录”中，个人因素显得尤为重要。但在波伏娃的作品中，轶事和个人因素很少出现。与其他作者不同的是，波伏娃对古代中国毫无兴趣，新中国也远

① *LM*, p. 127.

② *LM*, p. 151.

未激起她的热情；她观察中国，并让人预见了危机。“中国见闻录”的特点之一是与逗留或旅行期间的现时事件密切相关，因此，书中提到的事件和日常信息很快便会过时。然而，就其涉及的年代来看，这些作品与历史相比显得尤为真实深刻。保罗·克洛岱尔的中国见闻录展示了摇摇欲坠的清朝末年经济和文化旧制度的解体；《长征：中国纪行》描绘了20世纪初开始的文化和精神断层引发的长期危机中的一段过程。

“中国见闻录”的作者当然不都是女性，但1983年，确实是一位女性——法比恩·维迪尔（Fabienne Verdier）抓住了中国相对开放的机会，来到中国短暂居住。作为书法家和画家，她创作了重要的书法作品，还写了类自传体游记《沉默的女过客》[①]（*Passagère du silence*，2003），这是一本新的中国见闻录。1976年，毛泽东去世后，邓小平主持工作，他发起了“思想解放运动”。经历“文化大革命”浩劫之后，相对自由的言论和探索重新得到公开支持；不再坚持共产主义的普遍性和统一性，中国特色得以提出。[②]中国开放后，长期居留被允许，从而成就了这部介绍如何“入门”博大精深的中国文化的作品。作品记录了作者在运用语言、文字，掌握

---

① 着重参阅 Fabienne, Verdier, *Poésie chinoise*, texte de François Cheng, Paris, «Les Carnets du calligraphe», Albin Michel, 2003 ; *L'Unique trait de pinceau*, Paris, Albin Michel, 2001。

② 参见 Zhang Chi, *op. cit.*, p. 162 sq。

中国艺术方面的成长，同时也是关于绘画、书法和诗歌的随笔。法比恩·维迪尔的写作方式回应了“寻根运动”，在当时的中国，很多作家和知识分子都致力于此。[①]

---

① 本章由马丽娜完成译文初稿，特此致谢，译文后经多次修改审订。——译者注

第三部分　激　启

第七章　安德烈·马尔罗:《西方的诱惑》

子曰:"巧言令色,鲜矣仁。"

——《论语·学而》

西蒙娜·德·波伏娃以安德烈·马尔罗的小说《人类的命运》(1933)作为现代中国在法国文学中出现的标志。而我们则建议回到这位作家的一部早期作品中来确定这一新阶段的意义:"画屏式中国"是与18世纪联系在一起的,"俗约化中国"指的是中国沦为殖民地的一段时期,因为从1840年开始出现了一些与之前不同的新情形;最后的断裂出现在中国开始审视和研究外国文化的时候,也就是说清末或者1919年五四运动之际。这种精神对话成为安德烈·马尔罗的早期作品之一——《西方的诱惑》的主题。

《西方的诱惑》的缘起值得探讨,它在最初几易其名,这便是说明。1926年2月,当让·保兰(Jean Paulhan)[1]准备

① 让·保兰(1884—1968),法国作家、文学批评家,1925—1940年间主编《新法兰西评论》。——译者注

将其中一部分刊登在4月1日的《新法兰西评论》（*Nouvelle Revue française*）上时，与《中国人信札》（*Lettres chinoises*）这个名称相比较而言，马尔罗更偏向于选择以《一个中国人的信札》（*Lettres d'un Chinois*）为书名。之后，很有可能是由于一件文坛盛事导致马尔罗选择了后来的书名。当时，亨利·马西（Henri Massis）[①]的著作《捍卫西方》预告于1926年出版，时年二十六岁的安德烈·马尔罗希望能够利用上一个流行的主题所引发的兴趣。在达尼埃尔·阿雷维（Daniel Halévy）[②]主编的文学杂志《绿页》上——尽管马尔罗的著作后来并未在此发表——新书预告之准确详细令人惊讶："《西方的诱惑》，中国著作全本，上海—北京。"[③] 1926年7月，该书在格拉塞出版社出版时的信息证实了此书名属实，但略增细节："《西方的诱惑》（节选），中国著作，上海—北京。"[④]这本书并没有被介绍为是一本译著，但是书名颇有歧义，"中国著作"的提法引起了一个疑问，安德烈·马尔罗本人也并没有给予清楚的解释："如果把《西方的诱惑》的中文译本名称重

---

① 亨利·马西（1886—1970），法国文学史家和评论家。——译者注

② 达尼埃尔·阿雷维（1872—1962），法国历史学家和评论家。——译者注

③ 参见 André Malraux, *Œuvres complètes*（以下简称 *OC*）, sous la dir. de Pierre Brunel, Paris, Gallimard, coll. «Bibliothèque de La Pléiade», 1989, p. 912。

④ André Malraux, *La Tentation de l'Occident*, Paris, Grasset, 1926, p. 206.

新直译回法文，可能会出现《东方的方案》这样的名称。”[①]这是他在出版之际写下的一句话。事实上，《西方的诱惑》似乎直到2002年才被第一次翻译到中国，译者是四川大学的宁虹教授。[②]

安德烈·马尔罗在为期两年的印度支那之旅期间构思了这部作品，该书意义的模糊性在初版之时及以后一直存在，我们后来也会发现，模糊性可能源于作品的诸多参考文献。目前，我们可以声明的是，对手稿的研究确实发现一些书写在空白边页的片段，但是这些片段并不能构成一个“中国著作全本”，而且这个“中国著作全本”或许从来就不曾存在。这是一部法国人的著作，被一个懂法语的中国人翻译或编纂成了中文著作？还是应该把它想象成是一个懂法语的中国人的著作？读者很难断定……最早出现的书名——《中国人信札》或是《一个中国人的信札》——也是有意制造一种模糊性。而且，无论是书名还是书的内容，马尔罗的书作都与孟德斯鸠的《波斯人信札》（1721）遥相呼应。这一书信体对话作品确实以外国人的观点为重要篇幅（十七封书信中有十二封是中国人凌先生所书）。这一视角不是一个“亚洲人”或“东方人”的泛泛视角，在马尔罗的意图中，此人是

① André Malraux, *OC*, p. 113.

② 译文以《西方的诱惑》为名发表在余中先主编的2002年北京出版的《世界文学》杂志第284期上。

与法国人 A.D. 同时代的一个中国青年。这是第一次一部此类作品在法国文学界得到直接接受并吸引了读者的好奇心，尤其是因为它以中国思想为主题，却并非研究性著作，而是通信的旅欧中国人凌先生与旅华法国人 A.D. 分别在对方国家书写旅行经历互致信函。即使没有其他特点，仅此一点就足以使得《西方的诱惑》在法国文坛独树一帜。这部著作发表于《纸月亮》（*Lunes de papier*，1921）和小说处女作《征服者》（*Les Conquérants*，1928）两部作品的出版年代之间，在安德烈·马尔罗本人的全部作品中也显得独具特色。

《西方的诱惑》中的思想交流体现为断断续续阐发的泛泛思考。尽管可见通信的两位年轻人都从书本上了解对方国家，但是文中没有准确地引用任何一位中国的作者和文学艺术作品；他们的通信论及中国和法国（或者更广泛而言是欧洲）的精神和文化传承，尤其突出了它们之间的差异以及相互发现所带来的影响。安德烈·马尔罗选择了一些少有涉及的独特主题，并不局限于文学领域：古希腊、罗马与中国艺术中“和谐”概念的比较，对道家思想特点的定义，中国艺术中对裸体的排斥，中国人对心理分析的疑虑[①]，想象力的特点，等等。这些主题与宗教问题、“西方精神”的局限性等主题都可谓不落窠臼。此外，两位通信者还探讨了一些对中

① 弗洛伊德的学说在 1930 年开始被翻译到中国，不过，我们会看到安德烈·马尔罗的参引资料主要来源于日本。

国历史和传统带来巨大冲击的时事近况。一切时兴的争论都在这里出现。也就是说，书中的话题并不只是像人们以为的那样是一些显而易见的事实或陈词滥调。相反，一些在文学中不常见的思考主题时有出现，与中国传统思想或是变化中的中国思想（尤其是新近的政治和文化思想）密切相关。采用中国人的观察视角可以设置一个外在的批判距离，尤其是当安德烈・马尔罗以一种与感性思维进行比较的方法来评价逻各斯的可能性时，这种距离能够格外激发思考，在评论心理分析或类似俄狄浦斯情结等重要西方神话时也是如此。尽管如此，《西方的诱惑》这本书与其说是模糊不如说是难解，其实，总而言之，它尚未得到应有的评价。奥利维・托德（Olivier Todd）在为安德烈・马尔罗撰写的传记中写道："书的深刻含义常常未得到深入阐发，难以在文中自显"，他继而表示遗憾说："形式大于内容"，这本小书"只是仓促而就的草稿"[①]……达尼埃尔・迪罗塞（Daniel Durosay）在"七星文库"版的《安德烈・马尔罗全集》的一处评注中写道："相比较于内容而言，这本书的特色可能主要以其形式来衡量"，可是他又评价说，我们读到的"从某种意义上来说是服务于一种高尚思想的粗犷文字"。[②]总之，安德烈・马尔罗似乎只是局限于以巧妙的方式表达一些常见的思想。这种被赞赏的所

① Olivier Todd, *op. cit.* p. 92.

② André Malraux, *OC*, pp. 895，898.

谓“形式”就是“书信体小说”，但是又不够规范。双方对话的脉络是清晰可见的，即使读者并不能读到这场虚拟对话的全部内容，但是通过暗示和提醒，还是可以发现一些线索并能够意会到没有被直接表述出来的其他话语或建议。

我们之前已经指出《西方的诱惑》这本书的主要视角和涉及主题，这说明此书并不只是一个纯粹的写作练习，无论这个练习完成得多么出色。在我们的假设中，它的谋篇布局和不同寻常的风格不仅仅归因于那些常见的各种解释，比如说这是一部青年时期的作品，草率之作，精彩与失误同样明显……人们有权利认为这种书信体的随笔形式完全符合安德烈·马尔罗的写作意图。为了思考“西方的诱惑”，其实他想表达的是“东方的方案”，而为了赋予这种思想以一定的文学形式，当然首先要摒弃那种刻板的言论说辞，也就是说要选择一种更加有利于自由表达和交流的方式，即使会使意义略显晦涩。

香堡号轮船上的遐想

在导言之后，《西方的诱惑》的开篇是一篇独立的文章，以西方青年 A.D. 的语气写成，题目是《在香堡号船上》。这是一篇富有诗意的散文，描述了一系列视觉和幻觉印象——

安德烈·马尔罗后来在其他一些更严肃的篇章中也采用了这种写法。在客船甲板上，前往中国的旅行者的想象力随着船身和波浪有规律的节奏而驶向远方。宽阔的海面渐渐化为亚洲的中央平原。一系列中国意象随之出现，其中很容易发现19世纪中国的那些范式形象和情景，它们被召唤出来作最后的告别：妻妾成群、宫廷太监、魔术巫师、狐狸精怪、来自蒙古草原的商队、宝塔、江洋大盗、花鸟商贩、紫禁城和皇帝，等等。

> 在北方，洞察入微而又至高无上的皇帝独处紫禁城中最庄严肃穆的大殿里，他透明的手指伸展在辛勤劳作的中国大地上、在弥漫鸦片氤氲和充满梦幻色彩的中国大地上，这个身材高大的失明老者头戴着黑色罂粟花花环……更古老的影子，文武双全，那是唐朝皇帝们的身影；嘈杂的宫廷里，世上各种宗教各种魔法彼此交锋；道家思想家，被毛箭钉在墙上的皇后画像，佩戴马尾装饰武器的骑士，屡建战功的将军们——他们在北方大漠帐篷之下与世长辞，守护坟墓的只有他们的士兵和刻在散落石板上的马匹；悲凉的歌声，一排排矛枪，在寒夜里广袤荒凉土地行进的野兽的毛皮，在这古代文明征服世界的隐约激情中，我是否仅仅只能找寻到残存的遗迹？[1]

---

① André Malraux, *OC*. p. 63.

这是19世纪的中国。这个中国，“为人所知的只有美好的表象”[①]，辉煌的历史留下了深刻的烙印：大唐盛世，紫禁城中天子的威仪。然而，在1926年的时候，中国发生了巨大变化，末代皇帝在1912年已经退位，而中华民国临时大总统袁世凯为了个人利益的复辟企图已经失败。在1916年袁世凯死后，刚刚经历共和制度的中国陷入了军阀混战的局面。1919年发生的五四运动改变了中国，这场政治、社会和文化运动对巴黎和会上《凡尔赛条约》中西方列强干预中国领土主权并将之转让给日本的行径表示抗议，同时也把儒家思想作为过时的“宗教”或“迷信”一并打倒。陈独秀1915年创办的《新青年》集中表现了中国人对新思想的热情和对科学、民主政治制度的强烈兴趣。在胡适的影响下，中国文学也经历了革命，以白话文代替了传统的文言文。更近一些时候，1925年，反抗日本侵华政策的“五卅运动”在上海爆发，继而波及全国。不过，“香堡”号船上的遐思有意忽视这些社会动荡，安德烈·马尔罗直到最后几封信件中才对此有所提及，在后来的小说中有更多展现。现代中国的问题还没有触及，但是欧洲旅行者的形象已经出现，A.D.突然说了一句：“我的同族人乘着没有翅膀没有双眼的船而来。”“香堡”号船

① André Malraux, *OC*. var. p. 936.

上的遐想于是通过梦思建立了三个同时铺展的画面：第一个是小说中的画面，是 A.D. 在前往中国的客船上的旅行；第二个是诗意的画面，是西方人眼中停留在帝国时代的中国形象，难免老调，但也不乏魅力；最后一个是历史的画面，令人想起西方人在中国登堂入室之时的场景。这一梦幻式的前言与后面信件中凌先生的表述形成强烈反差。这位二十三岁的中国人（他出生于 1900 年或 1903 年的光景）在童年时经历了末代皇朝，在青年时期经历了近代中国的风云变幻。而且，如同儒勒·凡尔纳笔下的中国人物金福一样，他还是一个了解西方文化的读书人，尽管是《西方的诱惑》导言中所说的“书本式”的了解。因此，他后来表达的是他自己的思想，既不是一个盛唐时代的中国人（书中后一部分中传统文人王洛在某种意义上扮演了这个微妙的角色）的观点，也不是一个西方人的观点。虽然这个充满遐想的开篇信札影射的是陈旧的甚或古老的中国，安德烈·马尔罗想要引发的其实是两个青年人的对话。

尽管没有时间顺序，这一开篇书信及之前的导言介绍了一种变化的趋势。先是在闭关自守中经历朝代更替的古代中国，之后是东西方通过书籍和人员交往而彼此发现。作品中的书信来往与两位旅行者空间上的交换象征性地交叉对称：法国人 A.D. 写信给旅法的中国人凌先生，而凌先生则是写信给旅华的法国人 A.D.。在导言的末尾，安德烈·马尔罗揭示了转述这部信札的目的："（通过发表这些书信）我们希望能够描述两种文化气质，并且向那些即将阅读这些独特文字的人展示他们独有的感知和精神世界。"安德烈·马尔罗强调其写作计划的新颖性，他不会让一位漫画式人物或典型的"东方人"来代言，他说凌先生不是"远东的象征"，"他是中国人"而已。因此，该书没有成为论文或教材的宏伟抱负，也无意卖弄学问，并不致力于以历史、社会学或哲学角度分析"东西方"关系。不过，尽管这本书中只出现了很少精确的或高深的文献参考，"学究气"这个词还是曾经被用来形容它。书中没有泛泛而谈，而是让"独有的"感知和精神世界的思想自由表达。因此，此书的内容属于个人经历的分享，会调动人的感受和思考，并在一种新的环境中汲取意义。这一新环境当然指的是对世界上所有其他文化与文明以及各种思想的形式和运动的开放和发现：

> 然而，在这个世纪初，吞噬法国的既不是欧洲也并非过去，欧洲被世界所吞噬，这个缠绕着过去和现在的世界，还有以或生或灭的形式堆砌起来的、以沉思堆积起来的祭品……亲爱的朋友，这一正在开始的伟大乱象，便是西方的诱惑之一。（第十一封信，A.D. 致凌）

从一开始，"香堡"号船上的遐思便触及了这一系列闻所未闻、逐渐为人所知的世界："哦，种种发现……人类捕捉了一种又一种的形式，并将之蕴藏在书籍中，孕育了我的思想之动。"

《西方的诱惑》与"精神危机"

1926年7月出版的《西方的诱惑》融入了一场欧洲争论，即讨论（最广义也往往是最模糊意义上的）"东方"对西方思想和社会的影响，尤其是道德、宗教和文化方面的影响。但是，我们也会发现，与此同时，这部作品也融入了发生在亚洲——尤其是中国和日本——同样性质的辩论，也就是探讨西方人不仅在思想、科学或文化领域而且在日常生活中所产生的实际影响。

在欧洲，自从第一次世界大战以来，保罗·瓦雷里所断言的"精神危机"[①]引起了广泛关注。在这场争论中，正如我们前面所言，安德烈·马尔罗选择的是强调世界性原因，各种国外的思维模式与方式得到越来越广泛的传播，愈发明显

① 《精神危机》(*La Crise de l'esprit*) 首先发表于伦敦 *L'Athenaeus* 杂志1919年4—5月刊，后转载于1919年8月1日《新法兰西评论》，收录于Yves Hersant (dir.)，*Europes. De l'Antiquité au XXe siècle, Anthologie critiquée et commentée*, Paris, R. Laffont, coll. «Bouquins», 2000, pp. 405–414。

和清晰，为欧洲人的思想与感知提供了一系列新的“诱惑”或“方案”。亨利·马西的《捍卫西方》与安德烈·马尔罗的著作意图非常不同，但是在1926年的时候涉及了同样的主题（前者甚至更早，因为第一章在1925年的10月份预刊行在《万通杂志》[*La Revue universelle*] 上）。而在同一时期，德国哲学家赫尔曼·冯·凯泽林（Hermann von Keyserling）的著作也开始在法国流传，首先是在哲学界和知识界，后来得益于其《哲学家日记》(*Jonrnal de voyage d'un Philosophe*)[①]的法译本（1927）而更广泛地传播开来。亨利·马西提倡捍卫西方的知识、文化与宗教传统，也就是他文中所说的古代欧洲与基督教的体系与传承，而德国哲学家表现出更加开放的好奇心，至少是在他研究印度以及与印度教、佛教相关的思维和表达方式的时候。

安德烈·马尔罗的写作方式是作家的方式，在这一点上与评论家、哲学家有所不同，尽管他们之间可能有近似之处。《西方的诱惑》出版之际并未获得任何好评，作品似乎意义模糊，难以理解。在作品出版之后的半个月，安德烈·马尔罗试图在《文学资讯》[②]杂志上阐释自己的写作意图，在当时

① 《哲学家日记》出版于1918年，后于1927年被翻译成法文并在巴黎出版。这一译本被收入 *Hermann von Keyserling, Journal de voyage d'un Philosophe*, trad. H. Hella et O. Bournac, Paris, Bartillat, 1996。参见法译本（1927年12月）序言中赫尔曼·冯·凯泽林致亨利·马西复函，pp. IX–XV。

② 1926年7月31日《文学资讯》(*Nouvelles littéraires*) 杂志，André Malraux, *OC*. pp. 113–114。

正在进行的争论中，他的观点和阐述是审慎的。对中国文化的发现意味着可能存在迥异于欧洲的一些陌生的感觉与思维模式，然而却在艺术、个人道德、人与社会的关系等方面具有很高的价值。但是安德烈·马尔罗摒弃了亨利·马西的恐惧，同样也排除了赫尔曼·冯·凯泽林的某些狂热。他解释道，完全融合或吸收亚洲思想是不可能的，中国思想不是西方“效仿的榜样”。但是，同样不能有意忽视它，也不能以某种“理论”或“信仰”而排斥它，马尔罗认为如果这样便是“我们内心虚弱自信不足所致”。

确实，亨利·马西抵制“亚洲主义”，这个含义宽泛的用语概括了《捍卫西方》这本书中提到的各种思想潮流、运动和传统，其实它们也未必都是源于亚洲的。“亚洲哲学”在他看来“导致了人的个性的最终消解”，但是文中“亚洲哲学”“东方泛神论”或“亚洲主义”等表述所指代的并不仅仅是亚洲国家的哲学和思潮，况且人们对它们通常如此不了解而难以进行有价值的评判。它们更多地表现为一种本身难以明确的外国思想，在与欧洲思维方式或思潮的关联参照中得到辨析[①]，例如我们可以信手列举一些：不可知论色彩的相对论、进化论、决定论——加尔文和路德新教的某些教义以及一些“东方”信仰，悲观论、虚无论、寂静主义甚至

① 参见有关此主题的著作 Régis Poulet, *L'Orient, Généalogie d'une illusion*, *op. cit.* 1re partie。

是马塞尔·普鲁斯特或安德烈·纪德的小说创作，一切都以抵制“亚洲主义”的名义而被排斥。亨利·马西以同样的方式攻击被认为具有亲印度嫌疑（这一点尤其在叔本华或赫尔曼·冯·凯泽林的作品中）的德国哲学。实际上，亨利·马西遗憾地发现欧洲的殖民扩张在不知不觉中做了对自己不利的事情，不仅向亚洲人提供了传播文化的物质和技术手段，而且增强了他们传播自身文化的兴趣和合理性。因此，欧洲的殖民主义在某种意义上打开了一个奇怪的潘多拉之盒：它想要奴役的民族的各种形式的思想、信仰、艺术忽然间一起迸发出来。

亨利·马西则在自己的论著中认为德国和其他斯拉夫国家对“亚洲主义”侵入西欧负有责任，而赫尔曼·冯·凯泽林在法文版的《哲学家日记》序言中虽然对此有所表述，但是他与亨利·马西的立场是鲜明对立的。不过，《哲学家日记》主要是谈论印度的，几乎占据了四百页篇幅，是中国内容的四倍。正如人们所预料的那样，冯·凯泽林的兴趣主要指向儒家思想，他在尊敬儒家文化的同时也指出儒家思想过于“文化”，且不比印度之灵性。他很少提及道家学说，尤其是没有正确理解道家学说，比如冯·凯泽林断言中国思想与文化的形成和发展与自然界毫无关联，而且中国人的宇宙观对中国人的精神并没有产生任何影响！①

① Hermann von Keyserling，*op. cit.* p. 267.

《西方的诱惑》的参考文献

可以肯定的是，在很多方面，安德烈·马尔罗比上述作者所获得的信息更多。众所周知，他对亚洲充满兴趣，而且并不是从他的印度支那之旅（1923—1924 年）才开始阅读相关书籍的。从 1920 年开始，他便是巴黎吉美博物馆的常客，而且印度支那之旅本身是起源于他所读到的东方学家亨利·帕芒提埃（Henri Parmentier）的一篇文章——《因陀罗跋摩国王统治时期的艺术》[①]，它向未来的探险家马尔罗揭示了班蒂斯蕾古刹[②]的存在，它在 1914 年被法国殖民机构发现。正如人们可以想象的那样，在安德烈·马尔罗身上，东方主义与文学创作首先是通过一个阶段的旅行和冒险行动而产生联系的。他在印度支那的生活经历和丰富的活动也使得他与亚洲青年知识分子有所交流，尤其是那些与“安南青年党”有联系的当地青年[③]：凌先生和王洛的话语或许便烙印上这些

① Henri Parmentier, «L'Art d'Indravarman», BEFEO, vol. XIX, 1919. 关于安德烈·马尔罗在印度支那的经历，参见 Walter G. Langlois, *André Malraux et l'avnenture chinoise*, trad. J.-R. Major, Paris, *Mercure de France*, 1967。

② 班蒂斯蕾古刹（Banteay Srei）位于柬埔寨吴哥古迹群东北 21 公里，建于 10 世纪，其精致细美的壁画雕刻体现了吴哥古迹艺术的最高水平，也是古代柬埔寨艺术的巅峰之作，有“吴哥艺术之钻”之称。安德烈·马尔罗的考古足迹曾到达此地。——译者注

③ 参见 Walter G. Langlois, *op. cit.* p. 267。

不同寻常的谈话的记忆。

尽管《西方的诱惑》的导言中称法国青年 A.D.（如果将他与作者安德烈·马尔罗完全简单等同起来是不正确的）“对中国典籍有些许了解”，但是读者却没有发现任何明确的参考文献以及亚洲或中国作者的名字，也没有看到任何东方学家的著作或译作。然而，安德烈·马尔罗在 20 年代拥有一批业已更新的资料：我们知道他是《法国远东学院学报》的忠实读者，也完全了解东方学的最新著作。当然，有时这些书籍流传不广或甚至是孤本珍本，但是要知道安德烈·马尔罗 1919 年曾经在勒内－路易·道永（René-Louis Doyon）书店工作过，从青少年时期开始，他与路易·谢瓦松（Louis Chevasson）一起经常光顾塞纳河畔的旧书摊。他是否因此有机会翻阅过顾赛芬或是近代汉学家戴遂良所译中国典籍？实证可能很少，但是我们可以发现，在凌先生的信件中有四书五经和道家学说著作中的一套语汇，例如“和谐”“两极”“章”“易常”等。安德烈·马尔罗明显参考了道家哲学，这也是凌先生试图揭示和呈现的，但是并没有真正达到这个目标，“道”本来也是难以言明的。马尔罗在书中写道：“世界是渗透于一切事物的阴阳两极对立的结果。它们的绝对平衡便是无，所有的事物都产生于断裂而且彼此之间必然不同。”凌先生在第十二封信件末尾的一番阐述很有可能来自戴遂良或葛兰言的著作，或者是埃米尔·奥夫拉克（Emile

Hovelaque）的普及性读物《中国》（*La Chine*）中关于道家的一章，我们后文还会提到这本书。还有一些表述令人想到东方学家的研究，同样，人们本来期待的是前人常用的“先贤”或“哲学家”之语，而香堡号船上的遐想中忽然出现“道家思想家”这一名词。这些迹象，正如书中所有关于中国思想的段落，使得马尔罗阅读过戴遂良《道家之祖》的猜想显得比较可靠。“道的冥醉”一语（第十二封信，凌致 A.D.）不曾出现在耶稣会士笔下，但是可见于 1922 年葛兰言出版的《中国人的宗教》（*La Religion des Chinois*）一书中。在这部著作中，汉学家葛兰言承认道教思想尚“不为人知”，并在序言中解释说这就是他为何将“国教”——儒教作为研究的中心。在《西方的诱惑》中，“道”被介绍为宇宙观以及与之对应的人的生存方式，这也是耶稣会士汉学家译著中的观点；“道”也被介绍为一种民间会道，通过一些仪式性的巫术修行把信徒引向一种难以言明的“冥醉”之中，正如葛兰言在近期著作中所描述的那样。

为了真正认识安德烈·马尔罗著作的独特性，还要考虑另外一个可能非常重要的参考著作，它来自亚洲，更准确地说是来自日本：1903 年，一位博学且精通艺术的日本学者冈仓天心在伦敦出版了一部直接用英文撰写的著作《东洋的理想》[1]。他还出版了一本风格温和的《茶之书》（*The Book of*

---

① Okakura Kakuzô, *The Ideals of the East,* London, J. Muray, 1903.

Tea，1906），如今在袖珍系列书库中仍然可以容易地找到，与之相比，他的前一本书言辞更加激烈，并没有在出版方面获得成功。冈仓天心在《东洋的理想》中阐述了一个日本青年的原则与信仰：他出生于1862年，自青年时代起便经历了日本的现代化和吸收西学的时期。《东洋的理想》直到1917年才被翻译成法语[①]，此书书名很容易使人联想到安德烈·马尔罗对其著作中文译名的想象——《东方的方案》。《东洋的理想》这本著作对西方文明充满批判色彩，它的法文版发表于第一次世界大战期间，曾任法国驻华和驻日大使的奥古斯特·吉拉尔（Auguste Gérard）为其撰写序言。此书在巴黎出版时，安德烈·马尔罗只有十六岁，即使他不曾读到冈仓天心的书，他也肯定读过当时国民教育部总督学埃米尔·奥夫拉克的著作《中国》[②]（1920），该书出版的时候也正是马尔罗流连于巴黎各个书店的时期。

埃米尔·奥夫拉克将其中国研究分为四个部分：中国与欧洲（从外部世界看中国）；古代中国；中国的对外关系；新时期的中国（直到1917年）。据此，安德烈·马尔罗在他的著作中涉及古代中国的部分补充了有关道家学说的信息，但

① Okakura Kakuzô, *Les Idéaux de l'Orient*, trad. Jenny Serruys, Paris, Payot, 1917.

② Emile Hovelaque, *La Chine*, Paris, Ernest Flammarion, coll. «Bibliothèque de philosophie scientifique», 1920, p. 286.

是引起他注意的似乎主要还是书中引用冈仓天心的语句。这位日本作者确实一直是埃米尔·奥夫拉克所参考和引用的对象，尤其是当他根据自己的观察试图表达一个中国人的观点或意见时。当然要承认的是，埃米尔·奥夫拉克并没有选择一个对其母语文化充满敬意的人，而冈仓天心也声称他的观点为亚洲人所普遍认同。埃米尔·奥夫拉克本人似乎也同意这一点，书的谋篇布局体现了他对冈仓天心著作的重视。最大段的引言（长达好几段落）被安排在前言中，而且二人观点的一致性也尽现其中，题为《两种文明的反差：从中国看西方文明》[1]的结语亦是如此。

《西方的诱惑》中，凌先生的语气和对欧洲文明的不屑令人经常想起冈仓天心和埃米尔·奥夫拉克的态度，正如下面这段前言中的段落所显示的那样：

> 冈仓天心……谈及“对绝对和普世价值的热情，这是亚洲人种的共同财富，使得他们创造了世界上所有的伟大宗教，并且有别于地中海和波罗的海沿岸的海洋民族，他们更喜欢局限于个体、寻找生活的手段而不是生活的目标”。生活的目标，也就是生活的意义：确实，对于东方人而言，它包含了一切。唯有一件事情是重要的——内心

① Emile Hovelaque, *id*. p. 273.

> 的生活；唯有一种文明是重要的——情感的文明。其余一切皆是虚无。对他而言，我们如此引以为豪的物质文明算不上是一种文明，它没有为人的道德价值增添丝毫，恰恰相反。……对于西方人而言，社会的基本单元是个体，而自私是其努力的动机；东方人以家庭为社会单元，而他的生活原则便是为家庭无私奉献，其崇高原则就是为集体牺牲个人；西方人通过与同类人的竞争与斗争达到个人目标，而东方人的生活目标是非个人的，是一个种族的共同目标，是并不作细分的大一统目标，他愿意在其中消失自我。一个以行动为方式，一个以存在为方式；一个趋向科学与驾驭，一个趋向智慧与内心的宁静。[①]

这几行字充分展现了冈仓天心和埃米尔·奥夫拉克的声气相通，这也在某种意义上形成安德烈·马尔罗笔下中国人物的思想基调，甚至可以在其作品中发现一些化用的语句，例如冈仓天心把欧洲描绘成“智慧的野蛮”，凌先生所说的是“理序的野蛮”（第二封信，凌致 A.D.）。

埃米尔·奥夫拉克的《中国》完全建立在冈仓天心的话语体系基础上，对西方文明进行严厉声讨，他评价并赞同后者的言论。这种厌恶感，在《西方的诱惑》的主要人物凌先

① Emile Hovelaque, *id*. pp. 11–12.

生和王洛身上也可以看到：

> 人们还是应该读一读冈仓天心的这几页文字，他表达了一个东方人心中现代生活乱象所激起的悲哀和反感。诚然，他承认现代生活所意味的主观意志、努力和所包含的一切物质财富，但是他补充道："对西方人而言，这一切都可以是快乐的理由，也很难想象其他人会作他想。然而，中国会以它温和的讽刺把机器视作一种工具而不是理想。令人肃然起敬的东方仍然能够区分手段与目标。西方倾向于进步，可是进步又会指引到何方？当物质组织机构渐趋完善，亚洲在问，你们又会达到怎样的目标呢？"①

安德烈·马尔罗是不是在这篇论著中重新发现了他在印度支那或第一次中国之行时（1926年他在香港短暂停留）所交往的亚洲青年身上的气质？总之，以日本文献为参考的埃米尔·奥夫拉克的《中国》为他提供了颠覆性观点（此为《西方的诱惑》之特色）的重要来源。在1925年左右，因其个人经历、阅读思考和沟通交往，安德烈·马尔罗已经掌握一些必备资料，因而敢于想象和创作一个旅欧中国人的信札。

---

① Emile Hovelaque, *id.* pp. 275–276.

凌先生的信札

与冈仓天心同样严肃，但有时多了些高傲，安德烈·马尔罗笔下的中国人物在观察西方人的气质、爱情和宗教情感时，将他的论证建立在一些准确却令人痛苦的论据基础之上。在马尔罗的一张后来没有采用的草稿纸上，人们可以发现精神分析被加以嘲弄，凌先生以玩笑的口吻说道："你们以为是无意识范畴的领域其实算不上是无意识，因而你们在不断地挖掘。"[①] 他还给俄狄浦斯神话赋予了一个有别于古希腊悲剧或弗洛伊德精神分析的意义："斯芬克斯"与"龙"相提并论，它是"东方的镜像之一"；无论是在什么时间什么地点，"每当人向生活索要的比思想能给予的更多时"，它便会出现。（第五封信，凌致 A.D.）这便是凌先生的信札一针见血所批判的内容：欧洲文化在"感性"领域的缺失不会被"思想"或"理性"的能力所弥补。

从第二封信开始，凌先生将欧洲"精神"悖论地描述为"制造混乱的崇高神灵"，它不从全局去观察生活，而是切碎了现实和现象，自以为一切尽在掌握之中，并根据一个实际上局部性或有限的"目标"而故步自封。如同 A.D. 所承认的那样，此种思考方式想要通过确定一些能够"征服时间"的

① André Malraux, *OC*. p. 921.

“形式”来抓住事物的本质和“长久性”，但是这种精神上的尝试“只会在一个由它组织的世界里成为可能。它是自我加冕，而且把它不应该选择之物的存在化为虚无……”（第十一封信，凌致A.D.）相反，凌先生认为中国人的思想有利于形成一种更宽广的视野，因为中国人强烈地感觉到存在本身超越于个体行为，预感到在当时不受其驾驭的范围和行为构成了一些“无数的分支、一些可能实现或不能实现的‘可能性’”。凌解释说，这种“宇宙的不断变化”对亚洲人而言是一种“景象”。（第二封信，凌致A.D.）因此，世界不是像简单的“因果法则”（这是欧洲范式分析性思维的产品）那样可以被理性地再现的，世界是需要从全局去审视的，是不断变化的。凌先生在致A.D.的信中不无幽默地形象表达了欧洲人的思维及其在宇宙中的活动：“你们就像一些极其认真的科学家，细致地记录了鱼儿的一切动作，结果却没有发现这些鱼儿生活在水中。”（第十二封信，凌致A.D.）

凌先生曾经游历过雅典，当然想到这种“思维方式”的根源要到古希腊文明特性中去寻找。在他看来，正是希腊人将人与宇宙截然分开，并以人来衡量一切，他们的特点便是希望“以一个人的生命的长度与强度来衡量万物”。（第五封信，凌致A.D.）凌先生认为这种立场体现了西方人的“信仰”。他解释说，从这个角度而言，西方思维把宇宙简化为它自己的形式；而中国人则做了相反的选择，这就是为什么在他本人身上，“思想”与“感性”在存在的体验上是不分离的。这两种观察大千世界和时间的思维方式在《西方的诱惑》一书中时常被以动词的对立进行表述，凌先生写道：“时间是你们所制造的，而我们是时间所创造的。”在这里，我们可以再次发现“存在状态”与“行动模式”之间的区别，这自然是人们常常谈论的“东方”与“西方”之间的差别。不过，凌先生在此以一种看穿世相的语气断断续续地阐述了一些独特的意见：“你们几乎还不太明白为了存在其实不必要如此行动，而且世界改变你们远远超过了你们对世界的改变……”（第三封信，凌致 A.D.）

A.D. 本人也承认西方思维方式的局限性：

> 只要读一本心理学论著便可以感觉到，当我们想要理解我们自己的行为时，那些深入人心的普遍观点其实是多么错误。随着我们的探寻不断进步，它们的价值渐渐消失，而且我们会感到不解与荒诞，也就是说个体性的极端。（第十三封信，A.D. 致凌）

西方思维由于在分析过程中把存在分解为枝节，把现实简化为一系列在局部范围或有限链条上被研究的因果关系，集中于定义和分类并推而广之，所以它不能够把握事物与行为的特殊性。凌先生提出一个本质的问题：有何必要来采取如此严格有序的方式、如此以思维为主导、如此执着于区分差异和建立类型？这无非是为了表示自己对于把握特殊个体无能为力。甚至连A.D.本人也没有采用本来可以说明西方人思维有效性的科学技术这一论据，而凌先生只是承认这是一种“童话般的机械系统”，具有欧洲特色，并不认可其重要性。

凌先生在揭露西方理性思维大厦的种种疏漏时，有意更加表现出尖锐态度，提及了西方人的爱情观、宗教信仰和文学创作，而最后一方面从第二封信开始很快就被搁置一边，因为这是一种特殊行为。凌冷静地分析了男人与女人之间的关系，仿佛他并不理解欧洲人的情爱观念以及它的表达方式。至于宗教，在一封先是由凌签名但是后来又归于A.D.名下的书信中，A.D.表示它是可以与古希腊思想相提并论的，是保护西方人免受“现实世界各种纷扰”的“面具”。（第七封信，A.D.致凌）因为，与将人和世界分离的古希腊人不同，也与将人和上帝联系在一起的基督教不同，中国人愿意把人和世界联系在一起。凌先生坚持一种源于中国本土、结合儒家伦理和道家观念的思想，排斥佛教，认为欧洲人对佛教过于重视；而且归根结底，佛教尽管采取了与西方宗教相反的方式，结果还是殊途同归：

先生，我发现您考虑到了佛教，西方人给予这种宗教一种难以解释的重视。佛教法师有时会达到一种充满玄奥智慧的纯净境界，比你们的宗教更加感动我，我认为你们的宗教中存在过于天真的热情。但是佛教与西方的宗教落入同样的迷途。寻找自我与逃避自我是同样的缺乏理智。（第八封信，凌致 A.D.）

在欧洲，所有的精神大厦都服从于"理性"的桎梏，这种沉闷的努力遭到凌先生毫不留情的指责，而佛教至少是不受理性羁绊的："我认为你们对于一种普遍共识所命名的现实过于重视。世界是由这种共识创造的，也是你们所接受的，因为否认它意味着尝试者必须拿出极大的勇气，你们身上背负着这个沉重的世界。"（第六封信，凌致 A.D.）

基督教便迎合于这种"共识"，同时始终呈现自然界和人组成的这一现实世界的混乱和不完美。凌先生在第六封信中说："你们的宗教教育你们寻找世界，让你们强烈意识到世界的混乱本质。"安德烈·马尔罗在 1926 年 7 月 31 日《文学资讯》的一篇文章中同样清楚地写道："我们从基督教继承而来的人的概念是建立在我们对世界的混乱本质的强烈意识上的。"[1] 原罪的概念和《创世记》中的诅咒确实关乎人类以及西方观念中的自然世界。访问罗马的中国人凌以这个城市中

---

① André Malraux, *OC*. p. 113.

的基督教教堂——它的圆柱借鉴了古老的异教神庙风格——为例来说明基督教的紧张不安与“激烈情绪”承续了欧洲古代的“精神痛苦”与“纯粹焦虑”（第六封信，凌致 A.D.）。

西方文明被指责为忽视了自然界的和谐：凌在审视罗马的建筑与艺术时发现了一种“略显僵硬”的和谐，在雅典发现了一种“贫瘠”的和谐，因为它的单纯和谐“只是关乎人类的”（第四、五封信）。在他看来，中国思想正相反，是建立在大千世界的和谐基础之上的。这就是为什么中国人对于凌所称“外部生活”感兴趣，即自然界和动物。人与自然之间本是存在着密切关系，然而西方人还是希望以人为标准来简化这个世界。为了证明这一点，凌想到这样的例子：欧洲故事中的动物是使用人类语言的，而且在过去的欧洲，甚至有人在法庭面前起诉某些动物，认为它们犯下某种错误。在这里，马尔罗笔下的中国人物按照他的想象来表达讽刺和幽默：“这一做法是好的，我无法告诉你，你们取消了这一做法，我是多么遗憾。我在其中找到了象征，我再一次赞美显示你们与其他人种不同的秩序感，总之我在其中感到一种乐趣。”

凌先生然后自然地从他的自然观过渡到艺术问题：如果说欧洲的逻各斯精神根据形状来区分动物，中国人却不考察动物的“状貌”，而是“猫特有的灵活和轻巧动作”。中国艺术家感兴趣的不是形状的“线条”，而是体现在一些“特殊动作”上的形状与生命的关系。凌解释说，这些动作不能具象地表现在绘画中，但是可以以暗示的方式表达出来："这种暗示便是艺术的最伟大手段。"（第九封信）在安德烈·马尔罗勇敢表达中国艺术家的内在境界时，怎能说他本人不具备这种智慧的灵性呢？在书中另外一处，凌以另一种方式解释了中国人与这种构成现实的生命律动的关系：中国人对再现形式不感兴趣，无论是在哲学还是在艺术中，他的想象都是欧洲人所不能想象的：

> 无论这在你们看来如何奇怪，我要冒昧地说，中国人是不通过状貌图像来想象的。正是这一点是使他重视特性而不是人物形象本身，重视智慧而不是帝王本人。这就是为何他对于世界——一个他不想象其状貌的世界——的认识是与现实相符的。（第八封信）

在卢浮宫，这位在罗马和雅典已经感受到失望的中国旅行者不再表现出宽容。他宁愿去望着一扇打开的窗户，也不愿欣赏欧洲大师的绘画："整个下午，我看了卢浮宫的绘画。不过，我宁愿去看窗户外的景物，也不想看这样一个大杂烩！降临巴黎的这一丝淡淡的春意让我心情愉快。"（第九封信）

这里，凌对西方文明的攻击是猛烈和彻底的，不仅涉及作为理性活动的思维，而且还有感觉、爱情和宗教，以及与现实世界、艺术的基本关系。所有的西方价值观——奋斗意识、科学精神、宗教信仰等都被抨击或贬低，所有的局限和理论缺陷都被一一揭破或指责。在A.D.的反击中，他抨击了中国思想的核心部分，正如凌先生本人也曾做的那样：他所了解的中国思想“随意性”过强，只是一种“有德行的行为”（要知道，凌曾经用同样的话来形容古希腊思想），而且归根结底，这两种看法的其中一种并不比另一种更少“荒诞”。凌先生所言中国人的普遍想法、情感和对西方思维的排斥在A.D.看来是把人拉到了一个无法定义的世界，从某种意义上说，这是在接受一种“失去意识”的状态，也就是一种“死亡的美好方案”（第十三封信）。凌先生显然受到了刺激，他承认中国思想的“随意性”，也同意死亡的普遍存在，但这是为了重申意识的存在并且重新提出问题：

你们对这个你们一致同意称为现实的宇宙有何意识？是一种存在区分的意识。对现实世界的完整意识是死亡，然后你们理解了世界。可是你们对现实的意识是依据某种秩序的，也就是某种理性。这是贫瘠无力的理据，是无澜之水中的影子……新欧洲人的精神生活历史是以强烈程度不同的情感逐渐驱逐理性的过程。我看到所有这些人努力维持着这样一种人的存在，他能够克服理性思维和继续生存下去，而他在现实中所统治的世界一天比一天更加令

人陌生，这可能就是我从西方带走的最后一个印象。（第十四封信）

为什么文人王洛没有得救？[①]

在《西方的诱惑》出版之后没几个月，辜鸿铭的著作《中国人的精神》法译版在巴黎出版[②]，让人们了解到一个忠于传统的中国文人的观点。在这部直接以英文写就的著作中，辜鸿铭为后来受到冲击的儒家文化及生活方式进行辩护。他态度鲜明、气势坚定地（这种气势在马尔罗书中人物王洛身上已经消失）捍卫古代中国的价值观：经典传承、传统社会伦常、国家和家庭观念、一夫多妻、男尊女卑。在《西方的诱惑》中，传统中国的文人形象王洛失意于20世纪初的社会动荡与变革，以一种幽怨的方式谈到了几位在清朝覆灭和传统社会消亡之际以死表达不满的著名文人，例如梁巨川和王国维。

---

① 本书作者这里有意化用了法国20世纪作家玛格丽特·尤瑟纳尔（Marguerite Yourcenar）1936年出版的《东方故事集》（*Les Nouvelles orientales*）里中国题材短篇小说《王福是如何得救的？》（*Comment Wang-Fô fut sauvé?*）的标题。——译者注

② Kou-Hong-Ming, *L'Esprit du peuple chinois*, trad. de P. Rival, Paris, Stock, 1927.

A.D.与传统中国的“遗老”、一位具有传奇色彩的文人王洛相遇与交谈，书中此段描述与“香堡”号船上的中国观形成呼应，当然这里的描述不再具有梦幻色彩：王洛的真实讲述是回应凌先生的一种迂回方式，表现出中国传统思想所受近代社会变化的冲击。安德烈·马尔罗笔下的这位中国文人，以及他代表的阶层所支撑的封建王朝，都遭受了侮辱。别有深意之处是，他在上海星际饭店里一间充满西方情调的“英式客房”中接待了A.D.，身在故土，却似陌客。他眼中的国家已是大厦将倾，首先是道德的颓丧：至少是自从1919年五四运动以来，儒家思想已经“分崩离析”（第十五封信），随之而去的不仅仅是国家社稷和社会结构，而且还有个体的“情感方式”。王洛把儒家文化理解为“对世界的悠然征服”。他解释说，中国思想的特点就是拒绝将“思维建构方式”——这是从事物的固定本质出发进行定义和推理的西方逻各斯的特点——应用于世人，而是让人们自己关注并意识到去审视每个事物身上“最高尚的品质”。安德烈·马尔罗书中关于中国“对世界的悠然征服”的观念是与中国汉字的特性联系在一起的。根据凌先生的解释，正是中国汉字符号在同时兼具理智与感性的动作中把握现实世界与梦境的：

可能是表意文字的使用阻止我们去像你们那样分离意义与形式美感，在我们看来，它们始终是密不可分的。我

> 们的绘画，那些最美的绘画，并不模仿，也不再现，而是揭示意义。画中的鸟儿是鸟的一个特殊符号，这是画家和懂得绘画的人的所属，正如汉字“鸟”是一个公共的符号。我们的艺术现在受到你们的艺术的影响，表现为符号对梦境与情感世界进行悠然的、优雅的征服。（第十封信，凌致 A.D.）

这段对“表意汉字”文化的美丽描述与保罗·克洛岱尔《认识东方》中《符号的宗教》等散文诗篇章颇为近似。不过，《西方的诱惑》中所有对汉字、书法和绘画的表述不仅有对“符号”特点的介绍，而且表现出凌先生不仅对汉字的视觉效果十分敏感，且非常在意汉字自身蕴含的动感，一个对“形式美”敏感的人对此自有领悟。这种感觉也是与书写行为有着具体联系的：符号的意义与形式在运笔的动作、线条的顺序和书写的姿态中自然呈现。王洛用一种与凌先生非常相近的方式，把正在消失的儒家社会定义为同时追求“智慧”与“美”的“文化贵族”，书写和绘画的艺术化行为把文人特有的“精神气质”变成了一种“艺术作品”（第十五封信）。

这一消亡过程中的文化在新时期的政治运动或“宣传旗帜”中还存有一些“令人哀叹的碎片”：在20世纪20年代，安德烈·马尔罗笔下的人物就宣布这一文化已被摧毁。王洛仅仅以西方人的到来和中国向西方列强开放来解释这种破坏，却并没有指出这一封建帝制走向颓亡的任何内在原因。在与A.D.的交谈即将结束之际，他以一种黑色幽默的赌气口吻提出不妨以1860年10月18日英法联军洗劫圆明园的日子来替代推翻清朝的1911年10月10日辛亥革命的日期作为国庆节。不过，文人王洛对于历史和时事似乎都抱有一种不屑态度，他的主要言论涉及的是精神生活和气质情感方面。

> 然而，我们这里正在上演的是一出更加严重的悲剧：我们的精神越来越空虚……欧洲以为已经征服了那些所有穿上西装的年轻人。其实，他们是憎恨欧洲的。他们从它身上期待的是人们所说的“长技”，即可以抵御欧洲的方法。但是，欧洲尽管没有吸引他们，却影响了他们，不过只是让他们明显感觉到它的力量以及所有思想的虚无。（第十五封信）

王洛把亨利·马西在《捍卫西方》中对“亚洲主义”的抨击反而用之。一些论述中的基本语汇被借用——当然是有意为之，例如“空”或“虚无”等。因此，《西方的诱惑》表现出世界上此地或彼地坚持传统的人在相互指责，也就是说通过接触和交流去批判对方的文明与思想。

王洛的悲观主义和垂暮之感当然是传统中国的形象，“孔家店”自从1919年起已经遭受猛烈批判。可是，在这20世纪20年代，凌先生所描述的青年境遇显然是一样的，而且与老文人的表述部分相符：厌恶感、在动荡中发现新价值（科学、个人主义、青年、情欲……），还有因深刻不安全感而产生的焦虑。对西方思想的发现导致王洛、凌先生以及他们口中提到的其他中国人产生了一种《西方的诱惑》中西方人A.D.和中国人用同样语汇表达的感觉：大家承认并相互指责“随意性”及“荒谬”，以及相互接触和接受所导致的两种文化彼此相对化。所以，王洛的笑言多了一丝苦涩的感觉：

> 不幸的是，我们彼此理解；而且我们永远也不可能让我们这个不确定和追求无限的世界去符合你们那个抽象概念的世界。从它们的冲突中会产生一个崇高的任意性王国，正如一个冷漠残酷的神灵……（第十五封信）

在探讨了欧洲文化和中国文化的所有根本差异之后，两位通信者发现了自己以及彼此的危机，最终在同样的结论中达到一致。每个人都向对方揭示了“随意性”，也就是他们自己观念的不确定性。他们虽然都十分迷茫，但是都一致拒绝回到过去——这是不可能的回归，也不赞成以宗教“信仰”作为庇护——他们反对宗教的言辞如出一辙。因为，A.D.同样表示，对中国思想的发现已经揭示西方“精神”的焦虑和缺陷：

> 比王洛对我所谈到的中国青年人更甚，我们的思想也在消失为一具躯壳……我们以一种平静的悲哀意识到我们的行为和精神生活存在一种对立面。我们的精神生活如此激烈以至于不能归属于精神；西方人的精神了解自身的状态并且在空虚中旋转，这是一个溅有血斑的漂亮机器……我们的精神生活是最粗陋的，它的能量只能说明精神的随意性，而且不可能将我们从中解脱。（第十七封信）

独一无二的文体

尽管《西方的诱惑》这个书名经常被引用或借用，风行一时，但是要承认该作品的独特内容其实很少得到重视。对“西方精神”进行强烈质疑的论据有一部分源自马尔罗对普及化东方主义的思考——比如埃米尔·奥夫拉克评论冈仓天心的著作，另一些来自东方主义学术著作。此外，马尔罗与一些东方学家以及他在远东相识的亚洲人直接接触而产生的观点和分析也丰富了此书的内容。相反，人们普遍认为该书的风格“炫丽”，但是这个用词在这里并不完全是褒奖，它暗示一种为了掩饰贫瘠内容而追求效果的写作方式。

我们从介绍《西方的诱惑》的独特文体特点入手来深入

探讨安德烈·马尔罗文学创作计划的逻辑性：书信体的特殊写作方式在赋予作品现代性的同时，完全符合该书在前面所提的当时“东方”主题辩论中所要表达的意图和独特立场。《西方的诱惑》放弃了传统小说和文论随笔的形式，一开始就表现为一部“书信体小说”，但是并没有叙事线条，也没有具体书信日期，而是有意制造了一部不拘一格、不求系统的书信集。这种非典型的创作形式没有应用“逻各斯”这种“西方思维”，表现为评论中的论述话语或小说中运用的顺叙。在A.D.看来，“西方小说”难道不是“梦想要求理性接受其疯狂”的结果吗？（第七封信）《西方的诱惑》正如其书中的人物一样，对西方话语的形式特点表现出一种怀疑，它确实体现了凌先生所谓“不确定性”的所有特点：作品没有严谨的结构，尽管可见循序渐进；书信的撰写依据人物的来往、感想、随想等进行，完全自由，其间可见矛盾和重复。全书总体而言具有连贯性，但是由片段组成，其中的论述和论据给人一种不连续的感觉。书信体作品自然会出现信件交往之间的断裂，但是这种空白和省略看上去是有意为之。作品一开始便是一连串的省略号，这意味着一开始就是一次间断，而且读者始终不会知道这些从来没有署名的信件是否得到完整的转录。例如第四封信中的一些语句提到了一些并不存在的信件，这些“空白”、沉默或省略暗示了其他信件的存在。提到一封不存在的信，也可能是说明交流是“不重要的”（第六封信)。这个结构符合宏观考虑(“现实”或是“生活”),或是相反,符合凌先生和A.D.信中都存在的面对世界的意识“片段化”思考。这一结构给出了这样一个实例,即摆脱连续有序的话语逻辑要求的片段化对话仍然能够构成一个完全成立的内在连贯性,而且同时完成于“内容”与“形式”两个层面——如果这种区分是必须的话。

同样的自由也体现在断章式写作上:空泛和模糊的语句与一些言简意赅或出人意料的精彩语句间隔出现。有些语句看上去意义模糊,那是因为马尔罗选择了简短的表达方式而没有展开论述和阐释。这种情况是有意不作明朗的表述,例如A.D.在介绍“欧洲思维”时,仅仅说这是一种“与其说是思想不如说是一系列否定逻辑的精密体系”的思维方式(第十一封信),并没有准确解释这个重要短语的意义,它实际上是以断断续续的方式被加以阐述的。“欧洲思维”后来通过连续推进的方式得到定义,特别是关于逻辑思维以及它所导致的世界观。而凌先生的谈话不断攻击的也正是这种继承于古代欧洲思想和修辞的逻辑。我们已经指出这个人物经常采用的一些悖论方式,作品中还有其他一些类似的例子,尤其是他把西方学者描述成一个其本人逻辑的非理性牺牲品、一个疯癫化的“魔术师”(第八封信)。在两位通信者笔下不乏惊世骇俗之语,“西方的诱惑”,“刻意的粗俗”,“理序的野蛮”,中国“无须状貌的想象”等等,都是其中例子。悖论式表述通过打破语言习惯和语言所承载的习惯性观念证明了观点的颠覆性，它们常见于凌先生的信件中，而A.D.的书信更加严肃。中国人物在笔下同时通过悖论、嘲讽或反语以及辩论对“西方思维”进行批判，例如凌提及欧洲司法中人诉讼动物，以此趣事来说明西方人与自然界之间的荒诞和紧张关系。

这种写作具有自发不羁的风格，精心安排的文体具有暗示性和悖论性，却难免有晦涩之感。《西方的诱惑》采用了各种各样的参照和用典——历史的、文化的、宗教的、哲学的等等，它们多来自亚洲世界，主要是中国思想。对于此书所针对的法国读者而言，它们并未在书中得到充分的阐释：凌先生在第十二封信中论及道家思想时没有任何铺垫地就提到“阴阳两极”“平衡”及“失衡”“恒与易”等概念，可以说是以迅雷不及掩耳之势仅用两段文字概述了“远东思想家”的宇宙观。在其他主题方面，言简意赅的语句也同样使一个从未接过触亚洲、亚洲文化及近代历史的读者难以理解。有人曾经说，这部作品是安德烈·马尔罗从印度支那冒险回国之后而有意制造的文学事件，因此是以取悦为目的；实际上，这本书丝毫不是一篇易读之作，即使是“香堡”号船上的遐思中令人向往的气氛和意象是一种精心描绘，但也只是为了最后一次敲响与“俗约化中国”的断裂之钟。读者在读完平常的开头之后，将很快遇到凌先生那些令人费解和不安的话语。

早在1924年9月，安德烈·马尔罗就已经预告出版“一部触及形而上学、稍有特别的著作”[1]：一种形式有所变化的对话，一场书信体的对话。这种形式令人想起早在《波斯人信札》之前就有的哲学或道德对话，这也是在古代中国与古代欧洲都出现过的形式——苏格拉底的对话及其辩论术仍然是西方思想的一种范式，而孔子及其弟子的《论语》在中国古代四书五经中具有重要地位。不过，在《西方的诱惑》中没有先贤师者，没有大师来指点迷津或揭示真理：凌与A.D.都是年轻人而不是师者，另一个人物王洛也失去了文人权威而且生命垂暮。这两种文化在相遇中彼此揭去了对方的绝对性。在一个表现出“任意性”的新世界中，曾经将“东方”与“西方”对立起来的论战的动机已经消失了，而对话将继续进行。凌与A.D.之间的分歧彼此相对化，再也不会针锋相对。让步与妥协增多，同样的质疑存在于两个人的脑中，原因相反但性质相同，使得有些书信或语句难以确定是两位通信者之间某一人的观点，例如第七封信原本以凌先生的名义书写，但最后的署名者是A.D.。因此，《西方的诱惑》并未得出任何结论。凌先生只能期待一个符合他固有的集体价值观的“新式中国”，而A.D.面对现实则只能表达自己“向往”

① André Malraux, entretien donné à *L'impartial*, 16 septembre 1924, cité in Walter G. Langlois, *op. cit.* p. 256.

一种智慧的“清醒意识”。比凌先生所代表的中国思想更明显，《西方的诱惑》结尾之处成为主导思想的是一种带有不可知论和晦暗色彩的相对论，它在书中两个人物身上以不同方式存在：我们知道，亨利·马西会把这种精神状态列为他所批判的“亚洲主义”弊病之一。

安德烈·马尔罗在离开印度支那时曾经承诺要在法国本土致力于改变人们对他所遇到的亚洲各个被殖民民族的成见，他在当地便曾经与主编《印度支那报》的保罗·莫南（Paul Monin）[①]一起为此而努力。从文学角度而言，《西方的诱惑》以一种摆脱了西方传统文学体裁的独出机杼之形式，希望能够在写作中同样兑现诺言，正如安德烈·马尔罗后来在《无墙博物馆》（*Le Musée imaginaire*）中所言：“……为了能够把外部世界与鱼缸区分清楚，最好还是成为一条离开鱼缸的鱼。”

---

① 保罗·莫南（1890—1929），曾在印度支那担任律师。——译者注

第八章 雷蒙·格诺与庄周梦蝶：对逻各斯的质疑

我们如今回到了中国，地球是圆的，人们已经证明。
——雷蒙·格诺：《预言昨日》，
源于诗集《弹奏曼陀铃的犬》(1965)

“四书五经”，《道家之祖》(老子、庄子和列子)，李白和苏轼的诗歌，长篇小说《金瓶梅》以及《易经》：即使人们能够想到雷蒙·格诺著名的“理想藏书馆”中九十九本世界文学藏书里可能包含上述中国经典著作，但是当人们提到这位作家时却很少把他与亚洲联系起来。而且，严格意义上而言，最经常为人提及的“理想藏书馆”指的并非雷蒙·格诺本人的藏书，他收集了一些作家心目中的理想藏书，此九十九本著作是他们书单中的常见选择，而他本人藏书中出现的中国作品不在其中[①]……确实，雷蒙·格诺本人对远东思想表现出持续恒久却秘而不宣的兴趣，或许是因为这一兴趣涉及的

① Raymond Queneau, *Pour une bibliothèque idéale*, Paris, Gallimard, 1956.

是一些内省性、精神性、复杂性的问题，与他幽默诙谐、百科全书式文人的公众形象不太相符。然而，人们可以在雷蒙·格诺作品的字里行间发现他对智慧的思索，其中部分内容正是在他对亚洲书籍的阅读基础上形成的，而且他本人乐于进行并保持这种有距离的思考。在其小说《蓝花》[1]中闪现的庄周梦蝶故事可以被视为中国道家思想难以言说的象征，雷蒙·格诺长久以来一直试图去理解它，却只能以语言的诗意之网来捕捉这只蝴蝶。

雷蒙·格诺与远东的缘分始于十三岁时第一次与一些亚洲面孔的相遇。1916 年，在勒阿弗尔[2]，少年雷蒙·格诺对他在城里见到的华工印象深刻，他们是在第一次世界大战期间来支持法国工业的工人。多年以后，这个记忆忽然出现在一部名为《寒冷的冬天》（*Un Rude hiver*，1939）的小说中，开篇伊始便是对穿过城区的这群中国人队伍的描述：

> 一群中国人向前走去，两个警察给他们带路。……
>
> 紧跟在警察身后的是两个可能在同胞中主事的中国人，接着是一个打着黄色遮阳伞的中国人，然后跟着一个中国

① Raymond Queneau, *Les Fleurs bleues*, Paris, Gallimard, 1965. Nos références renvoient à l'édition Gallimard, collection «Folio», n° 1000, [1978]1998（以下简称 *FB*）.

② 勒阿弗尔（Le Havre）是法国北部诺曼底地区第二大城市，位于塞纳河河口，濒临英吉利海峡，以其作为“巴黎外港”的重要的航运地位而著称。勒阿弗尔是雷蒙·格诺的故乡。——译者注

格诺
（Raymond Queneau，1903—1976）

人手里也举着一样黄色的东西，是两个椭球形的物件横穿在一根棍子上，第五位举着一面条带飘扬的中国旗帜，第六位同样扛着一面旗子，第七个中国人手敲一面铁锣，第八位是一个身穿黄衣服的杂技演员，下巴上粘着一撮假胡子，第九位是一个同样身穿黄衣服的中国人，双手敲打着两根木棒，第十位手里拿的东西在欧洲人看来无非是一根钓鱼竿，而他们身后还跟随着一百多个中国人，他们当中有些人手里拿着一面小小的法国国旗。

这支“亚洲的游行队伍”引发了勒阿弗尔人的捧腹大笑，他们觉得中国人比其他来支援的外国队伍——“阿尔及利亚的卡比尔人”“印度人”“撒哈拉以南的非洲人”——都更加“滑稽可笑”。[①] 书中的主人公勒阿莫于是利用人群的拥挤，用一

① Raymond Queneau, *Un rude hiver*, Paris, Gallimard, 1939 ; repris dans la coll. «L’imaginaire», 1966, pp. 7–9.

种完全格诺式的英语，与一个年轻的英国女兵攀谈起来，评论这帮中国人和欧洲围观者的反应。他首先是说：“他们笑，因为他们愚蠢”，然后又解释了自己的看法，“他们笑，因为他们不懂”。[①] 这支令人捉摸不透的中国人游行队伍所产生的奇怪印象，更广而言之是雷蒙·格诺少年时在勒阿弗尔遇到的华工，或许可以解释为什么他如此自然而且很早就对中国文化产生好奇和兴趣。在 1921 年 8 月，年轻的雷蒙·格诺当时只有十八岁，就已经通过译著（难以确定译者）阅读了孔子的《论语》；他也很早在 1924 年就发现了《易经》，译者是霍道生（Paul-Louis-Félix Philastre）[②]，20 世纪在 70 年代，他又重新翻阅了这一译本。

稍晚一些时候，雷蒙·格诺在个人的宗教和精神探寻过程中，通过间接的方式对中国思想产生了更加明确的兴趣。20 世纪 30 年代，他专心研读了勒内·格农（René Guénon）的著述，这也是他后来终生阅读和思考的文字。勒内·格农是一位“传统形而上学”思想家，关注的是建立在各种宗教学说——伊斯兰教、基督教、诺斯替教派、印度教等各种哲学与宗教、佛教和道教——基础上的统一论。[③] 这个大杂烩式的奇特体系，在有些人看来无非是危险的反动，在另一

① Raymond Queneau, *ibid.*

② *Le Yi King ou Livre des changement de la dynastie des Tchéou*, trad. P.-L.-F. Philastre, Paris, Ernest Leroux, 1885–1893（2 vol.）.

③ 参见 Jean–Pierre Laurant, Paul Barbanegra（dir.）, *Les Cahiers de l'Herne, René Guénon*, Paris, éd. de l'Herne, 1985。

些人看来却是源自一种神明的思想，曾经一度也吸引了安德烈·布勒东和超现实主义者，不过与雷蒙·格诺不同的是，他们最终将之放弃。勒内·格农主编的杂志《爱西斯号帆船》（*Le Voile d'Isis*）有一些研究中国和中国传统文化的专号，这些杂志从1935年开始吸引了雷蒙·格诺的兴趣，他尤其阅读了其中勒内·格农本人撰写的一篇文章《道家与儒家》（*Taoïsme et Confucianisme*）①，以及1939年应征入伍时携带的一本“中国”专刊②。在阅读这些文章的同时，他还补充阅读了一些译著，其中有耶稣会士顾赛芬和戴遂良所译“四书五经”和《道家之祖》；1956年，他在自己的作品中引用了这些著作。1940年5月发现的《庄子》在当时正经历一场艰难的精神危机的雷蒙·格诺身上产生了不小的震动：“在《新法兰西评论》③编辑部，阅读一个令人感动和震撼的庄子，一个了不起的庄子。”④

---

① 后来重新收录于René Guénon, *Aperçu sur l'ésotérisme islamique et le taoïme*, Paris, Gallimard, coll. «Traditions», 1982, pp. 102–129。

② 参见Raymond Queneau, *Journal 1939–1940*, Paris, Gallimard, 1986, p. 80（6 novembre 1939）。

③ 《新法兰西评论》（*La Nouvelle Revue française*）是创办于1908年的一份文学杂志，在20世纪的法国文坛产生了深远影响。雷蒙·格诺在1941年曾经被聘任为该杂志审读委员会主任。——译者注

④ *Nouvelle Revue française,* 1er mai 1940 ; cité in Raymond Queneau, *id.*, p. 160（3 mai 1940）. 雷蒙·格诺阅读到的很可能是根据皮埃尔·莱李斯（Pierre Leyris）英译本改编的版本，被收入Jean Grenier, *L'Esprit du Tao*, op. cit。

雷蒙·格诺在认识中国文化的路上迈开了尝试的脚步，而且他一开始受到一些关于亚洲的成见的影响。他青年时期的一首诗歌《最后的时日》（*Les Derniers jours*，1917）表现了"黄祸"带来的恐惧想象，一个"黄肤色的圣贤"[①]君临巴黎的废墟之上……但是从某种意义上说，他是一个清醒的、自愿的"受害者"，毫不犹豫地以自嘲心态审视自己，并在日记中写道："中国智慧。即使是动画片《米奇尤尤历险记》里的中国箴言也教育了我。"[②]

总体而言，所有这些参考文献构成一个学术性不够确凿的奇异整体。某些研究、某些译本有时甚至来源不够确切，它们既是雷蒙·格诺认识中国思想的媒介也是障碍。勒内·格农对于道教的探讨并没有得到学院汉学的佐证，他并不懂中文，却声称曾经得到一个道教信徒的直接口传身授，此人便是曾经长期旅居印度支那的阿尔贝·德·普乌维尔（Albert de Pouvourville）。[③]在勒内·格农谈及原著的时候，他通常参引戴遂良神父的译文，而且引文中难免一些令人迷惑的错误。[④]因此，雷蒙·格诺认识中国思想的间接方式可能

---

① Raymond Queneau, *Œuvres complètes*（désormais abrégé *OC*）, Paris, Gallimard, coll. «Bibliothèque de la Pléiade», 1989, t.1, p. 706.

② Raymond Queneau, *Journal 1939–1940, op. cit.* p. 115（3 janvier 1940）.

③ 参见 Jean-Pierre Laurant, *Matgioi, un aventurier taoïste*, Paris, Dervy-Livres, 1982; et notamment le chapitre «Matgioi et Guénon», p. 83 sq。

④ 参见 Pierre Grison, «L'Extrême-Asie dans l'œuvre de René Guénon», in *Les Cahiers de l'Herne*, René Guénon, *op. cit.* p. 144 sq。

并不是最可靠的。1940 年，他在日记中写下这样一句话："道家说……还有两句谚语，——道便是这个中国人的姓氏"[①]，这个信息是错误的，这个错误说明他的认识仍然存在模糊之处。

不过，雷蒙·格诺认为他所了解的中国文化已经足以使他在 1939 年表达这样的看法："皮浪[②]、中国人，二者之中，当然我最理解的还是中国人，他们给我启迪，使我感觉更亲近。"[③] 他在这句话中把古希腊与中国的哲学传统相提并论，这一表述很说明问题。格诺首先关注到中国道家思想与他在维克多·布劳沙（Victor Brochard）的著作《古希腊怀疑论哲学家》（*Les Sceptiques grecs*，1887）中发现的皮浪怀疑论有共通之处。[④] 维克多·布劳沙在其第一部著作的第三章中对皮浪的介绍是对这位哲学家绝对怀疑论的分析，正如皮浪的弟子蒂蒙（Timon）所言，这种绝对怀疑论最终导致"失语症"和"不动心论"：

> 怀疑一切，对一切无动于衷，这就是怀疑论，在皮浪的时代和后来都是如此。Epoque 意思是中止判断，

---

① Raymond Queneau, *Journal 1939–1940, ibid.*.

② 皮浪（Pyrrhon），古希腊怀疑论哲学家。——译者注

③ Raymond Queneau, *Journal 1939–1940, op. cit.* pp.73–74（28 octobre 1939）.

④ Victor Brochard, *Les Sceptiques grecs*, Le Livre de Poche, coll. «Références-Philosophie», n° 474, [1887] 2002.

adiaphorie 表示完全的无动于衷，这两个词后来被整个怀疑论学派奉为圭臬，成为他们的科学和道德。[①]

维克多·布劳沙在后面的研究中依然承认皮浪是一个正人君子，他并不比其他任何一个公民缺乏良知："很少有人会赋予人类如此高尚的理想"，维克多·布劳沙在这一章节的末尾翻译了第欧根尼（Diogene）的一句话："温和是怀疑主义的最终评价。"雷蒙·格诺从这本著作中还引用了其他信息以解释他对古希腊思想和亚洲思想的类比，其中有一个引人注目的史实，即在阿纳克萨克（Anaxarque）的伴随下，皮浪曾经跟随亚历山大大帝到达亚洲，在这次征途中，他曾经遇到一些"印度高僧"和"裸体修行者"，这些接触或许可以解释古希腊哲学史中皮浪思想的独特性。"毫无疑问，必须要承认东方文明的影响"，维克多·布劳沙评述道，并且补充说：

正是印度裸体修行者和僧侣引导他到达此点：在印度，他确信了人类的生活是无关紧要的，而且可以得到证明。布里松（Bryson）和阿纳克萨克的教诲已经开导了他。一位在教授他辩证法的时候为他指点了虚无的存

① Victor Brochard, *op. cit.* p. 68.

在，另一位告诉他所有的观点都是相对的，而且人类的思维并不能到达绝对真理。而印度的裸体修行者则完成了其余的教诲，他们比论证和争辩更好地告诉他人间凡事的虚妄性。

这并非臆测。第欧根尼告诉我们，他之所以寻找孤独并努力成为有德之人，这是因为他从来不曾忘记一位印度人的话语，这位印度人曾经批评阿纳克萨克未能教人向善，反而成为国王宫殿里的常客。[①]

《古希腊怀疑论哲学家》里的所有这些信息与评论都与1939—1940年间雷蒙·格诺在日记中的个人思考相互应和，同时也与他对《庄子》和“中国思想”——至少是勒内·格农所介绍的版本——相对应。

归根结底，真与假、对与错、美与丑、梦与醒、生与死是不可区分的。在所有情况下，“是非理性”诸类都阻碍到达任何“真理”。意义也与推理一样被认为是无益无能的，拒绝决断、消融对立和矛盾当然会引导人们放弃或至少质疑逻辑话语。雷蒙·格诺在后来阅读《庄子》时留下这样的笔记：“对论证行为表示怀疑”，“言语的推理不再能达到真理”。在戴遂良所译的《道家之祖》中，人们可以读到：“果有言邪？

① Victor Brochard, *op. cit.* p. 88.

其未尝有言邪？其以为异于鷇音，亦有辩乎？”[①] 放弃逻各斯的尝试与雷蒙·格诺的哲学和宗教阅读及思考是同时出现的，例如他在这一时期的日记中写道："不要对于不能'推理、争论、论证、阐释'而感到奇怪，既然人们寻找的不是这些。"[②]

雷蒙·格诺一直不曾放弃对中国思想的兴趣，他渐渐地在一些"信徒"（勒内·格农、阿尔贝·德·普乌维尔）的道教著述之外补充了东方学家、大学教授的学院汉学著作。他在最初的探知之外增加了其他一些更权威的作者。他的读书笔记表明他已读过伯希和、马伯乐、谢阁兰和艾田蒲等人的著作。1951 年，当他开始主编伽利玛出版社"七星文库"中的《世界文学史》时，他把"中国文学"部分委托给以研究道家思想而闻名的汉学家康德谋（Max Kaltenmark）。1961 年以后，只要"认识东方"丛书的中国系列中有新的译著甫一出版，他便开始先睹为快。

---

① 法文译本：Zhuangzi, *Œuvre complète*, trad. De Liou Kia-hway, Paris, Gallimard, coll. "Connaissance de l'Orient", Série chinoise, n° 1, 1969, ch.II, p. 41. 雷蒙·格诺很有可能首先读到的戴遂良神父译本：*Les Pères du système taoïste, op. cit. Tchoang-tzou*, ch. 2.

② Raymond Queneau, *Journal 1939–1940, op. cit.* p. 202（15 juillet 1940）.

《蓝花》(1965)

雷蒙·格诺有两部著作受到上述时期阅读与思考的深刻影响：一部是出版于1965年的小说《蓝花》[①]，一部是1975年出版的封笔之作《本道》[②]。《蓝花》的故事轻松诙谐，文字游戏和滑稽幽默随处可见，这一风格长期以来掩盖了这部作品与远东文化的渊源，其实它是雷蒙·格诺作品中参照中国思想的重要阶段性作品。这一受到“道家思想”启发的小说创作经历在十年之后在《本道》中以诗歌的方式延续下去。《蓝花》的出版说明介绍了该书受到《庄子·齐物论》的影响，这段文字后来也为各个版本所用：“大家都知道一则著名的中国寓言：庄周梦为蝴蝶，然而难道不亦是蝴蝶之梦为庄周？同样，在这部小说中，究竟是铎日公爵梦为希德罗兰，抑或希德罗兰梦为铎日公爵？”[③]《蓝花》这部小说的故事情节确实建立在两个主人公的双重交叉叙述结构之上：铎日公爵是一个从1264年穿越到1960年的贵族，希德罗兰则是一个生活在1964年——也就是小说的创作年份——的“普通法国人”，

---

① 关于这部小说，可参考 Pierre Brunel et Yvan Daniel, *Les Fleurs bleues de Raymond Queneau*, Paris, Hachette, 1999。

② Raymond Queneau, *Morale élémentaire*, Paris, Gallimard, Collection blanche, 1975 ; repis in *OC*, t.I, p.609 sq.

③ 戴遂良神父有译此段，见 *Les Pères du système taoïste, op. cit. Tchoang-tzou*, ch. 2.，雷蒙·格诺后来在刘家槐的译本中再次读到。

他居住在塞纳河边的一只驳船上；当他们当中一个人入睡时，便会梦见自己是对方，反之亦然，以至于难以分辨他们当中谁只是存在于另一个人的梦境之中，更加奇特的是两个人竟然在1964年一个似梦似醒的世界里相遇。

这个变化不定、毫无理性的戏谑世界仿佛是雷蒙·格诺将他本人对中国道家思想的冥思在小说中进行了诗意的转化，其中可见《庄子·齐物论》中梦与醒之间的模糊境界，当格诺思索存在的价值时，他引用了同一篇文字中的内容：

> 梦饮酒者，旦而哭泣；梦哭泣者，旦而田猎。方其梦也，不知其梦也。梦之中又占其梦焉，觉而后知其梦也。且有大觉而后知此其大梦也……君乎！牧乎！固哉！

《蓝花》表现的是同样的不确定性，而且雷蒙·格诺在1961年出版的列子《冲虚经》[①]法译本中有关梦境的篇章中读到类似的主题。梦与醒——也就是书中两位主人公铎日公爵与希德罗兰的经历——是相互影响的，正如《冲虚经》中写道："甚饱则梦与，甚饥则梦取。"雷蒙·格诺在作品中设置了社会地位悬殊反差的两个人物——铎日公爵与希德罗兰，他们一个是贵族，一个是平民，正如列子在著作中使役夫梦中

① Lie-tseu, *Le Vrai Classique du Vide parfait*, trad. De Benedykt Grynpas, Paris, Gallimard, coll. «Connaissance de l'Orient», série chinoise, n° 36, 1961, p. 74 sq.

为人国君，而富贾尹氏夜梦为人仆役……梦境的交替是小说螺旋式结构的基础，它不仅仅只有小说形式上的意义。在交换社会地位、生活内容、人际环境和时代背景的过程中，铎日公爵与希德罗兰体验了世事变幻。首先是时间观的改变。线性时间顺序化为碎片，人物的个体一致性受到威胁，宇宙观念也表现出无序，很快便无法区分时间的先与后、事物的真与假、指代希德罗兰的人称代词“他”与指代铎日公爵的代词“他”。公爵本来“出门几日”[①]，却穿越了七个世纪；一行教士出发时前往脱利腾大公会议，最后却是双双从第二次梵蒂冈大公会议回来[②]……希德罗兰的女儿和女婿展开了关于玻璃杯的辩论，探讨的是一个事件从何时开始不再属于时事而进入了历史：道理连篇累牍，谈话越来越热烈。可是希德罗兰却拒绝加入并且如此解释自己的反应：

> 当事情开始转圈的时候，我在想我会在哪里晕倒，还是赶快停下来为好，我或许可以马上开拔，或者回到古代，或者飞到将来，我也不知道，或者哪里也不去，总之是要让你们大吃一惊。[③]

---

① *FB*, p. 14.

② 脱利腾大公会议（Concile de Trente），罗马天主教会于1545—1563年间召开的一次主教会议。第二次梵蒂冈大公会议（Concile de Vatican II）召开于1962—1965年间。——译者注

③ *FB*, p. 66.

在《蓝花》中，历史于是失去了它的标志，混淆一体，在与各种可能性视角的接触中消失：主人公的视角——他们先后或者同时属于好几个历史时代；希德罗兰家里高谈阔论者的视角，他们或者陷入事件的当下性，或者带着距离审视事件，把它视作遥远的历史事实。交替出现的梦幻最后象征性地以一场滂沱大雨而收场，一切地点与时代都消融在混沌不分的茫茫雾气之中，一切都不可分辨："于是，天开始下起雨来，一连下了好多天。迷雾笼罩着一切，看不清船在前行、后退还是停留原地。"①

在这个混沌无分的世界里，时代、地点、人物失去了一切标志。正如雷蒙·格诺在他所读到的道家著作中，言语与思想在试图清晰表现难以捉摸的情形时便会化为徒劳。在这种态度的驱使下，雷蒙·格诺在好几处表现出戏剧色彩，其诙谐幽默与庄子可以说是遥相呼应。希德罗兰的邻居拉巴尔自称"思想家"，其实他只是一个令人难以忍受的话唠，他那无益的话语总是不知有何所指。而希德罗兰一直想方设法让人打消任何人进行空洞对话和"逻辑"论证的企图，例如在一个露宿营，他和一个陌生的过路人进行了一番这样的谈话：

——他们像是奇怪的动物，可是这却不是动物园。

---

① *FB*, p. 276.

——差不多吧，希德罗兰说。

——您不会是要告诉我这些是动物而不是人吧。

——请您证明，希德罗兰说。

——他们在说话。

——那鹦鹉呢，希德罗兰问，难道它们不会说话？

——它们不理解它们所说的话。

——请您证明，希德罗兰说。

——讨厌的人！跟你这样一个讨厌的人简直没法交谈。[1]

"简直没法交谈"：这个过路人所言甚是。小说开头这段对话立刻对言语和言语论述在表达可见现实时（无论是多么平常的现实）的有效性产生怀疑。希德罗兰在大多数情况下似乎有意破坏任何对话，他常常不屑于加入其中，或者是身不由己地回答只言片语。他所采用的修辞常常是令人难堪的提问，最后化解了谈话的主题，尤其是与之相关的定理或甚至事实都无法成立。例如，当希德罗兰第一次接待未来的"女管家拉莉克丝"也是他后来的情妇时，他们的交谈很快搁浅：

——您就是那个阿贝尔先生向我谈起的人吗？

——他对您说了些什么，可以让我确认自己的身份呢？

① *FB*, p. 46.

——不明白您在说什么。再说，人不能用一个问题来回答另一个问题。没有这样的。

——阿贝尔先生让您来找谁？

——又问我！您就不能先回答我的问题吗？

——您的问题是什么来着？

——您总是在问我问题！您难道除了提问题就不会别的了吗？①

这段言语交流与《庄子》中的对话风格颇有几分相似，而且达到同样的结论：言语的争论只会消散为各种局部的、片面的意见并且没有任何实际结果。我们可以再次联想到《庄子·齐物论》中的一段：

既使我与若辩矣，若胜我，我不若胜，若果是也，我果非也邪？我胜若，若不吾胜，我果是也，而果非也邪？其或是也，其或非也邪？其俱是也，其俱非也邪？我与若不能相知也，则人固受其黮暗，吾谁使正之？

因此，人不可能信任理论说辞，更何况语言本身是缺乏稳定性的。庄子说“其所言者特未定也”，意思是言语会根据

① *FB*, pp. 143–144.

不同的情形而变化，而情形总是会因为各人不同而变化。对此，希德罗兰会欣然接受，例如有一个路人混淆了两个词的意思，却对他说："眼下，我说这个是这个，所以这个就是这个，既然你现在是在跟我说话而不是旁人，那么你就要根据我说的字面意思来理解我说的话。"[①] 相比于其他小说，雷蒙·格诺在《蓝花》中更多地使用了建立在语言不确定性上的文字技巧：同音异义词、一语双关、创造古词、使用旧词、模棱两可等文字游戏交织于整篇作品中，形成了一场语言的盛宴，一词多义，具有多重阐释空间，充满奇思和诙谐。作品打破了语义与逻辑的常规，尤其是在对话和争论之中，语言的幽默和滑稽对语言本身提出质疑，这种喜剧色彩表明语言并未得到严肃的重视。作品中的所有人物——教士、希德罗兰的女仆、铎日公爵以及他的马匹——都在不着边际地夸夸其谈或吹毛求疵，结果除了引发读者的大笑，达不到任何结论。

人物在"现实"与"梦境"的变换中消失，历史被拆解，思想与言辩遭到排斥或取笑，言语始终被以一种戏谑的方式质疑：还有什么道路可以到达雷蒙·格诺似乎在寻找的人生"智慧"呢？他在1939—1940年间"奇怪的战争"[②] 这一特殊时代气氛下发现的中国思想或许也是他对以评论黑格尔为主

① *FB*, p. 31.

② "奇怪的战争"指第二次世界大战全面爆发初期英法在西线对德国"宣而不战"的状态。——译者注

要内容的亚历山大·科耶夫[①]的哲学课所作思考的延伸。在历史的“末日”被宣判之后，西方哲学中的形而上学和逻辑可以让位于一种贴近人生的伦理和“智慧”。这一点，在小说作品《最后的时日》（1936）中，雷蒙·格诺已经让笔下的人物阿尔弗莱德[②]先生（风箱咖啡馆的服务生）宣扬出来；这个富有阅历的人相信“磁场”和“统计数字”，相信一种非常个性化的天文学实践方法，他对一群光顾咖啡馆的大学生说：“你们知道他们在索邦大学里把什么称作哲学？社会学、逻辑学，类似的玩意儿。但是在平常生活中的为人处世，哎哟！他们可不会教的！”[③]

无论希德罗兰这个人物看上去如何稀奇古怪，或者正是因为这个特点，他或许为人生“智慧”带来了部分答案，或是以小说的方式提供了最初的想象。确实，希德罗兰似乎是在自发地引导人们去跟随道家圣贤的道路，也是作者雷蒙·格诺所理解和认为的那种方式，也就是说带着深刻的好感和愉悦。如同一个道家主义者，希德罗兰以无为作为自己的选择，“在一只停泊在固定之处的驳船上”投入“一种完

① 亚历山大·科耶夫（Alexandre Kojève, 1902—1968），俄裔法国哲学家、外交家，存在主义的新黑格尔主义的代表。——译者注

② 原文误作为布拉邦（Brabbant），布拉邦是小说中另外一个人物。——译者注

③ Raymond Queneau, *Les Derniers jours*, Paris, Gallimard, 1936 ; rééd. coll. «Folio», n° 3019, 1963, pp.73–74.

全无业的状态”，雷蒙·格诺细致地描述道。远离尘世的喧闹，他以一种超脱的心态观察周围，少言寡语，在驳船的甲板上度过最明亮的光景，“他总是能够在无所事事中发现些什么”[①]，希德罗兰的女儿拉美莉的这句话以滑稽的方式化用了一句常用语，描述了他清静无为的处世态度。这个人物也令人想起李白诗中的孟浩然，雷蒙·格诺在汉学家戴密微主编的《中国古诗选》中读到这首诗[②]，而且经常提及：

吾爱孟夫子，
风流天下闻。
红颜弃轩冕，
白首卧松云。
醉月频中圣，
迷花不事君。
高山安可仰，
徒此辑清芬！

虽然希德罗兰喜欢清静无为，他也并非真正的酗酒者，

① *FB*, p. 62.

② Li Bai, «Donné à Mong Hao-Jan», trad. de Leang P'ei-tchen revue par Jean-Pierre Diény, in Paul Demiéville (dir.) , *Anthologie de la poésie chinoise classique, op. cit.* pp. 246–247.

但是经常好饮，甚至过于频繁，以至于家人不断提醒他注意。他喜欢早已不时兴的“茴香酒”，拉莉克丝怀疑这种酒会像苦艾酒一样让人变“疯”。这种酒醺的感觉颇似道家之醉，在1962年出版的《中国古诗选》的其他诗篇和东方学家的研究文字中可以发现。雷蒙·格诺了解葛兰言的著作《中国思想》(1934)，这位法国汉学家解释说，道家圣人的饮食学“建议饮用养生露水”，但是又随即补充说，道家“并不禁止含酒精饮品，而是把它作为人生的片段”[①]。当然，希德罗兰主要是在消隐、休憩和观世中达到身心愉悦。例如，我们可以看到他随性荡舟于“河水的波流”中，停泊小憩，伴随着水波的荡漾和安宁耽于遐思。这时，他关注着自然世界，心情宁静，“偶尔会听见水泡破碎、鱼跃水面或是河底的发酵生物在被风吹开的涟漪间微微作响的声音”。从《蓝花》第十七章开始，希德罗兰不再沉醉于梦境，仿佛懂得了《列子》中所揭示的理想境界：“古之真人，其觉自忘，其寝不梦。”

凝神聚气，静观无为，木讷于言。希德罗兰当然与铎日公爵形成鲜明对比，后者喜欢高谈阔论、颐指气使、易动好争，而希德罗兰在远离尘嚣的清静无为中怡然自得，铎日公爵东奔西跑、穿越时光隧道数百年，决心探究一切看似神秘之事——在教士的伴随下探寻神学，在炼金术士的陪伴下追求秘术……因为铎日公爵喜欢争辩，有时颇似经院哲学，不

---

① Marcel Granet, *La Pensée chinoise*, Paris, Albin Michel, [1934]1968, p. 421.

过多了戏谑和滑稽，比如他与随行的李凡特神父[1]的言语交流往往演变为一场殴打。希德罗兰这个人物颇得中国“智慧”之濡染，至少是雷蒙·格诺所想象的中国智慧，与之相对的是一种把真理作为追求、务实好辩的西方模式，其化身便是铎日公爵，这个史诗般英雄的种种行为结果却往往以滑稽可笑收场。富有深意的是，在小说《蓝花》的结尾，铎日公爵回到了出发的地点，仿佛是为了重新开始这一领悟人生的循环；与此同时，希德罗兰只是拔锚起航，随着延伸的河岸渐渐远去，这一最后的场景令人不免想起某些关于中国古代大诗人李白或杜甫烟消云逝的传说故事。

《本道》(1975)

乾道变化，各正性命，保合太和，乃利贞。

——《易传·彖传》

毫无疑问，诗集《本道》在雷蒙·格诺的全部作品中占据一个特殊位置。这是诗人的绝唱，一部难解之作，与《蓝花》中探寻的某些问题默然相通，但是是以一种完全不同的

① *FB*, pp. 42–45.

方式，因而难免产生晦涩的印象。《本道》分为三个部分。第一部分包含五十一首诗作，均为前所未闻的诗歌形式，被雷蒙·格诺本人定义为“lipolexe[①]：杜绝使用某些词性”[②]。诗歌由两部分“双联词结构”（名词+形容词）组成，中间间隔着一个五六行的诗节，每行诗非常简短，最长不超过五音节。雷蒙·格诺本人创造了这种形式，后来被“潜在文学坊”的作家们所模仿，例如保罗·弗莱尔（Paul Fournel）的《本道》[③]。雷蒙·格诺建议阅读此诗时播放一些具有亚洲风格的配乐，每一个“双联词结构”应该伴随着一声锣响，而中间的诗节应当有笛声相随。《本道》第二部分包含有十六首散文诗，每一首显然与《本道》第二部分的六十四篇散文的长短篇幅相当。

应该感谢柯萝德·德邦（Claude Debon）教授，是她使人们关注到《本道》第三部分手稿的边页上有两个汉字——“乾”“坤”，从而揭示出中国是此诗集的参考文献之一。雷蒙·格诺在这里再次使用了1924年阅读过的一个《易经》法译本，译者是东方学家霍道生，1885年开始在厄尔奈斯特·勒

① lipolexe是雷蒙·格诺本人创造的词语，下文lipolepse同样如此，而且，根据后文解释，这两个词的形义似乎与李白相关：lipolexe意味着“以李白之言”，lipolepse意味着“回归李白之诗”。——译者注

② Raymond Queneau, *OC*, t. 1, Notice, p. 1452.

③ 参见Paul Fournel, *Elémentarie Moral*, in Bibliothèque oulipienne, n° 8, cité in *Oulipo, Atlas de littérature potentielle*, Paris, Gallimard, coll. «Folio essais», n° 109, 1988, p. 347 sq。

鲁（Ernest leroux）出版社出版。保罗·克洛岱尔在《第七日的休息》（1896）中已经提及过这部经书中的占卜方法，不过，我们还是注意到这部不同寻常之作很少在法国文学中出现。另外，与其他经书不同，耶稣会士汉学家不曾翻译过《易经》，霍道生的版本在很长时间曾经是唯一的法译本，而且早于英国人理雅各“东方圣书”丛书中的英译本和1924年理查德·魏海姆（Richard Wilhelm）神父的德语译本，至今仍然具有权威性。经过多次再版，尤其是在亚德里安·麦松诺夫出版社，霍道生译本仍旧被频繁引用，包括被汉学家们所参考，另一个可以对比的法译本的译者是艾蒂安·佩罗（Etienne Perrot），根据理查德·魏海姆的德译本转译而来。①

这个不同寻常的中国渊源一经认定，便可以提出一些能够解释诗集中篇章的形式、数量和部分主题的假设，而在此之前，雷蒙·格诺研究专家有时只能从作家的生平事件中寻找联系。布吕奈拉·艾鲁里（Brunella Eruli）认为，《本道》第三部分借用了《易经》六十四卦的数目，这是毋庸置疑的。然而，倘若把霍道生译本中各卦的具体内容与格诺的散文对比阅读的话，这个适用于解释整体结构的《易经》就不太容

① 英译本：*The I Ching*, trad. de James Legge, coll. *Sacred Books of the East,* London, Clarendon Press, vol. XVI, 1899。德译本：I Ging, Das Buch der Wandlungen, Iéna, Diederichs [1924]2001。法译本：*Yi King, Le Livre des Transformations*, trad. d'Etienne Perrot, Paris, Médicis, 1973。

易用来解释细节了。米歇尔·梅塔耶（Michèle Métail）则认为《本道》第一部分的诗歌形式完全体现了卦的形式，这一假设令人难以接受，因为这五十一首诗都是形式固定的格律诗。这个不太令人信服的对比却被有些学者调整到另一种解释中去，据说是李白的诗歌启发了雷蒙·格诺采用一种接近律诗的诗歌形式。于是，看似来源于希腊语的“lipolepse”一词被转释为对李白（Li Bo）姓名的化用，这一说法颇具雅意①，而且要注意到雷蒙·格诺频繁地将这个词的字母写成大写形式。此外，“LIPO”也被“潜在文学坊”的作家们用在他们的文学社团名称里——“Littérature potentielle”②……无论上述说法如何，如何忽视这样的差异：《本道》第一部分的诗歌有十五诗行，而《易经》中各卦有六爻（而且是从下往上排列），李白的律诗是八行？

与路易·布耶等一些知名前辈不同，雷蒙·格诺在创作上并不追求与中国作品的形似，无论是《易经》卦象还是中国古典诗歌格律。这一“文体练习”在他身上更加隐秘和深入。首先要声明的是，雷蒙·格诺虽然在酝酿《本道》的时

---

① 关于上述各点，可参见 Brunella Eruli, Michèle Métail et Claude Debon in *Lectures de Raymond Queneau*, N° 1：*Morale élémentarie, TRAMES*, Limoges, Faculté des Lettres et Sciences humaines, 1987。

② 特别参见 François Le Lyonnais, «La LIPO（Le premier manifeste）», repris in *Oulipo, La littérature potentielle*, Paris, Gallimard, coll. «Folio essais», n° 95, 1973。

候重新阅读了霍道生的《易经》译本，但是并没有参考译文中的各种表述来解释卦象，他最终只是间接地使用。[①]他所参考的译本也并不局限于传说为伏羲发明的六十四卦，其中也有许多《易传》片段（传说中孔子所作《十翼》[②]实际上应归功于好几位评注家），以及一些语言和文化方面的注释，有时还有霍道生提供的附录转引资料。总而言之，在这个东方学家的译著中，中法文两种语言的六十四卦及《易传》占据了两卷书共一千三百页。这些评注至少与卦象和“象辞”[③]本身同样对《本道》的创作具有意义。这一特别的资料来源也不能让我们忘记雷蒙·格诺所阅读的其他中国作品，即戴遂良和后来刘家槐重译以及1960年后贝内迪克特·格兰帕（Benedykt Grynpas）翻译的道家经典。

诚然，《本道》第一部分的诗歌并没有从严格意义上借用《易经》卦象的形式，然而与这部中国古代传授占卜之术、表达宇宙观、富含象征性的典籍在精神上是相通的。由于诗作的构思独具一格，它们本身也构成了一种需要辨读的译码，这些凝练的征兆符号以一种神谕的风格给人严肃庄重之感。不过，尽管这部作品给人以稀奇古怪的最初印象，雷

① “七星文库”版在注解附录中引用了霍道生译本中“对卦语中一些著名表述的分析表”，in Raymond Queneau, *OC*, t.I., pp. 1458–1466。

② 《易经》又称《十翼》。——译者注

③ 参见霍道生译本前言，Voir l’introduction de P.-L.-F. Philastre, *op.cit*。

蒙·格诺通过通俗的笔触、常见的或个性化的用典，得以充分地淡化这一色彩和可能的距离感，消除了凝重的效果，避免了僵硬的风格。

秘密的转轮　隐藏的抽屉　游走的机械
　　　　　　伫立的燕雀
美好的前景　多舛的前途　蹒跚的运气
　　　　　　隐秘的前途
模糊的计算　遥远的吹嘘　无用的桌子
　　　　　　散落的问题

诺查丹玛斯[①]
骏马在驰骋
奔跑与穿越
无数个世纪
我们的时代
沉重机器人
停滞了脚步

---

① 诺查丹玛斯（拉丁语名Nostradamus，1503—1566），原名米歇尔·德·诺特达姆（Michel de Nostredame），法国籍犹太裔预言家，精通希伯来文和希腊文，留下以四行体诗写成的预言集《百诗集》（*Les Propheties*，1555）一部。有研究者从这些短诗中“看到”对不少历史事件及重要发明的预言。——译者注

神圣的三足　氤氲的月桂　清澈的流水
迷般的诗句[1]

这首具有占卜意味的诗通过此种方式也表达了符号的力量:“双联词结构”富有形象,每首诗作建立了一个意象的总体,它们彼此并列且相互应和。一些诗作甚至可能还回应了儒家学说中对语言和“正名”的思考,正如下例所示:

旋转的天芥　热带的紫草　芬芳的鲜花
温带的地域
热忱的祈祷　太阳的奔放　瞄准的天顶
利西文明的智慧[2]
神秘的埃及　柏拉图式的希腊　被征服的雅典
披上衣衫的真理

勿要改变
粗犷之词
骡子身上

① Raymond Queneau, *OC*, p. 656.

② 利西(la Lycie)位于小亚细亚中西部古国利底亚的南端,濒临地中海。——译者注

驼背上的

稀有之词

植物的阳光　动物水晶　　　　矿物的思想者

宇宙之人[①]

此外，这部作品通过书写方式设计了一种特殊的阅读效果：视觉效果得以突出，排版方式也产生了意义。诗人以独特的方式处理页面上的空白，这一做法或许让人联想到马拉美的一些诗歌尝试，以及其他更加直接受到中国启发的独到之作，例如谢阁兰的诗集《碑》（*Stèles*）。雷蒙·格诺重视页面视觉效果，他本人遵循一定的模式，同时他也十分看重诗歌的音韵和谐效果，甚至设想了在锣钹或笛子伴奏下的阅读效果！《本道》第一部分的诗作，如同《易经》中的卦象，不应当被看作未来之事的神秘先兆，它们以图形的方式表达了所喻之事的决定性因素和隐秘结构。这些图形是提示性的，但并不总是象征性的，如果想对它们进行解码并从中重新整理出一段具有逻辑的话语或论述是不可能的。这便是这一并不期待任何“钥匙”来打开的“lipolexe”系统的主要特征。

这些诗歌可能表达了雷蒙·格诺生活中某一段个人经历，可能与自然世界有关，也可能是对作品本身的思考：

① Raymond Queneau, *OC*, p. 647.

褴褛的衣衫　破碎的精神　零落的思想
翻篇的书页
残破的概念　理说的碎片　言辞的鳞爪
焦黄的书页
风蚀的土壤　模糊的残币　脱落的词语
枯萎的书页

锈迹锈了
所有要冲的密钥
虚无
将玷污了
杂乱无章的
过去里
锻造的诗句

褴褛的精神　破碎的言辞　脱落的词语
翻篇的书页[①]

由此可见，《本道》第一部分建立了后来在第二和第三

① Raymond Queneau, *OC*, p. 661.

部分将会重现的主要语义网络：一部分有关自然世界——花鸟虫兽，天地宇宙；一部分涉及雷蒙·格诺的个人生活经历，例如他周围的人与事、生活中某些重要经历，当然还有他的写作活动；第三个明显的主题实际上关涉艺术与作品、诗人或小说家与其文学创作之间的关系。这三个层次是以关联的方式得以呈现的，经常被置于同一层次，自然世界、特殊的人生经历和艺术创作仿佛总是神奇地联系在一起。作品采用诗歌形式，不宜于逻辑分析，如果要强加一个逻辑的框架或是进行意义不大的理性概述，便会使作品变了样，结果令人失望。雷蒙·格诺虽然在《本道》第三部分中引用过《蒂迈欧篇》中的典故，但是却忽视了柏拉图《斐多篇》的序言，哲学家在这篇文中警示人们不要产生“理性恨”：

凝固的湍流	缓慢的尼亚加拉	凝固的瀑布
	湿润的双脚	
甜蜜的河水	缓慢的水沟	凝滞的河流
	垂降的溪流	
缓行的溪水	沉睡的湖面	冻凝的波涛
	古老的浸泡	

世世代代
宇宙洪荒

不重复
言称知识可能的
柏拉图的回音
可是电影
冲淡了一切

水中的骏马　翱翔的骏马　画中的骏马
清醒的变化[1]

从这一点上来看，《本道》秉承了《蓝花》中某些诙谐幽默或混淆视听的效果，对逻各斯的质疑同样无所不在，但是相对于滑稽而言则更多采用了温和的笔触，尽管戏谑成分依然存在。《本道》第二、第三部分的散文不是片段而是一些完整的叙述单元，但也并没有形成长篇故事，哪怕是断断续续的故事，也没有明显表现出逻辑性论述。其中大部分篇章谈及自然界里的植物或动物，或是一些颇有几分近似于《庄子》甚或《列子》中的简短故事。人们可以把这些散文篇章称为“轶事”，尤其是当它们隐约涉及某些生平事件或细节时，但是这些“轶事”中加入了如此多的奇思妙想成分，也完全可以被划入“寓言”的范畴，其中的“寓意”或“真理”却只可意会不可言传。它们的内容常常理性不足、具有迷惑性或

① Raymond Queneau, *OC*, p. 660.

悖论性，正如道家作品一样。

《本道》第二、第三部分中的人物都是滑稽好笑、出人意料的角色：或者他们表现出明显的对立，例如肥胖者和巨人（《既不是肥胖者也不是……》[*Ni l'obèse, ni ...*],681）[①]、高个子和矮个子（《兄弟不……》[*Les frèresne ...*]，687），或者他们完全一样，就像变身为“四胞胎”的“双胞胎”（《孪生姐妹长胖了……》[*Les jumelles grossissent ...*]，686）。不过，这些特点终究并不重要，正如《列子》有一章如是结语：“物有巨细乎？有修短乎？有同异乎？”[②]是人们的观点视角具有欺骗性，如同那则描述一个观瀑布者的寓言所说明的那样（《在精致的纸页上……》[*Sur le fin papier ...*]，682），在对世界的观察中，事物之间的对立似乎可以缩小，区别也最终可以忽略，这便是雷蒙·格诺在下文中精彩表述的：

> 森林伐木人称重橡树，日历承载年轮，檄文记载憎恨，拳击者咬紧牙齿，锁匠钻研锁闩，卖糖果的人出售软糖，珠宝商人品赏玉髓，驯兽师与象共处，理发师离不开梳子，买帽子的人打理头巾，打鼓者期待事情的发

① 《本道》第二、第三部分中的散文没有文章标题和序号，为了方便阅读，我们在此引用文章开始的几个词语作为标题，并把我们所参引文献版本（OC, *op. cit.* t. 1,）中相应的页码附在其后。

② 法译文见于 Lie-tseu, *Le Vrai Classique du Vide parfait, op. cit.* p. 107。

生，马术师驾驭白色骏马，手技者玩圆球，魔术师耍圆圈。事物的重量需要称量，即使人们很少考虑到所谓的自由落体定律，因为归根结底所有的事情都汇聚一处：岁月记载在橡树的年轮里，憎恨表达在咬牙切齿的动作里，糖果可以塞进锁眼里，宝石可以放进大象的首饰里，梳子可以裹在头巾里，奇异的现象可以出现在奔跑的头发里，圆球可以放在圆圈里。原来如此。(《在精致的纸页上……》，683)

此外，"事物"与行动的统一性被表现于一个一成不变的循环的连续性中："每天七点，时间就是七点。"(《在精致的纸页上……》，684)，无论发生什么事件，无论对事情有怎样的观察，诗人总是如此重复记录。但是，这个循环的规律性也可能表现为一种与时间变化相伴随的永恒现在："树叶拂掸着屋顶的檐槽，在远处的田野，它们的影子里凝聚了一切的宁静。若是对现在说话，时间会承认它的完全性。"(《孤单的，洋槐树……》[*Seuls, les acacias ...*]，685)

在一个这样的世界里，诗人可能应该放弃"有为"，正如道家圣贤所建议的那样，但是最终并非如此："清新的草丛本应消散了露水，动物本可以在安静中午睡，人本应该清静无为，以亲切的目光瞥望一眼这美好的气象。事实却不是如此。"(《沉重的羽毛……》[*Les plumes lourdes ...*]，663)。雷蒙·格诺作为一个普通的人和作为一个诗人，他的追求通过一些具有道家暗示色彩的意象展现出来。“井”这个意象可见于《庄子》，与命运这个概念联系在一起，它同样出现在《本道》中，意味着对不可探知的世界——对知识无穷无尽的积累和科学实践——的追寻。令人失望的知识之旅在诗中被比喻为无底之井，雷蒙·格诺在这里重新激活了一个常见的、却又经常带有嘲讽语气的短语“知识之井”（《若干……》[*Ils sout plusieurs* ...]，692）。最深邃的精神探索通过一些个性化的意象得以表现，例如小朋友课间跳房子游戏的意象既表达了童年时代诗意的萌动，又喻示了脱离青葱岁月的成年人不安的精神追求。跳房子的路径从地上延伸到天上，但是要注意正确地扔出瓦片或石片，才能不至于倒退几个方格（《六个面……》[*Les Six faces* ...]，696）。在好几首诗中，比如在这个跳房子的游戏里，诗人借用了中国传统中“天圆地方”的观念。

这一追寻似乎要求矛盾自我的消除。在《本道》里的散文中，“我”都有消失的趋势，即使是一个具有自传性质的印迹很容易被辨认的时候，更加常见的是一些具有普遍性或泛指性的表述。泛指代词“on（人）”被频繁使用，令人想起它的词源便是“l’homme（人）”；同样，泛指性或无人称的语句总是受到青睐。诗人仿佛刻意要消除个人化的标志，只保留一些极其特别的个人化暗示。雷蒙·格诺并不是在这里强调似乎唯有建立在社会生活中体现出人类共同属性基础上的普遍性，而是要表现人在与自然界之间的特殊关系中的普遍性。在雷蒙·格诺的族谱中，这种特殊关系不是君王或圣贤的特权，而是艺术家的专利。与《庄子》或《列子》中经常讲述圣贤与弟子、圣贤与君王的故事相比，《本道》体现了一个明显的改变，但又并未脱离中国的文化传统。雷蒙·格诺感兴趣的并不是政治权力与国家治理，而更是逍遥无为的“圣贤”世界，或者更直接具体而言便是作家和诗人的世界。

《本道》的散文部分突出了动物世界，它们提供了一些匪夷所思的范式，比如这些“蚯蚓”，它们卑微、低调、隐秘，然而它们的行为是持续和有效的，文中写道：“怎么能不对这些谦卑的劳动者怀有好感呢？”（《框子不占地儿……》[*Le bâti n'occupe pas*...]，698）。文中的人物经常会离开城市，回归自然，在大森林里或在乡间小路上，他们或许可以找回自己的本性和率性。诗人在描述一对“森林踏青”的孪生姐妹时写道：“她们随心所欲的歌唱显得和谐自然。”（《孪生姐妹长胖了……》，686）至于那个“长跑冠军”，他也离开了人们为他数圈数的体育场，跑出了城市，他的身影跑动在乡野小道上（《长跑冠军……》[*Le Champion de course* ...]，686）。回归自然并不是逃避，而是一种确立个人经历、自然世界和文学创作之间深刻关系的方式，这在《本道》第一部分中已有揭示。《本道》第三部分的第一首散文诗便诗意地呈现了这种关系：

> 据说舌头要在嘴里转七次才应该开口说话，其实人还是会有失声无语的时候。即便选择了最黑的墨水来写字，纸页也可能依旧是一片空白。就算磨尖了针刺，刻出来的符号或许仍然模糊不清。虽然精心挑选了色彩和画笔，画布上可能还是空空如也。尽管如此，与人们的想象相反的事情仍然发生了：言语可以高谈，书写也成可能，树叶在树枝端头安立，花儿舒展了花冠，果实形成，怀抱着种子直到成熟，苹果树任由果实坠落，墨水勤勉地滋润着精确计算数字的笔杆。(《长跑冠军……》，670)

诗人或画家的创造力和创作行为被置于与自然力量同样的层次。这里可以看到《易经》评注的影响，因为霍道生在注释里翻译了朱熹的注解："元者，物之始生，亨者，物之畅茂，利，则向于实也，贞，则实之成也。"译者然后补充了细节："汉字'才'的主要意义是破土而出的植物苗芽。由此引申为力量之意，表示产生和促发的能力，这个字也用来表示品质和才华。"[1] 由此可见，诗歌创作始终被视作与自然事物的

---

① *Yi King, op. cit.* trad. de P.-L.-F. Philastre, 1. *Khien , activité,* t. 1, Première partie.

活动融合在一起：

> 诗的灵感卧在云端。诗人站在地上，以为呼吸顺畅，忽然意识到他的支气管被攫住。他咳嗽起来。这是怎样的动静！他因为难受而脸红起来，血液循环得快了一些。胸廓的剧烈雷鸣震动了雾蒙蒙的天空。现在，白色的纸页上出现了词语的线条。这是一个诗集的开端么？如果是，诗集应该是包罗万象的。不过，眼前，它还只是一个腹稿。（《长跑冠军……》，671）

这段散文诗对应的可能是第三卦“屯”，在霍道生的译本中可以读到“屯：万物生焉”，二者有一个共同的意象“云”，不过与《本道》第三部分的第一首散文诗相比，两者之间的联系没有那么密切。总之，《易经》的评注为诗人提供了一些灵感的启示，但有时是微弱的，是任由诗人选择和发挥的。例如，园丁升灵的故事虽然是借鉴了第四十六卦“升”的主题，与树木的生长升高有关联，不过诗中描述的景象是完全独创的（《来自沉思……》[*Du recueillement résulte ...*]，691）：银莲并不都是一种蓝色的花，“播种银莲”被诗人看作一种“自信”，预示着未来的花束，盛开“于沉思”。这里的花可能只是一个修辞手法，园丁便是诗人的化身，银莲也是智慧之花，是那些能够得到神灵启示而升华的花朵中的一种。

诗人如同圣贤，在众人中拥有一种独特的位置，正如下面这首散文诗所表现的那样，该诗与它被认为应该对应的《易经》第四十三卦却没有明显的联系：

> 猎人从森林中回来，渔夫从河边回来，农夫从田里回来，家庭主妇从市场里回来，艄公从对岸回来，骑师从赛马场回来，警察巡逻回来，药剂师从实验室回来，运动员从射击场回来，建筑师从工地回来，安排葬礼的人从墓地回来。不曾从任何地方回来的一个人于是在不同的物质上刻下了一些符号，安排葬礼的人认出的是死者，建筑师认出的是房屋，射击运动员认出的是靶心，药剂师认出的是研钵，警察认出的是吊桥，骑师认出的是马匹，艄公看到的是渡船，家庭主妇看到的是蔬果和肉，农夫看到的是犁车，渔夫看到的是鱼，猎人看到的是猎物。所有人都惊立于如此这般的奇迹之前。(《长跑冠军……》，689)

不过，这些排比式表述与《列子》中的段落颇有异曲同工之妙：

> 农赴时，商趣利，工追术，仕逐势，势使然也。然农

有水旱，商有得失，工有成败，仕有遇否，命使然也。[1]

雷蒙·格诺借用了这种构思，同时在列举中通过省略动词使语句更加精炼。可见，《本道》化用了一些道家经典和《易经》的文体特点。表现矛盾统一的戏谑性人物、同一化的观念、非理性的事实或悖论、省略等手段都表明了格诺对逻各斯的放弃，转而倾向于一种个性化、诗意化的逻辑，这一逻辑部分地来源于中国。《本道》第三部分中描述的一位作家在思考写作中应该使用的修辞手法，这也证实了格诺对诗意表达模式的兴趣：

作家俯身在羊皮纸上，那是一篇命运难测的作品，他在两种修辞格选择方案中犹疑不决：委婉与曲言。时间在思忖中消逝。如果再不到餐桌上就座的话，汤就会散去腾腾的热气。作家依旧俯身在羊皮纸上，那是一篇命运难测的作品，难以抉择：究竟选择委婉还是曲言？这时，家人大声呼唤他的小名。(《长跑冠军……》，688)

委婉是一种间接的表达方式，常常采用否定的方式——双重否定或反向否定，有时甚至可能通过转喻达到用典或

① 法译文见于 Lie-tseu, *op. cit.*, p. 141。

省略。曲言也是一种缓和的表达方式，但只是一种表面上的缓和，需要由读者来补充意义；它也常常用到否定方式，更多见到的是反向否定。曲言尤其被认为是一种悖论性的修辞格，因为它想以最少的词语表达最多的意思。《本道》中描述的这位作家的犹豫是有意为之，或者说这种犹豫本身也是不确定的：两次用来修饰作品的表述——“命运难测的作品”便近似一个委婉说法，因为它谦卑地表达了一个看似了无价值之作。但是，这里令人联想到巴尔扎克小说的名称——《驴皮记》（*La Peau de chagrin*，1831），必然吸引了读者的注意。这一文学用典令人想到小说主人公拉法埃尔·德·瓦朗丹，他一生消耗了“驴皮”允诺他的实现所有愿望的可能性，这也呼应了浮士德神话。正是在小说《驴皮记》中，巴尔扎克的文字中出现了“冬天的夜晚，在闲谈中，人们仿佛从自己熟悉的家园到达遥远的中国……”这部被格诺隐约提及的作品当然令人想到巴尔扎克的全部作品，从这个意义上说，《本道》中出现的“羊皮纸”也可以被读作一种曲言手法……虽然雷蒙·格诺上述这则寓言中的作家在“花费”时间斟酌委婉（euphémisme）或是曲言（litote）手法，但他本人已经解决了这个问题：二者并不是相互排斥的。在任何情况下，重要的是要更多采用暗示和省略的写作方式，这样可以避免直言其意，保留其内容和韵味。“命运难测的作品”令人想到雷蒙·格诺及其“潜在文学坊”的同仁们所喜欢的数学游戏和概率计算，预言了作品在未来的被阅读、被接受和被批评的过程中将会遇到的波折——作品的成功或失败的可能性。这个表述也令人想到《易经》卦象的起承转合，它们是中国古代方术师占卜的偶然结果。

我们必须承认在《本道》中有一种前所未有、独出机杼的创作，我们可以称之为独一无二，如果说它不曾被“潜在文学坊”的作家们所模仿的话，尽管这种形式新颖的格律只存在于诗集的第一部分。诗人表达了他的生命之于众人、人之于自然世界（即“地”）的关系，以及被视作经历、思索和创作场所的“地”与“天”之间的关系，这些关系全面延展，为了不言而喻地揭示（或者说是暗示）一种通往“道”的途径，即“本道”。此种隐秘的递进或许正是《道德经》第二十五章的文字中所蕴含的深意：“人法地，地法天，天法道，道法自然。”①

① 法译文见于 Lao-tseu, *Tao-tö king,* de Liou Kia-hway, Paris, Gallimard, coll. «Conaissance de l’Ouest», série chinoise, n° 42, 1967, p. 59。

第九章　精神对话

《圣经》言：寻找的，就寻见！（《马太福音》第 7 章,7:7）
中国道家则云：不觅自得。两种方式皆可循。

——保罗·克洛岱尔:《主啊，请教我们祈祷》(1942)

对安德烈·马尔罗和后来的雷蒙·格诺而言，“迂回”中国文学是个人创作历程的一部分。早在 1926 年，在第一次世界大战后的特殊背景下，马尔罗便写就一书探究“人类的命运”，为此，他以“中国”[①] 和法国两种视角考察两大传统，它们不得不应对文化与学术视域的突然拓展。雷蒙·格诺探究的则是一些更为内在、关乎个体的论题，他并未公开表明立场，却以《本道》开创出一种极其独特的诗学。这种诗学源自艺术家与自然和社会的关系，自 20 世纪 30 年代末以来，他对中国文学作品研精覃思，倘若不是如此，这种诗学便不

① 原文此处“中国”二字加引号，因作者马尔罗在《人类的命运》一书中只是虚构了一个中国题材；作为法国人，他显然无法提供真正的中国人的视角。——译者注

会产生。这部文学作品总结了有关国际文化与学术交流史的问题，其结果属哲学与伦理学性质，但正如上文所言，也具有文学与修辞性。精神性虽在另一层面，也部分涉入其中。我们已试图指出，在1895年驻华期间，克洛岱尔诗学是如何发现并“认识”中国作品的。保罗·克洛岱尔对西方与中国思想的有机融合不仅以诗歌为表现形式，还体现在其宗教评述文学中，即晚年在布朗格（Brangues）所写的宗教评论与文章。在这些宗教性文章中，对中国文化及其精神，乃至对于亚洲思想流派的参照重新出现在一种平和的对话中，其中依然可见中国主题、空间与意象的影响。

保罗·克洛岱尔与亚洲思想：一段奇特的对话

1955年9月，弗朗西斯·蓬热（Francis Ponge）为《新法兰西评论》纪念刊写下一篇惊人的诗作，题为《由衷之文（纪念保罗·克洛岱尔）》[①]。诗中将克洛岱尔这位诗人兼外交官比作“一只胖乌龟”……不久以后，弗朗索瓦·莫里亚克（François Mauriac）质疑其措辞，认为致敬逝者应庄严郑重，

① Francis Ponge, «Prose de profundis（à la gloire de Paul Claudel）», in *Hommage à Paul Claudel (1868–1955), Nouvelle Revue Française*, Paris, 1er septembre 1955, pp. 398–403.

其中出现“滑稽的一抹笑意”一类话语很不得体。[①] 但这夸张形象中的微笑却隐含着一首深刻的诗。弗朗西斯·蓬热想象的“亲爱的老龟”是中国常见的象征性动物，它潜入亚洲的“温热海洋”，随即飞向“中式黑蘑菇沙拉”。第十节采用“克洛岱尔式诗体”作为致敬，细致描绘出一只富有诗意的虚构动物的形态与缘由：

> 它大概自以为是一座教堂，
> 背负着犹太基督教[②]的全部雕塑，
> 但谢天谢地，这只是一只胖乌龟，
> 一座石桌坟，
> 有着异于基督教且更为古老的
> 缘由。[③]

弗朗西斯·蓬热赋予这只奇特动物一份使命：驻守“我们在东方的边界”。保罗·克洛岱尔皈依了东方宗教中最为西

① François Mauriac, «L'Hommage à la tortue», in *Le Figaro littéraire*, 24 septembre 1955, repris in *Bulletin de la Société Paul Claudel*, n° 143, 1996, pp. 8–11.

② 此处的“犹太基督教”在克洛岱尔的语境中即为天主教。——译者注

③ Francis Ponge, *op. cit.*, p. 402.

末句意为：克洛岱尔化身的这只乌龟所背负的并非以教堂为象征物的基督教文化，而是基督教以外的古老文化，一方面追溯到古代西方文明，另一方面也指涉所有异教，尤其是亚洲思想文化。——译者注

式的宗教，愿他就这样诗意地栖于早已自言“认识”的东方，这样总归不像最初所见一般突兀了。我们已经看到，自诗人居留中国之日，中国思想与诗歌如何深刻影响了他的作品。这位诗人外交官在1895年抵达中国之前已经接触过亚洲的思想流派，且在旅居远东的二十年间深思不殆，直至披上“布朗格主教”之服（伽多费 [Gilbert Gadoffre]）语，在人生暮年潜心宗教评述文学。对印度教、佛教、儒家和道家等亚洲思想流派的指涉贯穿于克洛岱尔的全部作品，形式有如漫谈，时而阴郁顿起，时而称赏不已：作品中有分析和比较，有时夹杂着批判，但也有令人眼前一亮的类比、对照和诸说混合。如果为了把握克洛岱尔观点全貌而试图比较上述所有思想参照并加以综述，那么首先就会惊异于其表面的杂乱无章，但最终融会贯穿于这场独特的对话，成为某种献给远东的福音预备（preparatio evangelica）。

“那名称为大卫苗裔的……”

对保罗·克洛岱尔而言，肉眼可见的地理分布应当能反映出无形的精神地图：

如果上帝确实创造了大地……如果他设想并实现了

有形地图、整体构造、世界的轮廓及以人的骨架、器官和四肢，那么他的作品又怎会止步于此？有形地图之上又怎不会叠加一幅精神地图，一种对各地分布与各类气候物产的认知与道德学术意识？各种不同滋味，或如以赛亚所言“形态各异的乳房”，难道皆与永恒的智慧丝毫无关？①

《在启示录彩绘玻璃窗之间》（*Au milieu des vitraux de l'Apocalypse*）所描绘的这幅奇异地图在大地表面划分出与各民族文化和精神信仰相应的广阔区域。在克洛岱尔描述的这幅地图上，在西方与远东之间，一片广阔的平原隔开了欧洲与东亚，弥漫着不安的气息：

亚洲呆倚山脚，坐在沉思之沼：欧洲伸舒手臂②，孜孜不懈地发展工业。从太平洋到波罗的海和黑海，从北冰洋到喜马拉雅，二者之间绵延着一片人群，并非群居却十分稠密，不见前景，亦无根基，上帝之灵吹拂便飘散各处。此侧一切皆暗。③

---

① Paul Claudel, *Au milieu des vitraux de l'Apocalypse, Notes et gloses, in Le Poète et la Bible*,（以下简称PB），éd. Michel Malicet, Dominique Millet-Gérardn Xavier Tilliette, Paris, Gallimard, 1998, t.I, p. 361.

② 欧洲地形多半岛与岬角，在克洛岱尔看来仿佛是伸出的手指与臂膀；此语同时象征欧洲奋力发展工业之势。——译者注

③ *PB*, p. 291.

为了防御这一阴暗地带，西方民族如中国各族一般，自古便修筑防线：“盆地”[①] 一端，中国人高筑长城，形态如捕螽斯的陷阱；另一端，继古罗马‘长城’之后，我们也建起马奇诺防线。”[②] 此类建筑旨在抵御军事入侵，但同时也划下了极易被渗透的精神边界。起源于印度的印度教与佛教是这些宗教的核心，保罗·克洛岱尔曾长期对之进行探究。

克洛岱尔于 1899 年写了一首题为《佛》（*Bouddha*）[③] 的散文诗探讨中国佛教。此文中，保罗·克洛岱尔重提并深入论述 19 世纪后半叶法国学术界和天主教会的一致声讨：继维克多·库赞（Victor Cousin）[④] 和朱尔·巴特尔米·圣伊莱尔（Jules Barthélémy Saint-Hilaire）[⑤] 之后，他也将佛教视为

① “盆地”（Cuvette）一词指涉甚广。克洛岱尔作此语之际正值第二次世界大战前夕，为抵挡纳粹德国进攻，法国修筑马奇诺防线，在这条“捍卫西欧文明”的法国防线与中国长城之间的危险地带便被称为“盆地”。——译者注

② Paul Claudel, *La Porphétie des oiseaux*（1939），in *PB*, p. 912.

③ Paul Claudel, *Bouddha*, 1899 年 6 月 1 日首次发表于《法兰西信使报》（*Mercure de France*），随后收入《此处与彼处》（*Çà et là*），*in Connaissance de l'Est, Œuvre poétique*（以下简称 *O Po*），Paris, Gallimard, coll. «Bibliothèque de La Pléiade», 1967, p. 88, 从“- Le temps est mesuré”一句开始。

④ 维克多·库赞（Victor Cousin）（1792—1867）法国哲学家与政治家，为折衷主义创始人。——译者注

⑤ 朱尔·巴特尔米·圣伊莱尔（Jules Barthélémy Saint-Hilaire）（1805—1895），法国哲学家、记者，曾任外交部部长。——译者注

一种“对虚无的信仰”[1]，而且认为佛教引入中国后损害了传统道教。[2] 同样的猜测出现在《金颅》（*Tête d'Or*）[3] 第二版，也出现在1926年克洛岱尔在日本写下的对话体《诗人与日本三弦》（*Le Poète et le shamisen*）中，其中说道：“佛教极乐世界的凄清冷寂或许离地狱不远。”[4] 后来当克洛岱尔转而关注印度教时，观点又略有变化。1946年，《以马忤斯》[5] 开篇探讨罗曼·罗兰的两部关于神秘的现代印度教徒的作品：《罗摩克里希那的生活》（*La Vie de Ramakrishna*）和《辨喜的生活与普世福音书》（*La Vie de Vivekananda et l'Evangile universel*）[6]。克洛岱尔认为，佛教在一种“深邃的冥思”[7] 中体味无神之境[8]，

---

① 语出维克多·库赞。

② 关于保罗·克洛岱尔在中国期间对佛教的态度，参阅 Yvan Daniel, *Paul Claudel et l'Empire du Milieu*, Paris, Les Indes Savantes, 2003。

③ Yvan Daniel, «*Tête d'or*, drame à l'Orient», in Lectures de *Tête d'Or*, sous la dir. De Didier Alexandre, Rennes,PUR, 2005.

④ Paul Claudel, *Le Poète et le shamisen*, in Œuvre en prose（以下简称 *O Pr*），Paris, Gallimard, coll. «Bibliothèque de La Pléiade», 1965, p. 829。

⑤ Paul Claudel, *Emmaüs*, Paris, Gallimard, 1949, repris in *Œuvres complètes*, Commentaires et exégèses, Paris, Gallimard, t.XXIII, 1964（以下简称 *OC*XXIII）。

⑥ Romain Rolland, *La Vie de Ramakrishna*, Paris, Stock, 1930 ; *La Vie de Vivekananda et l'Evangile universel*, Paris, Stock, 1930, 2t.

⑦ *O Po*, p. 90.

⑧ “冥思”（communion）一词法文本义为领圣餐，是基督教最为重要的圣事，在此过程中，信徒分享上帝（Dieu）的身体和血。克洛岱尔以此对比佛教的清修，认为佛教徒在看似类同的冥思之中所分享的则是“无神之境”（le non-Dieu），即虚无。由此可见，笃信基督教的克洛岱尔对佛教这一特点持批判态度。——译者注

空寂绝世之“虚无”，顿感平静喜悦。但从19世纪后半叶起，罗摩克里希那（Ramakrishna，1836—1886）及其门徒纳兰德拉那特·达泰（NarendraNath Datta，1863—1902）（法名即辨喜）革新了印度教的形式，至少在改革后的形式中，印度教受到的对待截然不同。保罗·克洛岱尔承认印度教追求“成神”的至人境界，随后又补充道：“此处的神非指上帝。”[①]《以马忤斯》一文大段引述了罗曼·罗兰的作品并加以评论。保罗·克洛岱尔对其中两点尤为关注：首先是瑜伽，尤其是印度教崇拜中最重要的分支——奉爱瑜伽[②]，以及他认为应当揭露的一些矛盾之说，尤其是道德与罪恶方面。

的确，保罗·克洛岱尔对瑜伽练习很感兴趣，称之为“一种方式，一种苦行，一种意与形的双重修习”[③]。他将之比作基督教修士的静修与笃行，并认为有必要运用“某种与身体略微有关，但更多在于意念的技巧”以获得“全身心的顺服”[④]：念词祈祷、冥想静修与宗教圣事是主要手段。但在寻求“迷醉恍惚的音节”时，印度教徒变成保罗·克洛岱尔所说的“野性状态下的神秘主义者”[⑤]，此语不必作贬义解，因为保罗·克洛岱尔在同一段提及阿尔蒂尔·兰波时也如是形容。然而，修行者追求的解脱却有可能使之“丧失面目，

① *OC*XXIII, p. 87.

② 又称虔信瑜伽、巴克提瑜伽，要义在于忘记宇宙，默念超灵。——译者注

③ *OC*XXIII, p. 80.

④ *OC*XXIII, p. 82.

⑤ *O Po*, p. 78.

只剩意念”，这种状态让保罗·克洛岱尔感到“厌恶”。保罗·克洛岱尔所描述的印度教之神“超越善恶之念”[①]，似乎也否认谬误这一概念；既可以是克里希那（Krishna）[②]，也可以化身为伽梨（Kali）[③]，这让克洛岱尔的厌恶之情更甚。他确实在此抨击印度教仪式中自相矛盾之处，它们要求信徒弃恶去罪，却又将神祇描述成无善恶概念的绝对存在。

所有这些保留意见与批判并未令此文变成一篇“驳善者论”。虽然分析语带批评，但若理解为对印度教思想彻底、全盘的指责，则未免过于简单粗浅。保罗·克洛岱尔再次使用地理意象将印度描绘为“神满为患”之地，三十七万零五千位神纷纷拥拥开天辟地：“上帝将冰冷的糊剂放入欧洲躯体，让来自大洋深处的清风吹拂，印度未得此遇，依然在混沌初开中喘息不已。”[④] 保罗·克洛岱尔多年以来一直在读英国散文家吉尔伯特·基思·切斯特顿（Gilbert Keith Chesterton）的著作，并在注释中引述其语：“亚洲的魔鬼与神祇同样众多，此说并非偏见，而由实际接触可知。”[⑤] 他随即解释道：“譬如

---

① *O Po*, p. 83。

② 克里希那，又译“奎师那”，梵文意为“深蓝、黑色”，为诸神之首，被视为毗湿奴的第八化身。——译者注

③ 伽梨为印度教中的女神，湿婆神妃帕尔瓦蒂之化身，形象时而正义慈爱，时而阴暗暴戾。——译者注

④ *O Po*, pp. 86–87.

⑤ 引自 G.K.Chesterton, *L'Homme qu'on appelle le Christ, in OC*XXIII, pp. 86–87, note 2。

昆虫世界，既生害虫，自有天敌降之。”印度鬼神众多，谎言与真理相互交织，最终谎言被揭露，真理也得以昭彰。因此在印度教中，有克洛岱尔视作真理的一部分，不容忽视。这位诗人清楚地向神秘的印度教徒致以敬意：“这种向着太阳的盲目努力并非毫无价值和美感。”他随后写道，即使在基督教中，“归根结底”，我们也会发现“对绝对的同样渴望和对偶然的同样恐惧”，用以强调某种“自在之境的深刻感召”。保罗·克洛岱尔随后引述罗曼·罗兰的作品[①]，论及罗摩克里希那和多达布里（guru Tota Puri，文中写作“Totapuri”）的相遇。在遇到多达布里后，初悟吠檀多（Vedanta）哲学[②]的罗摩克里希那已达到隉未卡帕三昧（nirvikalpa-samadhi）[③]的空无境界，从而与万物之梵心合为一体，保罗·克洛岱尔称之为“上帝之质素”。对克洛岱尔而言，这一阶段代表印度教灵修之巅峰：“罗摩克里希那似乎比前人更明显地臻于上帝的概念，不仅作为一种存在，更是作为万有之因。”[④]印度教思想便止步于此了，保罗·克洛岱尔对此颇感遗憾，随即发现这种“解脱”并未如基督教一般让上帝在凡间化身显现，为世人赎罪，又为世人称义而复活，令普世得永福。

---

① Romain Rolland, *op. cit.*, p. 61–68, cité *in OC*XXIII, pp. 88–89.

② 印度六派哲学之一，意为吠陀之终极，追求梵我合一之境。——译者注

③ 梵语，意为失去身体意识，灵魂永恒地体验“我是神”的状态。——译者注

④ Romain Rolland, *op. cit.*, pp. 61–68, cité *in OC*XXIII, pp. 88–89.

在这一表述中，印度教升华至某种启示的最初阶段，以一种未必可靠的努力达到这种顿悟。保罗·克洛岱尔在影射所谓“真理之游荡”时亦忆及吉尔伯特·基思·切斯特顿之语：在精神领域，不论是错误还是谎言，从来都只是迷途的、含混的、受到限制或未被理解的真理。[①] 因此，他认识到，印度教徒“竭力追求上帝的力量，上帝的才能，上帝的荣耀”，他的善行完全值得尊重，即便“一门错误的教义或多或少成为他的工具”。克洛岱尔一直采取这种方法，常以自然、地理或气候为喻（如上文所见），近距离分析东方思想，从中找出与基督教相似或相同之处。

除了批判和警诫之外，对保罗·克洛岱尔而言，东方与神祇这两个概念之间似乎存在神秘的联系。在《在启示录彩绘玻璃窗之间》末章，他通过分析“Alpha 与 Oméga[②] 双重缩略语”[③] 这两个字符展开对世界末日的思考。我们在此探讨的是 Oméga（Ω），即最后一个字母，代表时间的终结或尽头。保罗·克洛岱尔解释道，它是一个开放的、带孔洞的圆，置于“两段横杠”之上，仿佛被推开的双侧“门扇”。这“大

① 保罗·克洛岱尔在说道“魔鬼撒谎只许用真理”（见 *OC*XXIII, p. 98.）时亦提及吉尔伯特·基思·切斯特顿的论证。

② Alpha（A）是希腊字母首字母，Oméga（Ω）是希腊字母表中第 24 个字母，也是最后一个字母，分别代表开始和终结。——译者注

③ *PB*, ch.XVII, p. 308.

开”之门被视为“永不关闭的东方之门”①。有两点很重要。首先，令人惊讶的是，克洛岱尔竟是通过幻想的方式，以表意文字展开解读，当他在日本写作《西方表意文字》②时，这种幻想无疑便已产生。其次可以看到，保罗·克洛岱尔让Oméga之门朝向东方（若换作一位优秀的地图测绘者，则会将之置于南方），如此一来，他便可以借用《旧约》中以西结（Ezéchiel）③所见“东方之门”之语。④这位先知提到的庙门朝向东方，意味深长地与上帝的显现联系在一起。更晚以后，在《一位诗人注视十字架》（*Un Poète regarde la Croix*）中，保罗·克洛岱尔写道：“天主本名为Orient……”⑤在某个对拉丁文《圣经》的注释中，克洛岱尔解释了对撒迦利亚（Zacharie）⑥的参引：“看哪，那名称为大卫苗裔的（Ecce vir : Oriens nomen ejus）（《撒迦利亚书》，6:12）。”⑦克洛岱尔并未

---

① *PB*, ch.XVII, p. 309。

② 参阅其他相似例子，in *PB*, pp. 179, 714. *Idéogrammes occidentaux* est repris in *O Pr*, p. 81。

③ 以西结，《旧约》中四大先知第三位（其他三位分别为以赛亚、耶利米和但以理），为《以西结书》作者。——译者注

④ Ezechiel, 10:19 ;11:1.

⑤ Paul Claudel, *Un Poète regarde la Croix*（1938）, repris in *PB*, p. 601.

⑥ 撒迦利亚是《旧约》中的先知，施洗约翰之父，《撒迦利亚书》的作者。——译者注

⑦ *Ibid*., note a.

对诠释此段感到棘手[①]，他以此名称呼上帝本身。写出上帝之名，上帝之“本名”，这一选择对于保罗·克洛岱尔而言意味着密集交错的意指。应当回到拉丁语动词orior，oriens是其分词形式，意即“升起、诞生、源出”，正因如此，该词在法文中经常被译为“萌芽”。在古典拉丁文中，它可以指星辰升起或植物萌芽。但确切而言，oriens意指“初生旭日”或“日出之国”，即东方（Orient）一词的地理含义，这一含义随即具有象征意味：东方是日出之方位，朝向耶路撒冷，如同所有教堂祭台后的半圆形后堂。但在专门论述中华民族与日本民族的一段中，保罗·克洛岱尔赋予此词更为广泛且完整的含义，他将之扩展至远东，趋向遥远的东方。[②]

---

① 保罗·克洛岱尔很可能从《神圣的圣经》（*La Sainte Bible*）开始研究：*La Sainte Bible(texte latin et traduction française) commentée d'après la Vulgate et les textes originaux à l'usage des Séminaires et du clergé,* de L.-Cl ; Fillion, Paris, Letouzet et Ané, 1888—1904, 8 vol。但应当注意到，《圣经》的大部分现代翻译在此处选择 «sèmah, germe»：“... dont le nom est germe”，参阅 T.O.B., Paris, Le Cerf, 1996, p. 785；*L'Ancien Testament*, trad. d'Edouard Dhorme, Paris, Gallimard, coll. «Bibliothèque de La Pléiade», 1959, p. 848。有时可见 «généreux»，参阅 *La Bible. Nouvelle traduction*, trad. de F. Delay et A.Sérandour, Paris, Bayard, 2001, p. 1129。保罗·克洛岱尔采用传统译本，即 Louis-Isaac Lemaître de Sacy1670 年译本，参阅 l'éd. Ph.Sellier, Paris, Robert Laffont, coll. «Bouquins», 1990, p. 1183。在《撒迦利亚书》中，这个名字很可能是指重建圣殿的所罗巴伯（Zorobabel），但“germe”（或“东方”）也可能指大卫王或弥赛亚，正如《旧约》某些注释数次提到的一样，参阅《以赛亚书》（*Isaïe*），4,2；《耶利米书》（*Jérémie*），23:5；33:15。

② 参阅 *Un Poète regarde la Croix, in PB*, p. 600。

甫至中国，保罗·克洛岱尔最初相信亚洲有某种独特的“启示”，尤其是中国。在《第七日的休息》（1896）中，他想象基督教在古代“中央帝国”滥觞之景，并将之搬上舞台。书中参照基本来源于宗教文献，取自耶稣会士索隐派的著作，索隐派自称在中国古代典籍中找到基督教神启的痕迹。还应该注意到，一些学者和地理学家，如克洛岱尔数次参引的泰利安·德·拉古贝里（Terrien de La Couperie），或合著《中华帝国》（*L'Empire du Milieu*，1902）的艾力泽·勒克吕和奥内西姆·勒克吕兄弟，都断言中华文明起源于闪米特族。克洛岱尔很快摒弃了这些假设，在《龙之意》中认为它们过于冒进。然而，虽然西方与亚洲之间长久隔绝，不曾互通有无，克洛岱尔仍认为上帝也照临了这些区域：“虽然人类当中的很大一部分不识真正的上帝，但上帝依然存在，依然发挥影响。”①

当保罗·克洛岱尔论及所见中国风景的精神意义时，地理再次出现在“山”的意象中，“山”是儒家与道家思想中十分常见的象征之地。《剑与镜》（*L'Epée et le Miroir*，1938）②中有一段题为《登山》（*La Montée*）的妙文，诗人在文中回忆起在福州清凉的古梁度过的夏季。文章包含三个方面：以亚洲一般的笔触由下而上细致描绘的风景，其中夹

① *OC*XXIII , p. 78.

② Paul Claudel, *L'Epée et le Miroir, in PB*, pp. 751–752.

杂着对过往的回忆，登山也被赋予宗教意蕴，中国山峰变成赞美诗第23篇中的“天主之山”，并让人想到《申命记》（*Deutéronome*）中传说摩西去世之地——亚巴琳山峰。诗人重温中国传统山水画风，并参加“大地上的群山不断如祭司一般庄严举行的广阔弥撒”。中国风景在此笼罩着诗意，变得神圣：它绝非仅是装饰，因为它已成为在现实和画卷之上皆铺展开来的天地山岩祝圣之地。山峰成为主要象征，甚至是一种存在。在《一位诗人注视十字架》中，保罗·克洛岱尔将之视为上帝在世间显现的“基底”，“有如我们的永福之径”。克洛岱尔想在广阔的“世界微缩模型”上作一幅教堂还愿画，在其中融入回忆中的中国——凝于中国画家“灵性”①的笔墨山水间的中国。

在这幅地图上，中国长城未能抵御中亚幽暗地带的入侵，只呈现出诗人所谓的“温和的反基督”之人：孔子和老子。保罗·克洛岱尔以大胆的拟人手法让上帝发声：

> 我就是道路（约翰福音，14:6）。我就是年迈的老子从西山另一侧前来找寻之人。因为我就是道——他在老龙阴暗的褶皱间徒然寻觅入口的荒径。我就是孔子在万物之中领会到的存在②。

---

① *PB*, p. 752.

② *PB*, p. 601.

一个东方，数颗珍珠

这一重要引述值得多番阐释。它基于这样一种思想：道家与儒家思想于不觉之中包含了一部分基督教真理。从中可见，保罗·克洛岱尔在思考中纳入亚洲思想的某些内容，而又努力不背弃自身的宗教信仰。这种同化的做法自然需要作出选择和批判，比如上文提及的佛教此处不再出现；但更关键的是研究保罗·克洛岱尔如何且在何种程度上将道家和儒家的思想追求部分融入自己的宗教思想中。

克洛岱尔曾撰文讲述老子出关西游的典故，题为《老子出游》（*Le Départ de Lao Tseu*）[①]，此文成为保罗·佩蒂（Paul Petit）[②]1931 年编排出版的保罗·克洛岱尔作品集中的序言。这则极为著名的典故摘自司马迁的《史记》，沙畹曾在 1895 年出版该书部分译文。[③] 老子“启程”虽从未被清楚诠释，但对于保罗·克洛岱尔而言显然意味深长。“圣贤”在此变成

---

① 此文首先发表于 1931 年 12 月 10 日《学术生活》（*La Vie intellectuelle*），in *O Pr*, p. 920。

② 保罗·佩蒂（1893—1944），法国作家、文学翻译家、社会学家、外交官，曾参与抵抗运动，与克洛岱尔在翻译与出版方面来往密切。——译者注

③ Edouard Chavannes, *Les Mémoires historiques de Se-ma Ts'ien*, Paris, E.Leroux, 1895. 但此译本只涉及前 47 章；参阅《史记》，北京：中华书局 1959 年版。

“朝圣者”[①]，向西而行以求神启，这并非克洛岱尔无心而写。《第七日的休息》最后一幕，当皇帝宣告“主显之荣耀”“将来自山中与西方”时，这一方向已然出现。[②]通过重写老子的神秘消隐，保罗·克洛岱尔隐约透露出心中的道家终极境界，即基督教的神启。《老子启程》完成几年之后，这位释经的诗人又在《剑与镜》中清楚地用基督教启示比附道家的意求。从诗学角度看，这一比附建立在“珍珠”的形象上。在引述《马太福音》（13:45–46）时，保罗·克洛岱尔提及“以采撷雏菊为乐之人”，即珍珠的寓言。他解释道，这颗稀世珍珠，是“必然的一”，是“我们指间所有的凝结，是通往神秘的耶路撒冷之门”[③]。这则寓言甚至在远东的宗教象征中也具有意义，保罗·克洛岱尔在说到珍珠在亚洲的对应物时重提此篇：“此即道家朝圣者要在宇宙之轮的车毂中找寻的北极星，此即佛祖眉间的清澈瑰宝。”[④]此处对佛祖的参引出人意料，因为这与克洛岱尔关于佛教的大部分文章相悖。对“北极星”的指涉颇有含义，它指的是道教静修时作为绝对参照点的那颗

---

① *O Pr*, p. 921, 923.

② Paul Claudel, *Le Repos du septième jour*, Théâtre, Paris, Gallimard, coll. «Bibliothèque de La Pléiade» 1967, t. I, p. 850.

③ *PB*, p. 714.

④ *PB*, p. 714. 关于此段的注释（见 *PB,* p.1597）可能需要修正：此处提及的“宇宙之轮”并非指佛教的“永世法轮”，而肯定是指克洛岱尔熟知的《道德经》第十一章开篇的“毂”和“空”的意象。

恒星（紫微大帝）。《第七日的休息》第一幕已出现的虚构统治者——皇帝，在1926年的《诗人与香炉》中，丢失了象征道的“黑珍珠”[1]。“智慧”“明见”和“苦寻”先后搜寻未果，最终却是“无所求”得之。听完香炉的讲述，诗人捧腹大笑，并表示这个故事“可笑”又“愚蠢”……我们不应被这个反应蒙蔽，因为珍珠虽然在此确是道的象征，但我们已在《剑与镜》中看到，道教徒向着“北极星”孜孜以求，可比之对基督教珍珠这一“天恩之核”[2]的追求。求索之路可以“无所求”而实现，此词暗含了道家的“无为”思想。保罗·克洛岱尔写《主啊，请教我们祈祷》（*Seigneur apprenez-nows à prier*，1942）时，再次提及这条几乎是不经意的通往天恩之道：“《圣经》言：寻找的，就寻见（《马太福音》，7:7）！中国之道则云：不觅自得。两种方式皆可循。”[3]此处当然只涉及“方式”而非道家本身的精神实质，但二者之比较十分明显，意味着基督教徒的思想境界与道家“朝圣者”有相通之处：即有意的静笃无为。这种无为并非被动，而是基于人敬奉上帝置于其中的“空”与“无”。在《上帝存在之感》（*Le Sentiment de la Présence de Dieu*，1933）中，保罗·克洛岱

① *O Pr*, pp. 836–847. 笔者在此借用的是克洛岱尔将“道（Dao）”写作“Tao”的习惯写法。

② *PB*, p. 714.

③ *PB*, p. 714.

尔清晰阐明了这种“方式”，但并未明确指出引自哪一部亚洲著作。他写道，皈依的诉求应该是这样一种感觉：

> 若对上帝的旨意毫不反对，毫不敷衍，有别于他掌中最柔软的工具，且对创造者而言是其创造物之外的存在，即来自虚无之物——便会对此感到不可容忍的不公。这种强烈的感觉深入内在，仿佛是一种本能。该由我们——如果可以这么说，赋予这**虚无**以积极意义，并相对于上帝而言，接纳这持续的全神贯注的状态。[①]

“老子劝人闭目以食母，除此之外更复何言？”[②]《诗人与香炉》已有此言。克洛岱尔引述《约翰福音》的选段《我就是道路》（*Je suis la Voie*）（第 14 章第 6 节），并将西文中“道”（voie）这个词的首字母 V 大写，与常规不符，这些都清楚地表明，他将道家之“道”（顾赛芬译本译作 via）与基督答圣多马时所说的“道”相提并论。虽然如此，克洛岱尔并非为了维护基督教而粗浅狭隘地将道与上帝混为一谈。他的分析细腻微妙，基于对道家的真正关注，通过可能的比较对照，以亚洲思想独有的全部敏感认知丰富西方的视角。

“我就是孔子在万物之中领会到的存在。”保罗·克洛岱

① *PB*, p. 390. 黑体为保罗·克洛岱尔本人所作强调记号。

② *O Pr*, p. 845.

尔在《一位诗人注视十字架》结尾写道。克洛岱尔的作品中对孔子的明显指涉较少:《龙之意》第四章[①]含有对儒家思想主要特点的概述，但克洛岱尔大概认为孔子之说偏重社会与政治，而罕言思想与宗教。但对于《诗人与香炉》中道家香炉称之为“腐儒”的孔子，克洛岱尔仍在其著作中注意到两大重要主题。首先是孝道以及生者与死者的关系，《第七日的休息》，尤其是《五大颂歌》（*Cinq Grandes Odes*）末篇《闭户》（*La maison fermée*）都以之为主题，克洛岱尔在1913年的论述中将《闭户》称为“向和我们从未分离且朝夕相伴的死者致意”[②]。保罗·克洛岱尔在这篇颂歌中肯定了11月初基督教仪式的优越性，以及对逝者的祭奠与万灵的庆典，并清楚地将之比附儒家的孝道。[③]

在儒家思想中，诗人更为感兴趣的是“中”，这一概念曾出现在《一位诗人注视十字架》中上文引述的那一句。克洛岱尔在顾赛芬所译《四书》之《中庸》[④]中发现了这个概念。《第七日的休息》中，皇帝多次提及这一儒家理念，如在第一幕说起“不可分解的中央”，又在第三幕中提到“神圣的中

① 笔者已经在《保罗·克洛岱尔与中国》（*Paul Claudel et L'Empire du Milieu*）（著作同前，第三部分）中分析过此章。

② Paul Claudel, *Cinq Grandes Odes, in Œuvre poétique*（以下简称 *O Po*），Paris, Gallimard, coll. «Bibliothèque de La Pléiade», 1967, p. 277.

③ *O Po*, p. 291.

④ Séraphin Couvreur, *Les Quatre Livres*, *op. cit*.

央”。[1]“中”字可简单地指称中国或是皇帝所居天地之中。《第七日的休息》指出，此词更常见的用法是指某种精神状态与行为：

> 天命居于神圣中央的皇帝，何为其庄严职责？
>
> 在有形与无形之间，以一耳或另一耳倾听，维持永久和谐，消弭不谐之音，若不为此又是为何？

除了“神圣的中央”这一概念，此段多处透着《中庸》的影响。“永久和谐”，以及用以校验和谐的乐音之喻，皆取自儒家思想及其礼仪；当然，“有形与无形”这一传统说法参引的是《信经》的天主教观点：“……无论有形无形，都是他所创造的……”并由此与此段中儒家思想混融并暗加改换。

很难说当保罗·克洛岱尔旅居中国期间发现“中”这一概念时如何理解其义。但可以确定的是，他领会到了“中”在中国思想中的重要地位。中庸的概念凝聚了儒家准则，程艾兰将之译为“恒久的正中”[2]。中庸之道包含公平、公正、平衡与节制，受道家影响而与之密切相关。“圣人”（顾赛芬音译为 cheng jenn，意即“才德全尽之贤哲”）自见原初之道，正如保罗·克洛岱尔在《中庸》所读到的：

---

① Paul Claudel, *Théâtre*, *op. cit.*, t. I, pp. 803, 857, 852.

② Anne Cheng, *Histoire de la pensée chinoise*, Paris, Seuil, 1997, 尤其是第二章。

真正的完美是上天之作，人的使命是令其光芒自显。生而完美之人无须努力而能达到目标，不假思索而能沿循正道，不费周折而能自处正中——此即才德全尽之贤哲。[1]

对于《第七日的休息》的作者克洛岱尔而言，“圣人”即是在十字架上重建和谐的基督。书中最后一幕，皇帝手握十字符，指之告曰：“此乃至圣之中，四极发散之源点，为妙不可言之中心。”[2]“中”与（人的）尽善尽美相连，也隐含“神圣”之意（取该词在西方世界的含义），正如稍晚的《一位诗人注视十字架》所言，也与顾赛芬评注暗暗契合。保罗·克洛岱尔认为，儒家圣贤追求止于“至善”之境，于是不知不觉趋向上帝。克洛岱尔的某些释经作品中亦出现“中央”的概念，或者更确切地说是“中心”。《约伯记一瞥》（*Un regard sur le livre de Job*）中描写撒旦徒劳地围着上帝这个“中心”旋转，有如“狗追着自己的尾巴”[3]。这个“中心”自然不是儒

① *Tchoung Ioung, op. cit.*, p. 51 ：«Vera bonitas est Cœil via ; vere bonum facere seipsum est hominis opus. Qui vere bonus est, non conatur, attamen attingit medium; non cogitat, attamen assequitur rectum; commode est facile stat in media via; est sapientissimus vir.» 为了在此处仅保留译文，笔者省略了这位耶稣会士括号里的评注。可以看见，拉丁文将“道”译成 via，而法文译本则省去。

此段出自《中庸》第二十章：“诚者，天之道也。诚之者，人之道也。诚者，不勉而中，不思而得，从容中道，圣人也。”——译者注

② Paul Claudel, *Théâtre*, *op. cit.*, p. 844.

③ *PB*, p. 936.

家的"中庸"，虽然保罗·克洛岱尔所作的比照影响仍在。中文里的"中"字是指平衡之道，以使美德臻于完善，在此则变成目的本身，散发神圣光芒的中心。

保罗·克洛岱尔将《马太福音》寓言中的珍珠比作通往"神秘的耶路撒冷"的钥匙，又将之与一些意象作比较，如道家的"中天紫微北极太皇大帝"和佛祖眉间"清澈的瑰宝"。他在注释中补充道："珍珠有一种**东方**的光泽，即是说，东方赋予它这道光芒，这灵性布道台的粉红焕彩。"[①]东方再次引向新耶路撒冷。根据保罗·克洛岱尔所引《若望启示录》（*l'Apocalypse de saint Jean*）（21:21）的记述，新耶路撒冷的每扇门都是一颗珍珠。但那光芒即刻射向远东，射向折映到亚洲的北极星与瑰宝，虽然星辰与瑰宝被认为不尽完美或含有缺陷。圣母玛利亚的形象也出现在远东，化为"观音"[②]大士的形貌。《一位诗人注视十字架》中对观音有所提及。观音塑像有时呈怀抱童子状，保罗·克洛岱尔清楚地将她怀中的童子比作上帝和曾经飞临亚洲地区的圣灵"鸽"，由此显然将观音比附圣母："如同依偎在女人怀抱里的幼儿，为的是扼死妖龙。这位女性就是穷苦百姓口中的观音。"[③]保罗·克洛岱尔来到中国后便知此神，在《龙之意》中已有参引："受人欢

① *PB*, p. 714, note a. 黑体为保罗·克洛岱尔本人所作强调记号。

② 保罗·克洛岱尔对观音的写法有好几种。

③ *PB*, p. 601.

迎的观音是仁慈之神与海神，以细颈净瓶向大地倾注仁爱。”下文内容证明克洛岱尔知道观音来自印度，他解释道：“印度观音……性别发生变化，逐渐与道教观音形象混为一体。”[①]最初，印度观音菩萨是一位救苦救难的慈悲之神，尤助祈求生子的妇女，传入中国后，梵文名被译为“观音”或“观世音”，指“听辨声音者”，意即“听取世间祷告”。自7世纪起，观音开始呈现女性特征，崇拜者渐众。施舟人（Kristofer Schipper）认为，这位女神代表慈悲，是“送子之神”，是女性贤淑美德的化身。我们很理解这些特点为何会吸引保罗·克洛岱尔的注意，他曾提及在中国和日本所见的观音塑像与画像。在这些简短描述中，有送子观音、过海观音，还有手执或倾倒细颈净瓶（即佛教持物“捃稚迦”）的观音，瓶中盛慈悲之液，水或甘露，以解祷告者之渴。

从克洛岱尔的描述可以看出，这位中国女神身上隐约显现出圣母形象，虽然轮廓模糊幽隐。不论是画集还是雕像，抑或在精神层面，这位女神也是以“送子女神”的形象出现的，她的特点让人想到天主教圣母德叙祷文：忧苦之慰，海星圣母……而且，在《缎子鞋》（1929）第一幕，若不是堂·罗德里格（Don Rodrigue）纠正说法，中国人伊西多尔很愿意将观音菩萨与“慈悲圣母”的形象混为一谈：

---

① Paul Claudel, *Sous le signe du dragon*, Paris, Gallimard, 1957（8e éd.）, pp. 90, 110.

中国人　只有凝结在细颈净瓶里，由大慈大悲的圣母菩萨的恩惠液化的酏剂才是无偿的。

你看，这些液珠一旦接触到稠密的大气，它们就会挥发起火。

堂·罗德里格　你看到的不是圣母，而是你曾目不转睛盯着看的在莲花青葵座上端坐着的中国偶像。①

这段对话之后，中国人和堂·罗德里格看到两列队伍：一列来自西方，载着圣雅各的雕像；另一列则供奉着圣母玛利亚，她出现在了东方。

虽然保罗·克洛岱尔对亚洲的态度有所保留，有时也激烈批评亚洲（主要针对佛教），但他作了全面且细致入微的比较，得以将亚洲思想的一些基本理念纳入自身的思想信仰，同时构想出某种致献远东的福音预备。就文学角度而论，这些比较虽然分散，却凝聚于和谐统一的诗学中。这种诗学首先建立在一种象征性的地理图景上。广阔地域与精神宗教影响的分布相关，与东西两极相应，在对这些广阔地域的观照

① Paul Claudel, *Le Soulier de satin, in Théâtre*, Paris, Gallimard, coll. «Bibliothèque de La Pléiade», 1965, t.II, pp. 700–701.

译文转引自余中先译《缎子鞋》，“中法文化之旅”丛书，长春：吉林出版集团有限责任公司 2012 年版，第 43 页。——译者注

中，象征性地理图景可包罗宇宙万象。但地理或气候的比喻也可以微缩为保罗·克洛岱尔在多种宗教或哲学思想中发现的几个典型象征，比如“山”的意象。此外，克洛岱尔借由多个诗学意象进行文学性与宗教性兼有的比较研究并撰写著作，例如“珍珠”“东方”以及“道”“中”或“中心”等概念。

保罗·克洛岱尔小心翼翼地透露自己的梦想，同时也在构筑梦想，仿佛是他在《以马忤斯》中仍幻想着的皈依远东的诗意序曲：

> 谁又知道，有朝一日，富士山不会在亚洲的门槛上重新焕发新生的光焰？那在中国侧柏之心敲击上古青铜的木槌，不会是苦行者无用忧思的食粮，而将在难以言传的孤寂中，为抚慰苦痛的圣母现身奏响序曲？[①]

保罗·克洛岱尔在同一篇文章中明确表示：“有真，有假，有是，有否，白即是白，黑即是黑，别无他色！”虽则如此，他的言辞却不断证明：对话是开放的，而且他认为，能够在亚洲思想中发现一部分“真理”。他之所以毫不犹疑地取鉴，大概是忆及吉尔伯特·基思·切斯特顿在《异教徒》(*Heretics*)[②]中所言：“基督教和异教的基本事实是：彼此相

① *OC*XXIII, pp. 262–263.

② 一译《异端》。——译者注

继。”[1]也就是说，异教的本质最终归向基督教。保罗·克洛岱尔在《约伯记一瞥》中所言略同，他肯定上帝“以胜者姿态借异教之遗骸丰富自身”。这是因为，与远东思想的对话纵使被指存在讹误与谎言，却总是硕果累累，彰显真理，保罗·克洛岱尔却谨慎地补充道：“勿让谈话越过应有的界限。”[2]

我们已经看到，丁敦龄大概是第一位在泰奥菲尔·戈蒂埃的支持下以法文在巴黎发表作品的中国文人。他在帕纳斯派甚至在戏讽帕纳斯派的作品中留下了属于他的印记，而且参与了第一部法国文人中国诗歌选集的编写。不知是不幸还是万幸——20 世纪发生了许多重大事件，使得一些中国作家来到法国，今日法国文坛的不少知名作家都来自中国，其中就有戴思杰和山飒。在此背景下，应将专门论述程抱一的声望与性情。这位法兰西学院院士通过研究、翻译和教学，以及小说与诗歌创作，让人对已然影响法国文学与绘画的中国文化与文学有了更为崭新深入的理解。然而，程抱一于 2005 年以选集形式出版的诗歌作品也是一部深思玄奥之作，例如诗集《托斯坎咏叹》（*Cantos Toscans*）中便出现多重宗教形象：景象之中包含精神对话。诗集虽以法文描绘意大利风景，但中国诗人敏感的诗心与对中国诗歌的参照自然是无处不在。中国、意大利、法兰西，中国诗人、意大利诗人和法国诗人

① G.K.Chesterton, «*Heretics*», London, John Lane, [rééd. 1928] 1905, p. 154.

② *PB*, p. 938.

目光汇聚，程抱一称之为“共生”诗学；而中国文化接受其他文化的审视与影响，分担全球化带来的创造性后果，这也促成了“共生”。

程抱一诗集《托斯坎咏叹》里的中国、意大利和法国

《万有之东——程抱一诗辑》[1]将程抱一的五部诗集结集出版：《双歌集》、《托斯坎咏叹》、《沿着爱之长河》（*Le Long d'un amour*，2003）、《谁来言说我们的夜晚》（*Qui dira notre nuit*，2001）和《冲虚之书》（*Le Livre du Vide médian*，2004）。在此将要论述的是《托斯坎咏叹》，因为这部诗集体现了程抱一所说的文学与文化的“共生”创造力。意大利的历史与法国交织，两国亦有文化交流，诗人以意大利为背景，通过研究弗兰齐斯科·彼特拉克（François Pétrarque）或达·芬奇等艺术家及其作品，展现其写作特色与独特的中国本根文化。

《托斯坎咏叹》辑录的四十九首诗形式罕见，每首诗七

① 书名中译取自程抱一：《万有之东》，朱静译，上海：同济大学出版社 2007 年版。——译者注

句，前为六行诗，末句自成一行[①]，诗句长短不一，平均六至十二音节。这种形式很难按传统归类：中国人偏好四行诗（绝句）和八行诗（律诗），意大利诗歌普遍为六行或八行，而法国人则常作四行诗、六行诗和八行诗——大多为偶数诗行。所以诗集中每首诗像是意大利或法国十四行诗的一半，而言词简洁与奇数节拍使之别具一格。这种崭新形式一反惯例以“咏叹”（canto）命名：在现代意大利语中，此词不如 canzone 流行，可以指长诗，尤其是史诗中的“唱段”（canti）。变成复数进入法文后，“咏叹”（cantos）一词听来恰似普罗旺斯人的乡调，但全名《托斯坎咏叹》则让人想到偏东的地带。在《万有之东》各诗集标题中，唯有《托斯坎咏叹》带有确切地名：意大利托斯坎地区有着辉煌的历史和丰富的艺术遗产，几度为欧洲通往东方乃至远东的“通道”。程抱一本人将《托斯坎咏叹》称为“扩大了的与大地之间的对话”[②]，其中正是托斯坎地区以其自然风光成为整个大自然的象征。

---

① 《托斯坎咏叹》最初在 1999 年由 Unes 出版社出版；笔者在此研究的是该作品的第二版，由作者程抱一本人校订，收入《万有之东》（*A l'orient de tout*），Paris, Gallimard, coll. «Folio Poésie», 2005。文中括号中的数据参考自该版编码。

② François Cheng（程抱一），*in Le Dialogue*, Paris, Desclée de Brouwer, Presses Littéraires et artistiques de Shanghai，2002，p. 72.

此段译文转引程抱一：《对话》，张彤译，北京：北京大学出版社 2011 年版，第 110 页。——译者注虽然标题中的两个词形为拉丁拼音，却蕴含极为丰富的图像，十分引人注目。词中音节可作多解，首尾回环[①]；它能够让西方“字符”呈现双重解读，让人意欲破解保罗·克洛岱尔曾构想的“西方表意文字”[②]。程抱一在《对话》（*Le Dialogue*）[③]中运用并创新的正是这种颖异而令人兴奋的双重解读。字母本身即是歌咏，o 和 a 似大张的嘴，c 被保罗·克洛岱尔比作“弯曲的呼吸系统”；字母亦是风景，在 n 的山谷中，或 t 的树形里……在这些或明或暗的符号中，还有气韵游走的 s。当然，醒目的标题已然昭示独特的“咏叹”：诗集中 49 首“咏叹”相互呼应，凝为一体，从风景的显现经由宗教形象向精神升华渐进。《托斯坎咏叹》属于程抱一所言的“源自两种‘共生’的诗歌传统”[④]的多元文化诗学：“西方”有意大利和法国的伟大诗人与绘画巨匠，“东方”有中国的笔墨丹青，亦有诗词圣手。但如此划分仍然过于教条，因为诗歌融合多元“传统”，使之相互交织。

标题的声韵与回文甫一开始便体现出中国诗画意境中歌咏与所处地点、歌咏与风景之间内在、本质的关联，中国的诗与画

---

① 基于这一特点，《对话》中文版译者张彤亦将之译为《韵曲曲韵》。——译者注

② 参阅 Paul Claudel, *Idéogrammes occidentaux, in Œuvre en prose*, Paris, Gallimard, coll.«Bibliothèque de La Pléiade», 1965。

③ 参阅 François Cheng, *Le Dialogue, op. cit.*, p. 39, 40 et suiv。

④ 参阅 François Cheng, *Le Dialogue, op. cit.*, p. 39。

也是程抱一文学论著中的重要部分。当人吟咏着日上中天，万籁静谧和谐之景时，这种原生的关联互为源泉，取之不竭（137）：

静谧正午。
橄榄成熟淌油；
葡萄成熟淌酒。
蚂蚁运送食粮沿着深草短墙。
乡野一望无际，

万籁无声有声。[1]

倘若不看诗集标题，怎会知道这只“蚂蚁”是一只托斯卡纳的蚂蚁，一只同样忙碌专注的 formica operaia（意大利语“劳作的蚂蚁”）？此处最能体现南欧与托斯坎风情的是诗中出现的花草树木。这般意大利风景也是诗人彼特拉克在诗歌中描述最多的风景，当然，是为了抒发情思。在其《歌集》（*Canzoniere*）中，景语反映情语或情景交融之处并不罕见。在《美的五次沉思》（*Cinq méditations sur la beauté*）之第三次沉思中，程抱一援举几位在作品中赋予灵魂“优先”[2] 地位

① 译文转引自程抱一：《万有之东》，朱静译，上海：同济大学出版社 2007 年版，第 143 页。

② François Cheng, *Cinq méditations sur la beauté, op. cit.*, p. 71.

的作家，其中就有彼特拉克；并且提及在意大利、阿拉伯和中国文化中某种共有的冲动——殷勤有礼的爱情。但在《托斯坎咏叹》中，大自然或许比劳拉们[①]更加富于母性，甚至可以体现在具有女性特征的景色中，譬如“圆浑山丘”是“激起情欲的乳峰”（120）。于是，我们沿路望见了彼特拉克十四行诗中满植的树木：月桂、橄榄和《双歌集》中的青柏。[②]两首诗左右映衬，皆以青柏为主题，一首写风中青柏，一首写雨中青柏（118，119）：

（青柏）	（青柏）
狂风骤起，	大雨来临之时，
我们昂扬。	我们任凭浇淋。
千百蝴蝶	太阳执笔我们
点破天边。	在晚晴之光里。
我们巍然，	我们身影一画，
坚守此地，	——多么挺拔，饱满——
树液自根直上！	托出感恩大地。[③]

① 劳拉是意大利伟大诗人彼特拉克终其一生念念不忘的女性，是其诗歌创作的灵感源泉，此处盖喻优美女性。——译者注

② François Cheng, *Double chant, in A l'orient de tout, op. cit.*, p. 62.

③ 译文转引自程抱一：《万有之东》，朱静译，上海：同济大学出版社 2007 年版，第 114—115 页。——译者注

风的吹动让人想起“大道自觉由衷而发”和“由衷歌唱”（153），也在风景之中，与彼特拉克及其他古代诗人对气韵（aura）的回想有着无形的联系，在意大利诗歌中，“气韵”这一诗歌的微风仿佛是生命的气息[①]。“气韵”亦见于其他诗篇，伴随着生动风景的各种音调变幻，潮汐起伏，气味与光线的颤动，和世界的“呢喃”低语（144）——这些都是《美的五次沉思》其中一次沉思的主题[②]：

再上一步我们将登峰顶，
透过松林即能眺望大海。
金边阴影吐放逝梦气息，
漫长午后大地依然呢喃。
一切重获：腐土，松香，烟味，
此地，他方微风间，波涛迢遥。

更远处，当年泪水晶莹之白帆。[③]

---

① 关于这个主题，参阅罗伯托·安东内利（Roberto Antonelli）为彼特拉克之《歌集》（*Canzoniere*）所作序言，Torina,Einaudi, 1992。

② 《美的五次沉思》之第二次沉思，著作同前引（*Cinq Méditations sur la beauté*），尤其参阅关于“心”这一概念的段落，第 43—45 页。

③ 译文转引自程抱一：《万有之东》，朱静译，上海：同济大学出版社 2007 年版，第 155 页。——译者注

第二首诗中，当浇淋青柏的雨水照映阳光时，变得颜色莫辨，如彩虹完美无瑕。迎着和风与大风之歌，青柏由衷“一画”，如笔墨丹青，让潮湿的大地重又坚固稳定。两首小诗自成诗学意境，体现了风景元素与吟诗作画之间正在建立的延续性和谐。然而，诗人却似“异乡人”一般让人捉摸不透（121）：

大地媚光迷人，
尘间天使飞过。
异乡之客来自
云天、泉源，他眷恋
未经启示的山谷；
静坐于半明凹地

倾听西耶纳之赤。[①]

在这首“咏叹”中，“西耶纳之赤”既表示托斯坎区的

---

① 西耶纳，Sienne，意大利托斯坎区名城。其画派在文艺复兴时期独树一帜。该城墙壁砖石颜色均为赭色（赤黄色）此色成为西方绘画传统中之重要色彩之一，甚至具有某种精神性的象征意义。

译文转引自程抱一：《万有之东》，朱静译，上海：同济大学出版社 2007 年版，第 117 页。——译者注

自然景观，也代指当地的绘画艺术。我们很快就会发现，诗集中所选主题让人想起中国绘画题材：山峰丘陵（亦是托斯坎典型景观）、树木与飞鸟、一块孤岩或几根“弯弯的芦苇”……对绘画的诸多参照或许能让读者以欣赏一幅“中国画”的目光观照意大利的自然风景。程抱一在《美的五次沉思》第四次沉思中将中国绘画称为“心灵的风景”：

> 中国绘画作品属于一种非自然主义的精神绘画，它是作为一种心灵的风景来观赏的。它是从主体到主体，在私密倾诉的角度下，人和自然相连。这个自然不再是一种情性的被动的实体。如果说人在看它，那么它也在看人；如果说人在对它诉说，那么它也在对人诉说。[①②]

透过窗牖，自然界与其画中形象交融难辨（134）：

> 方形窗户开怀向外，
> 远方弧线排达而来：
> 龙柏树冠挺拔骄姿，

---

① François Cheng, *Cinq méditations sur la beauté*, Paris, Albin Michel, 2006, p. 103.

② 译文转引自程抱一：《美的五次沉思》，朱静译，北京：人民文学出版社2012年版，第75页。——译者注

卷边飞云孤鹰穿过……
窗内默默，该说已说，
此无边宇宙、无尽时刻

却由有尽之眼见到。[①]

但从一些具体的地理特征常可知一地的特点和历史，不知不觉便从自然风景转到人文景观。诗集中出现了蒙多波利镇（Montopoli）、芬奇镇（Vinci）、圣·吉米安尼（San Giminiano）[②]和蒙特其镇（Monterchi），还有阿尔诺河谷。能想见不远处的佛罗伦萨、西耶纳或比萨。因为这盘踞着城镇村庄的风景也是“故居”（133），可以唤醒古老民族的回忆——古罗马人，甚至是为古罗马人所驱逐的伊特鲁利亚人，据传他们来自神秘的东方。此地，一只斑鸠能“唤起 / 远古预言”（117），彼处又诉说着古老史诗般的残酷战役（129）：

傍晚血气平静下来，
忘了祖先曾经流血
死守这座依山城堡。

---

① 译文转引自程抱一：《万有之东》，朱静译，上海：同济大学出版社 2007 年版，第 139 页。——译者注

② 一般译为“圣吉米尼亚诺”。——译者注

如今长街顺坡直下，
山脚几条长凳，搁浅的
人们无聊道长说短。

伟大史诗一去不返。[①]

圣·吉米安尼的高塔和蒙多波利的小巷年代稍近，再现了托斯坎繁荣鼎盛时期。最常被提及的是14、15世纪的画家与艺术家——文艺复兴时期的Trecentisti[②]。《托斯坎咏叹》中清楚地提及巴尔纳·达·西耶纳（Barna da Sienna）、皮耶罗·德拉·弗兰切斯卡（Piero della Francesca）和达·芬奇，有一首诗专为达·芬奇而作（140）。此外，诗集中数次提及的阿尔诺河谷出现在现存的达·芬奇最早的画作中，今存于佛罗伦萨乌菲齐博物馆。各种对圣·吉米安尼的参照也让人想起塔迪奥·迪·巴尔托洛（Taddeo di Bartolo）和贝诺佐·戈佐利（Benozzo Gozzoli）的作品。

重提彼特拉克和所有这些画家，勾起了对中世纪和文艺复兴时代托斯坎的回忆。然而我们知道，自13世纪起，意大利与远东便有了最初的交流，人们当然会想到马可·波罗的

① 译文转引自程抱一：《万有之东》，朱静译，上海：同济大学出版社2007年版，第131页。——译者注

② Trecentisti，意大利语，特指14世纪的作家与画家。——译者注

游记，虽然威尼斯更偏东……不仅如此，还会想到早期天主教传教团，因其之功，意大利与亚洲一直保持联系，直至明朝开国（1368 年）。欧洲人大概是通过手工艺品和刺绣发现了手工艺，以及被他们畏惧地称为“鞑靼人”的艺术。一些艺术史专家认为，这一发现毫无疑问自文艺复兴之初便影响了意大利的艺术创作方式。① 恰巧是西耶纳画派的一些画家（其中有巴尔纳·达·西耶纳），以及诸如杜乔（Duccio）② 或乔托（Giotto）③ 等其他艺术巨匠可能会欣赏并研究作于宋代（960—1279）或蒙元时代（1206—1367）④ 的亚洲人物画与山水画。的确，他们新手法中的一些典型笔触，尤其是对景物与人物姿态的描绘，既非拜占庭风格，也不见中世纪绘画的影响。在杜乔的某些画作中，甚至发现一些神秘符号，大概是对中国汉字的稚拙摹写（很久以后的梵·高的某些画作亦是如此）。这些信息有时被认为十分关键，同样，保罗·乌切

① 参阅 I.V. Pouzyna, *La Chine, l’Italie et les débuts de la Renaissance(XIIIe-XIVe siècles)*, Paris, éd. d’Art et d’Histoire, 1935, p. 102, 16 planches. 艾田蒲在《中国之欧洲》（L’Europe chinoise, Paris, Gallimard, coll. «Bibliothèque des Idées», 1988, ch. IX）首卷研究并细致区分了这些研究成果（以及其他研究成果）。

② 杜乔（1255—1319），出生于意大利西耶纳，西耶纳画派创始人。——译者注

③ 乔托（约 1267—1337），意大利文艺复兴时期著名画家，出生在佛罗伦萨附近。——译者注

④ 蒙元帝国应结束于 1368 年，而非原书所写的 1367 年。——译者注

洛（Paollo Uccello）[①] 笔下著名的蝠翼之龙已被证实源自中国。

这些不确定的间接关联也许拉近了文艺复兴时期意大利大师们与前人及同时代亚洲画家之间的距离。一个世纪之后，达·芬奇革新对风景的观察与描绘，他的一些绘画技术变革有时本身就近于中国绘画手法。[②] 这位意大利巨匠的几幅极其著名的重要画作在近景呈现了女性或宗教人物形象：如《岩间圣母》（1486）的两个版本、《蒙娜丽莎》（1504）和《圣母子与圣安妮》（1510）。远景为某种“理想风景”，在“无尽时刻”所见的神秘的岩间风景（134）。然而可以看到，程抱一的《托斯坎咏叹》似乎颠倒了达·芬奇的构图比例。作为近景的前几首诗写的是自然与景物，而在倒数第二首“咏叹”中出现了一位宗教女性形象——“巴尔托圣母”（158）：

（巴尔托圣母图）
让黯夜终于来临吧，
让平静终于来临吧。
让金红让位给灰蓝，
那慈母衣裙之色泽。

① 保罗·乌切洛（1397—1475），意大利文艺复兴时期画家，擅画飞禽。——译者注

② 参阅达·芬奇《绘画论》（*Traité de peinture*）序言，éd. d'A. Chastel, Paris, Calmann-Lévy, 2003。

儿子伤痛总能安慰，

母亲伤痛总得慰藉。

黯夜将是新生。[①]

这位带着晚祷色彩的温柔“圣母”就是皮耶罗·德拉·弗兰切斯卡的产子圣母。这幅画作于1452年，正是达·芬奇出生那年。被安排在诗集末尾出现的这一形象再次让人想起彼特拉克的《歌集》，书中最后一首诗题献“明净端庄的永恒圣母”[②]。在《美的五次沉思》末篇[③]，程抱一再次论及达·芬奇的《蒙娜丽莎》。他认为，蒙娜丽莎体现出了“真正体现出来的美从来不是一种简单孤立的形象的美”，她的“变容”是由内心的光亮与自然世界因“缘”相遇所成。程抱一用法朗士·盖雷（France Quéré）[④]的一句妙语提起读者注意“更确切地说”，“这既遥远又贴近、隐藏在她（指蒙娜丽

① 译文转引自程抱一：《万有之东》，朱静译，上海：同济大学出版社2007年版，第176页。——译者注

② Francesco Petrarca, *op. cit.*, CCCLXVI, p. 457.

③ 根据该书中译本，所涉内容实出自“第三次沉思”而非末篇“第五次沉思”。——译者注

④ 朱静的译文原注：法朗士·盖雷（France Quéré，1936—1995），法国作家、基督教神学家，试图将《圣经》文本与当代法国所面临的挑战结合起来，致力于探讨一系列伦理问题，比如女性、夫妻和家庭的生存状况，对他者的尊重等等。著有《盐和风》（*Le sel et le vent*）。

莎——译者注）身后的迷雾般的背景”。[①] 正如画作在风景与人物脸孔的自然和谐中臻于圆满一般，当语言采取歌咏的形式，诗歌也诞生于自然与人的关系中。《托斯坎咏叹》似乎产生于一位中国诗人的曲折历程，他依稀伫立在达·芬奇式的朦胧景色中。

中国诗歌传统注重人与自然之和谐，程抱一在《中国诗语言研究》一文中称之为“人地天三元”：它可以臻于“默启”[②] 这一诗意表达，而这亦见于意大利巨匠达·芬奇的杰作中。但风景、目光与歌咏相融会那一瞬的和谐平衡是否脆弱？诗集中常以对西方文化的指涉表达“至悲”（125），首先便是以暴力危险为表现形式的不和（142）：

（圣·吉米安尼的巴尔纳壁画）
凶狠残暴难以言说，
它们面貌刷在墙上！
凶狠，残暴，我们就是，
直至眼睛尖刻深处，
直到指甲锋利尖端：
剜刮揉碎人间血肉；

① *Cinq méditations sur la beauté, op. cit.*, pp. 68–70.

② François Cheng, *L'Ecriture poétique chinoise, suivi d'une anthologie des poèmes des Tang, op. cit.*, p. 92.

穿透血肉直捣心尖！①

此诗暗示塔迪奥·迪·巴尔托洛绘于圣吉米安尼教堂的地狱，或是巴尔纳·达·西耶纳在同一教堂所作的《新约》壁画。因为《托斯坎咏叹》并不想回避苦与恶：借影射象征残暴的地狱，通过勾勒临终痛苦（156）或亡灵“逝去的脸影”（131），道路也可能突然变成下行地狱。赞美诗第一百二十九首叹曰：“神啊，我自深渊向你呼喊；神啊，请倾听我来自深渊的声音。”这首唱给逝者的晚祷诗犹如模糊久远的回忆，启发了“咏叹”中的一篇：“记住深渊中的人们，他们/无火，无灯，无安慰之脸庞/亦无援助之手……”（157）痛苦与死亡的基督教形象似乎一时打断了精神升华的节奏，却未使之就此中断。诗集结尾出现的两个宗教形象如同上文提及的达·芬奇画作，但与之布局不同，它们标志着精神升华的终极：圣母在黑夜诞下“儿子”（158），紧随其后的最后一篇末句询问天主：“你会按时到来吗，主？”（159）。《托斯坎咏叹》以这个问题结束，也以之重新开始——前一首诗似乎已然作了回答。但从诗集开篇，歌咏的天职就已带着在世“至悲”的所有痛苦（125）：

① 译文转引自程抱一：《万有之东》，朱静译，上海：同济大学出版社2007年版，第151页。——译者注

我们不该因至悲而转向，
放弃天职而不去言说
那生命之气所包含之希望，
以及我们自己所做之承诺。①

诗人拒绝秋之“恋愁”（126），在此诗中也拒绝西方文化中某些绝望或“至悲”的传统意象。他用“圆”呼应但丁《天堂》中的相同意象（如同中世纪时期的意大利），也为表达似“同心之圆”一般光芒四射的爱的力量与形态（152）。

由衷而发的歌咏及其承诺将“至悲”驱散，小道可以成为行者的“大道”，它让人静观，在被诗人称为“时·空”（150）的永恒一瞬捕捉的风景由此显灵。于是，“路”（139）是经由不同阶段逐步走向发现之途，似升华之捷径，使人可以愉悦地观赏自然及其中作为过客的人类（135）：

孜孜沿着蜿蜒小道，来到
山顶，沉浸眼前广阔天地。
远方，另座山上，一座小村
点缀，云雾之中透露光亮，

① 译文转引自程抱一：《万有之东》，朱静译，上海：同济大学出版社2007年版，第123页。——译者注

豁然显现……我们脱口而出：

“啊，那就是我们的村子呀！”

又熟悉，又陌生，一切所爱之物。[①]

世界迅捷自然地振起，仿佛“随鱼潜泳，随鸟高飞”，或者仅仅是“追随飞翔，追随遨游”（147—148）。此处，意大利绘画消失不见，让位于中国传统诗歌，尤其是唐诗。程抱一在《唐诗选》中所译李白、王维和杜牧的诗篇明显为“咏叹”的产生作了铺垫。譬如王维的《山中》就可以体现出《托斯坎咏叹》对中国古典诗歌的依恋（《水云之间：中国古今诗歌》）：

荆溪中白岩显露，

红叶散落，天空寒冷，

山间小道未下雨：

只有微蓝虚空淋湿我们的衣衫。[②]

---

① 译文转引自程抱一：《万有之东》，朱静译，上海：同济大学出版社 2007 年版，第 141 页。——译者注

② François Cheng, *L'Ecriture poétique chinoise, suivi d'une anthologie des poèmes des Tang,* Paris, Seuil, 1996, p. 137.

附王维原诗：荆溪白石出，天寒红叶稀。山路元无雨，空翠湿人衣。——译者注

当然也可举王维另一首《鸟鸣涧》或是杜牧的《山行》[①]为例。此处对绘画艺术的参照亦不可绕过，程抱一在《选集》注释中详述了苏东坡对工诗擅画的王维所作诗歌的评价："味摩诘之诗，诗中有画；观摩诘之画，画中有诗。"[②]如唐代写景诗一样，《托斯坎咏叹》中描绘的也是原初的自然之景，如惊鸿一瞥之画境——地点、歌咏与存在融会在同样的"冲动"中。这和谐的瞬间让人在与自然亘古弥新的内心交流中赞叹不已（123）：

不断深入内心隐处，
深入未敢言及、奢望之境地。
看，世界仍在，宛若童年：
明朗、润圆，
圆圆的天，圆圆的地，
包容赞颂的圆圆的果。

异曲同声山泉与山雀！[③]

① François Cheng, *L'Ecriture poétique chinoise, suivi d'une anthologie des poèmes des Tang,* Paris, Seuil, 1996, pp. 139, 188。

② François Cheng, *L'Ecriture poétique chinoise, suivi d'une anthologie des poèmes des Tang,* Paris, Seuil, 1996, p. 139, 188。

③ 译文转引自程抱一：《万有之东》，朱静译，上海：同济大学出版社 2007 年版，第 120 页。——译者注

19世纪以前，大部分西方诗人长久以来与自然之间冷漠疏远，关系更偏理性，往往带着痛苦与问题，而深受道家与禅宗影响的唐诗却并非如此。程抱一《托斯坎咏叹》正是承袭这一中国诗歌传统而来，与西方诗歌的现代性产生共鸣。现代西方诗歌从古典诗歌的雄辩与限制中解放出来，照保罗·魏尔伦所言“扭断它的脖子”，比如兰波的《灵光集》[1]，抑或赖内-马利亚·里尔克（Rainer-Maria Rilke）[2]的作品。《托斯坎咏叹》非为论述自然，非为“探讨其中哲理”，而旨在言说这个世界，或者说让世界言说自己。就连兰波式的与“真生”之间的距离也消失不见，因为对这位中国诗人而言，“世界仍在”（123）。“咏叹”呼唤着人们歌颂语言，存在之咏叹成为开启我们世界的钥匙（139）：

说出心底话语，
说出你所欲言；
超越种种顾虑。
世界期待被说，

① 参见兰波《灵光集》中如《花或童年》（*Fleur ou Enfance*）一诗：“我是寂静之主”（Je suis maître du silence），in *Œuvres complètes*, éd. de Pierre Brunel, Paris, La Pochothèque, coll. «Classiques modernes», 1999, pp. 483, 460。

② 里尔克（1875—1926），奥地利著名诗人。——译者注

为此你才到来。
所求之言无他：

真生通行口令。[1]

《托斯坎咏叹》中的诗歌“共生”并非指结合，假若根据论述或上下文需要而混用参照，无法达到“共生”。一切都说明，不能仅从美学或诗学角度考察“共生”概念，它显现在数首蕴含精神甚至宗教意味的“咏叹”中。在诗篇丰富的艺术与文学参照中，各个作家虽相隔遥远，传统不同，有时却出人意料地互相呼应：彼特拉克、西方现代诗人、唐代诗人、中国画家和文艺复兴时期意大利画家……所有人都被提及，并在诗篇中各显异彩。《万有之东》的“东”（orient）若首字母不再大写，也就不再仅指称地理方位，那么此词究竟是何含义？在法文中，它首先是四极之一，但还有一种更罕见的词义，指珍珠特有的光泽，因为它让人想到晨曦之光。在此处，漫步者忆起托斯坎的温柔光线，或达·芬奇画作中散发的光辉。自此，多种美学与思想传统汇聚于《托斯坎咏叹》风景之心，也是诗人的一颗“透明的心”（111）。诗篇在珍珠

① 译文转引自程抱一：《万有之东》，朱静译，上海：同济大学出版社 2007 年版，第 160 页。——译者注

般柔和的光芒中变换节拍，仿佛是在呼应禅师玄觉[①]的诗句，程抱一妙译如下：(《证道歌[②]》其二)：

心之明镜，永恒的反光
映照无穷世界之虚空
万物尽显其间，阴影，光亮
闪亮的珍珠：不在其中，亦不在其外。[③]

① 玄觉（665—713)，唐代禅师，字明道，号永嘉玄觉，得禅宗六祖慧能印可。撰有《永嘉证道歌》，又名《永嘉真觉禅师证道歌》，全诗二百四十七句，每句一般七字。——译者注

② François Cheng, *L'Ecriture poétique chinoise, suivi d'une anthologie des poèmes des Tang, op. cit.*, «Cantique de la Voie II», p. 164.

③ 此段玄觉原诗如下：
心境明，鉴无碍，廓然莹彻周沙界。
万象森罗影现中，一颗圆光非内外。——译者注

结　语

最初吸引我们注意的是法国文学中的中国形象。本书以研究作家作品为线，归纳出三个主要时期，分别对应一系列意象：

“画屏式中国”；

“俗约化中国”；

“世界化中国”。

三种形象类型并非依循严格意义上的历史“时期”划定，而是对被视为一系列形象的融会交织加以研究。它们绝非各自封闭，互不相通；恰恰相反，古老的意象长存不衰，有时成为陈词滥调，或是启发新的文学创作活力或戏仿。

“画屏式中国”形象起源于本书所论时期之前的那段时期，主要来自“远赴中国”的传教士（尤其是耶稣会士）的研究著作与见闻录，传播广泛，反响巨大，对启蒙时期哲学思想影响尤甚。同时，因这一形象，在西方人蜂拥而至、逐渐定居中国之前的典型中国形象也得以传播。自 19 世纪 40

年代起，中国打开国门，一些新的形象随之传播，主要展现中国及当地人的生活，也常夹杂着西方人及其在当地的活动。“俗约化中国”的形象形成于19世纪，正值太平天国运动的战乱年代和清王朝的衰落时期。在18世纪仍被奉为政治乌托邦的中华帝国，让欧洲人得见具体的政权组织体系，以及儒家社会的日常生活。主要文献典籍也逐渐被译成外文，彰显了中国的思维方式、政治体系、日常生活乃至文学与艺术创作。“俗约化中国”的这些形象由于最先出现而广为传播，持久地影响着法国人对中国的想象。它们一直与中国形象相连，不论20世纪的中国发生多少事件，如何提倡“现代性”，也不论作家笔下涌现出多少崭新形象，如前文所述的安德烈·马尔罗（他善于运用这些新形象）、西蒙娜·德·波伏娃（虽然并非她所愿）甚至是更晚的罗兰·巴特。在法国文学中，“俗约化中国”始终如初见一般令人难忘。

如果说19世纪流传的形象已体现出中国文化的“现代化”，那么20世纪初则是中国国门大开的世纪。1919年五四运动和19世纪末洋务运动之后，中国打开国门吸收各种西方思想、技术和西方著作。从那以后，中国不再仅仅展示和弘扬本国文化，同时也对外国文化与思想作出反应。这便是为何我们选择从这一时期开始论述“现代化中国”的形象。这一系列的意象自然与中国历史以及国际关系的发展变革相一致。譬如前文所述，19世纪60年代，英法联军远征中国，迫使中国接受欧洲外交机构进驻，这十年成为中国文化与文学在法国传播的重要阶段。尔后，明治维新（1868 年）让日本迅速实现现代化，1885 年中法战争爆发，使得德理文和朱迪特·戈蒂埃开启的美好进程戛然而止。同样，20 世纪发生的许多重大事件也解释了中国文化远播各国的那些特征。经历“军阀”混战和中华民国后，可以想见“红色中国”的形象成为最后一个时期的主流，但仍有必要仔细梳理此处列举的几个阶段。不论各方观点如何，在毛泽东逝世（1976 年）后，“新时期”发展以来的 20 世纪 70 年代末是转折时期。20 世纪最后几十年，“现代化”中国的新形象树立起来，这是完全意义上的“现代化”，既是经济贸易领域的现代化，也是文化创作与传播的现代化。而且至少从 20 世纪 90 年代起中国便已重新审视自身的传统文化。这个国家开始采用现代方式传播本国文化（如翻译、出版、汉语教学、对外文化政策等），因此，我们今天见到，在逐步建设“世界性”文化的过程中，中国文化正发挥着应有的参照作用。

在 20 世纪的政治冲突中，“俗约化中国”的形象与陈旧保守相连，因此塑造现代化中国形象亦为打破旧影。这一过程早在中华人民共和国成立之前便已开始，正如在《西方的诱惑》一书中所见；此后则极为明显，例如西蒙娜·德·波伏娃的“中国见闻录”——《长征》。这是因为，“古代中国”文化，自 19 世纪被发现并深深影响法国文坛以来，纵然在现代中国遭抨击摒弃，却依然留存在各种形象之中。比如“文化大革命”期间，雷蒙·格诺仍从中国古代典籍汲取创作灵感。随着交流的扩大，中国对外国游客的开放，以及这个国家对传统文化有所回归（包括教育机构），21 世纪初的形势明显再次改变。

在概述结尾，可以归纳出至少三个主题，皆为上述各个“时期”的文学形象所共有，不论是何年代：

（1）政治与社会的紧张局势；

（2）政治、社会与个人的和谐；

（3）艺术创作。

我们把所有属于政治和社会冲突范畴且通常引发对立、论战、敌对和争端的情形称为紧张局势。与大众运动和政治骚动有关的表述凸显出某些集体形象（人群、骚乱和示威游行）和历史人物，其半虚构的形象后来在一些法国小说中屡见不鲜。这一主题来自中国的史料及政治文献。对我们西方作家而言，它既来源于历代汉学著作，也来源于每日见诸报端杂志的中国“时事”——19 世纪中叶太平天国运动，1900 年义和团起义等。这第（1）个主题虽如前文所言多为集体形象，却也涉及此前已描述过的几个人物，如皇帝、起义者、武将等。

自从发现中国文化以来，和谐的主题便与之相连，中国古代典籍首先被视为“载道”或“智慧”之书。继哲学东方学的译介之后，法国文学中所描述的形象中，这种“智慧”的确可以以社会与政治和谐为要旨，在儒家体现为尊敬国家、恪守礼法；但同样可以关乎个人，如道家所言人与自然的关系。由学术东方学译介的儒家典籍和道德规范以及道家典籍便是这一论题产生的根源。论题中亦涉及某些人物和主题，前文已举过几例：“智者”、哲人、隐士、皇帝或是“贤人”。19 世纪末被发现的中国“智慧”起初遭到误读，直至 20 世纪初都只是神秘学家的研究对象。渐渐地，对“智慧”这一神秘甚至玄奥的主题研究更为丰富，理解也更加深刻，并因 20 世纪末的东方学研究而成为“中国思想”的主题。对中国文化与思想的翻译与研究最终大为改善，使之在今日光芒四射。

最后，就本书所论，中国文化亦包含艺术创作，即上述第（3）个共同主题。从泰奥菲尔·戈蒂埃开始，许多法国作品将中国元素完美融入艺术表达，尤其在诗歌、书法和绘画之中，这些作品不断展现出中文的语言特色与美学价值。保罗·克洛岱尔补上了戏剧这一方面（虽然戏剧频遭轻视），谢阁兰则添加常被忽略的雕塑艺术。法国作品中出现的一些特别的人物形象，如文人、擅诗文的皇帝、画匠或是通诗词且精书法的“大师”等，也属于这一主题，而它又与第（2）个主题密切相关。

这些主题，连同它们所设定的空间背景、呈现的人物形象，以及它们所带来的特别的叙事方式，都出现在戏剧作品中。虽然语境不同，但在本书研究的小说与诗歌作品中，基本主题恒定如一。虽然这些主题与形象仅为藻饰，成为陈词滥调和代指“中国”的简单“标签”，但它们一直存在，某些意象经久不灭，足以说明问题。例如，前文已说道，“文人”这一形象不仅没有僵化褪色，反而随文学语境与历史发展而不断演变，例如泰奥菲尔·戈蒂埃1846年所作《水阁》中的文士屠老爷在《西方的诱惑》中化身为王洛。如果说书中与凌通信的法国青年A.D对中国文化一知半解，仅限于书本所述，但至少与通信者分享了一份虽“荒谬”却为人所共享的礼物。在菲利普·索莱尔斯（Philippe Sollers）2002年出版的一部小说中，当年朱迪特·戈蒂埃常描绘的中国诗人形象再度出现：

> 天朗气清，8世纪的中国人回到家中，思考着至方无棱的问题。他感受到新的自由。他看见渔舟泛波，想象群峰宛若殷勤迎客的主人；他沿湍流而行，临悬崖孤树；他记下水天一色。末了，他写道：“亭台楼阁平地起，硕柳折影映其间。”某种东西悄然降临，融于全身，他觉得此生不曾虚度。他的娇妻在暮色中遥遥挥手。[1]

① Philippe Sollers, *L'Etoile des amants*, Paris, Gallimard, 2002, p. 49.

怎能不注意到，对中国诗人的描述如同一篇散文诗，其中有前文已介绍过的主题，还有我们所知的俗约化中国的几个形象，描写之简约使文段颇具现代气息。但在此处则是知识的整体背景赋予小说人物以真正厚度，这是19世纪的作品未曾达到的，文风亦与20世纪法译中国诗歌相应。

我们已从法国文学作品中选取几部作品，并举例阐析其中各个形象变化阶段，以及每一阶段的基本命题、人物与主题。但所有这些例子也说明，对中国文学的发现，哪怕是经由不太可靠的翻译，也能引发震动，激起各种形式的风格创新。在诗歌领域，巧取化用创作形式之例数不胜数，产生了许多标新立异之作。这些不同尝试，尤其是对诗句音节的尝试，可以算作后一个世纪法国诗歌“自由化”运动的前兆。保罗·克洛岱尔的渊厚诗学中几个重大思想转折大概归功于对中国思想与文化的发现。我们还看到，某些叙事形式（如雷蒙·格诺构想的叙事形式）中的修辞特色，可能也借鉴了东方学编译的中国文学作品。本书未能语尽其详的舞台艺术也从18世纪起一直参照中国文化。除这些文学创作以外，如果同时研究众多表述个人见闻杂感的关于中国的著述，就会认识到，涉及各文学体裁的一系列作品，其风格中某些最为独特之处或多或少明显得益于对中国文学的译介。

我们还考察了涉及多元文化的文学作品所采用的创作方式。除了文学作品本身的创作来源或是所有关于中国的流行刊物（如报刊文章和游记）以外，许多引介有赖于汉学翻译与研究，从最初的主题逐渐扩展到形式。这类资料虽然往往“学术”气息太浓，但作家们也可以在阅读遇到困难时参考通俗译本。例如前文曾提及，一位日本学者的见闻录经由通俗东方学传播，为安德烈·马尔罗所用，在《西方的诱惑》中成为书中人物“中国人”的台词。自19世纪中叶起，也出现与中国文化的直接接触和文学合作之例，在学术译介之外丰富了交流形式，但汉学翻译领域中的这类合作直至20世纪才普遍流行。文学舞台则出现了一些深受中国文化浸润的作家：不论是长居中国的知名人士，还是通晓法文的中国作家。他们都以更深刻、更可靠的参照丰富了共有的背景。

因此，对某些被视为“中国特色”的人物形象与主题的接受取决于对中国认知的大背景。人们在阅读朱迪特·戈蒂埃甚至是保罗·克洛岱尔关于中国的作品时毫无知识铺垫，而程抱一或菲利普·索莱尔斯的作品则可以在更丰富的背景中参阅其他译本和著作。假设罗兰·巴特在1970年《符号帝国》中谴责的“遮蔽”在此文问世几年后消失，那么本书引言中已介绍过的这部作品也标志着一个阶段。在法语领域，的确直到1970年以后才出现汉学翻译与研究的上乘之作，如程抱一、程艾兰、弗朗索瓦·于连、雷威安和贺碧来（Isabelle Robinet）等人的作品。通过这些作品，人们发现了中国典籍的新译本、某些文学巨著和“中国思想”及其发展史的研究。自20世纪80年代起，这些译著与研究经由一些发行量极大的丛书系列得以广泛传播。但我们也看到了19世纪的困难重重与发展缓慢：官方汉学首选通俗小说进行译介，只有纪尧姆·鲍吉耶，一位处于汉学界边缘地位的汉学家，最先翻译了孔子的《论语》并研究其“学说”。更晚以后，法兰西公学院的汉学家们偏重古代中国的历史与社会学研究，故而未优先翻译儒家典籍和道家经典。这些典籍最早由耶稣会士顾赛芬神父和戴遂良神父译成法文，常被前文所提及的作家们参引。对道家的研究直至马伯乐的著作问世才进入重要阶段。真正的变革在20世纪末才到来。所有的交流方式都被开启，再无“遮蔽”可言。

参考文献

参考文献由以下部分组成：

一、被引述或研究的书目

1. 中国作品译著
2. 法文著作
3. 其他著作

二、方法论著作与评述以及语言学和文学研究

1. 方法论
2. 语言学与修辞学
3. 文学研究

三、其他研究与著述

1. 历史与地理研究
2. 游记与见闻录
3. 汉学著作：东方与远东研究

4. 哲学与思想史

中国作品译著按首次出版的年代排序，汉学著作：东方与远东研究分为三部分，18 世纪、19 世纪、20—21 世纪。其余各项均按作者姓氏字母排序，同一作者的若干著作则按年份排序。方括号之间的数字为初版年份。

一、被引述或研究的书目

1. 中国作品译著

CIBOT Pierre Martial (trad.), *Le Livre de la piété filiale* (孝经, *Xiaojing*), Paris, 1779; rééd. Paris, Seuil, coll. «Sgesses», 1998.

ABEL-REMUSAT Jean-Pierre (trad.), *Iu-Kiao-Li, ou Les Deux Cousines* (玉娇梨, *Yu jiao li*), Paris, Moutardier, 1826.

ABEL-REMUSAT Jean-Pierre (éd.), *Contes chinois*, trad. de Davis, Thoms, d'Entrecolles, etc., Paris, Moutardier, 2 vol., 1827.

JULIEN Stanislas (trad.), *Le Livre des récompenses et des peines, en Chinois et en Français, accompagné de quatre cents légendes, anecdotes et histoires qui font connaître les doctrines, les croyances, les mœurs de la secte de Tao-ssé*, Paris, Oriental Translation Fund London, 1835, p. 531.

PAUTHIER Guillaume (éd. & trad.), *Les Quatre livres de*

philosophie morale et politique de la Chine (四书, *Sishu*), Paris, G. Charpentier, 1837.

PAUTHIER Guillaume (trad.), *Ta Hio, ou La Grande Étude* (大学, *Da xue*), Paris, Didot frères, 1837, p. 104.

PAVIE Théodore, *Choix de contes et nouvelles traduits du chinois*, Paris, Benjamin Duprat, 1839, p. 299.

JULIEN Stanislas (trad.), *Le Livre de la Voie et de la Vertu* (道德经, *Daodejing*), éd. bilingue, Paris, Imprimerie royale, / London, B. Duprat / Leipzig, J. Madden, 1842, p. 304.

JULIEN Stanislas (trad.), *Contes et apologues indiens inconnus à ce jour; suivis de Fables et poésies chinoises, Paris*, L. Hachette, 1860, 2 vol.

HERVEY (de) SAINT-DENYS Marie-Jean-Léon (trad.), *Poésies de l'époque des Tang*, Paris, Amiot, 1862.

JULIEN Stanislas (trad.), *Deux Cousines* (玉娇梨, *Yu jiao li*), Paris, Didier, 2 vol., 1864.

JULIEN Stanislas (trad.), *Si-Siang-Ki, ou l'Histoire du Pavillon d'Occident* (西厢记), Genève, Atsume Gusa, H. Georg. -Th. Mueller, 1872; rééd. Elibron Classics, 2006, p. 334.

PAUTHIER Guillaume (trad.), *Hymnes sanskrits, persans, égyptiens, assyriens et chinois*, Paris, Maisonneuve et Compagnie, coll. «Bibliothèque orientale», no.2, 1872, p.423.

[Traduction partielle du *Livre des Odes* (诗经 , *Shijing*)].

PHILASTRE Paul-Louis-Félix (trad.), *Le Yi King, ou Livre des Changements de la dynastie des Tchéou* (易经 , *Yijing*), Paris, Ernest Leroux, 2 vol., 1885–1893.

PAUTHIER Guillaume (trad.), *La Doctrine de Confucius ou Les Quatre Livres de philosophie morale et politique de la Chine* (四书 , *Sishu*), Paris, Garnier frères, s.d. (1876 ?), 467 p.

LEGGE James (trad.), *Texts of Taoism*, Oxford, coll. «*Sacred Books of the East*», vol.XXXIX et XL, 1891.

HARLEZ (de) Charles (trad.), *Textes tâoistes*, Paris, Ernest Leroux, Annales du musée Guimet, 1891.

COUVREUR Séraphin (éd. & trad.), *Choix de documents: lettres officiels, édits*···, Ho Kien Fou, Imprimerie des Missions Catholiques, 1894.

CHAVANNES Édouard, *Les Mémoires historiques de Se-ma Ts'ien*, Paris, Ernest Leroux, 1895–1905.

COUVREUR Séraphin (éd. & trad.), *Les Quatre Livres* (四书 , *Sishu*), HO Kien Fou, Imprimerie des Missions Catholiques, 1895.

COUVREUR Séraphin (éd. & trad.), *Cheu King* (诗经，*Shijing*), Ho Kien Fou, Imprimerie des Missions Catholiques, 1896.

COUVREUR Séraphin (éd. & trad.), *Chou King, Les*

Annales de la Chine (书经, *Shujing*), Ho Kien Fou, Imprimerie des Missions Catholiques, 1896.

COUVREUR Séraphin (éd. & trad.), *Li-Ki. Mémoire sur les bienséances et les cérémonies* (礼经, *Lijing*). Ho Kien Fou, Imprimerie des Missions Catholiques, 1899.

LEGGE James (dir.), *The I Ching* (易经, *Yijing*), Londres, coll. «*Sacred Books of the East*», Clarendon Press, vol. XVI, 1899.

GAUTIER Judith (trad.), *Le Livre de Jade. Poèmes traduits du Chinois par Judith Gautier*, Paris, Félix Juven, 1902.

WIEGER Léon (éd. & trad.), *Folklore chinois moderne*, Shanghai, Imprimerie des Missions Catholiques, 1909.

WIEGER Léon (éd. & trad.), *Les Pères du systèmes taoïstes* (老子, 庄子, 列子, *Lao zi, Zhuang zi, Lie zi*), Ho Kien Fou, Imprimerie des Missions Catholiques, 1913.

GRANET Marcel (trad.), *Fêtes et Chansons anciennes de la Chine*, Paris, Ernest Leroux, 1919, p. 301.

SOULIÉ (de) MORANT Georges, *Florilège des poèmes Song*, Paris, Plon, 1923.

WILHELM Richard (trad.), *I Ging. Das Buch der Wandlungen* (易经, *Yijing*). Iéna, Dierderichs, [1924] 2001.

TSEN Tsonming (trad.), *Rêve d'une nuit d'hiver: cent*

quatrains des Thang, Paris, Ernest Leroux, 1927.

LO TA-KANG (trad.), *Cent Quatrains des T'ang*, préface de Stanislas Fumet, Neufchâtel, A La Baconnière, 1947, p. 236.

GUILLERMAZ Patricia (trad. & éd.), *La Poésie chinoise*, Paris, Seghers, coll. «Melior», 1957, p. 289.

MARGOULIES G. (trad. & éd.), *Anthologie raisonnée de la Littérature chinoise*, Paris, Payot, coll. «Bibliothèque historique», 1958, p. 458.

LIE TSEU (列子), *Le Vrai Classique du Vide parfait*, trad. de Benedykt Grynpas, Paris, Gallimard, coll. «Connaissance de l'Orient», Série chinoise, n° 36, 1961.

DEMIEVILLE Paul (dir.), *Anthologie de la poésie chinoise classique*, Paris, Gallimard, 1962.

LAO-TSEU (老 子), *Tao-tö king*, trad. de Liou Kia-hway (刘家槐), Paris, Gallimard et Unesco, coll. «Connaissance de l'Orient», Série chinoise, 1967.

TCHOUANG-TSEU (庄子), *Œuvre complète*, trad. de Liou Kia-hway (刘家槐), Paris, Gallimard et Unesco, coll. «Connaissance de l'Orient», Série chinoise, 1969.

PERROT Étienne, *Yi King, le Livre des transformations* (易经 , *Yijing*), Paris, Médicis, 1973.

CHENG François, *L'écriture poétique chinoise, suivi*

d'une anthologie des poèmes de Tang, Paris, Seuil, 1977; rééd. complétée: Seuil, coll. «Points Essais ››, n° 332, 1996.

Li Qingzhao (李清照), *Œuvres poétiques complètes*, trad. de Liang Paitchin, Paris, Gallimard, coll. «Connaissance de l'Orient», Série chinoise, n° 45, 1977.

SHI NAI-AN, LUO GUAN-ZHONG, *Au bord de l'eau* (水浒传 *Shuihuzhuan*), trad. de Jacques Dars, Paris, Gallimard, coll. «Bibliothèque de La Pléiade», 2 vol., 1978.

Cao Xueqin (曹雪芹), *Le Rêve dans le pavillon rouge* (红楼梦 , *Honglou meng*), trad. de Li Tche-Houa et J. Alezaïs, Paris, Gallimard, coll. «Bibliothèque de La Pléiade», 2 vol., 1981.

DARS Jacques (trad.), *Aux portes de l'enfer. Récits fantastiques de la Chine ancienne*, Arles, Ph. Picquier, 1984.

Fleur en fiole d'or (金瓶梅词话 , *Ping Mei cihua*), trad. d'André Lévy, Paris, Gallimard, coll. «Bibliothèque de La Pléiade», 2 vol., 1985.

LEVY André (trad.), *L'Antre aux fantômes des collines de l'Ouest. Sept contes chinois anciens (XIIe - XIVe siècles)*, Paris, Gallimard, coll. «Connaissance de l'Orient», 1987.

CHENG François (trad.), *Entre Source et Nuage. Voix de poètes dans la Chine d'hier et d'aujourd'hui*, Paris, Albin Michel, coll. «Spiritualités vivantes», 1990.

Wu Cheng'en (吴承恩), *Les Pérégrinations vers l'Ouest* (西游记 , *Xiyou ji*), trad. D'André Lévy, Paris, Gallimard, coll. «Bibliothèque de La Pléiade», 2 vol., 1991.

JULLIEN François (trad.), *Zhong Yong* (中庸). *La régulation à usage ordinaire*, Paris, Imprimerie nationale, 1993.

Confucius (孔夫子), *Entretien du Maître avec ses disciples* (论语 , *Lunyu*), trad. de Séraphin Couvreur, Paris, Fayard, coll. «Millc et une nuits», 1997.

PIMPANEAU Jacques (trad.), *Morceaux choisis de la prose classique chinoise*, Paris, You Feng, 1998.

CHEN-ANDRO Chantal, VALLETTE-HEMERY Martine (trad.), *Le Ciel en fuite. Anthologie de la nouvelle poésie chinoise*, Belval, Circé, 2004, p. 387.

2. 法文著作

ARENE Paul, DAUDET Alphonse, et al., *Le Parnassiculet contemporain. Recueil de vers nouveaux, précédé de A l'Hôtel du Dragon-bleu*, Paris, J. Lemer, 1867, 1872; rééd. Plein Chant, 1993.

ARTAUD Antonin, *Œuvres*, Paris, Gallimard, coll. «Quarto», 2004.

BARTHES Roland, *Roland Barthes par Roland Barthes*, Paris, Seuil, coll. «Ecrivains de toujours», 1975.

BARTHES Roland, *Œuvres complètes*, Paris, Seuil, 5 vol., 2002. V. notamment le t.IV, 1972–1976.

BARTHES Roland, *Le Neutre. Cours au Collège de France (1977–1978)*, éd. de T. Clerc, Paris, Seuil / IMEC, 2002.

BARTHES Roland, *Carnets du voyage en Chine*, Paris, Christian Bourgois, 2009.

BAUDELAIRE Charles, *Correspondance (mars 1860–mars 1866)*, Paris, Gallimard, coll. «Bibliothèque de La Pléiade», t. II, 1973.

BAUDELAIRE Charles, *Œuvres complètes*, Paris, Gallimard, coll. «Bibliothèque de La Pléiade», t. I, 1975; t. II, 1976.

BEAUVOIR Simone, *Le Deuxième sexe*, Paris, Gallimard, 1949.

BEAUVOIR Simone (de), *La Longue marche. Essai sur la Chine*, Paris, Gallimard, 1969[1957].

BLEMONT Émile, *Poèmes de Chine*, Paris, Alphonse Lemerre, 1887, pp. XVI–190.

BOUILHET Louis, *Melœnis, Conte romain*, Paris, Pillat fils aîné, 1851, p. 88.

BOUILHET Louis, *Poésies, Festons et Atragales*, Paris, A. Bourdillat, 1859, p. 267.

BOUILHET Louis, *Dernières chansons*, préface de Gustave Flaubert, Paris, Michel Lévy frères, 1872, p. 337.

BOUILHET Louis, *Œuvres de Louis Bouilhet: Festons et Astragales, Melœnis, Dernières chansons*, Paris, Alphonse Lemerre, 1880, p. 435.

BRETON André, *Signe ascendant. Constellations avec 22 lithographies de Joan Miró*, Paris, Gallimard, coll. «Poésie», 1999 [1948, 1949, 1967, 1968].

CABET Étienne, *Voyage en Icarie*, Paris, Dalloz-Sirey, coll. «Bibliothèque Dalloz», 2006.

CHENG François, *Le Dialogue*, Paris-Shanghai, Desclée de Brouwer, Presses littéraires et artistiques de Shanghai, 2002.

CHENG François, *A l'orient de tout*, Paris, Gallimard, coll. «Folio Poésie», 2005.

CIXOUS Hélène, *Tambours sur la digue, Sous forme de pièce ancienne pour marionnettes jouée par des acteurs*, Théâtre du Soleil, 1999, p. 124.

CLAUDEL Paul, *Sous le signe du dragon*, Paris, Gallimard, [8e éd.] 1957.

CLAUDEL Paul, *Emmaüs, in Œuvres* complètes.

Commentaires et exégèses, Paris, Gallimard, t. XXIII, 1964.

CLAUDEL Paul, *Œuvre en prose*, Paris, Gallimard, coll. «Bibliothèque de La Pléiade», 1965.

CLAUDEL Paul, *Œuvre poétique,* Paris, Gallimard, coll. «Bibliothèque de La Pléiade», 1967.

CLAUDEL Paul, *Théâtre*, Paris, Gallimard, coll. «Bibliothèque de La Pléiade», t. I, 1967; t. II, 1965.

CLAUDEL Paul, *Journal*, Paris, Gallimard, coll. «Bibliothèque de La Pléiade», t. I (1904–1932),1968; t.II(1933–1955), 1969.

CLAUDEL Paul, *Livre sur la Chine*, éd. de Jacques Houriez, Lausanne, L'Age d'1-lomme, coll. du Centre Jacques-Petit, 1991.

CLAUDEL Paul, *Le Poète et la Bible*, éd. de Michel Malicet, Dominique Millet et Xavier Tilliette, Paris, Gallimard, t. I, 1998; t. II, 2004.

Coll., En Chine, revue *Tel Quel*, Paris, Seuil, n° 59, Automne 1974, p. 104.

CROS Charles, *Le Coffret de santal*, Paris, Gallimard, coll. «Poésie / Gallimard», [1873] 1972.

FOURNEL Paul, *Elémentaire morale, in Bibliothèque Oulipienne*, n° 8; repris en extrait in Oulipo, *Atlas de Littérature potentielle*, Paris, Gallimard, coll. «Folio Essais», n° 109, 1988.

GAUTIER Judith (signé Judith WALTER), *Le Livre de Jade*, Paris, Alphonse Lemerre, 1867; rééd. présentation, notices et bibliographie d'Yvan Daniel, Paris, Imprimerie nationale, coll. «La Salamandre», 2004.

GAUTIER Judith (signé Judith MENDES), *Le Dragon impérial*, Paris, Alphonse Lemerre, 1869, p. 314.

GAUTIER Judith, *Poèmes de la libellule*, d'après la version littérale de M. Saionji, Conseiller d'État de S.M. l'Empereur du Japon, Paris, Cillot Imprimeur, 1885.

GAUTIER Judith, *Le Collier des jours. Le Second rang du collier, souvenirs littéraires*, Paris, Felix Juven, 1903.

GAUTIER Théophile, *Poésies complètes*, Paris, Charpentier, 1855.

GAUTIER Théophile, *Romans, contes et nouvelles*, Paris, Gallimard, coll. «Bibliothèque de La Pléiade», t. I, 2002.

GOURMONT Remy (de), *Judith Gautier*, Paris, Bibliothèque internationale d'édition, coll. «Les célébrités d'aujourd'hui», 1904, p. 34.

LABICHE Eugène et LARTIGUE Alfred-Charlemagne (dit Delacour), *Le Voyage en Chine*, Paris, E. Dantu, 1865, p. 108.

LACAMP Ysabelle, *La Fille du Ciel*, Paris, Albin Michel,

1988.

LE LYONNAIS François, «La LIPO (Le premier manifeste)››, *in* Oulipo, *La Littérature potentielle*, Paris, Gallimard, coll. «Folio essais», n° 95, 1973.

LECONTE de LISLE Charles, *Poèmes barbares*, Paris, Gallimard, coll. «Folio Poésie», 1985.

LECONTE de LISLE Charles, *Poèmes antiques*, Paris, Gallimard, coll. «Folio Poésie», 1994.

LEGER Alexis, dit SAINT-JOHN PERSE, *Œuvres complètes*, Paris, Gallimard, coll. «Bibliothèque de La Pléiade», 1982.

LEVI Jean, *Le Grand Empereur et ses automates*, Paris, Albin Michel, 1985.

LEVI Jean, *Le Rêve de Confucius*, Paris, Albin Michel, 1989.

LEYS Simon (Pierre RYCKMANS), *Essais sur la Chine*, Paris, Robert Laffont, coll. «Bouquins», 1998.

LOTI Pierre, *Les Derniers jours de Pékin*, Paris, Calmann-Lévy, 1902; rééd. Kailash, coll. «Bibliotheca asiatica», 1992.

LOTI Pierre et GAUTIER Judith, *La Fille du Ciel*, Paris, Calmann-Lévy, 1911.

LOTI Pierre, *Quelques aspects du vertige mondial*, Paris,

Flammarion, 1917.

MALRAUX André, *La Tentation de l'Occident*, Paris, Bernard Grasset, 1926.

MALRAUX André, *Œuvres complètes*, éd. de Pierre Brunel, Paris, Gallimard, coll. «Bibliothèque de La Pléiade», 1989.

MALRAUX André, 西方的诱惑 (*Xifang de youhuo, La Tentation de l'Occident*), trad. de Ning Hong, *Shijie wenxue [La Littérature mondiale]*, dir. Yu Zhongxian, Pékin, n° 284, 2002.

MALLARMÉ Stéphane, *Œuvres complètes*, Paris, Gallimard, coll. «Bibliothèque de La Pléiade», t. I, 1998; t. II, 2003.

MARGAT Claude, *Poussière du Guangxi*, Paris, éd. de la Différence, 2004.

MARGAT Claude, *L'Horizon des cent pas*, Paris, éd. de la Différence, coll. «Les irréguliers», 2005.

MARGAT Claude, *Infiniment vers l'Ouest*, Poitiers, Office du Livre en Poitou-Charente, 2006.

MAURIAC François, «L'Hommage à la tortue», in *Le Figaro littéraire*, 2 septembre 1955; repris in B.S.P.C., n° 143, 1996, pp. 8–11.

MICHAUX Henri, *Idéogrammes en Chine*, Paris, Fata morgana, 1975, non paginé.

MONTESQUIEU Charles (de), *Lettres persanes,* éd. de Jean Starobinski, Paris, Gallimard, coll. «Folio», 2003.

PONGE Francis, «Prose de profundis (à la gloire de Paul Claudel)», *in Hommage à Paul Claudel (1868–1955), Nouvelle Revue française*, Paris, 1er septembre 1955, n° 33, pp. 398–403. QUENEAU Raymond, *Les Derniers jours*, Paris, Gallimard, 1936. Rééd. coll. «Folio», n° 3019, 1963.

QUENEAU Raymond, *Un rude hiver*, Paris, Gallimard, 1939. Rééd. coll. «L'imaginaire», n° 1, 1966.

QUENEAU Raymond, *Pour une bibliothèque idéale*, Paris, Gallimard, 1956.

QUENEAU Raymond, *Les Fleurs bleues*, Paris, Gallimard, 1965. Rééd. coll. «Folio», n° 1000, [1978] 1998.

QUENEAU Raymond, *Journal 1939–1940, suivi de Philosophes et voyous*, Paris, Gallimard, 1986.

QUENEAU Raymond, *Œuvres complètes*, sous la dir. de Claude Debon, Paris, Gallimard, coll. «Bibliothèque de La Pléiade», t. I, 1989.

RIMBAUD Arthur, *Œuvres complètes*, éd. de Pierre Brunel, Paris, La Pochothèque, coll. «Classiques modernes», 1999.

SAINT-JOHN PERSE, *Œuvres complètes*, Paris, Gallimard,

coll. «Bibliothèque de La Pléiade», 1972.

SAINT-PIERRE Isaure (de), *La Dernière impératrice*, Paris, Albin Michel, 2005.

SEGALEN Victor, *Œuvres complètes*, Paris, Robert Laffont, coll. «Bouquins», 2 vol., 1995.

SHAN SA, *Impératrice*, Paris, Albin Michel, 2003.

TOULET Paul-Jean, *Œuvres complètes*, Paris, Robert Laffont, coll. «Bouquins», 1986.

VALERY Paul, *Regards sur le monde actuel*, Paris, Stock, 1931, 216 p.

VERDIER Fabienne, *Passagère du Silence*, Paris, Albin Michel, 2003.

VERLAINE Paul, *Œuvres poétiques complètes*, Paris, Gallimard, coll. «Bibliothèque de La Pléiade», 1962.

VERLAINE Paul, *Œuvres en prose complètes*, Paris, Gallimard, coll. «Bibliothèque de La Pléiade», 1972.

VERNE Jules, *Le Tour du monde en 80 jours*, rééd. Paris, Hachette, «Le Livre de poche», 1965.

VERNE Jules, *Les Tribulations d'un Chinois en Chine, Les Cinq Cents Millions de la Bégum*, Paris, J. Hetzel et Cie, «Bibliothèque d'éducation et de récréation», 1879; rééd. Paris, Hachette, «Le Livre de poche», 1966.

VERNE Jules, *Claudius Bombarnac*, rééd. Genève, Bellerive, 1991.

VOLTAIRE, *Œuvres complètes*, Paris, Garnier frères, 1877–1882 (L'Orphelin de la Chine se trouve dans le t. V).

3. 其他著作

BUCK Pearl S., *East Wind, West Wind*, New York, Grosset and Dunlap, 1930.

BUCK Pearl S., *My Several Worlds*, New York, The John Day Company, 1954; *Les Mondes que j'ai connus*, trad. de Lola Tranec, Paris, Stock, 1955, p. 410.

CHESTERTON Gilbert Keith, *Heretics*, Londres, John Lane, 1905.

Cl-IESTERTON Gilbert Keith, *Orthodoxy*, Londres et New York, John Lane, 1908.

ECKERMANN Johann Peter, *Conversations de Goethe avec Eckermann*, trad. Jean Chuzeville, Paris, Gallimard, coll. «Du monde»

KEYSERLING Hermann (von), *Journal de voyage d'un philosophe*, trad. A. Hella et O. Bournac, Paris, Bartillat, 1996.

OKAKURA Kakuzô, *The Ideals of the East*, London, J.

Murray, 1903.

OKAKURA Kakuzô, *Les idéaux de l'Orient*, trad. Jenny Serruys, Paris, Payot, 1917, p. 360.

PETRARCA Francesco, *Canzoniere*, éd. de Roberto Antonelli, Torino, Einaudi, 1992.

VINCI (de) Léonard, *Traité de peinture*, éd. d'A. Chastel, Paris, Calmann Lévy, 2003.

二、方法论著作与评述以及语言学和文学研究

1. 方法论

BRUNEL Pierre, PICHOIS Claude et ROUSSEAU André-Michel, *Qu'est-ce que la littérature comparée ?*, Paris, Armand Colin, 1983.

BRUNEL Pierre et CHEVREL Yves (dir.), *Précis de Littérature comparée*, Paris, PUF, 1989.

BRUNEL Pierre, *Mythocritique. Théorie et parcours*, Paris, PUF, coll. «Ecriture», 1992.

CHEVREL Yves et MASSON Jean-Yves, «Pour une «Histoire des traductions en langue française», *Romanistische Zeitschrift für Literaturgeschichte / Cahiers d'Histoire des Littératures romanes*, XXX–1/2, 2006, p. 11–23.

DAMROSCH David, *What Is World Literature?*, Princeton, Princeton university Press, 2003.

PAGEAUX Daniel-Henri, *Littératures et cultures en dialogue*, Paris, L'Harmattan, 2007.

PAGEAUX Daniel-Henri, «Littérature générale et comparée et Anthropologie», in *Littérature et anthropologie*, dir. Alain Montandon, Paris, SFLGC, coll. «Poétiques comparatistes», 2006, pp. 19–58.

PAGEAUX Daniel-Henri, «Littérature comparée et Comparaison», in *Revue de Littérature Comparée*, n° 287, 1998.

PAGEAUX Daniel-Henri, «De l'imagerie culturelle à l'imaginaire», in *Précis de littérature comparée*, sous la dir. de Pierre Brunel et Yves Chevrel, Paris, PUF, 1989.

MOURA Jean-Marc, «L'imagologie littéraire: essai de mise au point historique et critique», *Revue de Littérature comparée*, Paris, n° 3, 1992.

2. 语言学与修辞学

AMOSSY Ruth, *Les idées reçues. Sémiologie du stéréotype*, Paris, Nathan, 1991.

BENVENISTE Émile, «Catégories de pensée et catégories

de langues», *Études philosophiques*, n° 4, octobre-décembre 1958; «Structure de la langue et structure de la société ››, *Linguaggi nella società e nelle tecnica,* Milano, ed. di Comunità, 1970, repris in *Problèmes de linguistique générale*, Paris, Gallimard, coll. «Tel», t. I, 1966; t. II, 1974.

CHEVALIER Jean-Claude et DELPORTE Marie-France, *Problèmes linguistiques de la traduction: l'horlogerie de saint Jérôme*, Paris, L'Harmattan, 1995.

COMMENT Bernard, *Roland Barthes, vers le Neutre*, Paris, Christian Bourgois, 1991, p. 329.

HANSEN-LØVE Ole, *La Révolution copernicienne du langage dans l'œuvre de Wilhelm von Humboldt*, Paris, J. Vrin, 1972.

3. 文学研究

ACTIER LOUFTI Martine, *Littérature et Colonialisme: l'expansion coloniale vue dans la littérature française 1871–1914*, Paris-La Haye, Mouton, 1971, p. 149.

ALEXANDRE Didier, *Genèse de la poétique de Paul Claudel, «Comme le grain hors du furieux blutoir»*, Paris, Honoré Champion, coll. «Littérature de notre siècle», 2001, p.

608.

ALEXANDRE Didier, *Paul Claudel, du matérialisme au lyrisme, «Comme une oie qui clabaude au milieu des cygnes»*, Paris, Honoré Champion, coll. «Littérature de notre siècle», 2005, p. 640.

BADY Paul, *La Littérature chinoise moderne*, Paris, PUF, coll. «Que sais-je?», 1993.

BERTRAND Jean-Pierre et DURAND Pascal, *Les poètes de la modernité*, Paris, Seuil, coll. «Essais», n° 544, 2006.

BOURDIEU Pierre, *Les règles de l'art. Genèse et structure du champ littéraire*, Paris, Seuil, coll. «Points Essais», n ° 370, 1998.

BRUNEL Pierre (dir.), *Cahier de l'Herne, Paul Claudel*, Paris, éd. de l' Herne, n° 70, 1997.

BRUNEL Pierre, *Eclats de la Violence. Pour une lecture comparatiste des Illuminations d'Arthur Rimbaud, édition critique commentée*, Paris, José Corti, 2004.

BRUNEL Pierre et DANIEL Yvan, *Les Fleurs bleues de Raymond Queneau*, Paris, Hachette, 1999.

CASANOVA Pascale, *La République mondiale des Lettres*, Paris, Seuil, 1999.

CELLIER Léon, *Mallarmé et la Morte qui parle*, Paris,

PUF, 1959.

CHENG Pei (dir.), *L'Aventure des Lettres françaises en Extrême-Asie*, Paris, éd. You Feng, 2005.

Coll., L'Anthologie poétique en Chine et au Japon, Extrême-Orient-Extrême-Occident, Presses universitaires de Vincennes, n° 25, 2003.

DALI Shen, INAGAKI Naoki, THI HANH Dang, ANH DAO Dang, *Victor Hugo en Extrême-Orient*, Paris, Maisonneuve et Larose, 2002.

DANIEL Yvan, *Paul Claudel et l'Empire du Milieu*, Paris, Les Indes savantes, 2003, p. 433.

DEBON Claude, ERULI Brunella, METAIL Michèle et al., *Lectures de Raymond Queneau, n°1: Morale élémentaire, TRAMES*, Limoges, Faculté des Lettres et Sciences humaines, 1987.

DETHURENS Pascal, *De l'Europe en littérature. Création européenne et culture littéraire au temps de la crise de l'esprit (1918–1939)*, Genève, Droz, 2002, p.548.

DETRIE Muriel (dir), *France-Asie, un siècle d'échanges littéraires*, Paris, You Feng, 2001.

DUMAS Olivier, *Jules Verne*, Lyon, La Manufacture, 1988.

ETIEMBLE René, *L'écriture*, Paris, Gallimard, coll.

«Idées», p. 160.

ETIEMBLE, *Essai de littérature (vraiment) générale*, Paris, Gallimard, 1974.

ETIEMBLE René, *L'Europe chinoise*, Paris, Gallimard, coll. «Bibliothèque des Idées», t. I, 1988; t. II, 1989.

GADOFFRE Gilbert, *Paul Claudel et l'univers chinois, Cahiers Paul Claudel VIII*, Paris, Gallimard, 1968, p. 393.

GILL Austin, *The Early Mallarmé*, Oxford, Clarendon Press, t. I, 1979, 275 p.; t. II, 1986, p. 382.

HUNG CHENG FU, *Un Siècle d'influence chinoise sur la littérature française*, Paris, Domat-Montchrestien, F. Loviton & Cie, 1934, p. 280.

ILLOUZ Jean-Nicolas, *Le Symbolisme*, Paris, LGF, Le Livre de poche, n° 582, 2004.

LANGLOIS Walter G., *André Malraux, l'aventure indochinoise,* trad. Jean-René Major, Paris, Mercure de France, 1967.

LETELLIER Léon, *Louis Bouilhet (1821–1869), sa vie et ses œuvres, d'après des documents inédits*, Rouen, Imp. de La Vicomté, 1919, p. 389.

MAYAUX Catherine, *Le référent chinois dans l'œuvre de Saint-John Perse*, Doctorat d' État, Université de Pau, 1991.

MAYAUX Catherine, *Saint-John Perse lecteur-poète, Le lettré du monde occidental*, Bern, Peter Lang, coll. «Littératures de langue française», vol. 4, 2006.

MENG Hua (孟华), *Visions de l'autre: Chine-France*, Pékin, Peking University Press, 2004, p. 406.

MILLET-GERARD Dominique, *Anima et la sagesse. Pour une poétique comparée de l'exégèse claudélienne*, Paris, Lethielleux, 1990, p.1199.

MILLET-GERARD Dominique, *Claudel thomiste ?*, Paris, Honoré Champion, 1999.

MILLET-GERARD Dominique, «Étude littéraire et théologique de Ça et là (Connaissance de l'Est)», *in Paul Claudel et le Japon, Actes du Colloque international du Cinquantenaire de la mort de Paul Claudel*, Tokyo, Shichigatsudo Publishing, 2006.

MOURA Jean-Marc, *La Littérature des lointains. Histoire de l'exotisme européen au XXe siècle*, Paris, Honoré Champion, 1998.

MORTELETTE Yann, *Histoire du Parnasse*, Paris, Fayard, 2005.

NOBLET Agnès (de), «Une collaboratrice de Pierre Loti: Judith Gautier», *in Revue Pierre Loti*, n° 24, 1985, pp. 173–175.

PAGEAUX Daniel-Henri, «L'Orientalisme littéraire», *in Grand Atlas des Littératures, Encyclopédie Universelle*, 1990, p. 310 sq.

PICOT Jean-Pierre et ROBIN Christian (dir.), *Jules Verne, 100 ans après. Actes du Colloque de Cerisy*, Rennes, Terres de brume, 2005.

RICHER Jean, *Études et recherches sur Théophile Gautier prosateur*, Paris, Nizet, 1981.

SAID Edward W., *L'Orientalisme: l'Orient créé par l'Occident*, trad. C. Malamoud, Paris, Seuil, 1980.

SAID Edward W., *Culture et Impérialisme*, trad. P. Chemla, Paris, Fayard, 2000.

SCHWAB Raymond, *La Renaissance orientale*, Paris, Payot, coll. «Bibliothèque historique», 1950.

SCHWARTZ William Leonard, *The Imaginative Interpretation of Far East in Modern French Literature (1800–1825)*, Paris, Honoré Champion, 1927.

SPENCE Jonathan D., *The Chan's Great Continent, China in Western Minds*, Montréal, W. W. Norton & Compagny, 1998.

WALZER Pierre-Olivier, *Stéphane Mallarmé*, Paris, Seghers, coll. «Poètes d'aujourd'hui», 1963, p. 256.

YU Pauline, *«Your Albaster in This Porcelain»: Judith*

Gautier's Le Livre de Jade, in Publication of Modern Language Association of America (PMLA), vol. 122, n° 2, mars 2007, pp. 464–482.

ZHANG Yinde (张寅德), *Le Roman chinois moderne (1918–1949)*, Paris, PUF, Coll. «Ecritures», 1992.

ZHANG Yinde, *Le Monde romanesque chinois au XXe siècle. Modernités et identités*, Paris, Honoré Champion, coll. «Bibliothèque de Littérature générale et comparée», 2003.

ZHANG Yinde, *Histoire de la Littérature chinoise*, Paris, Ellipses, 2004.

ZHANG Yinde, «François Cheng, poète français», *Revue de Littérature comparée, Hommage à François Cheng*, sous la dir. de Pierre Brunel et Daniel-Henri Pageaux, n° 322, 2–2007.

三、其他研究与著述

1. 历史与地理研究

CHESNEAUX Jean, *L'Asie orientale aux XIXe et XXe siècles: Chine, Japon, Inde, Sud-Est asiatique*, Paris, PUF, 1966.

CHESNEAUX Jean, BASTID Marianne, *La Chine: de la guerre de l'opium à la guerre franco-chinoise 1840–1885*, Paris,

Hatier, coll. d'Histoire contemporaine, t. I, 1969.

CHESNEAUX Jean, BASTID Marianne, BERGERE Marie-Claire, *La Chine: de la guerre franco-chinoise à la fondation du parti communiste chinois 1885–1921*, Paris, Hatier, coll. d'Histoire contemporaine, t. II, 1972.

DOMENACH Jean-Luc, RICHER Philippe, *La Chine, 1. 1949–1971*, Paris, Imprimerie nationale, 1987; *2. De 1971 à nos jours*, Paris, Seuil, Coll. «Points Histoire», 1995.

ELISSEEFF Danielle, *Histoire de la Chine*, Paris, éd. du Rocher, coll. «Le Présent de l'Histoire», 1997.

FAIRBANK John King, *La Grande Révolution chinoise 1800–1989*, trad. de S. Dreyfus, Paris, Flammarion, 1989.

FRANK Andre Gunter, *ReOrient: Global Economy in the Asian Age*, Berkeley-Los Angeles-London, University of California Press, 1998, p. 416.

GROSIER Jean-Baptiste, *De la Chine, ou Description générale de cet Empire rédigé d'après les Mémoires de la Mission de Pékin*, Paris, Pillet Aîné, 7 vol., 1785–1820.

JOYAUX François, *La Politique extérieure de la Chine populaire*, Paris, PUF, coll. «Que sais-je ?», n° 2140, 1993.

PAUTHIER Guillaume et BAZIN Antoine-Pierre-Louis, *Chine moderne. Description historique, géographique et littéraire de ce vaste empire d'après des documents chinois*, Paris, Firmin-Didot, 1853.

POUZYNA I. V., *La Chine, l'Italie et les débuts de la Renaissance (XIIIe - XIVe siècles)*, Paris, éd. d'Art et d'Histoire, 1935, p. 102.

QUINET Edgar, *De la Renaissance orientale*, Montpellier, L'Archange Minotaure, 2003.

RECLUS Élisée et Onésime, *L'Empire du Milieu*, Paris, Hachette, 1902.

SOULIÉ DE MORANT George, *Histoire de la Chine de l'Antiquité à 1929*, Paris, Payot, 1929, p.539.

SOUTY François et RAIBAUD Martine, *Échanges, éthiques et marchés: Europe-Asie XVIIIe -XXIe siècles*, Paris, Les Indes savantes, 2004.

TOURRAIX Alexandre, *L'Orient, mirage grec*, Besançon, Presses universitaires Franc-Comtoise, 2000.

TRICOT Bernard (dir.), *L'établissement de relations diplomatiques entre la France et la République populaire de Chine, 27 janvier 1964, Actes du Colloque du 16 mai 1994*, Fondation Charles-de-Gaulle, 1995, p. 167.

TWITCHETT Denis, FAIRBANK John K. (éd.), *The Cambridge History of China,* Cambridge University Press, à partir du vol. 10: *Late Ch'Ing 1800–1911*,

WANG Nora, *L'Asie orientale du milieu du XIXe siècle à nos jours*, Paris, Armand Colin, Coll. «Histoire contemporaine», 1993.

ZHANG Chi, *Chine et Modernité. Chocs, crises, renaissance de la culture chinoise aux temps modernes*, Paris, éd. You Feng, 2006.

2. 游记与见闻录

ARENE Jules, *La Chine familière et galante*, Paris, Charpentier & Compagnie, 1876, p. 288.

Coll., Les Grands dossiers de L'Illustration, La Chine (1843–1944), Paris, rééd. SEFAG/ L'Illustration, 1987.

BEAUVOIR (de) Ludovic, *Voyage autour du monde. Java, Siam, Canton*, t. II, Paris, Plon, 1869; Pékin, Yeddo, San Francisco, t. III, Paris, Plon & Cie, 1872.

CHOUTZE T., «Pékin et le Nord de la Chine», *Le Tour du Monde*, Paris, en 8 livraisons, 107 gravures, 1876.

DUBOIS (de) JANCIGNY Adolphe, *Japon, Indo-Chine, Empire Birman, Siam, Annam (ou Cochinchine), Péninsule malaise, etc.*, Paris, F. Didot & frères, coll. «Histoire et description de tous les peuples ››, 1850, p. 665.

HUC Régis-Evariste, L'Empire chinois, Paris, Imprimerie impériale, «Collection orientale», 1854; rééd. précédée de *Souvenirs d'un voyage dans la Tartarie et le Thibet*, Paris, Omnibus, 2001.

LA GRAVIERE (de) Edmond Julien, *Voyage en Chine pendant les années 1847–1850*, Paris, Hachette, 1864.

MILNE C. William, *La Vie réelle en Chine*, trad. A. Tasset, introduction et notes de Guillaume Pauthier, Paris, L. Hachette & Cie, 1860, p. 470.

PETTIT Charles, *La Femme qui commanda à cinq cents millions d'hommes, Tseu-Hi, Impératrice de Chine*, Paris, éd. du Laurier, coll. «Les Grandes figures», 1928, p. 316.

POUSSIELGUE Achille, *Voyage en Chine et en Mongolie de M. de Bourboulon, Ministre de France, et de Madame de Bourboulon*, Paris, Hachette, 1866, p. 446.

ROCHECHOUART (de) Julien, *Excursions autour du monde: Pékin et l'intérieur de la Chine*, Paris, E. Plon, 1878, p. 355.

ROUSSET Léon, *À travers la Chine*, Paris, Charpentier & Cie, 1878, p. 429.

SIEGFRIED Jacques, *Seize mois autour du monde et*

particulièrement Inde, Chine, Japon, Paris, J. Hetzel, 1869, p. 360.

THOMSON John, *The Straits of Malacca, Indo-China, and China, or Ten Years' Travels, Adventures and Residence Abroad*, Londres, Sampson Low, Marston, Low and Searle, 1875.

THOMSON John, *Dix ans de voyage dans la Chine et l'Indo-chine*, trad. A. Talandier et H. Vattemare, Paris, Hachette, 1877, p. 492.

3. 汉学著作：东方与远东研究

译著见前第一部分“中国作品译著”

18 世纪

CIBOT Pierre Martial, *Lettre de Pékin sur le génie de la langue chinoise et la nature de leur écriture symbolique, comparée avec celle des anciens Égyptiens*, Bruxelles, J. L. de Boubers, 1773, p. XXXVIII–56.

BATTEUX Charles, OUDART FEUDRIX de BREQUIGNY L.-G. (dir.), PP. CIBOT, AMIOT,BOURGEOIS, KO, POIROT, *Mémoires concernant l'histoire, les sciences, les arts, les mœurs et les usages des Chinois, par les missionnaires de Pékin,* Paris, Nyon aîné, 10 vol., 1776–1791.

19 世纪

ABEL-REMUSAT Jean-Pierre, *Éléments de la grammaire chinoise, ou principes généraux du Ku-wen ou style antique, et du Kouan-hoa, c'est-à-dire de la langue commune généralement usitée dans l'empire chinois*, Paris, Imprimerie royale, 1822, p. XXXII–214.

ABEL-REMUSAT Jean-Pierre, *Mélanges asiatiques, ou choix de morceaux critiques et de mémoires relatifs aux religions, aux sciences, aux coutumes, à l'histoire et à la géographie des nations orientales*, Paris, Dondey-Dupré, t. I, 1825, 456 p.; t. II, 1826, p. 428.

ABEL-REMUSAT Jean-Pierre, *Nouveaux Mélanges asiatiques*, Paris, éd. Schubart et Heideloff, t. I, 1829, 446 p.; t. II, 1829, p. 428.

ABEL-REMUSAT Jean-Pierre, *Mélanges posthumes d'histoire et de littérature orientales*, éd. De Félix Lajard, Paris, Imprimerie royale, 1843, p. 469.

ABEL-REMUSAT Jean-Pierre, *Éléments de Grammaire chinoise*, nouvelle éd. de Léon de Rosny, Paris, A. Maisonneuve, 1857, p. 240.

AMPERE Jean-Jacques, *De la Chine et des travaux de M.*

Abel Rémusat, Paris, H. Fournier, 1832, p. 92.

BAZIN Antoine-Pierre-Louis, *Grammaire mandarine, ou Principes généraux de la langue chinoise*, Paris, Imprimerie impériale, 1856, p. 122.

DAVIS John, *De la Chine, Description générale des mœurs, des coutumes, du gouvernement, des lois, des religions, de la littérature, des arts, des productions naturelles, des manufactures et du commerce*, trad. de A. Pichard, révisée et augmentée par Antoine Bazin, Paris, Paulin, 1837.

ESCAYRAC de LAUTURE Pierre-Henri-Stanislas, *La Chine et les Chinois*, Paris, A. Delahays, 1877, 528 p. [1re éd. en fascicules à la «Librairie du Magasin pittoresque» de Paris, en 1865].

GROSIER Jean-Baptiste, *De la Chine, ou Description générale de cet empire rédigée d'après les mémoires de missions de Pékin*, Paris Pillet aîné, 7 vol., 1785–1820.

HUMBOLDT (von) Wilhelm, *Lettre à M. Abel Rémusat sur la nature des formes grammaticales en général et sur le génie de la langue chinoise en particulier, in Gesammelte Schriften*, Berlin, A. Leitzmann, [1826] 1903–1920; repris in Crépon Marc (éd.), *Anthologie: l'Orient au miroir de la philosophie. La Chine et l'Inde, de la Philosophie des Lumières au Romantisme allemand*, Paris, Agora, 1993.

IRISSON (d') Maurice, *Études sur la Chine contemporaine*, Paris, Chamerot et Lauwereyns, 1869, p. VIII–214.

LE GALL Stanislas, *Le philosophe Tchou-Hi, sa doctrine, son influence*, Shanghai, Imprimerie des Missions Catholiques, 1894, p. 134.

PAUTHIER Guillaume, *Chine, ou Description historique, géographique et littéraire de ce vaste empire, d'après des documents chinois, Première partie, comprenant un résumé de l'histoire de la civilisation chinoise des temps les plus anciens jusqu'à nos jours*, Paris, Firmin-Didot, coll. «L'Univers, histoire et description de tous les peuples», 1837.

PAUTHIER Guillaume, *Chine moderne. Description historique, géographique et littéraire de ce vaste empire, d'après des documents chinois*, Paris, Firmin-Didot, 1853.

ROSNY [de] Léon, *Le Taoïsme*, Paris, E. Leroux, coll. «Bibliothèque du Bouddhisme et des religions de l'Extrême-Orient», 1892, p. XXXVI–179.

ROSNY (de) Léon, *Le Texte du Tao-Teh-King et son histoire*, Paris, s. n. [Bibliothèque de l' École des Hautes Études], 1889.

TCHENG-KI-TONG, *Les Chinois peints par eux-mêmes*,

Paris, Calmann Lévy, coll. «Bibliothèque contemporaine», 1884, p. 291.

TERRIEN DE LA COUPERIE, *Western Origin of the Early Chinese Civilisation*, Londres, Asher, 1894, p. 418.

20—21 世纪

BARBIER-KONTLER Christine, «La figure du sage dans l'œuvre du maître taoïste Zhuangzi», in *Chemins de dialogue*, Marseille, I.S.T.R., n° 10, 1997.

BLANCHON Flora, *Banquiers, savants, artistes: Présences françaises en Extrême-Orient au XXe siècle*, Paris, Presses Universitaires de Paris-Sorbonne, coll. «Asies», 2005, p. 182.

CORDIER Henri, *Bibliotheca sinica, Dictionnaire bibliographique des ouvrages relatifs à l'Empire chinois*, Paris, Publications de l'École des Langues orientales vivantes, série I, vol. X, XI et XV, Ernest Leroux, 1895; rééd. Guilmoto, 1904–1908.

CORDIER Henri, «Les Études chinoises sous la Révolution et l'Empire», in *T'oung Pao*, n° 19, 1918–1919.

CŒDÈS Georges, *Articles sur le pays khmer*, Paris, EFEO, t. I, 1989; t. II, 1992.

CŒDÈS Georges, *Pour mieux comprendre Angkor*, Paris, Adrien Maisonneuve, Publications du Musée Guimet, n° 55, 1947.

CURIEN Annie et JIN Siyan, *Littérature chinoise, Le passé et l'écriture contemporaine, Regards croisés d'écrivains et de sinologues*, Paris, éd. de la Maison des Sciences de l'Homme, 2001.

DEMEVILLE Paul, «Lettre sur la réforme de l'écriture chinoise», *T'oung Pao*, vol. XLIV, 1956.

DEMIEVILLE Paul, «Aperçu historique des études sinologiques en France», in *Acta Asiatica, Bulletin of the Institut of Eastern Culture*, Tokyo, The Toho Gakkai, n° 11, 1966, pp. 56–110.

ELISSEEFF Danielle, *XXe siècle: La grande mutation des femmes chinoises*, Paris, Bleu de Chine, 2006.

ESCARRA Jean, *Le Droit chinois*, Pékin, éd. Henri Vetch, 1936, p. 466.

ETIEMBLE René, *Connaissons-nous la Chine ?*, Paris, Gallimard, coll. «Idées», 1964.

FRECHES José, *La Sinologie*, Paris, PUF, coll. «Que sais-je ?», 1975.

FINOT Louis et GOLOUBEW Victor, «Le Symbolisme de Néak Pân», in *BEFEO*, t. XXIII, 1923.

GERNET Jacques, *La Civilisation chinoise*, Paris, Gallimard, 1994 [1929].

GERNET Jacques, *Chine et Christianisme: première confrontation*, Paris, Gallimard, 1982.

GERNET Jacques, *Le Monde chinois*, Paris, Armand Colin, 1990 [1972], p. 699.

GOSSET Pierre et Renée, *Terrifiante Asie, An VII: La Chine rouge*, Paris, Julliard, 1956.

GRANET Marcel, «Quelques particularités de la langue et de la pensée chinoises», *Revue philosophique*, mars-avril 1920, repris in Essais sociologiques sur la Chine, Paris, PUF, 1990.

GRANET Marcel, *La Religion des Chinois*, Paris, PUF, [1922] 1951.

GRANET Marcel, *La Pensée chinoise*, Paris, Albin Michel, [1934] 1968.

GRENIER Jean, *L'Esprit du Tao*, Paris, Flammarion, 1973.

GOSSET Pierre et Renée, *Terrifiante Asie An VII: Chine rouge*, Paris, Julliard, 2 t., 1956.

GUENON René, *Aperçus sur l'ésotérisme islamique et le taoïsme*, Paris, Gallimard, coll. «Traditions», 1982.

GUILLAIN Robert, *600 millions de Chinois*, Paris, Julliard, 1956, p. 290.

HOVELAQUE Émile, *La Chine*, Paris, Ernst Flammarion, coll. «Bibliothèque de Philosophie scientifique», 1920, p. 286.

JAMI Catherine, DELAHAYE Hubert (éd.), *L'Europe en Chine. Interactions scientifiques, dreligieuses et culturelles aux XVIIe et XVIIIe siècles*, Paris, Collège de France, Institut des Hautes Études Chinoises, 1993, p. 256.

JULLIEN François, *La Valeur allusive. Des catégories originales de l'interprétation poétique dans la tradition chinoise*, Paris, EFEO, vol. CXLIV, 1985, p. 312.

JULLIEN François, *Procès ou Création-une introduction à la pensée chinoise*, Paris, Seuil, 1989.

JULLIEN François, *Le détour et l'accès, Stratégies du sens en Chine, en Grèce*, Paris, Grasset & Fasquelle, 1995.

JULLIEN François, *Si parler va sans dire. Du Logos et d'autres ressources*, Paris, Seuil, 2006.

KALTENMARK Max, *Lao-tseu et le Taoïsme*, Paris, Seuil, coll. «Maître spirituel», 1965.

KOU-HOUNG-MING (辜鸿铭, Gu Hongming), *L'Esprit du peuple chinois*, trad. de P. Rival, Paris, Stock, Delamain & Boutelleau, 1927, p. 182.

LAGERWAY John, *Le Continent des esprits: la Chine dans le miroir du taoïsme,* Bruxelles, Renaissance du Livre, 1991, p.

171.

LANG Olga, *La Vie en Chine*, Paris, Hachette, 1952.

LOROT Pascal, *Le Siècle de la Chine: essai sur la nouvelle puissance chinoise*, Paris, Institut Choiseul, 2007.

LUPPE (de) Olivier, PINO Angel, RIPERT Roger, SCHWARTZ Betty, *D'Hervey de Saint-Denys, Biographie*, Oniros, 1995.

MASPERO Henri, *La Chaire de Langue et Littérature Chinoises et Tartares-Mandchoues, Livre Jubilaire du Quatrième Centenaire du Collège de France*, Paris, PUF, s. d. [1932].

MASPERO Henri, *Mélanges posthumes sur les religions et l'histoire de la Chine, Le Taoïsme*, Paris, Annales du musée Guimet, t. II, 1950, p. 268.

MANGIN André, «Stanislas Julien, orientaliste et sinologue orléanais», in *Bulletin de la Société archéologique et historique de l'Orléanais*, Orléans, vol. 18, n° 143, 2005, pp. 5–33.

PARMENTIER Henri, «L'Art d'Indravarman», in *BEFEO*, Paris-Hanoï, vol. XIX, 1919.

PETRUCCI Raphael, *La Philosophie de la nature dans l'art de l'Extrême-Orien*t, Paris, Librairie Renouard-Henri Laurens, 1910; rééd. Paris, éd. You Feng, 2004, p. 160.

PIGEOT Jacqueline (dir.), *L'Anthologie poétique en Chine et au Japon, in Extrême-Orient-Extrême-Occident,* Saint-Denis, Presses Universitaires de Vincennes, n° 25, 2003.

ROBINET Isabelle, *Comprendre le Tao*, Paris, Albin Michel, coll. «Spiritualités vivantes», [1996] 2002.

ROLLAND Romain, *La Vie de Ramakrishna*, Paris, Stock, 1930.

ROLLAND Romain, *La Vie de Vivekananda et l'Évangile universel*, Paris, Stock, 2 vol., 1930.

SAUSSY Haun, *Great Walls of Discourse and Other Adventures in Cultural China*, Cambridge Mass.), Harvard University Asia Center, 2001.

SCHIPPER Kristofer, *Le Corps taoïste*, Paris, Fayard, 1992.

SOUTY François, RAIBAUD Martine (dir.), *Europe-Asie: Échanges, Éthiques et Marché XVIIe-XXIe siècles, Actes des Colloques internationaux de La Rochelle*, Paris, Les Indes savantes, 2004.

THEVENET Jacqueline, R.-E. Huc, *Le lama d'Occident*, Paris, Seghers, 1989.

TONGLI Yuan, *China in Westem Literature: a continuation of Cordier's Bibliotheca sinica*, New Haven (Connect.), Far

Eastern Publications Yale University, 1958, p. XIX-802.

VANDERMEERSCH Léon, *Le nouveau monde sinisé*, Paris, PUF, 1986, p. 224.

WANG Nora, YE XIN, WANG LU, *Victor Hugo et le sac du Palais d'Été*, Paris, Les Indes savantes et You Feng, 2003.

4. 哲学与思想史

AQUIN (d') Thomas (saint), *Somme théologique*, trad. d'Aimon-Marie Roguet, Paris, Cerf, 4 vol., 1984.

BROCHARD Victor, *Les Sceptiques grecs*, Paris, Livre de Poche, coll. «Références Philosophie», n° 474, [1887] 2002.

CHARTIER Pierre et MARCHAISSE Thierry (dir.), *Chine/Europe, percussions dans la pensée. A partir du travail de François Julien*, Paris, PUF, coll. «Quadrige», 2005.

CHAD Hansen, *A Taoist Theory of Chinese Throught, A Philosophical Interpretation*, New York, Oxford University Press, 1992, p. 448.

CHAD Hansen, «Linguistic Skepticism in the Lao tzu», *Philosophy East and West*, vol. 31, n° 3, 1981.

CHENG Anne, *Histoire de la pensée chinoise*, Paris, Seuil, 1997.

COUSIN Victor, *Histoire générale de la philosophie depuis les temps les plus anciens jusqu'au XIXe siècle*, Paris, Didier, [1863] 1873.

FOREST Philippe, *Histoire de Tel Quel 1960–1982*, Paris, Seuil, 1998.

HERSANT Yves (dir.), *Europes. De l'Antiquité au XXe siècle: Anthologie critiquée et commentée*, Paris, R. Laffont, coll. «Bouquins», 2000.

KEYSERLING Hermann (von), *Journal de voyage d'un philosophe*, trad. H. Hella et O. Bournac, Paris, Bartillat, [1918] 1996.

LAURANT Jean-Pierre, *Matgioi, un aventurier taoïste*, Paris, Dervy-Livres, coll. «Histoire et tradition», 1982.

LAURANT Jean-Pierre et BARBANEGRA Paul (dir.), *Les Cahiers de l'Herne, René Guénon*, Paris, éd. de l'Herne, 1985.

POULET Régis, *L'Orient: généalogie d'une illusion*, thèse pour le Doctorat, Université Jean-Moulin Lyon III, Lille, ANRT, 2000, p. 751.

汉法人名对照表

阿奎纳，圣托马斯　AQUIN, Thomas (d')

阿莱恩，保罗　ARENE，Paul

阿莱恩，于勒　ARENE，Jules

阿雷维，达尼埃尔　HALEVY, Daniel

阿米耶勒，亨利－弗雷德里克　AMIEL, Henri-Frédéric

阿那克里翁　Anacréon

阿纳克萨克　Anaxarque

埃德金，简　EDKINS, Jane

艾卡尔，让　AICAR, Jean

艾斯卡拉，让　ESCARRA, Jean

艾田蒲　ETIEMBLE, René

爱克曼，约翰·彼得　ECKERMANN, Johann Peter

奥夫拉克，埃米尔　HOVELAQUE, Emile

奥维德　Ovide

巴尔托洛，塔迪奥·迪　BARTOLO, Taddeo di

巴尔扎克　BALZAC, Honoré (de)

巴金　Ba Jin

巴特，罗兰　BARTHES, Roland

巴特尔米·圣伊莱尔，朱尔　BARTHELEMY SAINT-HILAIRE, Jules

巴赞，安托万　BAZIN, Antoine

柏拉图　Platon

班文干　PIMPANEAU, Jacques

保兰，让　PAULHAN, Jean

鲍吉耶，纪尧姆　PAUTHIER, Guillaume

贝尔纳，克洛德　BERNARD, Claude

贝尔特朗，阿洛斯约斯　BERTRAND, Aloysius

本内特，列翁　BENNETTE, Léon

彼特拉克，弗兰齐斯科　PETRARQUE, François

毕欧　BIOT, Edouard

波德莱尔，夏尔　BAUDELAIRE, Charles

波伏娃，西蒙娜·德　BEAUVOIR, Simone (de)

波伏瓦，吕多维克·德　BEAUVOIR, Ludovic (de)

波罗，马可　POLO, Marco

伯恩哈特，莎拉　BERNHARDT, Sarah

伯希和，保罗　PELLIOT, Paul

布尔布隆，卡特琳娜 – 范妮·德

BOURBOULON, Catherine-Fanny (de)
布尔努夫，欧仁 BURNOUF, Eugène
布封（原名乔治－路易·勒克莱尔）
BUFFON（Georges-Louis Leclerc）
布劳沙，维克多 BROCHARD, Victor
布勒东，安德烈 BRETON, André
布雷蒙，埃米尔 BLEMONT, Émile
布里奇曼，伊莱扎·J. BRIDGMAN, Eliza J.
布吕奈蒂耶，费尔迪南 BRUNETIERE, Ferdinand
布耶，路易 BOUILHET, Louis
曹雪芹 Cao Xueqin
陈独秀 CHEN Duxiu
陈季同 TCHENG-KI-TONG
程艾兰 CHENG, Anne
程抱一 CHENG, François
慈禧 CI XI (Tseu-Hi)
达·芬奇，列奥纳多 VINCI, Léonard (de)
达尔登纳·德·拉格朗日里，玛格丽特
DARDENNE de la GRANGERIE Marguerite
达尔文，查尔斯 DARWIN, Charles
戴尔维利，厄耐斯特 HERVILLY, Ernest (d')
戴高乐，夏尔 GAULLE, Charles (de)

戴密微，保罗 DEMIEVILLE, Paul
戴思杰 DAI Sijie
戴遂良 WIEGER, Léon
但丁 DANTE, Alighieri
道永，勒内－路易 DOYON, René-Louis
德理文 HERVEY de SAINT-DENYS，
（d’）Marie-Jean-Léon
邓小平 DENG Xiaoping
狄奥克里塔 Théocrite
迪康，马克西姆 DUCAMP, Maxime
笛卡尔，勒内 DESCARTES, René
第欧根尼 Diogène
丁敦龄 TIN Tung-Ling
丁玲 DING Ling
都德，阿尔丰斯 DAUDET, Alphonse
杜德斯科，安德烈 TUDESQ, André
杜甫 DU Fu
杜赫德 DUHALDE, Jean-Baptiste
杜牧 Du Mu
杜乔 Duccio
鄂卢梭，莱昂纳尔 AUROUSSEAU, Léonard
法布尔 FABRE, Jean-Henri

法郎士，阿纳托尔 FRANCE, Anatole
凡尔纳，儒勒 VERNE, Jules
梵·高，文森特 van GOGH, Vincent
方丹－拉图尔，亨利 FANTIN-LATOUR, Henri
霍道生 PHILASTRE, Paul-Louis-Félix
菲诺，路易 FINOT, Louis
弗莱尔，保罗 FOURNEL, Paul
弗兰切斯卡，皮耶罗·德拉 FRANCESCA, Pierro della
伏尔泰 VOLTAIRE
福楼拜，古斯塔夫 FLAUBERT, Gustave
福麦，斯塔尼斯拉斯 FUMET, Stanislas
福煦，依波利特 FAUCHE, Hyppolite
冈仓天心 OKAKURA Kakuzô
高龙鞶 COLOMBEL, Auguste
戈岱司，乔治 CŒDES, Georges
戈蒂埃，泰奥菲尔 GAUTIER, Théophile
戈蒂埃，朱迪特 GAUTIER, Judith
戈鹭波 GOLOUBEW, Victor
戈佐利，贝诺佐 GOZZOLI, Benozzo
歌德 GŒTHE, J. W. (von)
格兰帕，贝内迪克特 GRYNPAS, Benedykt
格雷尼埃，让 GRENIER, Jean

格鲁贤神父　GROSIER, Jean-Baptiste

格罗塞，皮尔埃和勒内　GROSSET, Pierre et Renée

格罗斯列，乔治　GROSLIER, Georges

格农 ，勒内　GUENON, René（参见普乌维尔，

阿尔贝・德 POUVOURVILLE, Albert de)

格诺，雷蒙　QUENEAU, Raymond

葛兰言　GRANET, Marcel

辜鸿铭　KOU-HOUNG-MING(Gu Hongming)

古伯察　HUC, Régis-Évariste

顾赛芬　COUVREUR, Séraphin

顾史密斯，奥利维　GOLDSMITH, Olivier

观音　Guanyin

光绪（帝）　Guangxu

海涅－格尔登，罗伯特・冯　HEINE-GELDERN, Robert (von)

韩国英神父　CIBOT, Pierre Martial

汉斯沃斯，阿尔弗雷德　HARMSWORTH, Alfred

荷马　Homère

贺拉斯　Horace

黑格尔　HEGEL, G. W. F.

洪堡特，威廉・冯　HUMBOLDT, Wilhelm (von)

洪秀全　HONG Xiuquan

胡品清　GUILLERMAZ, Patricia

胡适　HU Shi
吉扬，勒内　GUILLAIN, René
纪德，安德烈　GIDE, André
纪君祥　JOFFRE, Joseph
伽道夫，吉勒贝尔　GADOFFRE, Gilbert
伽亚谟，莪默　KHAYAM, Omar
加尔文，约翰　CALVIN, Jean
卡贝，埃蒂耶纳　CABET, Étienne
卡普拉，弗兰克　CAPRA, Frank
卡伊瓦，勒内　CAILLOIS, René
卡扎利斯，亨利　CAZALIS, Henri
凯泽林，赫尔曼·冯　KEYSERLING, Hermann (von)
康德谋　KALTENMARK, Max
康马耶，让　COMMAILLE, Jean
康熙（帝）　Kangxi
康有为　KANG Youwei
柯洛，夏尔　CROS, Charles
柯勒律治　COLERIDGE, Samuel Taylor
科耶夫，亚历山大　KOJEVE, Alexandre
克洛岱尔，保罗　CLAUDEL, Paul
孔德，奥古斯都　COMTE, Auguste
孔尚任　KONG Shangren

孔子 CONFUCIUS

库赞，维克多 COUSIN, Victor

莱布尼茨 LEIBNIZ

莱热，阿列克西（笔名圣－琼·佩斯）
LEGER, Alexis (dit SAINT-JOHN PERSE)

兰波，阿尔蒂尔 RIMBAUD, Arthur

朗，奥尔格 LANG, Olga

朗格鲁瓦，亚历山大 LANGLOIS, Alexandre

朗吉努斯 Longin

老舍 Lao She

老子 Lao zi

勒孔特·德·里勒，夏尔 LECONTE DE
LISLE, Charles-Marie

勒迈尔，阿尔丰斯 LEMERRE, Alphonse

雷慕沙 ABEL-REMUSAT, Jean-Pierre

雷威安 LEVY, André

李白 LI Bai

李鸿章 LI Hongzhang

李清照 LI Qingzhao

李汝珍 Li Ruzhen

里尔克，赖内·马利亚 RILKE, Rainer-Maria

里卡尔，路易－克扎维尔 RICARD, Louis-Xavier (de)

理雅各　LEGGE, James

梁巨川　LIANG Juchuan

列子　Lie zi

林彪　LIN Biao

刘家槐　Liou Kia-hway (Liu Jiahuai)

柳永　Liu Yong

隆，莫里斯　LONG, Maurice

鲁塞，莱昂　ROUSSET, Léon

鲁迅　LU Xun

陆定一　LU Dingyi

陆游　LU You

路德，马丁　LUTHER, Martin

伦勃朗，哈尔曼松　REMBRANDT, Harmenszoon

罗大冈　LO Ta-kang(Luo Dagang)

罗兰，罗曼　ROLLAND, Romain

罗摩克里希那　RAMAKRISHNA

罗斯尼，莱昂－路易－吕西安·德
ROSNY, Léon-Louis-Lucien (de)

罗斯堂，埃德蒙　ROSTAND, Edmond

洛蒂，皮埃尔　LOTI, Pierre

马伯乐　MASPERO, Henri

马古烈，乔治　MARGOULIES, Georges

马尔加，克洛德　MARGAT, Claude

马尔罗，安德烈　MALRAUX, André

马拉美，斯特凡　MALLARME, Stéphane

马勒，古斯塔夫　MAHLER, Gustav

马若瑟神父　PREMARE, Joseph (de)

马萨拉尼，图洛　MASSARANI, Tullo

马西，亨利　MASSIS, Henri

毛姆，威廉·萨默塞特　MAUGHAM, William Somerset

毛泽东　MAO Zedong

茅盾　MAO Dun

梅里尔，斯图亚特　MERRILL, Stuart

孟戴斯，卡图勒　MENDES, Catulle

孟德斯鸠，夏尔·德　MONTESQUIEU, Charles (de)

孟华　MENG Hua

孟子　Meng zi

米肖，亨利　MICHAUX, Henri

缪勒，麦克斯　MULLER, Max

摩西　Moïse

莫南，保罗　MONIN, Paul

穆，保罗　MUS, Paul

帕芒提埃，亨利　PARMENTIER, Henri

帕维，泰奥道尔　PAVIE, Théodore

佩蒂，保罗 PETIT, Paul
佩蒂，夏尔 PETIT, Charles
佩勒唐，卡米耶 PELLETAN, Camille
佩罗，艾蒂安 PERROT, Étienne
蓬热，弗朗西斯 PONGE, Francis
皮浪 Pyrrhon
坡，爱伦 POE, Edgar
普利多姆，勒内－阿尔芒－弗朗索瓦（笔名普利多姆，苏利）PRUDHOMME, René Armand François, dit Sully
普鲁斯特，马塞尔 PROUST, Marcel
普乌维尔，阿尔贝·德 POUVOURVILLE, Albert (de)
普西耶尔格，阿希尔 POUSSIELGUE, Achille
乔托 Giotto
切斯特顿，吉尔伯特·基思 CHESTERTON, Gilbert Keith
屈原 QU yuan
儒莲 JULIEN, Stanislas
萨特，让－保罗 SARTRE, Jean-Paul
萨义德，爱德华·沃第尔 SAID, Edward Wadie
赛珍珠 BUCK, Pearl Sydentricker
沙畹，爱德华 CHAVANNES, Edouard
山飒 SHAN Sa
圣博纳方图 BONNAVENTURE, Saint

施瓦布，雷蒙 SCHWAB, Raymond

叔本华，亚瑟 SCHOPENHAUER, Arthur

司马迁 SIMA Qian

宋之问 SONG Zhiwen

苏东坡 SU Dongpo

苏利耶·德莫朗，乔治 SOULIE de MORANT, George

谭嗣同 TAN Sitong

谭霞客 DARS, Jacques

汤姆森，约翰 THOMSON, John

瓦拉德，莱昂 VALADE, Léon

瓦雷里，保罗 VALERY, Paul

汪德迈 VANDERMEERSCH, Léon

王国维 WANG Guowei

王实甫 WANG Shifu

王维 WANG Wei

韦尔朱思神父 VERJUS, Père

韦利，亚瑟 WALEY Arthur

维迪尔，法比恩 VERDIER, Fabienne

维利耶·德·利拉当，奥古斯都
VILLIERS de L'ISLE-ADAM, Auguste

魏尔伦，保罗 VERLAINE, Paul

魏海姆，理查德 WILHELM, Richard

乌切洛，保罗 UCCELLO, Paolo

吴德明 HERVOUET, Yves

西耶纳，巴尔纳·达 SIENNA Barna da

西园寺公望 SAIONJI Kimmochi

希尔顿，詹姆斯 HILTON, James

谢阁兰 SEGALEN, Victor

谢和耐 GERNET, Jacques

雅姆，弗朗西斯 JAMMES, Francis

亚里士多德 ARISTOTE

亚历山大大帝 Alexandre de Macédoine, dit le Grand

殷弘绪 ENTRECOLLES, François-Xavier

于连，弗朗索瓦 JULLIEN, François

于斯芒斯，若里斯 – 卡尔 HUYSMANS, Joris-Karl

雨果，维克多 HUGO, Victor

曾仲鸣 TSEN Tsonming